10 18
12, avenue d'Italie — Paris XIIIᵉ

L'HISTOIRE
DE BONE

PAR

DOROTHY ALLISON

Traduit de l'américain
par Michèle V<small>ALENCIA</small>

10|18

INÉDIT

« Domaine étranger »
dirigé par Jean-Claude Zylberstein

Si vous désirez être régulièrement tenu au courant
de nos publications, écrivez-nous :

Éditions 10/18
c/o 01 Consultants (titre n° 3026)
35, rue du Sergent Bauchat
75012 Paris

Titre original :
Bastard out of Carolina

Pour maman,
Ruth Gibson Allison,
1935-1990

Les gens paient pour ce qu'ils font et encore plus pour ce qu'ils ont accepté de devenir. Et ils le paient d'une façon simple : par la vie qu'ils mènent.

James BALDWIN

1

On m'a appelée Bone toute ma vie, mais mon vrai nom est Ruth Anne. C'est ma tante la plus âgée — tante Ruth — qui a choisi de m'appeler comme elle. Ma maman n'a pas vraiment eu voix au chapitre, dans la mesure où elle n'était pas là, à strictement parler. Maman et toute une fournée de mes tantes et oncles se rendaient à l'aéroport en voiture pour aller chercher un cousin qui avait fini de jouer au soldat. Tante Alma, tante Ruth et Travis, son mari, étaient serrés à l'avant, maman était allongée à l'arrière et dormait à poings fermés. Maman ne s'était pas très bien adaptée à sa vie de femme enceinte et, au bout de huit mois de grossesse, elle avait beaucoup de mal à dormir. Quand elle était sur le dos, elle avait l'impression que je l'écrasais, quand elle était sur le côté, on aurait dit que je lui grimpais le long de la colonne vertébrale, et quand elle était sur le ventre, elle ne parvenait absolument pas à se reposer. Son seul soulagement, elle le trouvait sur la banquette arrière de la Chevrolet d'oncle Travis, dont la suspension était si haute qu'elle berçait facilement petits gamins ou femmes enceintes. Quelques instants après s'être allongée sur cette banquette, maman avait sombré dans son premier sommeil profond depuis huit mois.

Elle dormait si bien que même l'accident ne l'avait pas réveillée.

Jusqu'à ce jour, ma tante Alma jure que ce qui est arrivé n'est pas du tout la faute d'oncle Travis, mais moi, je sais pertinemment que la première fois que j'ai vu oncle Travis à jeun, j'avais dix-sept ans et on venait de lui enlever la moitié de l'estomac en plus du foie. Je ne peux pas imaginer qu'il n'ait pas bu. Pour moi, ça ne fait aucun doute, ils avaient *tous* bu, sauf maman qui n'a jamais supporté l'alcool, à plus forte raison quand elle était enceinte.

Non, maman dormait, tout simplement, et tous les autres étaient soûls. Et ils ont foncé droit sur une voiture qui se traînait sur la route. L'avant de la Chevy d'oncle Travis s'est retrouvé en accordéon ; l'arrière a été projeté en l'air ; les tantes et oncle Travis étaient tellement serrés qu'ils ont juste été un peu secoués ; et maman, toujours endormie, les mains sous le menton, leur est passée par-dessus la tête, a traversé le pare-brise et survolé la voiture qu'ils avaient emboutie. En brisant le verre, elle s'est entaillé le haut du crâne et, quand elle a atterri, elle s'est fait mal au derrière, mais à part ça, elle n'avait rien du tout. Bien entendu, elle s'est seulement réveillée trois jours plus tard, et mamie et tante Ruth avaient déjà signé tous les papiers et choisi mon prénom.

Je m'appelle Ruth comme ma tante Ruth, et Anne comme ma maman. On m'a surnommée Bone alors que maman venait de me ramener de l'hôpital. Oncle Earle a déclaré que j'étais « pas plus grosse qu'un osselet » et Deedee, la plus jeune fille de tante Ruth, a tiré la couverture pour voir « l'os [1] ». Encore heureux que je ne m'appelle pas Mattie Raylene comme le voulait mamie. Mais maman avait toujours promis de donner à sa pre-

1. En anglais : *bone. (N.d.T.)*

mière fille le prénom de sa sœur aînée, et puis tante Ruth a pensé que je devais tout naturellement porter celui de maman puisqu'ils avaient été à deux doigts de la perdre.

À part le prénom, elles ont tout fait de travers. Ni tante Ruth ni mamie n'étaient capables d'écrire très lisiblement et elles ne s'étaient pas souciées de s'entendre sur la manière dont on devait orthographier Anne, si bien qu'on l'a retrouvé écrit de trois façons différentes sur l'imprimé — Ann, Anne et Anna. Quant au nom du père, mamie a refusé de le prononcer. Elle l'avait en effet chassé de la ville pour avoir fricoté avec sa fille. D'ailleurs, tante Ruth n'avait jamais été sûre de son nom de famille. Elles ont essayé de s'en tirer en gribouillant quelque chose, mais si les gens de l'hôpital se fichaient de la manière dont on orthographiait un deuxième prénom, ils étaient bien déterminés à obtenir le patronyme du père. Mamie en a donc donné un et Ruth un autre, l'employé s'est mis en colère et voilà... j'ai été estampillée « bâtarde » par l'État de Caroline du Sud.

Maman a toujours dit que ça ne serait jamais arrivé si elle avait été réveillée.

— Après tout, a-t-elle dit à ma tante Alma, on réclame pas un acte de mariage avant de vous faire monter sur la table de travail.

Elle était convaincue qu'elle aurait pu les avoir au bluff et dire qu'elle était mariée d'une voix assez ferme pour que personne ne lui pose de question.

— C'est seulement quand on attire leur attention là-dessus qu'ils l'inscrivent.

Mamie a dit que ça n'avait pas d'importance. Qui se souciait de ce qui était inscrit ? Est-ce que les gens s'amusaient à lire les archives de l'état civil ? Est-ce qu'ils demandaient à voir votre acte de naissance avant de s'asseoir sur votre véranda ? Tous ceux qui comptaient étaient au courant, et les autres, elle s'en fichait comme d'un vieux croupion. Elle taquinait maman à propos de ce stupide bout de papier, avec son tampon rouge, en bas.

— Qu'est-ce qu'y a ? T'avais l'intention d'encadrer c'machin ? Tu voulais avoir quèque chose accroché au mur pour te prouver que t'as fait comme il faut ?

Mamie pouvait être méchante quand il y allait de sa fierté.

— La petite, ça suffit comme preuve. Et sur elle, on voit pas le moindre tampon.

Si mamie s'en fichait, ce n'était pas le cas de maman. Maman détestait qu'on la traite de racaille, détestait le souvenir de chaque jour qu'elle avait passé courbée sur les plants de cacahuètes et de fraises appartenant à des gens qui, eux, se dressaient de toute leur hauteur et la regardaient sans plus de considération que si elle était un caillou, par terre. Le tampon apposé sur cet acte de naissance la brûlait comme le tampon qu'ils avaient essayé d'apposer sur elle. *Bonne à rien, paresseuse, godiche.* Elle avait tant trimé que ses mains ressemblaient à des griffes, son dos à une spatule, et que sa bouche se tordait en un sourire gauche — elle aurait fait n'importe quoi pour démentir les qualificatifs que le comté de Greenville voulait lui coller. Et maintenant, voilà qu'un homme aux yeux noirs, au parler doucereux, y avait réussi — il les avait bel et bien estampillés, elle et les siens. Huit jours après ma naissance, elle avait vraiment dû se forcer pour pouvoir se lever et retourner à son travail de serveuse, les lèvres pincées, les yeux gonflés.

Maman a attendu un an. Quatre jours avant mon premier anniversaire et un mois après son seizième, elle m'a enveloppée dans une couverture et m'a emmenée au palais de justice. L'employé était poli mais avait l'air ennuyé. Il lui a réclamé un montant de deux dollars et fait remplir un imprimé. Maman l'a rempli d'une jolie écriture d'écolière. Elle n'allait plus en classe depuis trois ans, mais c'est elle qui rédigeait les lettres de toute la famille et elle était fière de son écriture gracieuse, légèrement penchée.

— Qu'est-ce qui est arrivé à l'autre document? a demandé l'employé.

Maman n'a pas levé les yeux et a continué à fixer ma tête, sur son bras.

— Il s'est déchiré en bas.

L'employé l'a regardée plus attentivement et m'a jeté un coup d'œil.

— Vous êtes sûre?

Il est allé au fond de la pièce et s'est absenté un bon moment. Maman est restée au guichet, debout, calme mais obstinée. Quand il est revenu, il lui a tendu l'acte et a attendu de voir son expression.

C'était le même que l'autre. Le bas était barré de capitales énormes à l'encre rouge : ILLÉGITIME.

Maman a repris son souffle comme une vieille femme atteinte de pleurésie et a rougi du cou à la racine des cheveux. Elle a lâché :

— J'en veux pas un comme ça.

— Écoutez, ma petite dame, a-t-il dit lentement, d'une voix traînante.

Derrière lui, elle apercevait quelques employées sur le seuil, le visage presque aussi rouge que le sien, mais les yeux animés d'une émotion complètement différente.

— C'est comme ça, et pas autrement. Les faits sont avérés.

Il a expulsé le mot encore plus lentement et plus fort, de sorte qu'il est resté suspendu en l'air entre eux, comme une réflexion fluorescente du visage rougissant de ma maman — *avérés*.

Les femmes groupées sur le seuil ont secoué la tête et pincé les lèvres. L'une d'elles a déclaré à une autre :

— Quel toupet !

Maman s'est forcée à redresser le dos, m'a remontée contre son cou et s'est brusquement dirigée vers la porte de la salle.

— Vous oubliez votre acte ! lui a crié l'homme.

Mais elle ne s'est pas arrêtée. Ses mains étaient tellement crispées sur mon corps que j'ai lâché un gémissement aigu, grêle. Maman a continué à me serrer et m'a laissée crier.

Elle a attendu une autre année avant d'y retourner et, cette fois, elle a emmené ma tante Ruth et m'a confiée à mamie.

— J'y étais, leur a juré tante Ruth, et, en fait, c'est d'ma faute. Dans toute cette agitation, j'me suis embrouillée, avec Anney, là, qu'avait l'air de plus vouloir se réveiller, et tout le monde qui hurlait et courait partout. Vous savez, quelques minutes à peine après nous, on avait amené les blessés d'un gros accident, trois voitures qui s'étaient rentrées dedans.

Tante Ruth a regardé l'employé bien en face, l'air très sincère, en essayant maladroitement de fixer sur lui de grands yeux aimables.

— Vous savez comment ça arrive, ce genre de choses.

— Oh, ça, je sais ! a-t-il rétorqué en s'amusant énormément.

Le document qu'il a rapporté n'était pas différent des précédents. Le regard qu'il a jeté à ma maman et à ma tante était pure justification vertueuse. « *À quoi est-ce que vous vous attendiez ?* » semblait-il dire. Son visage était figé et presque doux, mais ses yeux se moquaient d'elles. Ma tante a failli lui balancer son sac à la figure, mais maman a retenu son bras. Cette fois, elle a pris l'acte de naissance.

— Autant avoir quelque chose pour mes deux dollars, a-t-elle dit.

À dix-sept ans, elle était bien plus mûre qu'elle l'avait été à seize. Un an plus tard, elle y est retournée seule, tout comme l'année suivante. Cette année-là, elle a rencontré Lyle Parsons et s'est mise à penser davantage à l'épouser qu'à se traîner une fois de plus au palais de justice. Oncle Earle l'a taquinée en disant que si elle vivait sept ans avec Lyle, elle parviendrait au même résultat sans payer un représentant de la loi au palais de justice.

— La loi nous a jamais rien valu. Autant qu'on s'en passe.

Maman a abandonné son travail de serveuse peu de temps après avoir épousé Lyle Parsons. Elle n'était toutefois pas sûre que c'était une bonne idée.

— On va avoir besoin de tas de choses, lui disait-elle, mais il n'écoutait pas.

Lyle était un des plus gentils garçons que les Parsons aient jamais produits, le regard doux, le parler doux, un garçon trop mignon, lassé d'être le bébé à sa maman. Prenant très au sérieux l'entretien de sa famille et voulant prouver qu'il était un homme, il a engrossé maman presque immédiatement et n'a pas voulu qu'elle aille travailler à l'extérieur. Mais il gagnait à peine de quoi payer le loyer, en servant de l'essence et changeant les pneus à la station Texaco de son cousin. Maman a essayé de travailler à temps partiel dans une épicerie, puis y a renoncé quand sa grossesse a été tellement avancée qu'elle n'arrivait plus à soulever les caisses. C'était plus facile de travailler assise, à la chaîne, dans l'usine Stevens, jusqu'à la naissance de Reese, mais Lyle n'aimait pas ça du tout.

— Comment veux-tu que ce bébé ait mes longues jambes si tu es toujours assise pliée en deux ? se plaignait-il.

Il voulait emprunter de l'argent ou prendre un deuxième boulot, n'importe quoi pour que sa jolie jeune épouse n'aille pas à l'usine. Il l'appelait « mon petit chou », « ma douce ».

Elle, elle l'appelait « ma petite boule », « ma petite tétine sucrée » et, quand personne ne pouvait l'entendre, « mon tout-petit ». Elle l'aimait comme on aime un bébé, chuchotait à ses sœurs qu'il avait de doux poils blonds sur le ventre, s'endormait en lui passant une jambe autour de la hanche, énumérait tous les endroits où il voulait l'emmener.

— Il aime Bone, il l'aime vraiment beaucoup, disait-elle à tante Ruth. Il veut l'adopter dès que nous aurons un peu d'argent de côté.

Elle adorait le prendre en photo. La plus belle a été prise à la station-service, sous un beau soleil estival, alors que Lyle se balançait à l'enseigne Texaco et portait une veste proclamant : « Greenville County Racetrack[1] ». Il avait trouvé un boulot sur le circuit des courses de stock-cars. Dans la fosse, il changeait les pneus à toute vitesse et gagnait un petit supplément le dimanche après-midi, quand les vieilles voitures faisaient la course avant de rendre l'âme. Maman ne l'accompagnait pas souvent là-bas. Elle n'aimait ni le bruit, ni la puanteur, ni la manière dont les autres types poussaient Lyle à boire de la bière tiède pour voir si son travail s'en trouvait ralenti. Elle avait beau adorer prendre des photos, elle n'en a pris qu'une de lui sur le circuit, un pneu collé contre la hanche gauche, de la graisse sur tout un côté de la figure, et un sourire si épanoui qu'on sentait l'odeur de la bière.

C'est un dimanche que Lyle est mort, pas sur le circuit mais sur le chemin de la maison, si paisiblement, si gentiment que les ramasseurs de cacahuètes, qui avaient

1. Circuit du comté de Greenville. *(N.d.T.)*

vu l'accident, ne cessaient de dire qu'il ne pouvait pas être mort. Il y avait eu une de ces étranges averses d'été, quand le soleil continue à briller et qu'il tombe des cordes, tranquillement, sans que personne n'y prête attention. Le camion de Lyle venait de franchir le passage à niveau et négociait le virage à toute vitesse. Lyle a agité la main en direction de l'un des ouvriers agricoles en lui adressant son plus beau sourire. Et puis le camion a dérapé sur une tache d'huile rendue glissante par la pluie, Lyle a été éjecté par la portière et est retombé sur la chaussée.

— C'est un beau garçon, répétait un ouvrier agricole à l'agent de la police routière. Il faisait rien d'mal, il roulait juste sous la pluie — cette maudite pluie, vous savez. Le soleil brillait tellement et ce gamin souriait tellement !

Le vieil homme se retournait sans cesse pour regarder l'endroit où Lyle était étendu, immobile, au bord de la route.

Lyle est resté découvert pendant vingt bonnes minutes. Tout le monde s'attendait à ce qu'il se relève. Il ne portait pas la moindre marque et son visage était éclairé par son fameux sourire indolent. Mais il avait la nuque plaquée contre le gravier et les paumes ouvertes, humides à cause de l'eau projetée par les véhicules que déviaient les agents de police.

Maman avait Reese dans les bras quand la voiture du shérif s'est arrêtée devant chez tante Alma. Elle a sûrement compris tout de suite ce qu'il était venu lui annoncer parce qu'elle a renversé la tête en arrière et a hurlé comme une vieille chienne en train de mettre bas. Elle a hurlé, vacillé et serré son bébé si fort que tante Alma a été obligée de la pincer pour libérer Reese.

Maman avait dix-neuf ans. Elle se retrouvait avec deux bébés et trois copies de mon acte de naissance dans le tiroir de la commode. Lorsqu'elle s'est arrêtée de hurler, plus aucun son n'est sorti de sa bouche. Elle hochait seulement la tête quand les gens essayaient de la faire pleurer ou parler. Elle a emmené ses deux filles à l'enterrement et toutes ses sœurs étaient alignées à côté d'elle. Les Parsons lui ont à peine adressé la parole. La mère de Lyle a dit à tante Alma que si son garçon n'avait pas pris ce fichu boulot à cause de maman, il ne serait pas mort sur la route. Maman ne lui a pas prêté la moindre attention. Ses cheveux blonds semblaient foncés et mous, sa peau grise et, en quelques jours, de fines rides étaient apparues au coin de ses yeux. Tante Ruth l'a éloignée de la tombe tandis que tante Raylene serrait quelques fleurs dans sa Bible familiale et s'arrêtait pour dire à Mme Parsons qu'elle était une sacrée imbécile.

Tante Ruth était enceinte jusqu'aux yeux de son huitième enfant et elle avait du mal à ne pas prendre maman dans ses bras comme elle aurait pris n'importe quel bébé. Arrivée à la voiture d'oncle Earle, elle s'est arrêtée et appuyée contre la portière avant, sans lâcher maman. En la regardant droit dans les yeux, elle lui a ramené les cheveux en arrière.

— Rien ne sera jamais aussi dur, a-t-elle promis.

Elle a laissé courir ses pouces sous les yeux de maman, ses doigts pressant légèrement chacune des tempes.

— Maintenant, te voilà une vraie Boatwright, a-t-elle ajouté. Maintenant, tu en as tout à fait l'air. Tu vieilliras jamais plus que ça, ma fille. Tu changeras plus jusqu'à ta mort.

Maman s'est contentée de faire un signe de tête ; désormais, l'air qu'elle pouvait avoir lui était bien égal.

Un an à l'usine a été le maximum que maman a pu supporter après l'enterrement de Lyle ; la poussière l'a vite rendue malade. Ensuite, elle n'a eu d'autre choix que de chercher du travail dans un petit restaurant. Les pourboires faisaient toute la différence, même si elle savait qu'elle aurait pu gagner davantage dans un bouge ou en servant des cocktails dans un bar. Ça rapportait toujours plus de servir aux gens de la bière et du vin, et encore plus des alcools, mais pour ça, il aurait fallu qu'elle quitte le comté de Greenville, et elle ne s'imaginait pas en train de s'éloigner de sa famille. Avec ses deux petites filles, elle avait besoin de l'aide de ses sœurs.

D'ailleurs, le *White Horse Café* n'était pas un mauvais choix, c'était l'un des rares petits restaurants corrects de la ville. Le travail la fatiguait, mais ne la rendait pas malade à crever comme l'usine, et elle aimait bien les gens qu'elle y rencontrait, les pourboires et la conversation.

— Toi, tu sais t'y prendre pour sourire, lui disait le gérant.

— Oh ! mon sourire m'a déjà menée loin ! répondait-elle en riant, et personne ne se doutait qu'elle ne le pensait pas.

Camionneurs ou juges, tout le monde aimait maman. Tante Ruth avait raison, son visage avait pris ses contours définitifs. Les couleurs étaient revenues au bout d'un moment, et les rides, au coin des yeux, donnaient l'impression qu'elle était toujours prête à sourire. Quand les hommes, au comptoir, ne lui glissaient pas une pièce dans la poche, ils lui apportaient des trucs, des souvenirs ou des cartes affectueuses, et même une bague, une ou deux fois. Maman souriait, plaisantait, leur donnait une petite tape sur les fesses et, fermement, refusait tout ce qui pouvait passer pour un acompte sur quelque chose qu'elle ne voulait pas vendre.

Reese avait deux ans quand maman est retournée au palais de justice. L'employé a eu l'air content de la revoir. Cette fois, elle ne lui a pas parlé, elle a seulement attrapé l'imprimé et l'a emporté dans les nouveaux bureaux ouverts près du concessionnaire automobile Sears, Roebuck. Oncle Earle lui avait donné une partie de la somme qu'il avait touchée à la suite d'un accident de voiture et elle voulait s'en servir pour faire travailler son avocat pendant quelques heures. L'homme a accepté son argent puis lui a souri exactement comme l'employé l'avait fait quand elle lui avait annoncé ce qu'elle voulait. Le visage de maman s'est durci et l'avocat s'est empressé de déglutir pour ne pas rire. Il n'était pas recommandé d'avoir pour ennemie la sœur d'Earle Boatwright.

— Je regrette, lui a-t-il dit en lui rendant la moitié de son argent. La loi étant ce qu'elle est, il n'y a rien que je puisse faire pour vous. Si je déposais une nouvelle demande, vous obtiendriez le même papier que celui que vous avez là. Patientez quelques années. Tôt ou tard, ils laisseront tomber ce fichu décret. De toute façon, il n'est presque plus appliqué.

— Alors pourquoi est-ce qu'ils veulent à tout prix l'appliquer dans mon cas ? a-t-elle demandé.

— Allons, allons, ma petite ! a-t-il soupiré, visiblement embarrassé.

Il a gigoté sur son siège et poussé vers elle le reste de son argent, sur le bureau.

— Vous n'avez pas besoin de moi pour trouver la réponse. Vous avez vécu toute votre vie dans ce comté et vous savez comment ça se passe.

Il lui a souri sans le moindre humour.

— Maintenant, ils attendent votre venue avec impatience. Ce sont des gens à l'esprit étriqué, lui a-t-il dit.

Mais ce grand sourire n'a pas quitté ses traits.

— Bâtard ! a sifflé maman.

Puis elle s'est reprise. Elle haïssait ce mot.

La famille est la famille, mais même l'amour ne peut

pas empêcher les gens de se déchirer. L'amour-propre de maman, la rancœur de mamie, qui ne voyait pas ce qu'il pouvait y avoir de honteux là-dedans, la peur, l'humour teinté d'amertume de mes tantes, le mépris de mes oncles, forts en gueule quand ils ne pouvaient pas régler une affaire avec un fusil ou un gros gourdin — tout s'est combiné pour faire grandir ma maman rapidement et sans ménagement. Il n'y avait qu'une manière de combattre la pitié et l'horreur. Maman a appris à rire avec les rieurs avant qu'ils puissent se moquer d'elle, et à le faire si bien que personne ne pouvait savoir ce qu'elle pensait ou ressentait vraiment. Elle a bientôt eu la réputation de sourire facilement et de ne pas avoir la langue dans sa poche. En alliant les deux techniques, elle semblait aimable mais distante. Personne ne savait que, la nuit, elle pleurait Lyle et son bonheur perdu ; sous la croûte du biscuit, il y avait le beurre du chagrin et de la faim ; plus que n'importe quoi au monde, elle aurait désiré quelqu'un de fort, qui l'aime autant qu'elle aimait ses filles.

— Tu sais, il va falloir que tu te surveilles avec ma sœur, a dit oncle Earle à Glen Waddell le jour où il l'a emmené déjeuner dans le petit restaurant. Dis un mot de travers et tu te prendras quelque chose dans les gencives.

C'était un jeudi et le restaurant servait du steak pané et du chou vert[1], prétexte qu'Earle avait choisi pour faire parcourir à son nouveau collègue la moitié de Greenville au milieu de leur journée de travail. Il s'était entiché de Glen, même si, de temps en temps, il aurait été incapable de dire ce que ce garçon petit, entêté, pensait derrière ses yeux bleu foncé. Les Waddell possédaient la laiterie et leur fils aîné se présentait à l'élection

1. Spécialité du Sud. *(N.d.T.)*

de procureur. Le petit Glen Waddell, maigrichon, nerveux, ne semblait pas devoir aller bien loin. Il conduisait un camion pour l'usine de chaudières et tremblait un peu chaque fois qu'il essayait de regarder un homme dans les yeux. Mais à dix-sept ans, c'était peut-être déjà pas si mal d'essayer, se disait Earle, et il a continué à parler de sa sœur pour que Glen se détende.

— Anney fait la meilleure sauce du comté, les biscuits les plus délicieux, et elle met juste ce qu'il faut de vinaigre dans le chou. Tu vois ce que je veux dire?

Glen a approuvé même si, à la vérité, il n'avait jamais beaucoup aimé le chou vert et si sa maman bien éduquée lui avait toujours dit que la sauce était mauvaise pour le cœur. Il n'était donc pas préparé à ce qui allait lui tomber dessus quand maman a repoussé en arrière ses cheveux blonds et courts et a posé cette grande assiette chaude entre ses mains écartées. Glen a enfourné une bouchée de viande cartilagineuse pleine de sauce et elle lui a fondu entre les dents. Le chou était salé-sucré et bien gras. La langue de Glen chantait dans sa gorge; son cou ramollissait, ses cheveux lui tombaient dans la figure. C'était comme le sexe, ce plat, trop bon pour être gâché en pleine journée, avec une salle pleine d'ouvriers trop fatigués pour l'apprécier. Il a mâché, avalé, et commencé à se sentir bien vivant. Pour la première fois, il avait l'impression de faire partie de la bande, d'être un adulte accepté par le célèbre et dangereux Black Earle Boatwright pendant qu'il était là en train de fixer par-dessus le comptoir l'une des plus jolies femmes qu'il ait jamais vues. Le visage brûlant, il a avalé un grand verre de thé glacé pour se rafraîchir.

— Elle? a-t-il bégayé à Earle. C'est ta sœur? Cette jolie petite chose à la figure blanche? On dirait une petite fille.

Earle a eu un grand sourire. L'expression de Glen était aussi limpide que le ciel après une averse printanière.

— Oh! pour ça oui, c'est une petite fille, a-t-il reconnu en posant sa grosse main sur l'épaule de Glen. C'est le bébé à ma gentille maman. Mais tu sais, notre maman est un serpent à sonnettes et mon papa était un salopard.

Il a éclaté d'un rire sonore et s'est seulement arrêté quand il a vu la manière dont Glen observait la démarche d'Anney et le nœud de son tablier, bien haut sur ses fesses. L'espace d'un instant, il a été fou furieux, puis il s'est repris. Ce gamin était un imbécile, mais il n'était qu'un gamin. Il ne pensait probablement pas à mal. Se sentant généreux, plein de charité chrétienne, Earle a agrippé une dernière fois l'épaule de Glen et lui a répété :

— Fais attention, fiston. Fais bien attention.

Glen Waddell a répondu d'un signe de tête, comprenant parfaitement son expression. Earle était un Boatwright, après tout, et, comme ses deux frères, il était allé en prison pour avoir sérieusement esquinté d'autres types. Des histoires redoutables circulaient sur les gars Boatwright, le genre d'histoires que les hommes se murmuraient en buvant du whisky, quand il n'y avait pas de femmes dans les parages. Earle se débrouillait bien avec un marteau ou une scie et faisait des merveilles avec une pioche. Quand il conduisait un camion, on aurait dit qu'il faisait l'amour aux vitesses et il portait un coupe-chou de dix-sept centimètres et demi dans la poche latérale de son pantalon de peintre, en toile renforcée. Earle Boatwright était tout ce que le jeune Waddell avait toujours voulu être — d'autant plus que ses frères aînés se moquaient de Glen à cause de son caractère emporté, de sa mémoire défaillante et de son inutilité en général. En outre, Earle avait le don de charmer les gens, hommes ou femmes. Grâce à ce charme, la brebis galeuse de la famille Waddell ne redoutait plus les autres types de l'équipe et ne se souciait plus de la réprobation familiale. Quand Earle lui faisait ce grand sourire, Glen se surprenait à lui sourire à son tour, ravi de provoquer la colère de son père et l'indignation de ses frères. Ça méritait de se donner du mal, ce sourire détendu et désarmant d'Earle. Ça vous donnait envie de le revoir s'élargir, de sentir la pression de main qui l'accompagnait et de lire l'admiration dans les yeux d'Earle. Plus que tout au monde, Glen Waddell voulait qu'Earle Boatwright l'aime. Qu'importe cette jolie petite, s'est-il dit, et il s'est surveillé jusqu'au moment où Earle s'est senti tranquillisé. Glen s'est montré bien poli avec toutes les serveuses et a arraché l'addition à Anney, même s'il ne lui restait plus que des piécettes et des cigarettes après l'avoir payée.

Mais quand Earle est allé aux toilettes, Glen s'est permis de l'observer à nouveau, elle, le nœud sur ses fesses et la manière dont ses lèvres découvraient ses dents quand elle souriait. À un moment donné, Anney l'a regardé droit dans les yeux et il a lu en elle. Elle avait souri à son frère avec un visage ouvert, des yeux étincelants, un sourire facile et une bouche adoucie, un visage sans peur ni artifice. Le sourire qu'elle adressait à Glen et à tous ceux qui se trouvaient au comptoir était tout aussi facile, mais pas aussi ouvert. Entre ses yeux, il y avait un fin sillon qui se creusait quand son sourire se crispait. Une ombre voilait ses pupilles claires juste avant qu'elle détourne le regard. Elle n'en était pas moins jolie mais ça ajoutait une certaine tristesse à son expression.

— Tu passes ce soir, Earle ? lui a-t-elle demandé, d'une voix aussi crémeuse et douce que ses biscuits, quand il est revenu. Tu nous manques, aux petites et à moi.

— Je passerai peut-être si ce gamin fait bien son boulot et si on finit avant la nuit, pour une fois, a dit Earle d'une voix traînante, puis il a donné une petite tape sur l'épaule de Glen et a fait un clin d'œil à Anney. Peut-être même que je l'amènerai.

Oui, a pensé Glen, oh oui, mais il n'a rien dit et a bu un autre thé. La sauce qu'il avait dans l'estomac le raffermissait, mais c'est le sourire d'Anney qui l'a apaisé. Il se sentait si fort qu'il avait envie de cracher. Il l'aurait, se disait-il. Il épouserait la petite sœur de Black Earle, épouserait toute la légende des Boatwright, ferait honte à son père et choquerait ses frères. Il aurait un couteau dans la poche et tuerait tous les hommes qui oseraient toucher à Anney. Oui, pensait-il, oh oui.

Maman a regardé le garçon qui se tenait près de la caisse enregistreuse, avec ses yeux bleu foncé et ses cheveux châtains épais. À une certaine époque, elle aurait rougi en voyant la manière dont il l'observait, mais, à ce moment-là, elle s'est contentée de lui rendre son regard. Il pourrait faire un bon papa, s'imaginait-elle, ce serait un homme stable. Il a souri et son sourire était crispé. Ses yeux l'ont sondée et leur couleur a encore foncé. Elle a alors rougi et, nerveuse, a senti l'odeur de sa propre transpiration. Elle était incapable de dire si c'était une manifestation de peur ou de désir.

J'ai besoin d'un mari, a-t-elle pensé. Elle lui a tourné le dos et s'est essuyé la figure. Ouais, et j'ai aussi besoin d'une voiture, d'une maison et de cent mille dollars. Elle a secoué la tête et agité la main vers Earle, qui s'en allait, mais n'a plus regardé le garçon qui l'accompagnait.

— Sœur[1] Anney, pourquoi ne pas venir ici près de mon café ? a dit un des habitués pour la taquiner. Il se réchauffera rien qu'en étant près de ton cœur.

Maman a usé de son rire prudent et a attrapé la cafetière.

---

1. Appellation utilisée dans le Sud entre membres d'une même communauté religieuse. *(N.d.T.)*

— J'ai pas l'temps d'jeter un sort au café alors que j'peux facilement t'en verser du chaud, a-t-elle répondu sur le même ton.

T'occupe pas des stupides amis d'Earle, s'est-elle dit, et elle a rempli tasse après tasse jusqu'au moment où elle a pu décrocher et faire une pause.

— Où c'est que tu caches ce papier, hein, l'acte de naissance de Ruth Anne ? demandaient les gens du petit restaurant à maman.

— Sous l'évier, avec le reste des ordures, rétorquait-elle en leur jetant un regard si dur qu'ils y réfléchissaient à deux fois avant de recommencer à l'embêter.

— Arrête avec ça, lui disait tout le temps mamie. Si tu cessais d'y penser, les gens feraient pareil. Tant qu'ils sentiront que ça marche, ils continueront à te chambrer.

Le pasteur était du même avis.

— Votre honte est entre vous et Dieu, sœur Anne. Inutile qu'elle rejaillisse sur l'enfant.

Ma maman est devenue aussi pâle que le dessous d'une capsule de coton.

— J'ai pas honte, lui a-t-elle rétorqué, et j'ai pas besoin que quelqu'un vienne me raconter des foutaises sur mon enfant.

— *Foutaises !* racontait ma tante Ruth, toute fière. Elle a sorti « foutaises » au pasteur. Y a personne qui peut dire quèque chose à ma petite sœur, y a personne qui peut toucher à cette fille ou à c'qui lui appartient. Vous feriez mieux de faire attention à c'que vous dites quand elle est là.

Vous feriez mieux. Vous feriez mieux. Vous feriez mieux de faire attention à c'que vous dites quand elle est là.

Vous feriez mieux de la regarder dans le restaurant, quand elle rit, sert du café, empoche des pourboires et fait cuire des œufs. De la regarder quand elle repousse ses cheveux en arrière, remonte son tablier, refuse les rendez-vous, les mains baladeuses, les propositions. De regarder ses yeux, la manière dont ils s'enfoncent dans son visage, les rides qui se forment autour de cette bouche crispée, obstinée, le badinage facile qui jaillit du plus profond de son être.

— C'est pas l'moment de retourner au palais de justice, sœur Anney ?

— C'est pas l'moment d't'occuper d'tes oignons, frère Calvin ?

Et c'est pas l'moment que le Seigneur fasse quelque chose, fasse pleuvoir du feu et des châtiments sur le comté de Greenville ? Y a pas assez de péché, de chagrin, de douleur qui gagnent peu à peu ? La mesure n'est pas encore pleine ? Anney ne disait jamais ce qu'elle pensait, mais son esprit tournait sans arrêt.

Glen Waddell a travaillé à l'usine de chaudières avec Earle pendant une année entière, et, au déjeuner, il faisait le trajet jusqu'au petit restaurant, en ville, presque tous les jours de semaine et même parfois le samedi.

— J'aimerais voir vos petites filles, disait-il à Anney de temps en temps, jusqu'à ce qu'elle commence à le croire. Elles doivent être de jolies petites, avec une maman aussi belle.

Elle le regardait avec de grands yeux, prenait ses vingt-cinq cents de pourboire, et confirmait. Oui, elle avait deux belles petites filles. Oui, il ferait aussi bien de venir les voir, de s'asseoir sur la véranda et de bavarder un peu. Elle essuyait la sueur de ses paumes sur son tablier avant de le laisser lui prendre la main. Il avait les épaules très bronzées et tout son corps semblait s'être développé grâce au travail qu'il avait accompli avec Earle. Les muscles qui saillaient sous le T-shirt blanc usé lui rappelaient Lyle, même si Glen n'avait pas sa douceur. Quand il lui prenait le bras, il serrait aussi fort qu'Earle, mais son sourire n'appartenait qu'à lui, elle n'avait connu personne qui avait le même. Peut-être, se répétait-elle, peut-être qu'il ferait un bon papa.

Maman se trouvait dans les cuisines du *White Horse Café* le jour où la radio a annoncé qu'en ville un incendie n'avait pas pu être maîtrisé et avait complètement détruit le palais de justice et les archives de l'état civil. C'était en plein coup de feu du déjeuner. Maman tenait une cafetière dans une main et deux tasses dans l'autre. Elle a reposé les tasses et passé la cafetière à son amie Mab.

— Je rentre à la maison.
— Qu'est-ce que tu fais ?
— Il faut que je rentre.
— Où elle va ?
— Elle a des problèmes chez elle.

Le carton contenant des documents froissés et tachés était fourré sous les draps, dans le tiroir du bas de l'armoire de tante Alma. Maman a sorti ceux qu'elle cherchait, les a emportés dans la cuisine et les a laissés tomber dans l'évier sans se soucier de les déplier. Elle venait de frotter une allumette quand le téléphone a sonné.

— Je suppose que t'as entendu la nouvelle.

C'était tante Ruth.

— Mab dit que t'as filé comme si t'avais le feu aux fesses.

— Pas moi, a répondu maman. Le seul feu que j'ai allumé ici, c'est celui qui est en train de brûler tous ces papiers inutiles.

Le rire de tante Ruth a jailli du téléphone et s'est répercuté dans toute la cuisine.

— Petite, y a pas une femme en ville qui voudra croire que c'est pas toi qu'as allumé cet incendie. La moitié du comté va raconter à l'autre comment t'as fait cramer ce palais de justice.

— Laisse-les parler, a dit maman avant de souffler sur les flammèches qui volaient. C'est pas en parlant qu'on pourra m'envoyer en prison. Le shérif et la moitié de ses adjoints savent bien que j'ai travaillé toute la matinée, parce que j'leur ai servi du café. J'peux pas avoir d'ennuis juste parce que j'suis contente que ce fichu palais de justice ait brûlé.

À nouveau, elle a éteint des flammèches, sifflé dans le téléphone, puis éclaté de rire. Presque à l'autre bout de la ville, tante Ruth a mis le combiné en équilibre sur son cou, agrippé l'épaule de mamie et s'est mise à rire avec elle. De l'autre côté, à l'usine, tante Alma a regardé par la fenêtre la fumée qui montait de la ville et a dû mettre la main devant la bouche pour se retenir de glousser comme une petite fille. Dans la cour de l'usine à chaudières, oncle Earle et Glen Waddell étaient en train de transporter du fer en écoutant la radio. Tous deux ont eu un grand sourire et se sont regardés au même moment, puis ont éclaté de rire. On aurait dit qu'ils pouvaient tous s'entendre rire, dans la ville entière, parce que le palais de justice avait été complètement détruit par un incendie.

2

Greenville, cette petite ville de Caroline du Sud, était l'endroit le plus beau du monde en 1955. Des noyers noirs lâchaient leurs chatons vaporeux, d'un vert brunâtre, sur la pelouse dense de tante Ruth, bien au-delà de la zone où leurs racines noueuses sortaient du sol comme les coudes et les genoux d'enfants malpropres, foncés par le soleil et couverts de cicatrices. Des saules pleureurs traversaient le jardin, suivaient les vagabondages de chaque ruisseau ou fossé, et leurs longues frondaisons en fouets formaient des tentes qui abritaient des lits de trèfle, à l'odeur sucrée. Plus loin, près de la maison que tante Raylene louait au bord de la rivière, tous les arbres avaient été élagués et la vigne de muscat arrachée. Le trèfle poussait en longues giclées de minuscules fleurs blanches et jaunes qui dissimulaient de fines chenilles à rayures rouges et noires et de grosses limaces gris foncé — des limaces qui, oncle Earle le jurait, étaient capables d'attirer les poissons vers l'hameçon, même en plein orage. Mais chez tante Alma, près de la route d'Eustis, le propriétaire avait bloqué les robinets extérieurs pour que les gosses ne lui coûtent pas une fortune en factures d'eau. Sans le soulagement d'un tourniquet ou d'un tuyau d'arrosage, l'herbe avait été tuée par la chaleur, et les efforts concertés des chiens et des petits garçons avaient réduit l'étroit jardin à une étendue brûlante de terre desséchée et de cailloux épars.

— On dirait une plaque de four chaude, ce jardin, se plaignait tante Alma. Il capte toute la chaleur du toit de tôle pour la concentrer. On pourrait presque cuisiner par terre.

— Oh ! il fait chaud partout.

Mamie n'était jamais d'accord avec tante Alma et surtout pas cet été-là, où elle était payée beaucoup moins qu'elle l'aurait voulu pour surveiller ses gosses. Et le peu que maman lui versait pour nous garder, Reese et moi, n'était pas fait pour adoucir son humeur. Mamie adorait ses petits-enfants, mais elle affirmait tout le temps qu'elle se passerait bien de ses filles.

— Mes trois garçons ont de la vénération pour moi, disait-elle à tout le monde. Mais mes filles, Seigneur ! J'en ai cinq et elles ont jamais eu l'air de m'apprécier. Mais c'est ça, les filles, c'est égoïste et ça s'croit toujours supérieur. J'devrais rien espérer d'autre.

— Ta mamie est pleine de bonnes intentions, me prévenait maman avant de nous déposer pour la journée chez tante Alma. Mais fais pas trop attention à c'qu'elle raconte. Elle a toujours préféré ses fils. C'est c'qui arrive à certaines femmes.

Je faisais oui de la tête. Je croyais tout ce que disait maman.

La maison et le jardin de tante Alma, derrière le minuscule magasin situé au bord de la route, qu'elle et oncle Wade essayaient de tenir, constituent presque mon premier souvenir. C'était l'été qui suivait la naissance de Reese, ce qui veut dire que je devais avoir environ cinq ans, à peine un peu plus que Petit Earle, le plus jeune enfant d'Alma. Mais Petit Earle était un gros poupon, encore irrité par les culottes en caoutchouc, touchant à tout avec des mains immanquablement collantes, tandis que j'étais une enfant attentive, à l'air grave, avec de longs os fins et une masse de cheveux bruns indisciplinés. Je traitais Petit Earle en créature méprisable et restais hors de portée de ses doigts douteux et de sa lippe de bébé. C'était l'été où il faisait si chaud que les sauterelles vertes ne chantaient pas et que tout le monde passait ses soirées sur la véranda, avec un grand verre de thé glacé et une serviette humide pour se rafraîchir la nuque. Alma ne voulait même pas commencer la cuisine avant le coucher du soleil. Il est vrai que le crépuscule arrivait tôt. Lente atténuation de la chaleur et de la lumière, il rendait toute chose douce et magique, attirait les premières lucioles et ajoutait une fraîcheur enchanteresse aux échos métalliques de guitare *slide*[1], qu'on entendait à la radio, dans la cuisine d'Alma. Mamie se campait dans le rocking-chair de la véranda, laissant aux filles d'Alma le soin de trier des haricots verts, d'espérer un orage et de la pousser à raconter des histoires.

Je me plaçais toujours derrière mamie, adossée au mur, à côté de la contre-porte de la moustiquaire, pour pouvoir écouter tout à la fois Kitty Wells et George Jones, le gémissement de cette guitare, une éventuelle conversation dans la cuisine, les jumeaux d'Alma, qui martelaient de leurs pieds les marches de la véranda, et les filles qui riaient pendant que leurs doigts glissaient sur les haricots poussiéreux et frais. Là, j'étais plus ou moins à l'abri de Petit Earle, qui courait sans arrêt des poches du tablier de mamie aux marches où ses frères lançaient des piécettes et s'entraînaient à parier l'un contre l'autre. Petit Earle trottinait comme une écrevisse estropiée, obliquait, oscillait, peu stable, et gloussait, babillait de sa voix enrouée. Les garçons se moquaient de lui,

---

1. Guitare jouée avec un objet métallique *(bottleneck)* pour obtenir un effet de *glissando*. *(N.d.T.)*

mamie se contentait de sourire. Inconscient et heureux, Petit Earle tambourinait de ses poings sur les épaules de Grey, puis pivotait pour courir vers mamie, Temple et Patsy Ruth. Nu, avec des fossettes partout, gras, brun et large, son petit corps obstiné était bourré de détermination et son zizi d'enfant se balançait comme un jouet en caoutchouc entre ses cuisses arquées tandis qu'il s'époumonait, courait, se cognait la tête sur la hanche de mamie. On aurait dit un jouet qui tourne jusqu'à épuisement du mécanisme et son ravissement ne faisait qu'augmenter quand tout le monde se mettait à rire en le voyant se relever d'un bond après être tombé sur le derrière, juste à côté de la bassine de haricots.

Mamie se mettait une main devant la bouche pour cacher ses dents.

— Affreux petit garçon, disait-elle pour taquiner Petit Earle en riant presque entre chaque mot. Espèce d'affreuse, affreuse, affreuse petite chose.

Earle s'interrompait, émettait un ululement de hibou et se balançait d'avant en arrière, comme si son élan était trop grand pour lui permettre de s'immobiliser sans tomber. Temple et Patsy Ruth agitaient leurs doigts mouillés en direction de son petit ventre gras tandis que Grey et Garvey claquaient des lèvres et se joignaient à mamie.

— Affreux, affreux, affreux, affreux ! T'es si affreux que t'en es presque beau !

Earle hurlait, sautait et riait à gorge déployée.

— Af-feux ! répétait-il comme un perroquet. Afffeux !

Son visage était rayonnant et souriant, et ses mains s'agitaient en tous sens comme des bourdons, rapides, violentes, montant près de ses oreilles.

— Affeux. Affeux. Affeux.

— T'es bien la chose la plus affreuse du monde !

Mamie se penchait en avant, passait les mains sous les bras de Petit Earle, le soulevait de terre et l'amenait juste sous son nez.

— Petit ventre à fossettes ! l'appelait-elle. Petit derrière à fossettes !

Elle écrasait la bouche sur son diaphragme et soufflait férocement, de sorte que ses lèvres vibraient contre le nombril de Petit Earle — un rugissement glouglouttant qui le faisait hurler, gigoter et lâcher un gémissement aigu de rire hystérique. Il remontait les genoux et mettait ses petites mains en coupe sur son sexe. Ce qui avait pour résultat de faire rire encore plus fort Temple et Patsy Ruth. Mamie le balançait d'avant en arrière plusieurs fois, puis le laissait retomber sur ses pieds. Il se précipitait immédiatement vers l'abri que représentait l'aisselle de son frère aîné.

— Derrière à fossettes ! disait Grey d'un ton méprisant, mais il attirait son petit frère tout contre son flanc. P't-être que t'es pas si affreux qu'ça, après tout.

Il frottait les articulations de ses doigts sur la tête presque chauve de Petit Earle et fredonnait :

— T'es grand, c'est tout.

Ça faisait rire Grey tandis que mamie s'essuyait les yeux et que les filles versaient de l'eau froide sur les haricots.

Je m'avançais pour pouvoir poser la main sur le fauteuil à bascule de mamie, mes doigts glissaient sur le treillage usé, lisse des lattes pour sentir la chaleur de son corps à travers sa robe en coton. L'écho des rires m'entourait, tout comme la musique, les freins des camions crissant sur la route et le cri de quelqu'un, au loin, tandis que l'obscurité tombait et que les lucioles commençaient à clignoter, effleurant la tête des garçons. Mamie baissait le bras et m'agrippait le poignet. Elle se penchait et crachait un jet de jus de chique brun en bas de la véranda. J'entendais le floc étouffé qu'il faisait en atterrissant sur la terre poussiéreuse. Je me glissais sous l'épaule de mamie, me penchais sur le côté de son rocking-chair et approchais le visage de sa poitrine. Sur son cou, je sentais les haricots mouillés, le tabac, le jus de citron, une petite odeur âcre de pisse et aussi quelque chose de légèrement salé.

— Affreux, répétais-je, et j'enfouissais le visage dans sa robe, avec un sourire tellement large que le coton chaud frottait contre mes dents.

— Joliment affreux, murmurait mamie au-dessus de moi tandis que ses doigts glissaient sur ma nuque, me démêlaient les cheveux et les soulevaient de mon cou. Presque beau. Oh ! ça, t'es un vrai Boatwright, un Boatwright tout craché.

Je riais en tournant la tête vers son cou. Mamie était affreuse, elle aussi, elle le répétait assez souvent, même si elle n'avait pas l'air d'y attacher d'importance. Son large visage était couturé de cicatrices, parsemé de taches de rousseur et creusé de longues rides profondes. Elle avait de fins cheveux gris ramenés en arrière et noués avec l'une des cordelettes noires qui fermaient les blagues à tabac. Elle sentait fort — tout à la fois l'âcre et le salé, l'aigre et le sucré. Ma transpiration disparaissait dans sa jupe, mes bras lui entouraient la taille et je la humais comme on hume le fumet d'une soupe. Je me berçais contre elle, avec le bonheur et l'impression de sécurité que Petit Earle avait ressentis quand elle lui avait collé les dents sur le ventre.

— Tu sais, Bone, ta mère va être en retard, me disait Temple. Les soirs où il fait chaud comme ça, il leur faut un temps fou pour tout ranger au restaurant, et ce Glen va s'incruster au comptoir et la retarder. Il est vraiment fou dès qu'il s'agit de ta mère.

Je faisais un signe de tête solennel, toujours accrochée à mamie. La radio devenait plus sonore, les garçons se mettaient à se battre. Tout le monde était occupé, tout le monde parlait, mais je me sentais parfaitement heureuse à côté de mamie, attendant que maman rentre tard du restaurant, nous ramène, Reese et moi, dans le minuscule duplex qu'elle louait en ville. Si la chaleur se prolongeait dans la nuit, maman nous installait sur la véranda protégée par une moustiquaire et improvisait un matelas avec les coussins du canapé et des draps. Elle restait assise avec nous, fredonnait et fumait dans l'obscurité paisible, tandis que la radio jouait si doucement que nous ne pouvions rien distinguer.

Le monde qui nous arrivait par la radio était vaste et lointain et ne nous touchait pas du tout. Nous passions tout l'été sur une véranda ou sur l'autre, occupées à nous moquer de Petit Earle, à taquiner les garçons, à trier des haricots et à écouter des histoires ou le chant doux et rythmé des grillons. Quand je repense à cet été — aux nuits passées chez une tante ou l'autre, où nous nous endormions aussi facilement qu'à la maison, à l'odeur du cou de maman quand elle se penchait pour nous étreindre dans l'obscurité, au gloussement de Petit Earle ou au floc du crachat de mamie sur la terre sèche, et enfin à cette musique *country* qu'on jouait tout doucement, partout, composante de ces soirées au même titre que les grillons et le clair de lune —, une impression de sécurité me gagne toujours. Aucun endroit ne m'a jamais semblé aussi doux ni paisible, aucun endroit ne m'a jamais autant fait l'effet d'un foyer.

J'idolâtrais mes oncles — Earle, Beau et Nevil. C'étaient tous trois des hommes costauds, avec de larges épaules, des dents cassées et des visages burinés. Ils dressaient des chiens de chasse et conduisaient de vieux camions qui avaient une boîte à outils clouée sur le côté. Ils étaient employés à l'usine textile, à l'atelier de réparation de chaudières, ou, parfois, travaillaient comme couvreurs ou maçons quand l'industrie n'était pas florissante. Le week-end, ils rafistolaient des voitures, debout dans le jardin, sirotant du whisky, lâchant des obscénités, donnant des coups de pied dans les restes graisseux de moteurs qu'ils ne finissaient jamais de remonter. Ils avaient des yeux plissés sous des sourcils décolorés, et leurs mains étaient constamment en train de travailler une lame, un morceau de bois, ou d'huiler une petite pièce mécanique quelconque.

— Un couteau, ça se tient comme ça, me disaient-ils. On pèse sur un tournevis à hauteur d'épaule, on prépare un coup de marteau à partir de la hanche et on écarte bien les doigts pour tenir correctement quelque chose.

Mes oncles avaient beau terroriser la moitié du comté, ils étaient toujours doux et affectueux avec mes cousins et moi. C'est seulement quand ils étaient soûls ou quand ils se battaient entre eux qu'ils semblaient aussi dangereux qu'ils avaient la réputation de l'être. Les couteaux qu'ils portaient sur eux étaient luisants, bien aiguisés et fascinants, leurs boîtes à outils massives, pleines de tous les instruments métalliques imaginables. Même leurs portefeuilles étaient gonflés de choses inconnues et mystérieuses — carte périmée d'ouvrier sur le chantier de la base aérienne, laissez-passer pour le circuit automobile, reçus pour des réparations de voiture et reconnaissances de dettes à la suite de parties de cartes, ainsi que petites photos défraîchies de jolies femmes qui n'étaient pas leurs épouses. Mes tantes traitaient mes oncles en petits garçons — adolescents turbulents dont les frasques devaient davantage donner lieu à des plaisanteries que causer du souci — et c'est ce qu'ils avaient l'air de penser eux aussi. Ils paraissaient jeunes, même Nevil, dont les dents avaient sauté dans une bagarre, tandis que les tantes — Ruth, Raylene, Alma et même maman — paraissaient vieilles, usées et lentes, nées pour enfanter, élever des gosses et nettoyer derrière les hommes.

Les hommes avaient le droit de faire n'importe quoi et tout ce qu'ils faisaient était accepté avec bonne humeur et compréhension, quand bien même ils avaient usé de violence ou commis des fautes. Le shérif les enfermait pour avoir tiré de leurs fenêtres respectives, fait la course en camion sur la voie ferrée ou assommé le tenancier du *Rhythm Ranch*, et mes tantes haussaient les épaules et s'assuraient que les enfants étaient bien rentrés à la maison. Les frasques des hommes, inutile d'en faire tout un plat. Certains jours, je grinçais des dents et j'aurais bien voulu être un garçon.

Je suppliais mes tantes de me donner leurs vieilles chemises de travail en coutil pour les porter exactement comme ils les portaient quand ils s'occupaient de leur camion, le devant rentré dans le pantalon et le dos à l'extérieur. Beau se moquait affectueusement de moi quand je l'imitais. Earle et Nevil passaient leurs doigts calleux dans mes cheveux bruns et s'amusaient à attraper le pan de ma chemise quand je passais devant eux en courant, mais leurs mains ne me faisaient jamais mal et la fierté que je leur inspirais était aussi lumineuse que l'extrémité embrasée des cigarettes qu'ils tenaient toujours entre leurs doigts, sans serrer. Je les suivais partout et je leur volais des choses dont ils ne se souciaient pas vraiment — de vieux outils, des morceaux de chaîne, des pièces de moteur cassées. Je désirais par-dessus tout un couteau semblable aux leurs — un couteau de joueur de cartes, à manche en bois teinté et laiton, ou un couteau de poche décoré avec de la nacre. J'avais trouvé un canif au manche cassé, que j'avais rafistolé en le scotchant autour de la soie en acier, tordue. Je l'avais tout le temps sur moi, jusqu'au jour où mon cousin Grey a eu pitié de moi et m'en a donné un plus acceptable.

Oncle Earle était mon préféré. On l'appelait Black

Earle dans trois comtés des environs. Maman disait qu'on l'appelait comme ça à cause de ses cheveux très, très noirs qui lui retombaient sur les yeux en une grande boucle souple, mais tante Raylene disait que c'était à cause de son cœur très, très noir. Il était beau, parlait doucement et travaillait dur. Il disait à maman que toutes les filles l'aimaient parce qu'il ressemblait à Elvis Presley, sauf qu'il était maigre et musclé. D'une certaine manière, ce n'était pas faux, mais son visage était creusé de rides et le soleil lui avait donné une couleur marron-rouge. La vérité, c'est qu'il n'avait pas l'innocence enfantine d'Elvis Presley ; il avait une expression diabolique et un corps fait pour le sexe, ça, tante Alma le jurait. Il était costaud, grand et maigre, avec de grosses mains pleines de cicatrices.

— Earle, c'est des ennuis qui déboulent sur des glissières bien graissées, disait mon oncle Beau en riant.

Toutes mes tantes étaient d'accord avec lui, et leurs joues se plissaient en un sourire indulgent tandis que leurs doigts, aussi doux et tendres que les pattes filiformes des colibris, s'attardaient sur les larges épaules d'oncle Earle.

Oncle Earle semblait toujours avoir de l'argent dans les poches, un boulot qu'il venait de plaquer et un autre qu'il allait commencer. Sa femme l'avait quitté à peu près au moment où Lyle Parsons était mort, à cause de ce qu'elle appelait sa façon de raconter des bobards. Il était incapable de se tenir à distance des femmes et ça la rendait folle. Teresa était catholique et avait pris au sérieux la fidélité qu'elle lui avait jurée, mais il n'avait jamais imaginé qu'elle pourrait le quitter pour avoir touché à des filles qu'il n'avait nullement l'intention d'épouser et n'aimait pas. La colère et le chagrin qu'il avait éprouvés en perdant sa femme et ses trois filles lui donnaient un fond d'amertume qui semblait le rendre encore plus attirant.

— Cet Earle a de la magie, me disait tante Ruth. C'est un aimant pour les femmes. Il leur brise le cœur et leur fait aimer ça.

Elle secouait la tête et me souriait.

— Tous ces gamins qui jouent un rôle, qui s'imaginent qu'ils peuvent affoler les femmes avec leurs petites hanches étroites et leurs sourires d'ange, ils n'auront jamais le don qu'a Earle, ils n'en savent même pas assez long pour se rendre compte de ce que c'est. Un homme triste, blessé, qui aime sincèrement les femmes — voilà ce qu'est Earle, un petit garçon meurtri avec juste assez de méchanceté en lui pour continuer à intéresser une femme.

Elle repoussait les cheveux de ma figure et passait le pouce sur mes sourcils, lissant les fins poils bruns.

— Ton vrai papa...

Elle s'interrompait, regardait autour d'elle et reprenait :

— Lui aussi, il avait ça, juste assez, en tout cas, pour conquérir ta mère. Il aimait les femmes, lui aussi, c'est quelque chose que je peux dire en sa faveur. Un homme qui aime vraiment les femmes a toujours une touche de magie.

Il n'y avait pas de photos de mon vrai papa et maman ne voulait pas me parler de lui — pas plus qu'elle voulait me parler du reste de la famille. C'est mamie qui m'a dit quel corniaud c'était ; elle m'a dit qu'il habitait au nord, près de Blackburn, avec une femme et six enfants qui ne connaissaient même pas mon existence ; qu'il vendait des polices d'assurance à des gens de couleur, à la campagne, et n'avait jamais été en prison de sa vie.

— C'est vraiment un minable ! disait-elle.

Ça me donnait le cafard, jusqu'à ce que tante Alma jure qu'il n'avait pas été aussi salaud que ça, il avait juste foutu tout le monde en rogne quand il n'avait pas voulu venir demander pardon à mamie qui l'avait chassé.

— Huit jours après ta naissance, m'a dit tante Alma, il est arrivé pendant que mamie était allée à l'usine pour régler une histoire avec un de ses fils. Anney n'était pas sûre de vouloir lui parler, mais Raylene et moi l'avons persuadée de lui permettre de te voir pendant qu'elle restait dans la chambre de derrière. Ce gars avait une trouille de tous les diables, là, en train de te tenir dans des mains tachées de cette peinture vert foncé avec laquelle il repeignait le camion à plate-forme de son père. Tu l'as regardé de tes yeux noirs d'Indienne comme s'il n'était qu'un domestique qui te soulevait pour te faire prendre l'air ou quelque chose de ce genre. Et ensuite, tu t'es mise à lui pisser un plein seau sur les manches, le plastron de chemise et le pantalon, jusqu'aux genoux ! Tu as bel et bien trempé ce fils de pute !

Tante Alma m'a fait grimper sur ses genoux. Elle avait un sourire si large que son nez en paraissait tout petit. On aurait dit qu'elle attendait de me raconter cette histoire depuis ma naissance, qu'elle attendait de me féliciter et de me remercier pour cette chose que j'ignorais avoir faite.

— C'est comme si t'avais exprimé l'opinion de ta maman, que tu l'avais défendue, là, dans ses bras. Et ce garçon avait l'air de très bien savoir ce que ça voulait dire, avec ta pisse de bébé qui puait sur ses vêtements, pour que tout le monde la sente. Il t'a tout de suite déposée dans mes bras, comme si tu allais le noyer s'il se dépêchait pas. Il a filé sans parler à ta mère et n'est jamais revenu. Quand Earle a entendu dire qu'il avait épousé une autre petite qu'il avait mise en cloque, il a plaisanté en disant que ce garçon était trop fertile pour être heureux et qu'il était incapable de baiser sans faire d'enfant. Et c'est peut-être vrai. Avec les six gosses légitimes qu'il a, toi, plus les autres qu'il aurait engendrés un peu partout, de Spartanburg à Greer, d'après ce qu'on raconte, il est une sorte de mouvement nataliste à lui tout seul. T'as de la famille que tu connaîtras jamais — tous avec des cheveux très bruns, comme lui.

Elle m'a souri et a tendu la main pour balayer de mon visage mes cheveux noir de jais.

— Tu sais, Bone ! m'a-t-elle dit en riant. Tu devrais peut-être prévoir d'épouser un blond, pour plus de sûreté. Hein ?

Mamie ne parlait pas beaucoup de mon vrai papa sauf pour le maudire, mais elle abordait presque tout le reste. Elle s'allongeait à demi dans son rocking-chair et se mettait à dévider histoires et souvenirs, sans faire de distinction entre ce qu'elle savait être vrai et ce qu'elle avait seulement entendu dire. Les récits qu'elle me racontait, de son murmure rauque, traînant, étaient des chansons rythmées, des ballades ayant pour thème la famille, l'amour et la déception. Tout semblait se résumer à du chagrin et du sang, et tout le monde prenait une dimension légendaire.

— Mon grand-père, ton arrière-arrière-grand-père, était un Cherokee et il nous aimait pas beaucoup, nous, ses p'tits-enfants aux cheveux filasse. Certains disaient qu'il avait une aut'famille, vers Eustis, par là, une vraie femme indienne qui lui a donné des bébés aux cheveux bruns et aux yeux bleus. Ha ! Les yeux bleus sont pas aussi rares que ça chez les Cherokee, dans l'coin. Moi, j'ai toujours trouvé qu'c'était un scandale qu'on n'en ait pas eu nous aussi, comme ses aut'bébés. C'est vrai qu'il avait les yeux noirs, le salaud, et p't-être qu'il a jamais réellement fait ces aut'bébés, comme on le racontait. C'qui est certain, c'est qu'ma grand-mère a jamais fichu l'camp. Elle était obsédée par cet homme, obsédée au point d'en être folle. Elle hurlait comme un chien, la nuit, quand il était pas là. Il était pas souvent là, mais chaque fois qu'il venait, elle faisait un aut'bébé, un aut'blond-roux aux yeux marronasses, qu'il traitait comme un chiot ou un chaton. Ce type a jamais donné d'fessée à un gosse de sa vie, il a jamais frappé grand-mère. On aurait pu croire le contraire, vu qu'il semblait pas y tenir tant qu'ça. C'était un homme tranquille, en plus. Il se bagarrait pas, il parlait à peine. C'était pas un Boatwright, ça, c'est sûr.

« Mais on l'aimait, tu sais, presque autant que grand-mère. On aurait tué pour attirer son attention, ne serait-ce qu'une minute, et on aurait bravé la mort pour lui ressembler davantage, même si on pouvait pas faire plus différent de lui. Aucun de nous était calme, on aimait tous la bagarre. Aucun avait les yeux bleus, et pas un seul sauf toi a eu ces cheveux noirs à reflet bleu. Seigneur ! tu étais étrange ! On aurait dit une grosse poupée au visage rouge, avec tous ces cheveux très, très bruns — une poupée avec une tête pleine de cheveux. Aussi calme et douce qu'il l'était. Tu pleurais même pas, jusqu'à ce que tu attrapes le croup, à quatre mois. J'ai toujours pensé qu'il t'aurait aimée, le grand-père, ça oui. Tu as même un peu son allure. Tu avais ces yeux sombres et ces cheveux noir de jais quand tu es née. J'étais là, j'l'ai vu.

— Oh ! merde ! a dit Earle en riant quand je lui ai répété certaines histoires de mamie. Dans le comté de Greenville, une famille sur trois jure qu'elle appartient à la nation cherokee. Que notre arrière-grand-père soit indien ou pas, ça fait pas un pet de différence. T'es une Boatwright, Bone, même si t'es la petite la plus étrange de la famille.

Je l'ai regardé attentivement, sans baisser mes yeux cherokee, le visage dénué de toute expression. J'aurais été incapable de prononcer un mot, même si mon arrière-arrière-grand-père s'était trouvé là, à me regarder avec des yeux noirs identiques aux miens.

Maman portait ses cheveux courts, bouclés et décolorés. Tous les deux mois, tante Alma et elle s'occupaient mutuellement de leurs cheveux. Maman rinçait les cheveux de tante Alma avec de la bière ou du jus de citron pour les éclaircir un tout petit peu, et tante Alma égalisait la nuque de maman et appliquait la teinture blond foncé qu'elle aimait. Puis chacune mettait à l'autre des pinces et, pendant que leurs cheveux séchaient, elles persuadaient Reese de s'asseoir, le temps de nouer des papillotes autour de ses fins cheveux roux de bébé. Je voulais bien dérouler les papillotes, rincer les épingles, filtrer le jus de citron à travers un linge, mais je refusais la permanente que maman insistait toujours pour me faire.

— Ça pue et ça fait mal, disais-je. Fais-en une à Reese.

— Oh! Reese n'en a pas besoin. Regarde-moi ça.

Et tante Alma libérait des papillotes quelques longues boucles élastiques. Comme des tire-bouchons souples, les boucles sautaient et dansaient, semblant magiques.

— Cette enfant a les plus beaux cheveux du monde, juste comme les tiens, Anney, quand tu étais petite. Tu avais une touche de roux, toi aussi, il me semble.

— Non, a dit maman en secouant la tête tout en retirant d'autres papillotes aux boucles de Reese. Tu sais bien que j'étais blonde. C'est toi qui avais une nuance rousse, toi et Ruth. Tu te rappelles, vous vous disputiez pour savoir qui était le plus foncé?

— En tout cas, c'est toi qui avais les plus beaux cheveux!

Tante Alma s'est tournée vers moi.

— Ta maman avait les plus beaux cheveux que tu aies jamais vus. D'une douceur! Tiens, à côté, ceux de

Reese, c'est du fil de fer. Elle avait les cheveux les plus doux du comté de Greenville, et dorés comme un rayon de soleil sur de la tôle. Ils n'ont pas foncé avant qu'elle vous mette au monde, un peu avec toi et encore un peu avec Reese. Les cheveux, c'est comme ça, tu sais, ça fonce avec les grossesses. Et y a rien qui puisse arrêter ça une fois que ça commence.

Maman s'est mise à rire.

— Tu te rappelles quand Carr a eu sa première grossesse et qu'elle a juré qu'elle se raserait la tête si elle avait l'impression que ses cheveux fonçaient ?

Tante Alma le lui a confirmé d'un signe de tête, faisant danser ses boucles châtain foncé maintenues par des pinces.

— Elle se les rinçait dans de la pisse, parfaitement, tous les dimanches soir, dans la pisse du petit Tommy Lee. Elle avait supplié Ruth de la lui donner. Tout ça parce que mamie jurait que les rinçages à la pisse de bébé gardaient les cheveux blonds.

— Elle puait pas ?

J'ai mordu dans le bout en caoutchouc d'une épingle à cheveux, arrachant la protection pour goûter le fer douceâtre, dessous.

— La pisse de bébé sent pas mauvais, m'a dit tante Alma. A moins que le bébé soit malade, et Tommy Lee a pas été malade une seule fois de toute sa vie. Carr sentait comme d'habitude, mais ses cheveux ont foncé tout de même. C'est le prix à payer pour avoir des bébés.

— Oh ! c'est pas ça.

Maman m'a fait monter sur ses genoux et s'est lancée dans la rude tâche qui consistait à me brosser les cheveux.

— Tous les Boatwright foncent en vieillissant. C'est comme ça. Les blonds deviennent roux ou châtains, et les bruns encore plus bruns. Aucun reste blond une fois adulte.

— À part toi, chérie, a dit tante Alma avec un grand sourire.

— Ouais, merci Clairol, hein?

Maman s'est mise à rire et m'a serrée dans ses bras.

— Qu'est-ce que t'en penses, Alma? J'devrais pas lui couper cette tignasse? Même en faisant tout son possible, elle arriverait pas à garder les cheveux propres et elle m'en veut quand je tire dessus pour essayer de les démêler.

— Merde, oui, coupe-les. Je vais aller chercher le bol. On va les égaliser sur la nuque.

— *Non!* ai-je hurlé en m'entourant la tête des mains. Je veux garder mes cheveux! Je veux garder mes cheveux!

— Mais tu nous laisses pas les arranger, chérie.

— Non! Non! Non! C'est mes cheveux et je veux les garder. Je les veux longs et emmêlés, exactement comme ils sont.

Tante Alma a tendu la main pour prendre l'épingle que j'avais à la bouche.

— Seigneur, regarde-la un peu! a-t-elle dit. Aussi têtue que le jour est long.

— Oui.

Maman a posé les deux mains sur mes épaules et a exercé une pression. À en juger par sa voix, elle ne semblait pas en colère. J'ai levé la tête pour la regarder. Ses yeux marron étaient énormes, vus de près, avec des petites paillettes dans les pupilles. Je pouvais presque me voir entre les éclats dorés.

— Alors, qu'est-ce que tu croyais, hein?

J'ai regardé à nouveau tante Alma. Ses yeux avaient le même brun chaud, profond, luisait des mêmes lumières dorées, et je me suis brusquement rendu compte qu'elle avait les mêmes pommettes que maman et la même bouche.

— Elle est exactement comme toi, a dit Alma.

Ma bouche n'était pas comme ça, ni mon visage. Pire, mes yeux noirs n'avaient pas d'or. Je ne ressemblais à personne.

— Comme toi, tu veux dire, a dit maman.

Elle et tante Alma ont fait un signe de tête au-dessus de moi, se souriant, parfaitement d'accord. J'ai lentement écarté les mains de mon crâne pour laisser maman commencer à me brosser les cheveux. Reese a mis ses petits doigts dodus dans sa bouche et m'a regardée solennellement.

— B... Bone, a-t-elle bégayé.

— Oui, a approuvé tante Alma en soulevant Reese pour la prendre dans ses bras. Notre Bone têtue est exactement comme sa maman, bout d'chou. Exactement comme ses tantes, exactement comme une Boatwright, et exactement comme toi.

— Mais j'ressemble à personne ! ai-je gémi.

Tante Alma s'est mise à rire.

— Ben, tu ressembles à notre Bone, ma petite.

— J'ressemble pas à maman. J'te ressemble pas. J'ressemble à personne.

— Tu me ressembles, a dit maman. Tu ressembles à ma petite fille à moi.

Elle a posé délicatement les doigts sur mes joues et m'a appuyé sous les yeux.

— Tu as bien un air de famille. Je le vois, je vois ce que ça va donner quand tu seras plus grande, ces os, là.

Ses doigts ont doucement glissé vers ma bouche et mon menton.

— Et là. Tu vas ressembler à notre grand-père, ça, c'est sûr. Elle a les pommettes cherokee, hein, Alma ?

— Oh ! oui alors. Elle va en être une autre, une autre beauté qui causera du souci.

J'ai fait un grand sourire. Je ne les croyais pas vraiment mais j'avais envie de les croire. Je me suis alors tenue tranquille, j'ai essayé de ne pas broncher quand maman s'est mise à brosser impitoyablement mes cheveux pleins de nœuds. Si j'avais une permanente, je perdrais ces heures passées sur les genoux de maman, sous le creux de son bras, pendant qu'elle brossait, brossait, lissait mes cheveux et parlait à voix douce au-dessus de moi. Elle semblait toujours sentir la farine beurrée, le sel et le vernis à ongles — arôme délicat, insinuant, mêlant le familier à l'astringent. Je respirais profondément et me mordais la lèvre pour ne pas gémir alors que mon crâne me faisait mal et brûlait. J'aurais préféré me couper la tête plutôt que les laisser me couper les cheveux et devoir renoncer au plaisir indicible d'être installée sur les genoux de maman tous les soirs.

— Est-ce que je ressemble à mon papa? ai-je demandé.

Il y a eu un silence. Maman continuait à brosser pendant que tante Alma terminait de retirer les papillotes des cheveux de Reese.

— Je lui ressemble? À mon papa, maman?

Maman a attrapé tous mes cheveux d'une main et, de l'autre, s'est attaquée aux pointes avec le côté de la brosse.

— Alma, passe-moi un peu de cette huile parfumée, chérie, juste un peu pour ma main. Voilà, ça suffit.

La brosse a recommencé ses lents et amples mouvements. Tante Alma s'est mise à fredonner. J'ai baissé la tête. Ce n'était pas que je tenais absolument à savoir quelque chose sur mon père absent. Je n'aurais rien eu contre un mensonge. Je voulais seulement savoir ce que maman m'aurait raconté. Quelle était cette chose qu'elle ne voulait pas me dire, cette chose primordiale qui la différenciait de tous ses frères et sœurs et lui cousait la bouche sur sa vie?

Maman a brossé si fort qu'elle m'a renversé la tête en arrière.

— Tu es incapable de rester sagement assise, Bone.

— Oui, maman.

J'ai fermé les yeux et je l'ai laissée me bouger la tête, me tirer et secouer les cheveux jusqu'au moment où elle s'est un peu détendue. Tante Alma chantonnait doucement. L'odeur d'huile parfumée, sur les doigts de maman, flottait dans l'air. Le babil de Reese est venu se joindre au fredonnement de tante Alma. J'ai ouvert les yeux et j'ai regardé dans ceux de maman. On voyait le sourire d'enfant de Reese dans ces yeux. Dans les pupilles, les paillettes dorées luisaient et lançaient des éclairs, comme un objet brillant qui accroche la lumière.

3

L'amour, du moins l'amour pour un homme qui ne faisait pas déjà partie de la famille, était quelque chose qui n'était pas très évident pour moi. Tante Alma disait que l'amour avait bien plus à voir avec la beauté d'un corps que les gens voulaient bien l'admettre, et Glen était assez beau, assurait-elle, avec ses larges épaules, ses longs bras, ses cheveux coiffés en arrière et son col boutonné bien serré sur son cou maigre.

Parfois, après la visite de Glen, maman restait assise sur la véranda et fumait une cigarette, les yeux dans le vague. Parfois, je me glissais tout doucement sous son aisselle et je restais à côté d'elle, sans dire un mot. Je me demandais à quoi elle pensait, mais je ne lui posais pas la question. Si je l'avais fait, elle m'aurait parlé de la route, des arbres ou des étoiles. Elle m'aurait parlé de son travail, d'une bêtise qu'un de mes cousins ou un de mes oncles aurait faite, ou elle m'aurait donné une tape sur les fesses avant de m'envoyer au lit, puis serait revenue s'asseoir là, le visage très sérieux, et aurait fumé sa Pall Mall jusqu'au filtre.

— Reese et toi, vous aimez bien Glen, hein ? me disait maman de temps en temps, d'une voix inquiète.

À chaque fois, je faisais signe que oui. Bien sûr que

nous l'aimions, je lui disais, et j'observais que son visage se détendait et esquissait un sourire.

— Moi aussi. C'est quelqu'un de bien.

Elle passait lentement les mains sur ses cuisses, entourait ses genoux, qu'elle remontait jusqu'à la poitrine, et répétait plus pour elle-même que pour moi :

— C'est quelqu'un de bien.

Les soirs où maman travaillait au restaurant, elle nous laissait chez tante Ruth ou chez tante Alma. Mais parfois, si elle ne devait pas travailler trop tard, elle nous improvisait un lit avec des couvertures et des oreillers sur la banquette arrière de sa Pontiac et nous emmenait. Elle nous servait le dîner dans un box de la salle, près de la cuisine, et nous laissait écouter un moment le juke-box avant de nous coucher dans la voiture en me disant sévèrement de ne pas débloquer la portière, sauf quand elle reviendrait. Pendant que nous étions dans ce box, je l'observais au travail. Elle était fascinante, jeune, avenante et trop jolie pour que quiconque soit méchant avec elle. Les camionneurs la taquinaient et passaient ses chansons préférées sur le juke-box. Les plus jeunes essayaient de la convaincre de sortir avec eux, mais elle les en dissuadait d'un ton badin. Les plus âgés, qui la connaissaient bien, lui faisaient des compliments sur nous, ses jolies petites filles. J'observais tout, admirant les hommes aux avant-bras musclés et aux larges épaules, qui sirotaient le café que maman leur servait, j'absorbais la musique qui passait continuellement, j'empêchais Reese de renverser son lait ou de glisser sous la table, et je souriais à maman quand elle me regardait.

— Tu es la fille d'Anney, hein ? me disait l'un des clients. Ta petite sœur est son portrait craché. Toi, tu dois ressembler à ton papa.

Je le confirmais d'un signe de tête prudent.

Quand Glen Waddell arrivait, maman lui servait une

bière et s'asseyait avec lui dès qu'elle le pouvait. Quelquefois, si elle était occupée, c'est lui qui nous portait jusqu'à la voiture quand Reese avait sommeil, nous tenant dans ses gros bras robustes avec la douceur étudiée dont il faisait preuve pour toucher maman. Je voulais toujours attendre que maman ait le temps de nous border dans notre lit de couvertures, mais elle avait l'air d'aimer que Glen nous porte, sous le regard de tous les camionneurs. Je la voyais nous suivre des yeux, je voyais son visage s'adoucir et rayonner. C'était peut-être l'amour, ce regard. Je ne pouvais pas savoir.

Ma maman est sortie avec Glen Waddell pendant deux ans. Les gens disaient qu'il lui fallait du temps pour se fier de nouveau aux hommes après la mort de Lyle Parsons. Maman nous emmenait parfois, Reese et moi, quand elle allait attendre Glen à la sortie de son nouveau travail, à l'usine RC Cola. Parfois, il travaillait encore et soulevait des casiers de bouteilles de soda pour charger son camion en prévision du trajet du lendemain matin. Toutes les caisses pleines devaient être chargées et les bouteilles vides retirées et emportées vers un tapis roulant où elles étaient nettoyées, puis expédiées à l'usine d'embouteillage. Il hissait chaque caisse de vingt-quatre bouteilles au-dessus de sa tête et la lâchait sur le camion avec un grognement. Il remuait les hanches pour mettre tout son poids dans ce geste, bras tendus, et, dans sa concentration, pinçait les lèvres, sortait le bout de la langue. Son col était ouvert et sa chemisette d'uniforme, bleu pâle, molle, lui collait au dos en formant une bande sombre sur sa colonne vertébrale. Maman portait encore sa robe de serveuse, qui sentait le sel et la friture, et était aussi en sueur et fatiguée que lui, mais quand Glen lui souriait, il avait l'air de croire qu'elle transpirait du sucre et de la crème. Maman se penchait par la vitre de la voiture et l'appelait doucement. Il devenait cramoisi et se mettait à travailler un peu plus vite, soit pour faire étalage de sa force, soit pour terminer plus tôt, nous ne savions pas exactement.

Glen était petit, mais si musclé et si robuste qu'il était difficile de voir en lui quelqu'un de délicat, même s'il était étrangement gracieux dans ses grossiers vêtements de travail et ses lourdes bottes. Il y avait des morceaux de bouteille par terre, des tessons écrasés, incrustés dans le macadam, et tous les hommes portaient de lourdes bottes de travail aux épaisses semelles en caoutchouc. Glen avait des pieds si menus qu'il avait fallu acheter ses bottes au rayon enfants de Sears, Roebuck, tandis que ses gants ne pouvaient se trouver que dans les magasins spécialisés dans les grandes tailles. Il pivotait sur ses pieds de petit garçon, tournait ses hanches étroites et grognait en soulevant sa charge. Tout en lui évoquait la tension, l'effort, tandis que ses mains se refermaient sur les caisses et les casiers aussi délicatement que s'il s'agissait d'œufs à la coquille fragile. Ses paumes, tellement larges qu'elles faisaient facilement la moitié d'une caisse, veillaient à la stabilité des bouteilles couchées, même lorsqu'il devait lever le casier très haut.

Les gens parlaient souvent du caractère de Glen et de ses mains. Il ne buvait pas, ne courait pas les filles, ne disait même pas d'obscénités, mais, autour de lui, on avait l'impression d'entendre l'air vibrer et ses mains étaient énormes. Elles pendaient comme des gants de base-ball au bout de ses bras courts, aux muscles d'acier. Sur son gabarit frêle, aux os petits, elles étaient étonnantes, incongrues, sans cesse en mouvement, unique preuve de sa force. Quand il nous prenait dans ses bras, Reese et moi, il posait la paume sur notre nuque et se baissait pour nous regarder dans les yeux, ses doigts chauds, humides jouant doucement dans nos cheveux. Il était infiniment précautionneux avec nous, doux et lent avec ses mains, mais il attrapait toujours maman avec de grands gestes brusques. Quand il la prenait dans ses bras, il plaquait les mains sur son dos, la couvrant de la nuque à la taille, et la pressait contre lui aussi fort qu'il le pouvait.

Maman prenait toujours ses mains entre les siennes, ce qui faisait paraître les doigts de Glen encore plus gros, plus rudes et plus longs.

— Il est doux, disait-elle à ses sœurs. Vous devriez voir à quel point il peut être tendre. Et sa manière de soulever Reese quand elle s'endort à l'arrière de la voiture, comme si elle était tellement délicate, tellement fine... semblable à du cristal qui résonne quand on le heurte contre ses dents.

Mes tantes acquiesçaient, mais sans grande conviction.

En tout cas, je savais que maman commençait à aimer Glen. Je la voyais rougir quand il la regardait ou la touchait, même en passant. La couleur apparaissait sur son cou et ses joues s'éclairaient jusqu'à ce que tout son visage prenne une lueur rosée et se réchauffe. Glen Waddell transformait maman de mère harcelée, inquiète, en gamine gloussante, pleine d'espoir.

Un après-midi, Glen a chargé la dernière caisse sur le camion et s'est retourné pour regarder maman, Reese et moi, qui attendions dans la vieille Pontiac. Le soleil jouait sur les perles et ruisselets luisants de sa sueur, si bien qu'il semblait scintiller à la lumière. Il s'est essuyé le visage, mais la transpiration a continué à couler en filets. On aurait dit qu'il pleurait. Il s'est lentement avancé vers nous, s'est accroupi devant la portière et a passé les mains à travers la vitre pour serrer maman très fort.

— Oh! Anney! a-t-il murmuré. Anney! Anney!

Sa voix tremblait, rauque.

— Tu sais... tu sais, je t'aime tant! J'peux plus

attendre, Anney. J'peux plus. Je t'aime de tout mon cœur, petite.

Il a passé les bras par-dessus le siège et nous a attirées, Reese et moi, nous pressant contre le cou et le dos de maman.

— Et tes filles, Anney. Oh! Seigneur! Nos filles, Anney. Nos filles.

Il a alors sangloté, nous a serrées encore plus fort, au point que les os de petit oiseau de Reese ont craqué contre mon épaule et que les vapeurs de transpiration de Glen ont flotté tout autour de nous. Son visage a glissé sur les cheveux de maman, s'est écrasé sur le mien, sa bouche et ses dents ont touché ma joue.

— Appelle-moi papa, a-t-il murmuré. Appelle-moi papa parce que j'aime ta maman, parce que je t'aime. Je vais bien vous traiter. Vous allez voir. Vous êtes à moi, toutes, à moi.

Ses épaules ont tremblé, son corps, passé à travers la vitre, semblait ébranler toute la voiture.

— Oh! Anney!

Il a frissonné.

— Ne dis pas non. S'il te plaît, Anney, ne me fais pas ça!

— Glen! a soufflé maman. Oh! Glen. J'sais pas.

Elle a tremblé et, lentement, a tendu les bras pour lui entourer les épaules.

— Oh! Mon Dieu! Bon, d'accord, je vais y réfléchir. D'accord, chéri. D'accord.

Glen a reculé d'un bond. Il a écrasé les mains sur le toit de la voiture, une fois, deux fois, trois fois. Ça a résonné, on aurait dit des coups de feu. Maman pleurait doucement, ses épaules venant nous heurter, Reese et moi.

— Nom de Dieu! s'est-il écrié. Nom de Dieu, Anney!

Il a tourbillonné en poussant un hurlement.

— Je savais que tu dirais oui. Oh! tout c'que j'vais pas faire, Anney! J'te promets. Tu peux même pas l'imaginer!

Il a ouvert grand les bras et poussé un nouveau hurlement. À voir son visage, on aurait pu croire que quelqu'un braquait un projecteur rose brûlant dessus. Il a ouvert brusquement la portière et a attiré maman dehors. Ses mains tremblaient encore quand elles se sont refermées sur son dos. Il l'a tellement collée à lui que ses pieds n'ont plus touché terre, et puis il l'a fait danser en l'air, en riant et en criant. Reese a posé les mains sur mes épaules et s'est accrochée à moi. Je sentais des vibrations tandis qu'elle se balançait au rythme des cris de Glen. Nous avons souri toutes les deux, cramponnées l'une à l'autre, pendant que Glen entraînait maman sur tout le parking, dans la protection que lui offraient ses bras.

— T'aimes pas les Waddell, c'est tout! a dit maman à mamie.

Elle était debout sur la véranda de tante Alma et portait un chemisier à pois, bleu et blanc, que lui avait offert Glen. Il lui avait dit qu'il faisait ressortir la couleur de ses yeux. A en juger par son expression, tout le monde se rendait compte qu'elle faisait un effort pour se montrer patiente avec mamie.

— Glen m'aime, il aime mes petites. Qu'est-ce que ça peut faire que sa famille soit prétentieuse et se croie supérieure? Glen n'est pas comme ça, lui.

— Tu sais pas comment il est, ce garçon, Anney. T'en sais rien.

— En tout cas, je sais qu'il m'aime.

Maman parlait avec conviction, certaine que Glen Waddell l'aimait plus que sa vie, et que tout le reste suivrait.

— J'en sais bien assez, a-t-elle dit à mamie.

— Ce gars-là a quèque chose qui cloche.

Mamie s'est tournée vers tante Alma, cherchant un soutien.

— Il m'regarde toujours du coin de l'œil, comme un vieux chien qui attend d'voler un os sur une décharge. Et tu sais bien qu'Anney est l'os qu'il veut.

— À t'entendre, personne n'est jamais assez bien pour Anney, a répondu Alma d'un ton railleur. Tu veux qu'elle continue à te payer tous les jours pour garder ses filles, jusqu'au moment où elle sera toute desséchée et n'envisagera plus de se remarier, c'est ça?

C'était la poursuite d'une dispute qui avait duré toute la semaine. On était maintenant dimanche et Glen allait arriver pour emmener tout le monde pique-niquer au lac. Mamie refusait de nous accompagner, alors même que maman, en pensant à elle, emportait du hachis de poulet et un dessert à la gelée.

— Laisse tomber, Anney, aide-moi plutôt avec cet appareil photo.

Tante Alma avait un Brownie tout neuf et était bien décidée à illustrer tous les événements familiaux possibles.

— Tu pourras jamais avoir l'dessus avec maman. Laisse-la tranquille et elle reviendra à la raison quand elle l'aura décidé.

Lorsque Glen est arrivé, c'est l'appareil photo qui a fait sortir mamie de la maison. Elle est venue nous rejoindre sur la véranda. Mais c'est Glen qui n'a pas voulu qu'on le prenne en photo.

— J'suis pas une vedette de cinéma, a-t-il dit à Alma.

Et il ne cessait de se mettre la main devant la figure quand elle braquait son appareil sur lui.

— C'est à cause de sa nouvelle coupe de cheveux, a dit Earle en plaisantant. Glen veut pas qu'on s'aperçoive qu'il a les oreilles aussi décollées. J't'e comprends, Glen.

On est trop vilains pour être pris en photo. Que les femmes et les gosses s'amusent à ça et nous laissent tranquilles.

Oncle Earle aimait assez Glen, mais, comme mamie, il n'avait pas une haute opinion de la famille Waddell. Il l'avait même sorti carrément à Glen, mais le gamin s'était contenté de lui faire un grand sourire, et ça, ça ne se faisait pas. D'après Earle, même s'il ne s'entendait pas avec sa famille, il n'aurait pas dû laisser quelqu'un en dire du mal. S'ils avaient échangé quelques coups à ce propos, saigné un peu l'un et l'autre et s'étaient ensuite réconciliés, Earle aurait trouvé tout ça bien plus correct. Mais Glen était un type tranquille qui ne se battait jamais gentiment. Ou bien il vous adressait ce sourire lent, ou bien il se déchaînait et essayait de vous tuer. Cette dernière méthode lui valait quelque respect, Earle le reconnaissait. Une fois, il avait fallu appeler les flics, à l'atelier de fonderie, avant qu'il quitte ce boulot pour en prendre un à l'usine RC Cola. Glen était un adulte, un travailleur, et il aimait Anney Boatwright. Ça, tout le monde le savait, même mamie.

— Earle, ne commence pas à faire des histoires !

Mamie a repoussé ses cheveux derrière les oreilles et a lissé les plis de son chemisier vert imprimé.

— Je veux qu'Alma prenne des photos de tout le monde. Je veux un album de photos de famille sur mon coffre en cèdre.

Earle s'est mis à rire et s'est faufilé tout doucement derrière Alma pour lui donner des petits coups pendant qu'elle faisait le point sur mamie et sur maman, puis il nous a poursuivies dans le jardin, Reese et moi, a attrapé Reese et l'a lancée en l'air, tellement haut qu'elle a agité les bras, comme si elle allait s'envoler. Je leur ai échappé et j'ai coupé par les buissons, ignorant les ronces qui se prenaient dans le bas de la nouvelle robe que maman m'avait obligée à mettre. Je me suis postée derrière le camion d'Earle et je les ai tous regardés, mamie debout sur la véranda, avec son sourire hésitant, peu assuré, maman sur les marches, dans son nouveau chemisier, à côté de Glen, arborant sa nouvelle coupe en brosse, et Alma, campée dans l'allée, en train de les cadrer dans son viseur. Tout le monde semblait nerveux mais décidé, maman raide dans les bras maladroits de Glen, Glen manquant trébucher sur les marches en essayant de se détourner de l'appareil. J'en avais le cou tout raide, à force de les regarder.

Seuls Earle et Reese étaient décontractés. Reese hurlait et gloussait, toujours dans les bras d'Earle, les jambes tendues tandis qu'il la faisait tourner et tourner, encore et encore, sur l'herbe mouillée, sous un beau soleil.

— Bone, Bone ! hurlait Reese. Oh ! Bone ! Au secours ! Au secours !

— Je vais t'envoyer dans les étoiles, petite fille ! marmonnait oncle Earle pour plaisanter.

Reese n'en hurlait que plus fort. Les mots venaient à peine de s'envoler de sa bouche qu'Earle a glissé dans l'herbe et brusquement atterri sur le derrière. Il a allongé les jambes devant lui et Reese s'est retrouvée sans dommage sur ses genoux, son hurlement se transformant en gloussement tandis qu'Earle se mettait à jurer.

— Nom de Dieu, voilà que j'ai esquinté ce pantalon !

— Bien fait pour toi ! lui a hurlé mamie. T'aurais pu tuer c't'enfant. Reese, amène ton p'tit cul à fossettes ici, près de ta maman.

— Toi aussi, Bone, viens ! a appelé maman. Venez, Reese et toi, pour qu'Alma prenne une photo de nous quatre.

— Ouais, venez, les petites.

Glen s'est accroché à maman en lui passant les deux mains autour de la taille.

— Un sourire, tout le monde ! a dit Alma au moment où l'obturateur faisait entendre son déclic.

4

Le printemps où maman a épousé Glen Waddell, il y avait des orages tous les après-midi et les nuages venaient s'amonceler au pied des collines, au nord et à l'ouest des Smokies[1]. Presque tous les soirs, la lune se montrait, entourée d'un halo spectral, et, au coucher du soleil, il y avait un miroitement bleu à l'horizon.

— C'est pas l'moment d'se marier, a annoncé mamie. Ni d'planter, ni d'construire quoi qu'ce soit.

— T'es sûre, maint'nant, Anney ? a dû demander deux fois Earle avant de la conduire dans son camion au palais de justice où elle devait retrouver Glen et obtenir l'acte de mariage.

Apparemment, il ne parvenait pas à considérer son sourire prompt à s'épanouir comme une réponse, quand bien même il avait accepté d'être le témoin, après que le frère de Glen eut refusé cet honneur. Il le lui a demandé de nouveau avant de la laisser sortir du camion.

— T'es pire que mamie, lui a dit Anney. T'as pas envie de me voir installée et heureuse ?

Il a renoncé et l'a embrassée avant qu'elle descende.

Mamie n'a pas été surprise en apprenant que l'arrière-

1. Great Smoky Mountains, chaîne qui fait partie des Appalaches. (N.d.T.)

grand-mère Shirley avait décliné l'invitation au dîner de mariage que tante Alma avait organisé. Marvella et Maybelle, les tantes d'Eustis, celles qui prétendaient toujours qu'elles pouvaient lire l'avenir dans leurs haricots, se sont dérobées elles aussi, mais Marvella a été polie.

— Je sais qu'il aime Anney, a-t-elle dit à Alma qui était venue cueillir des fleurs dans leur jardin. Et, parfois, l'amour peut tout changer.

Maybelle ne s'est pas montrée aussi généreuse.

— Ouais, Glen aime Anney. Il l'aime comme un joueur aime un bon cheval de course ou un type désespéré aime le whisky. Ce genre d'amour, ça vous ronge un bonhomme. J'fais pas confiance à ce garçon, ça ne me fait pas plaisir que notre Anney l'épouse.

— Mais Anney aime Glen, lui a dit Alma avec impatience. C'est à ça que tu devrais penser. Elle a besoin de lui, comme une femme affamée a besoin de viande entre les dents, et j'vais laisser personne lui enlever ça. Allons, Maybelle, tu sais bien qu'y a pas moyen de prédire c'qui peut s'passer entre un homme et une femme. De toute façon, c'est pas notre affaire, c'est la leur.

Alma a pris les mains de Maybelle entre les siennes.

— Faut seulement qu'on soutienne notre petite, qu'on fasse tout c'qu'on pourra pour s'assurer qu'elle va pas souffrir une fois de plus.

— Oh ! Seigneur ! a dit Maybelle en secouant la tête. J'veux pas me disputer avec toi, Alma. Tu as peut-être raison. Je sais qu'Anney a été très seule. Je le sais.

Elle a dégagé ses mains, serré quelques cheveux gris épars dans le chignon noué sur sa nuque et s'est tournée vers sa sœur.

— Il va falloir qu'on y réfléchisse, Marvella. Il va falloir réfléchir pour de bon à notre petite.

Elles ont fait ce qu'elles ont pu. Les sœurs ont envoyé à maman un cadeau de mariage, un nœud d'amour, que

Marvella avait confectionné en se servant de ses propres cheveux. A la pleine lune, Maybelle avait légèrement entaillé les oreilles de leurs lapins et ajouté ce sang au nœud. Elle avait libéré les lapins, puis toutes deux avaient arraché une demi-douzaine de leurs haricots et, à cet endroit, enterré un rayon de miel dans un morceau de nappe en dentelle. Elles avaient joint un petit mot au nœud d'amour pour dire à maman de le garder sous le matelas du nouveau lit que Glen avait acheté, mais maman a reniflé le sang et les cheveux desséchés et a hoché la tête en pensant à tout ça. Elle n'arrivait pas à se décider à le jeter, alors elle l'a enfoui dans l'un de ses pots de fleurs, dans le débarras, pour qu'il n'empeste pas dans la maison et que Glen ne le trouve pas.

Reese et moi avons détesté le voyage de noces. Nous pensions toutes les deux que nous pourrions y aller nous aussi. Pendant des semaines, maman nous avait répété que ce mariage était également le nôtre, que nous prenions Glen pour papa en même temps qu'elle le prenait pour mari. Alma et elle nous avaient même confectionné un petit voile en dentelle que nous avions sur la tête, pendant la cérémonie, au moment où nous marchions devant maman. Reese portait les fleurs et moi les alliances. Mais maman et Glen sont partis au milieu du dîner de tante Alma, avec juste un petit baiser rapide pour nous dire au revoir.

— Pourquoi on part pas avec eux ? ne cessait de demander Reese tandis que tout le monde riait.

J'étais tellement furieuse que je me suis cachée dans la pièce où Alma faisait sa couture et que je me suis endormie dans son rocking-chair, à force de pleurer. Quand je me suis réveillée, je me trouvais sur son canapé, un couvre-lit jeté sur moi, et la maison était paisible. J'ai sorti l'album de photos d'Alma et je me suis installée dans le rocking-chair. Les dernières photos du pique-nique se trouvaient à la fin. Il y avait une demi-douzaine d'instantanés de Reese et de moi toutes seules, ensemble, et avec mamie ou Earle. Il n'y avait qu'une photo vraiment bonne de Glen avec maman, une seule sur laquelle on voyait le sourire de maman et les yeux de Glen. Sur la plupart des autres, la tête de maman était penchée de sorte qu'on n'apercevait que son menton, ou bien le visage de Glen était tourné, montrant uniquement la ligne pâle du cou et d'une oreille, dégagés par sa nouvelle coupe de cheveux. C'était peut-être pour ça que le bon cliché n'en était que plus saisissant.

Tout, sur cette photo, était net, précis, la mise au point parfaite, le contraste si bon qu'on pouvait délimiter les zones d'ombre et de lumière. On distinguait une tache plus foncée sur la joue de maman, telle l'ombre d'un oiseau, on distinguait les pois sur son chemisier en crépon, les peluches sur sa jupe sombre qui lui arrivait à mi-mollet, et une partie bien nette de ses cheveux blonds coiffés en arrière. Maman était belle là-dessus, sans aucun doute, même si elle avait les paupières un peu bouffies et si les muscles de son cou étaient trop tendus et l'obligeaient à avancer le menton. Mais son sourire était épanoui, ses yeux limpides, et on pouvait lire en elle, comprendre à quel point elle était douce en voyant l'angle que formait son cou tandis que son regard glissait sur Glen pour nous regarder, Reese et moi, et en observant la manière dont ses mains étaient ouvertes sur ses genoux, les doigts légèrement arqués, semblant prêts à attraper un rayon de soleil.

Près de maman, Glen se trouvait à moitié dans l'ombre, la tête tournée sur le côté, mais la lumière tombait sur son sourire, sa joue, ses robustes mains et sa frêle ossature. Son sourire était décidé, pincé, forcé, ses yeux éclatants dans l'objectif, luisant à la lumière aveuglante du soleil, ses épaules nerveuses, un peu voûtées, un bras tendu, passé autour de la taille de maman, assise à sa droite, pour la serrer contre lui. Cette photo ne permettait pas de lire en lui, on voyait seulement qu'il était beau, fort et heureux de tenir cette femme. Les yeux de maman étaient adoucis par les blessures anciennes et l'espoir nouveau ; les yeux de Glen ne livraient rien. L'image de cet homme était aussi plate et vide qu'une plaque de tôle au soleil, réfléchissant la chaleur et la lumière, mais aucun détail — pas de vision nette de ce qu'il était réellement derrière son regard.

J'essayais de m'imaginer comment ça serait de vivre avec lui après le voyage de noces. J'ai de nouveau regardé la photo et je me suis rappelé le jour du pique-nique, la façon dont Glen attirait constamment maman contre lui, les mains posées sur son ventre, d'une manière possessive. J'avais entendu Alma taquiner maman la veille du mariage. Elle lui avait dit qu'elle ferait mieux de se dépêcher de se marier avant que ça commence à se voir. Maman en avait été toute tourne-boulée et avait exigé de savoir comment Alma s'était aperçue qu'elle était enceinte. Je me demandais si elle l'avait déjà annoncé à Glen.

— Venez, les petites.

La voix de Glen, quand il nous avait appelées pour la photo, Reese et moi, avait eu une nette note d'impatience que je n'avais encore jamais entendue. J'avais contourné le camion d'Earle, en marchant tranquillement, et j'avais soigneusement examiné son visage. Oui, il le savait. Il était tellement content de lui, il en paraissait bouffi de satisfaction sous cette horrible coupe de cheveux. Maman avait dit qu'il voulait qu'elle lui donne un fils et j'avais l'impression qu'il était sûr que les choses étaient en bonne voie.

Je suis restée assise dans le rocking-chair avec cet album jusqu'à ce que le matin réveille toute la maison et que tante Alma vienne voir comment j'allais. J'ai passé un doigt sur le sourire enfantin de Reese, sur une photo, suivi les contours des cheveux bruns d'Earle, sur une autre, examiné à quel point le menton de mamie saillait sous sa lèvre inférieure et cherché mon visage partout pour savoir comment l'appareil photo m'avait vue — mes yeux semblables à ceux de maman, plus foncés mais aussi ouverts que les siens, mon sourire plus impétueux et plus large que celui de Reese, et mon corps en mouvement, celui d'un animal bondissant, dans le jardin d'Alma.

Glen avait un comportement enfantin à propos du bébé, il souriait largement, se pavanait et, à la première occasion, posait les mains à plat sur le ventre de maman pour sentir son fils donner des coups de pied. Son fils — il n'avait même pas songé que maman puisse mettre au monde une fille. Non, ce serait un garçon, Glen en était sûr. Il avait acheté à tempérament un berceau et une nouvelle layette, les avait placés dans leur chambre et avait rempli le berceau de jouets qu'un petit garçon aimerait.

— Mon fils va prendre ce qu'il y a de mieux chez Anney et chez moi, disait-il à tout le monde avec insistance, comme si, en le répétant suffisamment, il pourrait le faire arriver.

Il est même allé chez tante Maybelle et tante Marvella avec du maïs doux à offrir aux lapins, juste pour les regarder dans les yeux quand il disait « un garçon » et les entendre le lui répéter quand ils attrapaient le maïs.

— Ils ont dit que c'était un garçon, a-t-il raconté plus tard à Earle, au-dessus d'un plat de haricots tachetés et de pain de maïs, chez tante Ruth.

C'était la première fois qu'il avait l'air de croire à la magie féminine que les tantes d'Eustis prétendaient pratiquer. Il explosait de fierté.

— Nom de Dieu, Glen, félicitations !

Earle gardait une expression de prudente neutralité.

— Faut jamais s'mettre entre un homme et ses ambitions, a-t-il dit à oncle Beau après le départ de Glen. Glen s'imagine que personne n'a été assez fort pour faire un garçon à Anney. Il déraille complètement.

— Un homme devrait pas placer son ambition dans le ventre d'une femme.

Beau n'aimait pas beaucoup Glen, il en était incapable, avouait-il, dans la mesure où il ne faisait jamais confiance à un homme qui ne buvait pas. En effet, pour la famille, Glen était ce qui se rapprochait le plus d'un antialcoolique. Beau a craché du coin de la bouche.

— Ça sera bien fait pour lui si elle lui donne une autre fille.

Oncle Nevil s'est raclé la gorge, leur a versé à tous les deux un petit verre de son alcool maison. Nevil ne gaspillait jamais sa salive quand il pouvait grogner, et il ne grognait même pas quand il pouvait parler avec les mains. Il était censé être l'homme le plus taciturne du comté de Greenville, et Fay, sa femme, avait la réputation d'être la femme la plus grosse.

— Tous les deux, ils ressemblent plus à des meubles qu'à autre chose, avait dit un jour mamie. Ils occupent seulement de l'espace et prennent la poussière, comme une armoire ou un canapé.

Nevil et Fay l'avaient entendue et, à leur manière tranquille, avaient dorénavant refusé de se trouver dans la même pièce qu'elle. Ça compliquait les réunions de famille, mais pas tant que ça. Comme tante Alma le disait à tout le monde, avec Nevil, la conversation n'y perdait pas grand-chose, de toute façon.

Nevil a donc créé la surprise quand il a siroté son whisky, levé la tête et parlé si distinctement qu'on a pu l'entendre de la véranda.

— Moi, j'espère qu'Anney va lui donner un fils, et même une demi-douzaine de fils, tant qu'elle y est. Ce

Glen a quelque chose. Il me plaît presque. Mais il pourrait mal tourner, comme du whisky dans un mauvais tonneau, et j'espère qu'il le fera pas.

Il a siroté une autre gorgée et a refermé la bouche, ses lèvres retrouvant leur ligne horizontale habituelle.

Earle et Beau l'ont dévisagé, sans savoir s'ils devaient rire ou râler, mais, finalement, ils ont baissé les yeux sur leur gobelet. C'était vrai, ont-ils tous les deux reconnu, Anney méritait enfin autre chose que des ennuis dans sa vie.

Le soir où maman a commencé à avoir les douleurs, Glen a emporté des couvertures et des Coca pour Reese et moi, il s'est garé sur le parking de l'hôpital et a attendu. On l'avait prévenu que le bébé allait mettre un certain temps à venir et quand il ne pouvait plus supporter de faire les cent pas dans les couloirs, il venait fumer et écouter la radio dans la voiture, tandis que Reese et moi dormions sur la banquette arrière. À un moment donné, bien avant l'aube, alors qu'il faisait encore sombre et froid, il m'a attrapée par les épaules et m'a fait passer devant, à côté de lui. Il m'a donné du Coca et une moitié de Baby Ruth[1] et m'a dit qu'il venait d'aller voir un peu plus tôt, et que maman se portait bien.

— Très bien, même.

Je l'ai regardé, les yeux ensommeillés, et j'ai hoché la tête, sans savoir exactement ce que je devais dire ou faire. Il fumait furieusement, rejetait la fumée par la vitre qu'il avait ouverte de quelques centimètres à peine, et me parlait comme si j'étais une adulte.

— Je sais qu'elle est inquiète, disait-il. Elle croit que si c'est une fille, je ne l'aimerai pas. Mais ce sera notre bébé et, si c'est une fille, nous pourrons en faire bientôt un autre. J'aurai mon fils. Anney et moi, nous aurons notre garçon. Je le sais. Ça, je le sais.

1. Barre chocolatée. *(N.d.T.)*

Il continuait à parler, murmurant tout doucement, parfois si doucement que je n'arrivais pas à le comprendre. Je me suis enroulée dans ma couverture et j'ai regardé les étoiles disséminées juste au-dessus des grands sapins, au bout du parking. L'air qui passait tout bas à la radio était une chanson de Kitty Wells, que maman aimait bien. Je remuais la tête en rythme et je contemplais la nuit. Je pensais au bébé qu'allait avoir maman, je me demandais ce que ça donnerait si **elle** n'avait pas une fille. Comment allaient-ils appeler **le** bébé ? Glen junior, si c'était un garçon ? Ils n'en avaient jamais parlé. Maman croyait que ça portait malheur de choisir le nom d'un enfant avant la naissance.

Glen m'a posé la main sur le cou et les étoiles ont paru me faire un clin d'œil. Je n'avais pas l'habitude qu'il me touche, alors j'ai serré ma couverture et je me suis tenue tranquille. Il a légèrement glissé sur la banquette pour s'éloigner du volant et m'a installée sur ses genoux. Il a commencé à fredonner la chanson en me faisant un peu bouger sur ses cuisses. J'ai levé la tête pour le regarder dans les yeux. Il y avait peu de lampadaires, sur le parking, mais les points lumineux rouges et jaunes de la radio éclairaient son visage. Il souriait et, pour la première fois, j'ai vu ses yeux sourire aussi franchement que sa bouche. Il a repoussé ma jupe sur le côté et a glissé sa main gauche entre mes jambes, jusqu'à ma culotte en coton. Il a alors commencé à me faire bouger entre son ventre et son poignet, ses doigts s'affairant avec son pantalon.

Ça me faisait peur, sa grosse main entre mes jambes et ses yeux qui luisaient dans la faible lumière. Il s'est remis à parler, me disant que tout allait bien se passer pour maman, qu'il m'aimait, que nous allions tous être heureux. Heureux. Sa main était dure, l'os de son poignet poussait et me faisait mal. Je regardais droit devant moi à travers le pare-brise, trop effrayée pour pleurer, trembler ou me débattre, trop effrayée pour faire le moindre mouvement.

Il répétait sans cesse :

— Tout va bien se passer.

Il continuait à me faire bouger, respirait par la bouche, les yeux fixés droit devant lui. Je voyais son reflet dans le pare-brise. L'aube a commencé à filtrer à travers les arbres, rendant tout clair et froid. Sa main s'est enfoncée davantage. Il se touchait. Je savais ce qu'il y avait sous ses doigts. J'avais vu mes cousins nus, en train de rire, d'agiter leur chose et de plaisanter, mais la sienne était mystérieuse, effrayante et dure. La sueur qui lui coulait le long des bras tombait sur ma peau et sentait fort, mauvais. Il a grogné, a serré mes cuisses entre son bras et ses jambes. Son menton s'est enfoncé sur ma tête et ses hanches se sont soulevées en même temps. Il me faisait mal, il me faisait tellement mal !

J'ai laissé échapper un sanglot, Glen est retombé sur le siège et m'a lâchée. Je me suis mordu la lèvre et je n'ai plus bougé. Il a levé la main pour se l'essuyer sur la couverture et je sentais l'odeur de quelque chose de bizarre et d'âcre sur ses doigts. Je me suis écartée de lui et ça l'a fait rire. Il a continué à rire tout en se frottant les doigts contre la couverture. Et puis il m'a légèrement soulevée, en me tournant, pour pouvoir me regarder dans les yeux. La lumière était grise et nacrée, l'air humide, d'un froid de marbre, et le visage de Glen était la seule chose rose et chaude que je pouvais voir. Il m'a de nouveau souri, mais cette fois, pas avec les yeux. Ils étaient redevenus foncés et vides, et l'intérieur de mon corps s'est mis à trembler de peur.

Il m'a bien enroulée dans la couverture et déposée à côté de Reese, dans le nid de couvertures et d'oreillers qu'il avait construit plusieurs heures auparavant. J'ai rentré les épaules, je me suis tassée contre le siège et j'ai observé la tête de Glen à la lumière grise, ses cheveux courts, raides et hérissés. Il a allumé une nouvelle cigarette et s'est remis à fredonner. Il a jeté un coup d'œil à l'arrière, j'ai vite fermé les yeux et, ensuite, j'ai eu trop peur pour les rouvrir. Il chantonnait en suivant le rythme de la musique douce qui passait à la radio, et l'odeur des Pall Mall a commencé à m'apaiser. Je ne me suis pas rendu compte que je m'endormais jusqu'au moment où je me suis réveillée, dans la vive lumière grise du matin.

Glen était parti, la voiture était silencieuse et froide. J'éprouvais une douleur entre les jambes, mais je n'avais pas peur, en plein jour. Je me suis redressée et j'ai regardé les nuages gris et les branches de sapin mouillées par la rosée. L'asphalte semblait humide et sombre. Il y avait quelques infirmières qui passaient les portes de la salle des urgences, pour entrer ou sortir, et elles parlaient en marmonnant tout bas. J'ai respiré par la bouche et j'ai vu de plus en plus de gens arriver sur le parking. Je me demandais si je n'avais pas rêvé toute cette scène du petit matin. Je continuais à serrer les cuisses, je sentais la douleur et j'essayais d'imaginer comment j'aurais pu me meurtrir toute seule si ç'avait été un rêve.

Quand Glen est sorti de la salle des urgences, les portes ont claqué comme un coup de feu dans l'air matinal. Il avait le visage figé, les jambes raides et se tordait les mains, devant lui. Je l'ai regardé en face et j'ai compris que ça n'avait pas été un rêve. J'ai attiré Reese contre moi, ignorant son petit cri de protestation. Glen est monté dans la voiture et a claqué si fort la portière que Reese s'est réveillée en sursaut. Elle tournait la tête comme un oisillon, son regard se posant sur moi, sur le cou de Glen, puis de nouveau sur moi. Nous étions assises sans faire de bruit, nous attendions.

Il a dit :

— Votre maman ira très bien.

Il a marqué une pause.

— Mais elle pourra plus avoir d'enfant.

Il a posé les mains sur le volant, s'est penché en avant, a écrasé sa bouche sur ses doigts.

Il a dit :

— Mon bébé est mort ! Mon garçon ! Mon garçon !

J'ai pris Reese dans mes bras et je ne l'ai plus lâchée pendant que, sur le siège avant, Glen hoquetait et pleurait.

Une fois que maman est revenue à la maison, ses sœurs sont passées nous voir tous les jours. À peine quelques semaines plus tôt, tante Ruth était elle-même allée à l'hôpital, pour ce que mamie appelait des problèmes de femme, et elle n'était pas encore assez remise pour faire autre chose que rester assise à côté de maman pendant une heure ou deux et lui tenir la main, mais elle est venue tous les matins. Tante Alma s'est presque installée chez nous et s'est chargée de tout. Elle obligeait maman à rester au lit, faisait toute la cuisine, préparait des ragoûts de bœuf aux haricots.

— Pour que ton sang retrouve un peu de fer, ma chérie, disait-elle.

Tante Raylene s'est présentée en bleu de travail et bottillons pour nettoyer la maison de fond en comble, allant jusqu'à nous obliger, Reese et moi, à lui donner un coup de main pour sortir les meubles dans le jardin, au soleil. Quand elle est allée changer les draps de son lit, elle n'a pas eu de mal à soulever maman et à la porter pour l'installer sur le canapé, en plein air. Tout le monde contournait Glen comme s'il était une chaise ou une table de plus et, de temps à autre, l'enlaçait brièvement ou exerçait une pression sur son épaule. Il ne réagissait pas, s'est contenté de passer de la table à la véranda lorsque Raylene a commencé à balayer. Quand Nevil et Earle sont arrivés, on le distinguait bien dans le jardin à côté d'eux. Il a bu jusqu'à ce que ses épaules se mettent à se lever et à retomber en furieux sanglots réprimés. Mes oncles ont détourné le regard pour lui épargner de l'embarras.

Je l'ai observé attentivement, restant dans le jardin autant que je pouvais, m'accroupissant dans les buissons où j'espérais que personne ne pouvait me voir. Je posais le menton sur les genoux et, les bras encerclant mes jambes, je me serrais en boule. Le visage de maman avait été très pâle quand ils l'avaient ramenée, ses yeux énormes et fixes. Elle m'avait à peine regardée au moment où j'avais essayé de grimper sur ses genoux, elle s'était seulement mordu la lèvre et tante Alma m'avait fait redescendre. J'avais pleuré jusqu'à ce que tante Raylene me prenne dans son camion et me berce pour m'endormir, un gant humide posé sur mes yeux.

— Il va falloir un peu de temps à ta maman, m'avait-elle dit. Mais ensuite, plus que jamais, elle aura besoin de toi. Quand une femme perd son bébé, elle a besoin de savoir que ses autres bébés se portent bien et sont heureux. Tu devras être heureuse pour elle, Bone. Tu montreras à ta maman que tu es heureuse pour que son cœur puisse guérir.

Ils l'avaient en effet appelé Glen junior, m'a dit Reese. Elle avait entendu une conversation entre tante Ruth et tante Alma. Ils avaient enterré le bébé dans la grande concession des Boatwright, qui appartenait à l'arrière-grand-mère Shirley. Il y avait déjà là-bas les quatre garçons que mamie avait perdus, les filles mort-nées de Ruth et le premier garçon d'Alma. Glen aurait voulu un terrain à lui, mais il n'avait pas d'argent pour en acheter un et, apparemment, c'est ça qui avait mis un terme à son chagrin, le transformant en rage. Il avait le visage bouffi à force de pleurer et gris par manque de sommeil. Il a trouvé une maison à proximité de l'usine du magasin JC Penney, à côté de la voie de chemin de fer, et il est revenu à la maison en annonçant que nous allions déménager. Tante Alma était outrée qu'il nous emmène aussi loin, mais maman s'est contentée de faire un signe d'assentiment et a demandé à Raylene de l'aider à tout emballer.

— Ça va aller, nous a-t-elle dit, à Reese et à moi.

Glen a pris maman dans ses bras et a jeté un regard mauvais à tante Alma.

— Nous n'avons besoin de personne, a-t-il murmuré. Nous nous débrouillons très bien tout seuls.

5

Dans la maison louée, à l'écart du reste de la famille, papa Glen a promis à maman que dès qu'ils auraient économisé assez d'argent, il nous adopterait, Reese et moi. Nous formions une famille, il était maintenant notre papa, ne cessait-il de répéter. Maman ne lui lâchait pas les mains et acquiesçait en silence.

— Ce sont mes filles, lui a-t-il dit. Je vais me débrouiller pour qu'elles ne deviennent pas n'importe quoi une fois grandes. Je ferai tout ce qu'il faudra.

Elle a souri et l'a embrassé, sa bouche ouverte s'écrasant sur ses lèvres avec avidité.

Reese a posé ses petites mains grasses sur le bras de Glen et a dit :

— Papa !

Et tous deux l'ont soulevée pour la placer entre eux.

J'ai essayé de dire « papa », mais, dans ma tête, ça sonnait bizarrement. Je me rappelais les moments passés sur le parking de l'hôpital, cauchemar brumeux, noyé d'ombre. Quand papa Glen m'a regardée, je n'ai pas décelé le moindre signe prouvant qu'il lui arrivait d'y repenser. Peut-être que tout ça ne s'était jamais produit. Peut-être qu'il nous aimait réellement. Je voulais qu'il nous aime. Je voulais pouvoir l'aimer. Je voulais qu'il me soulève gentiment et dise encore une fois à maman qu'il nous aimait tant, toutes les trois. Je voulais être enfermée avec Reese dans le cercle rassurant de leurs bras.

Je suis restée sans bouger et j'ai senti mes yeux se remplir de larmes. Maman s'est écartée de papa Glen et m'a attirée vers eux. Par-dessus son épaule, j'ai vu les yeux de papa Glen, d'un bleu glacial, qui nous observaient, et sa bouche qui formait une ligne droite figée. Il s'est repris et a détourné le regard. Je me suis cramponnée à maman avec des doigts durs et froids comme du fer.

Papa Glen n'aimait pas écouter toutes les histoires que racontaient mamie et tante Alma.

— Je vais vous dire qui vous êtes, disait-il. Maintenant, vous êtes à moi, vous n'êtes plus seulement des Boatwright.

Il nous parlait de son père, M. Bodine Waddell, qui possédait la laiterie Sunshine, et de ses frères. Daryl, l'aîné, n'avait pas été élu procureur, mais son cabinet juridique se taillait la réputation d'être celui auquel il fallait s'adresser si vous vouliez obtenir un contrat avec la municipalité. James, le cadet, allait ouvrir son cabinet de dentiste et, dès l'année suivante, nous irions nous faire soigner les dents chez lui.

— Mamie dit que nous avons des dents saines, ai-je rétorqué à papa Glen. Elle dit que s'il y a une chose que Dieu a donnée aux Boatwright, c'est leurs dents dures et pointues.

— Et tu crois tout ce qu'elle raconte, c'est ça ?

Ses yeux se sont enfoncés dans les rides de son regard en coin, brillants comme du mica au soleil, pendant que sa bouche se tordait au point qu'un côté remontait. On aurait dit qu'il allait éclater de rire, mais, au lieu de ça, il a seulement pincé les lèvres et craché.

— Ta grand-mère est la pire menteuse qui soit. Cette

vieille bonne femme ne reconnaîtrait même pas la vérité si elle la croisait sur son chemin.

Il m'a mis la main sous le menton, ses gros doigts carrés ont exercé une pression, puis se sont retirés.

— Ne t'approche pas de cette vieille bonne femme. C'est à moi de te dire ce qui est vrai. Tu es à moi, maintenant. Reese et toi, vous devrez garder vos distances avec elle.

Je n'avais pas confiance en papa Glen, je ne le croyais pas quand il disait que toutes les histoires de mamie étaient des mensonges, mais je ne savais jamais vraiment ce qui était vrai et ce qu'elle aurait aimé qui soit vrai. En tout cas, ces histoires méritaient d'être retenues, même si elles étaient fausses aux trois quarts. Tous les Boatwright racontaient des bobards, ils étaient également réputés pour ça, et quand une cousine jurait que quelque chose était parole d'évangile, une autre jurait tout aussi farouchement que c'était un tissu de mensonges. Raylene disait toujours aux gens que nous avions un peu de goudron dans les veines, mais elle souriait tellement en l'affirmant qu'elle mentait peut-être pour mettre quelqu'un en colère, ou peut-être le sortait-elle au moment où elle était elle-même folle furieuse.

— Qu'est-ce que ça veut dire ? ai-je demandé à Butch, le plus jeune fils de Ruth.

— Ça veut dire qu'y a des gens de couleur quelque part parmi nos ancêtres, a-t-il répondu en me faisant un grand sourire. Ça veut dire que Raylene est une conne. Elle raconte n'importe quoi, ça, tout le monde le sait.

J'ai réfléchi un moment, et puis j'ai tout de même posé la question.

— Alors, y en a, oui ou non ?

J'ai vu son sourire s'élargir lentement, d'une manière affectée.

Butch n'avait qu'un an de plus que moi et je savais

que je pouvais lui demander n'importe quoi — contrairement à Garvey, à Grey et aux autres garçons de tante Ruth. Ils essayaient toujours de passer pour plus adultes qu'ils n'étaient et je ne savais jamais ce qui pouvait les pousser à se comporter bizarrement. Butch, lui, était différent — un peu mou, avec un boulon mal vissé, disaient certains.

— On dirait pas un Boatwright.

C'était la façon d'oncle Earle d'exprimer ça.

— Il semble pas avoir de caractère du tout. Et il a un sens de l'humour vraiment bizarre. Il sait pas c'qu'il faut prendre au sérieux.

Mais je préférais Butch à tous mes autres cousins. Je pouvais lui parler, lui demander des explications et, la plupart du temps, il pinçait les lèvres, louchait et, d'une voix traînante, me donnait une réponse absolument digne de foi... sauf s'il était dans une de ses humeurs rigolardes. Parfois, ses réponses semblaient étranges, même si elles étaient plausibles, et ce n'est que beaucoup plus tard que je comprenais l'astuce qui se cachait derrière.

Alors, quand Butch m'a dit : « Des gens de couleur, ça oui, on en a, des gens de couleur ! », je ne savais pas vraiment s'il plaisantait ou non. Il a repoussé ses cheveux filasse en arrière, derrière les oreilles, et m'a fait un grand sourire.

— Les Boatwright ont tout — toutes les couleurs, tous les types, toutes les religions. Mais le problème...

Il a aspiré sa lèvre inférieure entre ses dents et a jeté un coup d'œil alentour pour s'assurer que nous étions seuls.

— ... c'est que les femmes Boatwright ont une chatte corrosive. Ce qui fait que ça tue ou bousille tout c'qui entre ou sort entre leurs jambes, sauf les bébés Boatwright pur sucre et les hommes Boatwright durs comme du roc. Et même chez nous, ça brûle tout ce qui paraît un tout petit peu inhabituel, ça rabote les bébés, de sorte qu'ils se ressemblent tous plus ou moins, comme si on les avait passés à l'eau de Javel à la naissance. Sauf toi, bien sûr, toute brune et étrange.

Son visage est devenu sans expression, sérieux, ardent.

— C'est parce que tu as une partie de toi qui est masculine. Dure comme du roc, hargneuse et insensible au mal. Mais merde, les femmes Boatwright deviennent aussi comme ça, parfois.

Je l'ai dévisagé, bouche bée, fascinée, presque sûre qu'il se fichait de moi, mais intéressée tout de même. Sa langue a pointé entre ses lèvres et il pouvait bien y avoir une amorce de sourire dans ses yeux.

— Oh! c'est pas possible! ai-je lâché. Non alors!

Les gens étaient cinglés quand il s'agissait de couleur, je le savais, et il était vrai qu'un ou deux de mes cousins avaient des cheveux crépus et se faisaient mettre en boîte par tout le monde, quoique très gentiment. En dehors de mamie, personne ne voulait parler de notre côté cherokee. Michael Yarboro m'avait juré que les Cherokee étaient des nègres, de toute façon, et il disait que les Indiens ne faisaient pas aussi attention que les Blancs à la personne qu'ils épousaient.

— Tu parles comme ils font attention, les Blancs! a dit tante Alma d'une voix sifflante. Ça fait au moins deux cents ans que les Yarboro noient les filles et les nouveau-nés.

Butch n'avait pas besoin de m'expliquer ça. Les garçons Yarboro avaient encore plus mauvaise réputation que mes oncles et tout le monde savait qu'ils étaient tous fous. Quand j'avais commencé à aller à l'école, l'une des cousines Yarboro, une fille maigrichonne, à face de rat, originaire du district méthodiste, m'avait traitée de négresse parce que je l'avais repoussée de la chaise que je m'étais choisie. Elle avait juré que j'étais aussi noire et sauvage que tous les enfants « nés du mauvais côté de la véranda », ce que j'avais interprété comme une manière de me traiter de bâtarde, alors je lui avais donné un coup dans l'œil. Ça m'avait valu des ennuis, mais ça l'avait convaincue de ne plus venir m'embêter. Je ne me souciais pas trop de savoir ce que les gens pensaient de mon caractère. Être connue pour exploser très vite de rage n'était pas nécessairement un désavantage. Ça pouvait vous servir. Le caractère irascible de papa Glen, que tout le monde connaissait, rendait les gens très prudents quand ils s'adressaient à lui.

La famille paternelle de Reese vivait dans les collines, au-dessus de Greenville. Sa grand-mère avait une ferme à proximité de la route d'Ashley, mais nous allions rarement lui rendre visite. Mme Parsons ne paraissait pas aimer maman, quand bien même elle avait toujours un cadeau pour Reese et ne manquait jamais de me faire un signe de tête pour me souhaiter la bienvenue. J'enviais Reese d'avoir cette grand-mère, car Mme Parsons avait vraiment l'air d'une grand-mère, contrairement à ma mamie. Elle ressemblait à une grand-mère de roman ou de film. J'adorais ses épaisses nattes poivre et sel, épinglées sur sa nuque, j'adorais la vieille vache puante qui vivait dans un hangar, derrière sa maison tout en longueur, de quatre pièces, j'adorais les tomates bien rouges, douces, et les petits pois charnus qu'elle faisait pousser plus loin, près de son ruisseau. Mme Parsons portait des tabliers de guingan bleu et des robes d'un noir passé, à manches longues qu'elle retroussait jusqu'aux coudes. Ma mamie portait des robes imprimées sans manches, qui laissaient voir le côté de ses seins blancs relâchés et remontaient sur ses hanches. Ses fins cheveux gris avaient une permanente aux boucles serrées, et elle les attachait avec un cordon quand ils mollissaient sous l'effet de la chaleur. Elle mettait sur ses lèvres un rouge foncé qui bavait invariablement sur son menton proéminent et, tout le temps, elle crachait du jus de chique et jurait. Mme Parsons parlait avec tristesse de ses fils disparus et de sa fille lointaine, tout en écossant des petits pois qu'elle faisait tomber dans un seau en tôle galvanisée. Ma mamie entrait dans de telles rages qu'elle envoyait dinguer les meubles par la contre-porte de la moustiquaire. Elle était toujours en train de quitter la maison de tante Ruth ou de tante Alma pour aller s'installer chez l'une de ses sœurs, et menaçait de mettre le feu à l'endroit dont elle venait de partir. J'aimais beaucoup mamie, mais je m'imaginais que Mme Parsons pouvait se révéler un choix plus judicieux, comme grand-mère, et, parfois, quand nous lui rendions visite, je faisais comme si c'était la mienne.

Chaque fois que nous allions voir Mme Parsons, papa Glen disait d'un ton gémissant que maman ne devrait pas courir là-bas chez cette horrible vieille femme.

— Je n'aime pas que cette vieille chipie te raconte des salades, ne cessait-il de répéter, s'imaginant que grand-mère Parsons les maudissait tous les deux dès que maman avait le dos tourné.

Je ne prenais pas la peine de lui dire qu'elle ne parlait jamais d'eux, mais de choses quotidiennes, de l'aspect du jardin, du temps qu'il faisait ou de l'humeur de la vache. Le seul adulte dont elle parlait, c'était Lyle, le papa de Reese, et encore, seulement pour dire que Reese avait son sourire — le sourire de bébé, lent et doux, qui, d'après elle, avait fait de Lyle le petit garçon le plus aimé du comté. C'est maman qui nous a dit que Lyle était le benjamin des trois garçons et que les deux autres étaient morts moins d'un an après le préféré de grand-mère Parsons. Elle nous recommandait d'être gentilles avec Mme Parsons, qui se retrouvait avec une fille qu'elle ne voyait jamais et deux frères qui attendaient sa mort pour vendre ses terres.

— Une partie de ces terres devrait aller à Reese, a dit papa Glen à maman, un après-midi d'automne, alors que nous revenions d'une visite dans les collines. Note bien qu'elle n'aura jamais besoin que ces montagnards prétentieux lui donnent quoi que ce soit.

Il s'est frotté la nuque et a regardé par la fenêtre de la cuisine comme s'il y entrevoyait l'avenir.

— N'empêche qu'il est normal qu'elle ait ce que son papa aurait voulu qu'elle ait. Laisse-moi régler ça avec eux. Je vais m'occuper de notre fille.

Quand Matthew, le frère de grand-mère Parsons, est venu faire signer des papiers à maman, papa Glen lui a ouvert la porte et a attrapé les documents.

— On va y jeter un coup d'œil, a-t-il dit d'une voix forte.

Et puis il a raccompagné le visiteur jusqu'au bout de la propriété, baissant la voix pour que nous n'entendions pas ses paroles. Maman s'est mordu la lèvre et a vu un Matthew très raide fusiller papa Glen du regard, puis grimper dans son camion. Elle est sortie au moment où le camion s'éloignait.

— Chéri, tu ne lui as rien dit d'impoli, au moins ?

Papa Glen s'est tourné vers elle avec un petit sourire. Il lui a passé un bras autour de la taille et l'a embrassée sur la tempe.

— Ne t'inquiète pas, lui a-t-il répondu avant de lui donner une petite tape sur les fesses. Je sais ce que je fais. Il faut toujours bien se faire comprendre avec ces gens-là, très clairement.

Il avait l'air tellement content de lui qu'il ne pouvait pas s'arrêter de sourire.

— Je connais ce genre de personnes, ça, c'est sûr.

Maman a froncé les sourcils et il lui a donné une petite secousse.

— Bon, et maintenant, ne va pas signer l'un de ces papiers pendant que je ne suis pas là. Je t'assure que tu ignores ce qu'ils sont peut-être en train de te voler. Laisse-moi m'en occuper.

Elle a acquiescé avec nervosité et nous a fait rentrer dans la maison pour dîner.

Grand-mère Parsons a téléphoné ce soir-là, mais c'est papa Glen qui a décroché. Il lui a parlé d'une voix rauque, tranquille, qui me rappelait la manière dont oncle Nevil murmurait parfois derrière sa main en coupe.

— Ouais, c'est ça, a-t-il dit.

Maman l'a observé un instant, puis est sortie fumer à l'abri de la véranda aménagée sur le côté de la maison. Je l'ai suivie et me suis appuyée contre sa hanche. Sa main m'a caressé la nuque, lissant mes cheveux. Son visage était éclairé par le reflet d'un lampadaire de la rue, les commissures de ses lèvres tombaient et ses yeux étaient tristes. Je voyais bien qu'elle était inquiète.

— Tout va bien se passer, lui ai-je murmuré.

Elle m'a souri à son tour.

— Ouais, probablement, a-t-elle dit. Et sinon, tant pis. Tu sais, Bone, parfois on est obligé de faire des choses qu'on voudrait bien ne pas faire, et je n'ai aucune envie de causer du chagrin à cette vieille dame. Surtout pas. Mais Glen a besoin de se charger de ça, tu comprends? Il a besoin de s'en occuper et il faut que je le laisse faire.

Elle a écrasé sa cigarette sous son talon mais n'est pas retournée à l'intérieur avant que papa Glen ait raccroché.

— Maintenant, ils ont compris.

Joyeux, il a donné un petit coup d'index sur le nez de Reese et l'a fait rire.

— Maintenant, ils savent comment les choses doivent se passer, ça, c'est sûr.

Quinze jours plus tard, un dimanche, en fin d'après-midi, grand-mère Parsons s'est présentée pendant que papa Glen était allé au nouveau cabinet de son frère James pour aider les peintres à monter des étagères.

— Deux cent cinquante dollars, s'est-elle empressée de dire à maman en descendant du camion de Matthew.

Il l'avait accompagnée mais n'a pas voulu venir jusque chez nous.

— C'est la somme qu'ils devaient verser puisque Lyle est resté six mois à l'armée avant qu'ils s'aperçoivent qu'il avait des problèmes de pieds. Comme je l'ai dit à votre mari, ils me l'ont envoyée et n'ont pas voulu vous la verser à moins que vous ne remplissiez ces papiers. Alors je vous l'ai apportée en liquide. Ce n'est pas moi qui aurais dû la toucher, mais Lyle avait indiqué mon nom pour toute famille et il n'a jamais dû trouver le temps de faire les changements nécessaires, je suppose. Je leur ai dit que ça devrait vous revenir, à vous et à Reese. C'est ce que je leur ai dit, mais ils n'en ont pas tenu compte.

Elle a levé les yeux sur maman, puis les a baissés sur Reese, qui s'était précipitée pour s'agripper à ses hanches. Son expression était tendue et ses doigts tremblaient quand elle les a passés dans les boucles de Reese.

— Alors, tu vas avoir beaucoup d'argent, grand-mère? lui a demandé Reese.

— Non, ma petite. Et ça m'est égal.

— Entrez donc, madame Parsons.

Maman avait l'air embarrassée, ses doigts tirant sur les passants de sa robe-chemisier.

— Laissez-moi vous offrir du thé glacé, et vous pourrez vous asseoir un moment avec votre petite-fille.

On aurait dit que Mme Parsons allait se mettre à pleurer.

— Je croyais que vous n'alliez peut-être plus jamais me laisser la voir.

— Oh! mon Dieu!

Maman a pris Mme Parsons par les épaules et l'a attirée à elle dans une rapide étreinte.

— Je n'irais jamais faire une chose pareille. Je ne laisserais personne d'autre le faire non plus. Vous pouvez voir Reese quand vous voulez. Vous savez à quel point elle vous aime.

Toutes deux ont oscillé légèrement, Mme Parsons avec raideur, comme si elle n'était pas sûre d'être bien reçue, et maman comme si elle avait du mal à ravaler toutes les choses qu'elle avait envie de dire. Le frère de grand-mère Parsons regardait ailleurs et fumait par la vitre de son camion. Je suis restée tout près de maman et j'ai vu les muscles de son cou tressaillir tandis que les deux femmes reniflaient et s'éclaircissaient la gorge.

— Bon, a dit Mme Parsons avant de se passer la langue sur les lèvres. Je vais peut-être entrer une minute et boire un peu d'eau avant que nous repartions.

— Vous pourriez rester dîner.

Le visage de maman était rouge et fonçait encore pendant que je l'observais.

— Non, nous ne pouvons pas rester.

Mme Parsons a jeté un coup d'œil vers l'épaule de son frère mais il ne s'est pas retourné pour la regarder.

— Nous devons rentrer. Je vais seulement rester une ou deux minutes.

Ce ne fut qu'après s'être assise sur le canapé Sears de maman, avec Reese attirée entre ses jambes et l'enveloppe contenant l'argent « de l'assurance » remise à maman, que grand-mère Parsons s'est un peu détendue. Elle a sorti sa brosse et, pour s'occuper les mains, a démêlé les cheveux blond cendré de Reese.

— Tu avais les cheveux roux comme le feu quand tu es née, a-t-elle dit à Reese. Maintenant, ils sont aussi clairs que ceux de ton père.

Reese aimait bien qu'on lui dise qu'elle ressemblait à son père. Elle cachait sa photo dans son tiroir à sous-vêtements, là où papa Glen ne pouvait pas la voir et s'en offusquer. De temps à autre, j'allais la sortir moi-même, je regardais ce visage souriant de petit garçon, qui n'avait rien à voir avec moi, et je devenais furieuse et ivre de jalousie. Lyle était aussi joli qu'une fille et d'un blond si clair qu'il aurait pu être modèle dans un magazine. Reese avait des cheveux aussi beaux que ceux de Lyle et un sourire qui venait facilement et rapidement, mais elle avait également le visage étroit et le long cou maigre des Boatwright. N'empêche que j'enviais la manière dont son regard pouvait passer de cette photo au visage de maman et aux épaules voûtées de grand-mère Parsons pour essayer de deviner comment elle allait encore évoluer avant d'être grande. Elle avait une autre famille, un autre côté d'elle-même sur lequel s'interroger, quelque chose de plus que maman, moi et les Boatwright. Reese pouvait choisir des traits de personnalité différents et devenir vraiment quelqu'un d'autre.

— Oh! Reese va sûrement foncer.

Maman parlait avec hésitation. On aurait dit qu'elle n'avait pas envie de se disputer mais qu'elle ne voulait pas laisser s'installer un malentendu.

— Elle peut même redevenir rousse.

— C'est possible, mais c'est pas sûr. Dans notre famille, les cheveux restent parfois blonds.

Mme Parsons a essayé de sourire à maman, mais son visage ne s'est pas adouci avant qu'elle baisse les yeux sur Reese. J'étais assise sur l'accoudoir du canapé, à côté de maman, et, par la fenêtre, je voyais le camion qui attendait et la route, déserte jusqu'au premier carrefour. Je ne cessais de surveiller le bruit de la Pontiac, espérant ne pas l'entendre. Papa Glen pouvait arriver pendant que Mme Parsons se trouvait encore là. Je savais que maman s'inquiétait à ce sujet, ses mains tiraient à nouveau nerveusement sur ses passants.

Mme Parsons a levé les yeux sur les mains de maman, puis a parlé avec précaution.

— Cet argent est le seul qu'il y aura jamais, j'en ai peur. Ma propriété ne vaut pas grand-chose et la vérité, c'est que j'ai fait une donation à Matthew juste après la mort de mes fils. Matthew a promis de s'occuper de moi, et je suis sûre qu'il le fera. En fait, Lyle n'avait pas de titre de propriété sur les terres et pas d'autre assurance, pour autant qu'on sache.

Maman a hoché la tête et a regardé Mme Parsons droit dans les yeux.

— Je sais qu'il ne possédait rien, a-t-elle dit. Je le savais quand il est mort et ça ne m'a jamais gênée. Je ne m'attendais pas à avoir une prime d'assurance, à vrai dire. Je pensais qu'il n'avait droit à rien de la part de l'armée.

Son visage avait l'air triste, mais moins figé. Celui de Mme Parsons subissait la même transformation.

— J'aimerais bien que tu aies plein, plein d'argent de l'assurance.

Tout heureuse, Reese gigotait dans les bras de grand-mère Parsons et nous regardait toutes d'un air rayonnant.

— Oh! je n'ai pas besoin d'argent, ma petite.

Grand-mère Parsons s'est mise à rire et s'est levée du canapé.

— J'ai bien peur de devoir partir, Anney. J'ai un long trajet à faire jusqu'à la maison.

J'ai bien regardé maman pour voir si elle avait entendu la vieille dame prononcer son nom, mais maman était déjà debout et attrapait le verre de Mme Parsons.

— Vous n'en voulez plus? a demandé maman en se dirigeant vers la cuisine.

Mme Parsons a secoué la tête et répondu non, sans lâcher Reese. J'ai vu les épaules de maman se détendre un peu quand elle est revenue vers nous. Dehors, la route était toujours déserte.

Grand-mère Parsons s'est penchée pour étreindre Reese une dernière fois.

— N'oublie pas ça, chérie : j'ai eu le meilleur de Lyle quand je t'ai eue, lui a-t-elle dit.

Ça me semblait étrange. C'était un peu comme si elle avait elle-même fait éclore l'œuf de ma petite sœur, sorti du corps de son fils mort. Mais Reese a eu un sourire de princesse et a tortillé les orteils dans les poils usés du tapis. Elle a suivi grand-mère Parsons jusqu'au camion, en la suppliant de rester chez nous.

— Reese, sois sage, lui a dit maman. Tu pourras voir ta grand-mère le mois prochain, quand nous irons chez elle.

— Vous viendrez ?

De nouveau, Mme Parsons a été submergée par la tristesse et la nervosité.

— Nous viendrons.

La voix de maman était énergique, mais j'ai vu ses yeux balayer la route pendant qu'elle parlait. Mme Parsons a fait un brusque signe de tête et a grimpé dans le camion. Son frère n'a pas prononcé un seul mot, il s'est contenté de mettre le moteur en marche et de passer la première. Reese agitait déjà furieusement la main bien avant que Matthew lance son moteur. J'ai vu Mme Parsons s'essuyer les yeux au moment où le camion s'éloignait, et puis j'ai vu la Pontiac tourner au carrefour, en haut de la route. Les poings de maman se sont serrés et sont venus se placer devant son ventre. Je me suis pressée contre elle et j'ai observé la Pontiac qui croisait lentement le camion. Quand il est arrivé, papa Glen s'est penché par la vitre. Il a jeté un coup d'œil sur la route, derrière lui, puis a regardé maman.

— T'as rien signé ? a-t-il demandé.

— Non, Glen.

J'ai senti que maman bougeait les hanches avec embarras pendant qu'elle parlait. J'ai levé les yeux pour observer son visage. Sa bouche a dessiné un sourire obstiné, tout aussi embarrassé.

— Tu sais bien que je ne signerais rien avant que tu regardes d'abord.

Papa Glen a souri, apparemment satisfait. J'ai prudemment relâché mon souffle. Reese continuait à agiter la main, bien que le camion ait disparu depuis longtemps. J'ai glissé les pouces dans les passants de mon jean et je suis restée à côté d'elle jusqu'au moment où maman et papa Glen sont entrés dans la maison.

— Glen est calme, mais il suffit que quelqu'un le mette en colère pour qu'il l'assomme, disait oncle Earle avec bonhomie. Ce garçon se sert de ses mains comme de pioches.

Quand ils pensaient que nous étions trop loin pour entendre, Earle et Beau embrayaient sur les autres attributs de papa Glen.

— Il devient fou quand il est en rogne, disaient-ils en riant. S'il peut pas vous atteindre avec ses bras, il se sert de sa queue, et ça vous estropie tout d'suite.

J'étais trop jeune pour comprendre ce que ça voulait dire, pourquoi ils ricanaient tant et disaient qu'aucune femme ne quitterait jamais papa Glen, ou s'esclaffaient et crachaient, comparant la longueur de son nez à ses orteils et à ses doigts.

— Ce type a une bite de cheval, disait Butch pour se vanter devant d'autres garçons.

Ça, je le comprenais parfaitement. Mais ce n'était pas le sexe de papa Glen qui me rendait nerveuse. C'étaient ses mains, ses doigts agités qui se tordaient dans un sens, puis dans l'autre quand je m'approchais de maman. J'avais l'impression qu'il m'observait tout le temps. Il m'appelait chaque fois que maman et moi commencions à parler, m'envoyait lui chercher un verre de thé glacé ou un paquet de cigarettes frais dans le free-zer, où il gardait ses cartouches pour que le tabac ne s'évente pas à la chaleur de l'été. Maman me disait que je devais lui montrer que je l'aimais, mais j'avais beau essayer, je n'étais jamais assez rapide pour lui.

— Cette gosse ne m'aimera jamais, s'est-il plaint un après-midi à maman, les yeux pleins de larmes.

— Oh ! Glen, ne dis pas ça !

Maman avait une voix fluette et tremblante, comme si elle avait peur qu'il ait raison.

— Bone t'aime, chéri.

Elle l'a embrassé sur les joues, a posé les deux mains sur son visage et l'a embrassé sur la bouche.

— Elle t'aime. Nous t'aimons toutes.

Papa Glen l'a attirée vers lui et a soupiré doucement quand elle lui a embrassé les paupières, puis a frotté ses joues contre les siennes.

J'ai couru dehors. Le dîner allait être retardé, ou alors nous finirions par aller chercher des hamburgers. Chaque fois qu'ils commençaient à s'embrasser sur le canapé, ils allaient dans la chambre et s'enfermaient pendant au moins une heure. Quand ils en ressortaient, papa Glen souriait et semblait bien dans sa peau. Maman avait l'air ensommeillée, douce de partout, et le rose, sur son visage, était frais et délicat.

— Ils aiment vraiment beaucoup faire ça, a dit Reese à Alma d'un air dégoûté.

Mais Alma s'est contentée de rire.

— Tout le monde aime ça, ma petite, tout le monde.

Elle a donné à Reese une petite tape sur le fond de son pantalon et m'a attirée à côté d'elle.

— N'allez pas vous tromper là-dessus. L'amour, c'est plus ou moins la meilleure chose qu'on puisse avoir sans que ça vous coûte un sou ni que ça vous fasse mal à l'estomac. Vous verrez. Attendez d'être un peu plus grandes. Vous verrez.

Reese a fait la grimace et s'est tortillée, gênée.

— C'est cochon, a-t-elle crié avant de partir en courant. Tout ça, c'est cochon. Moi, j'veux pas d'ça.

Tante Alma a franchement éclaté de rire. Je me suis écartée d'elle et j'ai suivi Reese. C'était effectivement dégoûtant. Maman et papa Glen qui se serraient et se frottaient l'un contre l'autre. Mais c'était aussi quelque chose de puissant. Le sexe. Est-ce que c'était ce que papa Glen m'avait fait sur le parking ? Est-ce que c'était ce que j'avais commencé à me faire chaque fois que j'étais seule, l'après-midi ? Je m'imaginais que j'étais attachée, à l'intérieur d'une meule de foin, et que quelqu'un allumait la paille sèche à l'odeur éventée. Je me représentais parfaitement la scène tout en bougeant sur ma main. La rêverie consistait à me débattre pour me libérer pendant que le feu devenait plus chaud et se rapprochait. Je ne sais plus si je jouissais quand le feu m'atteignait ou quand je croyais y avoir échappé. Mais je jouissais. J'arrivais à l'orgasme avec ma main, en rêvant de feu.

Papa Glen ne se débrouillait pas trop bien chez RC Cola. Il était tout le temps affecté à des trajets différents ou obligé de payer la casse. Maman et lui avaient beau travailler dur, ils ne semblaient jamais avoir assez d'argent pour régler les factures. Il ne cessait de répéter à maman que, tôt ou tard, son frère le paierait pour toute la besogne qu'il avait abattue, mais même une fois le cabinet de James Waddell, chirurgien-dentiste, ouvert et très fréquenté, James n'y avait jamais fait allusion.

— Tu devrais peut-être réclamer à James cet argent qu'il voulait te donner, a fini par suggérer maman le jour où papa Glen est revenu à la maison en disant qu'il avait été renvoyé.

— J'peux pas faire ça.

Le visage de Glen semblait se tasser tandis qu'il se

passait les mains de la racine des cheveux au cou, essuyant la sueur sur la barbe qui ombrait ses joues, puis soutenait son menton du bout des doigts, dans une attitude de prière.

— Oh ! Seigneur Dieu, non, j'peux pas faire ça. Je préfère encore crever de faim.

Ses yeux paraissaient enfoncés dans leurs orbites et son menton saillait. Il regardait partout sauf dans la direction de maman, assise en face de lui. Instinctivement, j'ai reposé le verre que j'étais en train de rincer et je suis sortie de la cuisine, passant dans l'entrée où il ne pouvait pas me voir sans tourner la tête.

— Glen, mon chéri !

Maman s'est penchée en avant.

— Je sais que c'est dur, mais James est ton frère et nous sommes presque complètement fauchés, chéri. Nous ne pourrons pas payer le loyer si tu ne récupères pas cet argent.

— Anney, tu comprends pas.

Papa Glen s'est complètement caché le visage dans les mains.

— James n'a jamais dit qu'il allait me payer. Merde, il ne m'a même jamais demandé mon aide. J'me suis juste pointé là-bas, voilà tout. Merde, j'pense même pas qu'il avait envie que je l'aide.

Glen a écrasé les poings sur ses cuisses, les martelant une demi-douzaine de fois avant de lever les mains et de les tendre devant lui, paumes ouvertes.

— Je regrette, Anney. Seigneur, je suis vraiment navré.

Des larmes se sont accumulées dans ses yeux et ont glissé sur ses joues. Ses mains se sont mises à trembler.

— Mais c'est pas seulement que ce soit dur. C'est impossible. J'peux rien réclamer à James. J'peux pas leur demander le moindre truc, à aucun d'eux. Ça me tuerait.

Maman a soupiré et a détourné le regard.

— Bon...

Elle a hésité, puis s'est avancée pour prendre ses mains, toujours suspendues en l'air.

— Bon, nous allons réfléchir, alors. Il y a d'autres boulots, d'autres choses que nous pouvons faire. Nous pouvons demander à Earle de nous aider à déménager, peut-être aller chez Alma. Ou quelque chose comme ça.

Elle a regardé Glen dans les yeux mais si elle espérait y lire quelque chose, ça n'a pas été le cas. Elle a tourné la tête, puis a de nouveau fixé Glen.

— Oh ! Glen ! Chéri, ça ira. Nous allons faire ce qu'il faudra. Ne t'inquiète pas.

Ensuite, les choses se sont irrévocablement enchaînées. Nous n'avons cessé de déménager. Nous n'avons pas habité une seule maison plus de huit mois — il y a eu des maisons louées ; des maisons en location-vente ; des maisons partagées, à la périphérie de la ville ; des maisons en brique et stuc, avec promesse d'achat ; des amis d'amis qui connaissaient un endroit vacant ; des maisons où le propriétaire habitait en bas, à côté, un peu plus loin, ou était l'ami d'un homme qui aimait bien maman, ou connaissait quelqu'un qui connaissait le père de papa Glen, ou avait embauché l'un de mes oncles pour un petit boulot ; ou, deux fois — Seigneur, deux fois ! — des maisons toutes neuves, propres, achetées avec un crédit que nous ne pouvions pas rembourser.

Les déménagements n'avaient pas dc saison, ils se produisaient toute l'année, traversaient le temps comme un train dépourvu d'horaire. Nous déménagions si souvent que le courrier ne nous rattrapait pas, nous déménagions parfois avant d'avoir véritablement tout déballé, avant que j'aie pu apprendre le nom de toutes les institutrices de ma nouvelle école. Déménager me donnait la notion du temps qui passe, de la fuite de toute chose, comme si, désormais, on ne pouvait plus se raccrocher à rien. Ça me donnait l'impression d'être fantomatique, irréelle et dérisoire, comme un carton qu'on ne retrouve pas et qui, lorsqu'il réapparaît, se révèle de toute façon inutile. Nous déménagions tellement souvent que maman s'était mise à conserver des journaux dans les emballages de vaisselle, ainsi que rembourrage, ficelles et cartons solides.

— Ne jette pas ça. J'en aurai bientôt besoin.

Sur le visage de maman, les rides se creusaient à chaque déménagement, à chaque chance gâchée, à chaque « on va se débrouiller » et à chaque « on va essayer une nouvelle fois ». J'en arrivais au point où je détestais les déménagements plus que tout et, par une chaude journée d'été, j'ai attrapé un couteau de boucher et j'ai fait des trous dans les cartons à vaisselle de maman. Tout ce qui en a résulté, c'est une tape sur les fesses et l'éternel refrain :

— Tu sais donc pas combien ça coûte ?

Si, je savais à un cent près combien tout coûtait. Le dimanche, en fin d'après-midi, maman était toujours assise à la table de la cuisine pour compter les pièces que contenait son porte-monnaie. Elle jonglait avec les factures, décidait ce qui ne pouvait pas être payé, pas encore, en tout cas. Le loyer coûtait quatre-vingts dollars par mois, beaucoup trop, alors que papa Glen rapportait seulement soixante dollars par semaine à la maison. L'épicerie revenait aussi cher que le loyer, et encore parce que mes tantes nous donnaient des légumes de leur jardin et que nous nous procurions de la viande à prix de gros, chez le fournisseur de viande hachée et de poulets du restaurant. Et puis, il y avait les vêtements dont Reese et moi avions toujours besoin, les tenues de travail pour maman et papa Glen, et les chaussures. Les chaussures, c'était le pire. Les robes pouvaient être données par des cousines ou obtenues dans des ventes de charité. Mais les chaussures s'usaient ou devenaient trop petites à un rythme effrayant. Tout l'été, jusqu'au moment où les mycoses menaçaient, nous allions pieds nus.

Même si je ne m'étais encore jamais plainte auparavant, soudain, je voulais des chaussures neuves, des ballerines vernies à brides — et pas les tennis bon marché en toile bleue qu'on m'achetait toujours à 1,98 dollar tous les sept mois environ. Je n'étais plus un bébé, j'avais huit ans, puis neuf, je grandissais. En un an, de docile et calme, je suis devenue bruyante et insistante, exigeant des chaussures semblables à celles des autres gamines de l'école. J'en désirais avec un revers frangé mais je voulais bien me contenter de richelieus bicolores. Je savais que je n'avais aucune chance d'obtenir une paire de ces luxueux souliers vernis de fillette, aux petits talons biseautés, mais je les regardais quand même avec envie. Maman s'est contentée de rire et m'a acheté des mocassins bon marché.

— Tu te prends pour qui, ma petite ? a-t-elle dit. Nous ne sommes pas du genre à acheter des choses pour en faire étalage.

Je ne pouvais pas m'en empêcher. Juste pour changer, j'aurais aimé que nous ayons autant de choses que les autres, j'aurais aimé que nous puissions nous plaindre sans raison, pour le plaisir de râler, et que nous puissions nous comporter comme la racaille que nous étions censés être, au lieu de surveiller tout le temps notre comportement. Mais le rire de maman m'a fait honte. J'ai porté les mocassins bon marché après une protestation toute symbolique.

— Ne te fais pas de souci, a dit à maman son amie Mab. Les enfants sont plus heureux quand ils ont de la terre entre les orteils.

Mais j'ai remarqué que ses filles allaient à l'école en richelieus bicolores, à l'église en souliers vernis, et reniflaient de mépris devant les mocassins à bas prix que Reese et moi portions. Je ne savais pas exactement ce que maman remarquait, ou ce qu'elle pouvait se permettre de remarquer, mais quand je restais assise à côté d'elle le dimanche après-midi, à l'observer tandis qu'elle parcourait ses colonnes de chiffres, je la soupçonnais de tout voir et d'avoir horreur de tout ça. Elle regardait mon beau-père rouge et suant en train de pousser la tondeuse à gazon aux quatre coins du jardin et soupirait dans sa tasse de café.

— On va pas pouvoir rester ici, disait-elle.

Et je savais que c'était le moment de déménager une fois de plus.

Un hiver, nous avons passé trois mois chez tante Alma, qui avait acheté une nouvelle maison à crédit, sans versement initial. Aucun de nous n'espérait qu'elle allait la garder et la banque a déposé un dossier pour la récupérer presque aussitôt après notre arrivée. Quelque chose s'est produit en moi, quelque chose que je n'avais encore jamais ressenti et que je ne savais pas combattre. La colère m'a frappée comme une balle de base-ball, qui arrive, sèche et rapide, lancée par une batte neuve. Le premier jour, à l'école du district, l'institutrice a pincé les lèvres et m'a demandé mon nom. Cette colère a déferlé, m'a martelé le ventre et la gorge. J'ai lu de la patience lasse dans les yeux de la maîtresse, une petite lueur de pitié, et un mépris aussi vieux que les collines de terre rouge que je pouvais voir par les fenêtres de la classe. J'ai entrouvert les lèvres mais j'étais incapable de parler.

— Alors, comment tu t'appelles, ma petite? m'a demandé cette femme, en parlant lentement, comme si elle me soupçonnait de ne pas être très éveillée.

La colère a monté en moi et s'est transformée en fureur.

— Roseanne, ai-je répondu avec autant d'entrain que si on ne m'avait jamais appelée autrement.

Je lui ai souri comme une Roseanne était censée le faire.

— Roseanne Carter. Ma famille est d'Atlanta, nous venons de nous installer ici.

J'ai continué d'un ton léger, parlant de l'école que j'avais fréquentée à Atlanta, inventant les détails au fur et à mesure, et mon sourire s'élargissait en voyant qu'elle m'adressait de petits signes de tête.

J'étais terrorisée de constater que c'était aussi facile — mon dossier, après tout, ne m'avait pas rattrapée —, que les gens pensaient que je pouvais très bien être une certaine Roseanne Carter, d'Atlanta, une ville dans laquelle je n'avais jamais mis les pieds. Tout le monde me croyait et j'ai joui d'une brève popularité en tant que citadine capable de raconter des histoires sur la grande ville. Aussi étonnant que ça puisse paraître, personne, dans ma famille, ne s'est aperçu de ce mensonge. N'empêche que, cette fois, j'ai été soulagée quand nous avons déménagé et que je suis allée dans une nouvelle école sous mon vrai nom. Mais ensuite, pendant des mois, j'ai rêvé que quelqu'un s'avançait vers moi en m'appelant Roseanne, que mon dossier scolaire allait finir par me démasquer, ou qu'une de ces institutrices débarquait dans ma nouvelle école. « Pourquoi est-ce que tu as raconté un tel mensonge ? » me demandait-on dans mon rêve, et j'étais incapable de répondre. Je n'en savais rien. Je n'en savais vraiment rien.

Un jour, Earle a annoncé qu'il avait enfin réussi à vendre le vieux machin accroché au mur, que lui avait refilé Beau. Il l'avait cédé à un imbécile de Greenwood qui ne voyait pas la différence entre un fusil et de la ferraille rouillée. Il a insisté pour prêter un peu d'argent à maman, en lui disant qu'elle valait encore mieux qu'une banque pour lui.

— Tu me connais, Anney, a-t-il dit. Si je garde du

liquide, je vais le gaspiller en petits riens. Si je te le donne, quand viendra le moment où j'en aurai vraiment besoin, je sais que tu me le fileras si tu l'as. Et si tu l'as pas, eh ben, tant pis, au moins, tu me feras à manger. Pas vrai, sœurette?

Papa Glen s'est mis en colère contre maman parce qu'elle avait accepté cet argent, comme si elle l'avait fait uniquement pour lui prouver qu'il était incapable de subvenir à nos besoins. Il a hurlé qu'elle l'avait couvert de honte.

— Je suis un homme! a-t-il braillé. J'ai pas besoin que ton maudit frère paie à ma place.

Pendant une semaine il ne nous a pas adressé la parole et, quand Earle est passé nous voir, papa Glen a marmonné qu'il n'avait pas le temps de tailler une bavette et a filé en prenant l'air affairé.

— Ce garçon est trop fier, a dit Earle à maman avec douceur. S'il décompresse pas un peu, il va se claquer quelque chose. Merde, nous savons tous qu'il faut s'entraider ici-bas.

Il m'a fait un clin d'œil, a serré Reese dans ses bras et taquiné maman jusqu'à ce qu'elle glousse comme une petite fille et lui prépare un sandwich aux tomates frites. Avant de partir, il a donné vingt-cinq cents à Reese et m'en a donné cinquante.

— Tu grandis, petite, m'a dit oncle Earle. Tu vas être aussi jolie que ta maman, un d'ces jours.

J'ai souri et j'ai fait rouler dans mes mains la pièce d'un demi-dollar. Earle vivait seul depuis que sa femme l'avait quitté. Il passait la plupart de ses soirées dehors, à boire, ou chez une de ses sœurs. Avant que maman décide d'épouser papa Glen, oncle Earle était tout le temps là, mais depuis, nous le voyions de moins en moins souvent. Pendant un instant, j'ai regretté que nous n'habitions pas avec lui. Maman s'occuperait de lui, il nous donnerait des pièces et ferait rire maman.

Quand papa Glen est rentré ce soir-là, tard, il a refusé d'aller se coucher, alors qu'il devait pourtant travailler le lendemain. Il s'est assis dans la salle de séjour, avec la radio allumée. Il avait une expression figée et furieuse. Maman est restée avec lui et a essayé de le faire parler, mais il ne voulait toujours pas lui adresser la parole. Quand nous nous sommes levées, le lendemain matin, son visage était tiré et blême et ses yeux bleus étaient tellement foncés qu'ils en semblaient noirs.

Le silence tendu a duré pendant des semaines, et même lorsqu'il a paru céder, papa Glen n'était plus comme avant. Ses traits avaient pris un air sombre, morose. Au dîner, un soir, je l'ai vu repousser son assiette avec colère.

— Rien de ce que j'entreprends ne réussit, a-t-il dit d'un ton plaintif. Je plonge la main dans un pot de miel et j'en ressors de la merde !

— Oh, Glen ! a dit maman. Tout le monde a des ennuis de temps en temps. Les choses vont s'arranger. Attends un peu.

— Ferme-la ! a-t-il hurlé. Ne me parle pas sur ce putain de ton maternel. Ferme-la, un point c'est tout. Ferme-la !

Maman s'est figée, une main toujours tendue vers la corbeille à pain. On aurait dit que son visage était une photographie en noir et blanc, ses yeux d'immenses ombres noires, son menton soudain blanchi, jusqu'à prendre un lustre de papier, sa bouche ouverte, frappée de stupeur, béante.

Reese a laissé tomber la tête entre ses mains et a lâché un petit cri fluet qui s'est immédiatement transformé en sanglot. Sans même y penser, j'ai agrippé le rebord de la table et je me suis levée. Le visage de papa Glen était rouge, enflé, les larmes coulaient sur ses joues. Les yeux de maman sont venus se fixer sur moi comme des projecteurs et ceux de papa Glen ont suivi.

— Oh, mon Dieu ! a-t-il gémi, et maman a frissonné.

Papa Glen a contourné maladroitement la table, sa hanche a heurté le coin, faisant trembler les bols et les verres.

— Oh, Anney! Je regrette. Oh, mon Dieu! Je ne veux surtout pas te gueuler dessus!

Il lui a embrassé le front, les pommettes, le menton, lui a pris le visage dans ses mains.

— Oh, Anney! Je regrette!

— Tout va bien, a-t-elle murmuré en lui caressant les bras et en essayant de le repousser. Tout va bien, chéri. Je comprends.

Reese a continué à sangloter pendant que je restais debout, agrippant le rebord de la table sans avoir la moindre idée de ce que j'avais été sur le point de faire. J'ai baissé les yeux sur mes mains, sur les bouts de mes doigts, aplatis et blancs, sur mes ongles tailladés à coups de dents. Mes mains étaient immobiles, mais mes bras tremblaient. Qu'est-ce que j'avais failli faire? Qu'est-ce que j'avais failli faire?

Papa Glen m'a regardée, plantée là.

— Je sais à quel point ta maman t'aime, a-t-il dit en posant la main sur mon bras et en serrant fort.

Quand il m'a relâchée, j'avais un bleu et maman l'a vu tout de suite.

— Glen, tu connais pas ta force!

— Non.

Il était plus calme, maintenant.

— Je suppose que non. Mais Bone sait bien que j'irais jamais lui faire mal. Bone sait que je l'aime. Bon sang! Tu sais que je vous aime toutes, Anney!

J'ai levé les yeux sur lui, les mains de maman reposant sur mes épaules. Je me rendais compte que j'avais la bouche ouverte et le visage inexpressif. Qu'est-ce que je savais? Qu'est-ce que je croyais? J'ai regardé ses mains. Non, il n'avait jamais eu l'intention de me faire mal, pas vraiment, me suis-je dit, mais, de plus en plus, ces mains semblaient bouger avant qu'il soit capable de réfléchir. Elles étaient grosses, impersonnelles et rapides. Je ne pouvais pas les éviter. Reese et moi plaisantions à ce sujet quand il n'était pas là — des mains de gorille, des pattes de singe, des becs en spatule, des queues de castor. Parfois, je me demandais avec inquiétude s'il savait ce que nous racontions. Mes rêves étaient emplis de longs doigts, de mains qui contournaient les portes et rampaient sur le bord du matelas, et la peur me submergeait comme une rivière, comme le bleu foncé, glacial de ses yeux.

6

La faim rend nerveux. On rêve de manger — pas n'importe quoi, mais quelque chose de parfait, le fin du fin, un repas magique, renommé et intimidant, un morceau de viande exceptionnel, un maïs onctueux au goût merveilleux, des tomates tellement mûres qu'elles éclatent et répandent une odeur sucrée, des haricots tellement croustillants qu'ils craquent entre les dents, de la sauce qui ressemble à du lait maternel et vous berce le sang. Quand j'avais faim, mes mains ne pouvaient pas rester tranquilles. Je soulevais le bord de mes croûtes, je grattais des piqûres d'aoûtat et d'anciennes cicatrices, je tirais sur les mèches folles de mes cheveux bruns. Je faisais tourner une piécette dans ma paume, j'essayais d'apprendre à l'envoyer en l'air d'une seule main, à la faire passer entre chaque doigt sans qu'elle tombe, comme y réussissait mon cousin Grey. Je me rongeais les ongles ou suçais des cure-dents et lisais tout ce que je n'avais pas déjà lu au moins deux fois. Mais quand Reese avait faim et qu'il n'y avait rien à manger, elle ne faisait que sangloter et de grosses larmes luisantes coulaient sur ses joues roses. Rien ne pouvait lui changer les idées.

Nous n'avions pas faim trop souvent. Il y avait toujours quelque chose que nous pouvions faire. Reese et moi marchions sur le bas-côté de la route et ramassions des bouteilles. Nous récupérions le montant de la consigne et achetions des cigarettes pour maman pendant qu'elle faisait des permanentes à la maison à des vieilles dames qu'elle avait connues au petit restaurant. Reese fronçait le nez et riait en glissant le paquet de Pall Mall dans la poche de maman, et moi, je courais prendre deux biscuits dans le plat entouré d'un torchon, sur la cuisinière.

— Ce sont de si mignonnes petites demoiselles, disaient les dames, et maman tapotait sa poche et le reconnaissait bien volontiers.

Maman savait confectionner un repas avec des biscuits et de la sauce, des biscuits préparés avec de la farine et de l'eau, et de la sauce au lard gras, pour les arroser. Lorsque je suis entrée au cours moyen, nous mangions assez souvent des biscuits. Parfois, maman les accompagnait d'un bol de soupe à la tomate, ou de porc aux haricots, froid. Nous plaisantions en faisant semblant d'aimer le manger à même la boîte, mais c'était froid parce que la compagnie d'électricité avait coupé le courant — pas d'argent posté, pas d'électricité. C'était une faim qui serrait un ventre plein d'amidon.

Un après-midi, il n'y avait même plus de farine pour préparer un semblant de repas. Nous étions assises à la table de la cuisine, Reese et moi, et nous plaignions de nos ventres gargouillants. Maman s'est mise à rire mais elle a continué à regarder ailleurs.

— Vous en faites, des histoires, pour si peu de chose ! A vous entendre, on pourrait croire que vous n'avez pas mangé depuis une semaine, les filles.

Elle a sorti des crackers et s'est mise à les napper d'une couche de ketchup rouge foncé, parsemée de sel et de poivre. Elle nous a servi du thé froid et nous a raconté ce qu'était la véritable faim, la faim pendant plusieurs jours, quand on n'espère même plus pouvoir manger des biscuits. Elle l'avait connue lorsqu'elle était petite et se battait avec ses sœurs pour avoir la dernière couenne du lard.

— On se faisait passer les assiettes autour de la table, huit assiettes pour huit gosses, on se racontait qu'il y avait de quoi manger sur le feu et que les assiettes allaient être remplies. On parlait de plats qu'on n'avait jamais vus, on en avait juste entendu parler ou on les avait imaginés, et on inventait des histoires sur tout ce qu'on cuisinerait si on en avait la possibilité. Earle aimait se représenter des chiots à peine blanchis à l'eau. Votre tante Ruth parlait toujours de langues de grenouille aux mûres. Beau voulait des rutabagas frits et Nevil réclamait des jonquilles à l'étouffée. Mais Raylene décrochait le pompon avec sa recette de viande de tortue caramélisée, accompagnée de plantes vénéneuses arrosées de pisse chaude.

Au bout d'un moment, Reese et moi nous sommes mises à élaborer nos propres repas imaginaires.

— Du beurre de cacahuètes et de la gelée. De la chair de punaise hachée avec des cornichons.

Maman nous a fait rire en imitant ses frères et sœurs, qui se disputaient les plats les plus dégoûtants qu'ils pouvaient imaginer. Elle nous a rempli l'estomac avec des crackers et du ketchup, des crackers et de la mayonnaise, et de grands verres de thé. Elle riait tout le temps, nous taquinait, nous chatouillait les épaules de ses ongles longs, sans cesser de se déplacer. Finalement, Reese est sortie pour chasser les chiens des voisins et hurler des insultes aux petits garçons qui leur couraient après. Mais moi, je ne me suis pas éloignée et j'ai observé maman par la fenêtre de la cuisine. J'ai vu ses poings se crisper et son menton saillir de colère. Quand papa Glen est revenu d'une partie de pêche avec mes oncles, on aurait vraiment dit une grosse maman poule en colère, les plumes hérissées et les yeux jaunes.

— Des crackers et du ketchup! lui a-t-elle dit d'une voix sifflante. Tu t'affoles pas pour chercher un nouveau boulot, hein, mais moi, il faut que je donne des cochonneries à manger à mes filles pendant que tu passes tout l'après-midi à fumer et à raconter des salades, assis sur ton cul.

Elle a fourré les mains sous ses aisselles et a tellement pincé les lèvres que sa bouche est devenue horizontale et dure.

— Écoute, Anney...

Papa Glen a essayé de lui toucher le bras. Elle lui a tapé sur la main et a bondi en arrière, comme un serpent qui vient d'attraper un rat. Je me suis écartée de la fenêtre et j'ai fait le tour de la maison en courant, pour l'observer depuis la porte ouverte qui donnait sur l'allée. Je n'avais jamais vu maman comme ça. C'était terrifiant, mais aussi merveilleux. Elle ne semblait avoir peur de rien.

— Pas mes gosses! a-t-elle dit à papa Glen, sa voix portant comme si elle hurlait alors qu'elle parlait dans un murmure rauque. Je voulais que mes gosses ne connaissent jamais ça. Qu'ils n'aient jamais faim, froid ou peur. Jamais, tu m'entends? Jamais!

Elle est allée dans la salle de bains et s'est lavé le visage, les aisselles et le cou. Maman remontait soigneusement ses bas quand je me suis précipitée vers elle, trop effrayée et surexcitée pour la quitter d'une semelle. Elle s'est interrompue pour m'étreindre brièvement.

— Appelle ton oncle Earle pour lui demander de passer vous prendre quand il aura fini sa journée. Reese et toi, vous feriez mieux de rester chez tante Alma jusqu'à mon retour.

J'ai couru dans la cuisine, où se trouvait l'appareil, mais je n'ai pas téléphoné. A la place, je suis retournée me poster sur le seuil et j'ai regardé le reflet de maman dans le miroir placé au bout du couloir.

Maman a mis un soutien-gorge propre et un des tricots rouges sans manches que lui avait donnés son amie Mab, sa collègue du restaurant — celui qui avait pour but de montrer que ses seins pointaient très haut, disait Mab pour plaisanter. Papa Glen est venu se camper sur le seuil et l'a observée, la glotte en mouvement, sans qu'un seul son sorte de sa bouche. Maman a souligné ses lèvres d'un rouge audacieux, coiffé en arrière ses cheveux blond foncé et passé à son bras son vieux sac à main, le plus grand. Elle a jeté un coup d'œil dans le couloir et m'a vue appuyée à la porte de la cuisine.

— Est-ce que tu as appelé Earle ?

J'ai fait signe que oui. J'étais gênée de mentir, mais je ne voulais pas la troubler. Earle ne serait pas venu nous chercher avant des heures et j'avais déjà décidé de ne pas l'attendre.

Maman a marqué une pause, a secoué la tête, est retournée dans la chambre et a attrapé sous le lit le carton dans lequel elle rangeait ses escarpins vernis noirs, luisants, à hauts talons. Quand elle les mettait, elle n'était plus la même, elle était plus vieille, plus dure, la bouche figée en un sinistre petit sourire. Ses cheveux blonds avaient l'air encore plus brillants, ses yeux plus sombres, son teint plus pâle. Elle avait une beauté glacée. Papa Glen était toujours planté dans le couloir, mais maman l'a contourné comme s'il n'y avait personne, comme si avancer une hanche et se déplacer sur le côté était la manière normale de passer dans le couloir. Papa Glen a oscillé un peu quand elle est passée, mais n'a pas fait un geste pour l'arrêter. Il avait les bras ballants, les mains au niveau des poches, et respirait par la bouche, semblant sur le point de vomir. Les talons de maman résonnaient presque aussi fort que le bruit des jointures de papa Glen, qu'il faisait craquer, pétrifié. J'ai collé aux talons de maman, effrayée de me retourner vers papa Glen, effrayée que mon regard puisse rompre le charme qui le clouait dans le couloir. Maman n'a rien dit, elle m'a juste serrée dans ses bras et m'a embrassée, puis elle s'est glissée au volant de sa Pontiac.

Quand le moteur a rugi, le charme a été rompu. Papa Glen s'est précipité dehors et, planté sur le macadam, a suivi la voiture des yeux. Son visage était figé. Il ne regardait même pas dans ma direction, mais j'avais le ventre collé à la colonne vertébrale. J'avais l'impression que l'herbe s'était transformée en ammoniaque et me brûlait la gorge, que la peau de papa Glen irradiait une chaleur rouge et des ondes de transpiration bouillante. Autour des fines bretelles de son maillot de corps, je voyais les muscles de ses épaules rouler et gonfler. Je savais qu'il pourrait facilement me casser les bras aussi méthodiquement qu'il faisait craquer ses jointures, me tordre le cou aussi violemment qu'il se tordait les mains. J'ai battu en retraite avec précaution, puis j'ai contourné la maison en courant et j'ai escaladé la clôture qui séparait notre jardin de celui des voisins, pour me soustraire à son regard.

Reese était en train de sauter à la corde avec les jumeaux MacCauley et ne voulait pas venir avec moi, mais elle s'est déridée quand je lui ai dit que nous allions marcher jusqu'à la route et faire du stop au lieu de demander qu'on vienne nous chercher. Reese adorait arrêter des inconnus sur la route pour les supplier de l'emmener six kilomètres et demi plus loin, là où habitait tante Alma. Elle m'avait promis qu'elle ne le ferait jamais sans moi, mais je m'inquiétais en pensant que dès qu'elle serait un peu plus âgée, elle sillonnerait le comté en auto-stop. Alors, chaque fois que nous arrêtions une voiture, j'inventais une nouvelle histoire horrible. Cette habitude était tellement ancrée en moi que, malgré ma nervosité, j'ai machinalement commencé à lui en raconter une. Cette fois, il s'agissait de l'automobiliste fantôme qui ramassait des filles, les écorchait comme de jeunes cerfs, mangeait la viande et tannait la peau pour fabriquer des porte-monnaie et des porte-feuilles.

— Il nous attrapera jamais, a dit Reese en riant. Il faudra seulement faire attention à jamais monter avec un homme seul.

J'y ai réfléchi un instant.

— Ben, c'est pas aussi facile que ça de savoir qui est le fantôme, ai-je rétorqué à Reese. Parfois, il attrape d'abord un couple marié, en grimpant à l'arrière de leur voiture quand ils vont aux toilettes d'un poste à essence. Lorsqu'ils repartent, il commence par les assassiner et, ensuite, il les installe bien droits pour faire croire qu'ils sont seuls dans la voiture. C'est comme ça qu'il coince des tas de gens qui ne monteraient jamais avec un homme seul.

Reese s'est mordu la lèvre inférieure et a fixé la route. Je voyais bien qu'elle pesait soigneusement cette nouvelle information. Quand un camion s'est arrêté pour nous prendre, elle a bien examiné les gens, une dame assez âgée en robe chemisier bleu foncé et un homme plus jeune en vêtements de travail kaki. Avant de grimper à l'arrière, elle a donné un coup sur la cabine, assez fort pour que tous deux sursautent sur leur siège. Je me suis mordu la langue pour ne pas rire.

La vieille dame nous a réprimandées parce que nous faisions du stop sur la grand-route.

— Vous pourriez vous faire tuer ou pire encore, nous a-t-elle dit à travers la vitre arrière. Les petites sur les routes, ça attire les pervers. Il pourrait vous arriver n'importe quoi.

Nous avons toutes les deux hoché solennellement la tête et l'avons poliment remerciée quand nous avons sauté au bas de la route qui menait chez tante Alma.

Il était plus de minuit quand maman est venue nous chercher. Reese était couchée dans le lit de tante Alma mais moi, j'étais assise à côté d'oncle Wade et je somnolais au-dessus du puzzle auquel il s'attaquait toujours lorsqu'il n'arrivait pas à dormir.

— Petite, voilà ta maman, m'a-t-il dit en me secouant un peu.

Je me suis complètement réveillée quand maman m'a touché l'épaule. Ses mains étaient lourdes et sentaient légèrement le lait adoucissant Jergens.

— Viens, Bone, a-t-elle murmuré. On rentre à la maison.

Elle a remercié oncle Wade d'une voix lasse. Ses cheveux retombaient mollement et son visage était démaquillé. Elle portait toujours le même tricot, mais elle avait enfilé une chemise blanche par-dessus et avait mis ses chaussures plates de serveuse.

— Ne dis rien, m'a-t-elle fait. Attrape seulement les souliers de Reese et viens.

Elle a soulevé Reese sans déranger tante Alma et l'a portée jusqu'à la voiture. Je l'ai suivie, accrochée à son flanc droit, tandis que Reese était lovée sur son épaule gauche. Elle s'est arrêtée devant la voiture et a levé les yeux vers le ciel obscur. A la lumière qui filtrait de la maison, son visage n'était que creux et angles, ses yeux enfoncés et luisants.

— Merde ! a-t-elle murmuré doucement en appuyant le front contre le métal froid, au-dessus de la portière. Merde ! Merde !

— Maman ! a gémi Reese.

J'ai pressé la joue contre le flanc de maman et je n'ai plus bougé. Il y a eu un long moment glacé pendant que nous attendions, et puis maman s'est redressée et a ouvert la portière.

— Bon, d'accord ! a-t-elle dit comme si elle mettait fin à une longue conversation avec elle-même. D'accord !

Je me suis retournée vers la maison de tante Alma. Oncle Wade était debout dans la cuisine, le visage sévère et la bouche dure. Pourquoi était-il en colère ? me suis-je demandé. Qu'est-ce qui avait pu lui donner cet air aussi horriblement fâché ?

— Je vais vous préparer des œufs, a dit maman en nous conduisant dans la cuisine et en nous faisant asseoir à la table.

Il y avait de la farine dans une boîte, un bocal de gelée, du beurre dans un plat, un petit sac de tomates, du lard gras dans un paquet qui n'était pas entamé, et une boîte d'œufs frais, tout tachetés de brun. Elle a rangé la plupart de ces provisions, puis a battu les œufs avec du lait sucré et fait frire des tranches de tomates vertes sur les bords de la poêle avant d'y verser les œufs.

— Ma mère préparait toujours ça quand il était tard, a-t-elle annoncé en clignant des yeux face à la lumière trop vive.

Papa Glen était assis dans la salle de séjour, devant un poste de télévision au son baissé. Il ne nous regardait pas et ne disait rien. J'ai vu les yeux de Reese se tourner brièvement vers lui puis revenir se poser sur maman et, enfin, sur moi. Les mains de papa Glen ne cessaient de se déplacer sur ses cuisses, ses doigts se nouaient, crispés sur son pantalon, puis tremblaient sur le tissu foncé, comme les pattes de hannetons qui ont basculé sur le dos pendant la nuit. Maman a sorti une plaque de biscuits du four et nous a fait un grand sourire.

— Il faut que les tomates soient presque cuites avant de mettre les œufs, parce qu'ils ne doivent pas rester longtemps sur le feu. C'est meilleur quand ils sont moelleux. Quand ils fondent comme du beurre entre les dents et la langue.

Elle m'a servi une cuillerée d'œufs et a placé deux biscuits dans mon assiette, à côté des tomates légèrement dorées. Reese a étalé du beurre sur ses biscuits et versé une grosse cuillerée de gelée à côté de ses œufs. J'avais l'estomac tellement resserré que je ne voyais pas comment j'allais pouvoir manger, mais maman s'est assise juste en face de moi et m'a fait un si grand sourire que j'ai compris qu'il me faudrait tout manger. C'est ce que j'ai fait, lentement, pendant que papa Glen était silencieux dans la pièce voisine et que maman continuait à parler exactement comme s'il n'était pas là. Mon regard ne cessait de glisser sur les mains de papa Glen, qui étreignaient ses cuisses. J'ai crispé les miennes sous la table et je me suis frotté les muscles des jambes.

Les biscuits m'ont remplie mais ne m'ont pas contentée. Une fois que j'ai commencé à manger, je n'arrivais plus à être rassasiée. Reese semblait éprouver la même chose. Elle a mangé jusqu'à ce que ses yeux en paraissent bouffis. Et puis elle a posé une joue sur la table, prête à s'endormir sur place. Maman lui a souri et, tendant la main, lui a coincé derrière l'oreille une mèche de cheveux blonds et plats pour l'empêcher de lui tomber dans les yeux. Elle a beurré tous les biscuits qui restaient et les a enveloppés dans un torchon pour qu'ils se conservent jusqu'au lendemain matin. Pendant tout ce temps, elle continuait à parler de tout et de rien, de sa mère et des repas que ses tantes cuisinaient tard dans la soirée, d'un bruit que la Pontiac commençait à faire, et du tuyau de vidange de la machine à laver, qu'elle devait vraiment nettoyer.

J'écoutais maman bouche bée. J'avais l'impression de sentir un coup de vent dans mon corps, un vent chaud et froid en même temps, qui soufflait de mon cou à mon ventre et lâchait de petites étincelles dans mon système nerveux. Finalement, maman nous a mises au lit ensemble, Reese et moi, et s'est assise à côté de nous comme si elle s'apprêtait à rester là toute la nuit. J'entendais la télévision, tout bas dans la pièce de devant, et je luttais pour ne pas m'endormir, mais la nourriture agissait comme une drogue sur mon organisme. J'ai glissé dans le noir, vers un rêve où de grands nuages moelleux étouffants étaient posés sur un champ de mûres, comme un banc de brouillard. Je me suis réveillée pour voir le visage bouffi, terrorisé de Reese et pour entendre la voix basse, furieuse de papa Glen, au bout du couloir. J'ai mêlé mes doigts à ceux de Reese, prié pour que le silence revienne et fermé les yeux si fort que mes oreilles en bourdonnaient.

Il nous a fallu déménager une fois de plus la semaine suivante, mais maman a dit que la nouvelle maison serait mieux, maintenant que papa Glen allait travailler à l'usine Pepsi. La nouvelle maison n'avait cependant rien de nouveau. Elle ressemblait strictement aux trois précédentes — petite, étriquée, sentant l'humidité, même si maman l'aérait souvent. Elle était exactement comme toutes les maisons que papa Glen nous avait trouvées — des maisons construites sur des lotissements, des maisons aux murs en lattes blanches et aux garages surmontés de tôle. Les pelouses étaient sèches, l'herbe grossière, clairsemée, laissant apparaître çà et là des zones de sol rocailleux. Il n'y avait jamais d'arbre ni de buisson. Maman plantait parfois des fleurs ou bêchait un carré, derrière, pour y cultiver des légumes qui n'étaient jamais semés avant notre déménagement, n'empêche que ces maisons avaient toujours l'air nues et abandonnées.

— Ça manque d'amour, m'a dit Temple, la fille aînée de tante Alma, tandis qu'elle nous aidait à défaire les cartons dans notre nouvelle chambre. Ton père vous trouve toujours des maisons que personne n'a jamais eu envie d'habiter, on dirait. À voir cet endroit, on a l'impression que les gens s'y sont arrêtés et en sont repartis le plus vite possible.

Je n'ai pas discuté. Elle avait raison.

Mes tantes étaient elles aussi toujours en train de déménager — toutes sauf tante Raylene, qui louait la même maison quasiment depuis qu'elle était adulte. Mes autres tantes ne semblaient jamais rester quelque part très longtemps, mais elles choisissaient de vieilles maisons qui avaient tendance à se ressembler. Elles n'avaient rien à voir avec celles que choisissait papa Glen, avec leurs fenêtres à stores vénitiens, leurs garages et leur broyeur à ordures qui ne marchait jamais. Alma habitait toujours de vieilles baraques, grandes, branlantes, avec de vastes vérandas et des chiens qui s'allongeaient au soleil. Tante Ruth aimait celles qui avaient des noyers noirs pour abriter les camions de mes oncles.

Papa Glen considérait avec mépris les maisons de mes tantes, avec leur cheminée à grille et leur poulailler, au fond du jardin.

— Tu me paierais que j'irais pas habiter chez toi ! a-t-il juré à Travis un dimanche.

Mais Travis s'est contenté de sourire et lui a donné une bourrade.

— Le problème, mon petit Glen, c'est qu'il faut payer son loyer. Et nom de Dieu, laisse-moi te dire que les propriétaires se fichent pas mal de ce qu'on peut penser et du genre d'endroit qu'on aurait envie de louer. Merde ! On tâche tous de se débrouiller, pas vrai ?

J'étais contente quand Alma et Wade sont allés habiter à la campagne, juste à côté de grands champs plats de cacahuètes et de fraises. C'était juste à la limite de la ville, près des routes qu'empruntaient les camions pour desservir West Greenville, un secteur où tout était délabré, bon marché, et où ça ne gênait personne si vous gariez votre voiture sur la pelouse. Il y avait toujours des gosses sur la véranda, des cousins en train de franchir les contre-portes des moustiquaires, du linge étendu derrière, des poulets qui couraient partout et, quelle que soit la tante que nous allions voir, il y avait toujours quelque chose à faire.

— Attrape-moi cette poule, me disait tante Alma. Et puis ramasse ces haricots et lave ces tomates.

Reese m'aidait et nous nous asseyions sur la véranda toutes les deux, nous mêlant si bien aux cousins et à leurs amis que, parfois, tante Alma ou tante Ruth oubliait notre présence jusqu'au moment où maman venait nous chercher. L'endroit où nous habitions nous était égal tant que nous pouvions rester chez l'une de nos tantes.

Chez tante Alma, nous pouvions écouter Garvey et Grey qui se battaient, Petit Earle qui riait et hurlait, oncle Wade qui buvait et jurait, la radio qui jouait et les poulets qui gloussaient devant les fenêtres. Là-bas, nous glissions sur une grande bâche, pendant que le tourniquet nous aspergeait d'eau froide. Chez tante Ruth, nous pouvions regarder oncle Travis quand il pelait des pommes de terre pour sa femme, une bière à portée de la main, une cigarette roulant d'un coin à l'autre de sa bouche, les cendres tombant quelquefois dans les épluchures. Tante Ruth nous laissait même jouer en culotte, mais quand Reese a eu des champignons, maman a insisté pour que nous gardions nos vêtements, et quand nous avons attrapé des puces, elle nous a obligées à nous récurer dès que nous revenions à la maison. Ça ne gênait ni Reese ni moi. Nous voulions quand même aller là-bas le plus souvent possible. C'était vivant, chaleureux, chez mes tantes, ça bourdonnait de voix, de rires, d'enfants qui couraient partout. Le calme de notre maison était glacé, même si nous avions un meilleur chauffage et si nous ne laissions pas les portes ouvertes pour éviter que le vent s'y engouffre. Il y avait quelque chose de glacial dans les maisons de papa Glen, quelque chose qui fondait quand nous nous retrouvions chez nos tantes.

Les frères de papa Glen habitaient de grandes bâtisses qui leur appartenaient, avec des jardins clôturés et des massifs de fleurs.

— C'est comme ça que devraient vivre les gens, nous disait papa Glen quand il nous emmenait rendre visite à ses frères.

Plus que tout, il désirait une maison comme celle de Daryl et de James — une maison moderne, avec une belle pelouse et des baies vitrées encadrées par des rideaux doublés. Les maisons qu'il nous choisissait en étaient toujours de minables imitations. Maman cousait des rideaux, nettoyait les vitres et cirait les sols. Papa Glen tondait la pelouse et nous envoyait avec des ciseaux arracher les mauvaises herbes de l'allée. Il gueulait après Earle et Beau si leurs véhicules mordaient sur l'herbe et chassait les chiens qui venaient renverser nos poubelles, la nuit.

— Personne ne veut que j'aie quelque chose de joli, se plaignait-il.

Ensuite, il sombrait dans une de ses humeurs dangereusement taciturnes et ne voulait parler à personne. Il était tellement maussade que Reese et moi faisions notre ronde dans le jardin pour ramasser crottes de chien et déchets apportés par le vent — tout ce qui le mettait en fureur. Chacune des nouvelles maisons le rendait heureux pendant un petit moment, et nous essayions de prolonger cette période de calme relatif autant que possible, veillant à ce que tout soit bien rangé et reluise de propreté.

— Les choses vont être différentes, ici, disait-il à maman.

Reese et moi tâchions alors d'avoir le visage inexpressif et ne restions pas dans ses jambes. Aucune de nous ne croyait que les choses changeraient jamais, mais nous nous gardions bien de le dire. Parfois, nous avions l'impression que papa Glen pouvait presque lire les pensées que nous essayions de cacher, il nous épinglait de son regard, un regard qui laissait entendre que tous ses efforts allaient de nouveau être vains.

— Ça vous arrache le cœur, de savoir que personne ne vous fait confiance, a-t-il dit un jour à maman.

Comme si c'était notre absence de foi qui le conduisait à l'échec. Notre manque de confiance qui faisait de lui l'homme qu'il était, l'obligeait à travailler sans pouvoir éviter les bagarres, le rendait sarcastique avec ses patrons et désagréable avec les commerçants qu'il aurait pourtant dû persuader de lui vendre à crédit. Maman était de plus en plus tendue et papa Glen nous dévisageait comme si nous lui coûtions de l'argent à chaque respiration.

Le loyer était payé en retard un mois, ne pouvait pas être réglé le mois suivant et, ensuite, il était de nouveau payé en retard. Papa Glen s'est mis à faire de longues virées en voiture le soir, et des gens ont commencé à venir se présenter à la porte pendant la journée. Ils cognaient contre le chambranle après avoir sonné. Si maman était à la maison, elle restait assise à la table de la cuisine, une cigarette entre les doigts, les yeux dans le vague, sans rien dire.

Reese ou moi allions à la porte et hurlions :

— Maman est pas là. J'peux pas vous ouvrir, maman est pas là.

Les hommes et les femmes qui venaient jusqu'à notre porte tentaient d'amadouer ou de menacer, de cajoler ou de clamer leur fureur. Ils prononçaient le nom de maman si fort que tous les voisins l'entendaient. Maman repoussait ses cheveux de son visage, allumait une autre cigarette et nous étreignait. Reese et moi faisions de grands sourires et regardions prudemment sous les rideaux pour voir si le propriétaire ou les fournisseurs étaient partis et, ensuite, nous courions le lui dire.

— Elles sont malignes, mes filles, disait maman pour nous féliciter. Elles sont fortes et malignes, mes filles.

Son visage se détendait alors, les lignes dures de ses sourcils s'adoucissaient, et elle nous attirait toujours une nouvelle fois à elle.

— On n'est pas d'la racaille, nous disait maman. On n'est même pas vraiment pauvres. Si quelqu'un vous dit quelque chose, n'oubliez pas ça. On n'est pas d'la racaille. Et on paye tout c'qu'on achète. Seulement, on peut pas toujours payer au moment où les gens le réclament.

Reese et moi hochions la tête avec gravité, approuvant en silence, mais nous ne la croyions pas. Nous savions de quoi nous traitaient les voisins et contre quoi maman voulait nous protéger. Nous savions très bien ce que nous étions.

La maison d'oncle Nevil et de tante Fay était construite sur une pente si raide que nous arrivions à jouer dans la terre, sous la véranda de devant, avec les chiens. Quand nous nous mettions sur la pointe des pieds, nous pouvions à peine atteindre le plancher, au-dessus de nous. La maison elle-même était tellement collée à la colline que les chiens ne parvenaient plus à sortir quand ils passaient dessous, et les pièces de derrière étaient toujours agréables et ombragées. J'adorais cette maison, l'obscurité fraîche, sous la véranda, qui laissait exploser l'odeur des chiens et de la terre rouge, mais papa Glen la détestait.

— C'est une maudite cabane de nègre ! Ils se fichent de la manière dont ils vivent ou quoi ?

Il ne nous mettrait jamais dans une maison de ce genre, insistait-il. Au lieu de quoi, il nous a emmenées dans une maison aux murs en panneaux préfabriqués, où le carrelage se décollait tout le temps des sols, à cause de l'humidité, et où, de toute façon, nous ne sommes pas restés longtemps.

— Mais le quartier est comme il faut, a-t-il déclaré à

maman, qui n'a rien dit et s'est contentée de déballer la vaisselle, une fois de plus.

Ma tante Alma s'est attiré le mépris éternel de papa Glen l'année de mes neuf ans, quand elle a quitté mon oncle Wade. Oncle Earle a plaisanté en disant qu'Alma avait finalement surpris Wade à faire ce qu'il faisait depuis des années.

— Il court les filles, a dit ma cousine Deedee. Si c'était mon mari, je lui ferais sauter la bite d'un coup de fusil.

— C'est peut-être pour ça que t'en as pas — j'veux dire de mari! lui a rétorqué tante Alma avant de se mettre à rire à la pensée de tirer sur les parties intimes d'oncle Wade. Ça le ferait réfléchir, en tout cas, a-t-elle dit à maman. Mais, bon sang, ce type est un chien! Il se fiche de l'endroit où il la fourre. Il se rend pas compte de ce qu'il a. Autant que je reste à l'écart de ses cochonneries.

Elle a emmené sa marmaille dans un appartement situé en ville, au premier étage d'un immeuble sans ascenseur, avec une vaste véranda branlante qui avançait sur un côté. Tante Alma pouvait habiter n'importe où, elle avait toujours une véranda.

Nous ne connaissions encore personne qui avait habité dans un appartement. Maman nous a emmenées lui rendre visite. Nous apportions un sac en papier avec des serviettes et des couches en coton, pour le bébé. Nous les avions achetées au magasin de récupération de l'Armée du Salut. Tante Alma a souri en voyant maman, a sorti un pot de thé glacé du frigo et nous a poussées sur la véranda.

Une longue volée de marches partait de la véranda, passait devant l'appartement du bas et arrivait au rez-de-chaussée. Grey et Petit Earle étaient assis sur les marches supérieures et se penchaient pour regarder les gosses d'en bas, qui, derrière leur fenêtre, levaient les yeux vers nous. Des visages marron, luisants, s'écrasaient contre la vitre avant de disparaître, des visages austères, vides, que nous pouvions à peine différencier l'un de l'autre.

— Des négros, a murmuré fièrement Grey. Ils ont peur de nous.

J'ai enroulé les doigts autour de la rampe, arraché des éclats au bois sec et me suis penchée pour regarder moi aussi. Je n'avais jamais vu de gens de couleur d'aussi près, et j'étais curieuse de voir ceux-là. Ils avaient bel et bien l'air effrayé.

— Leur mère veut pas les laisser sortir, a dit Petit Earle en mâchonnant un éclat de la rampe et en en arrachant un autre. On l'a entendue ce matin leur dire qu'elle leur donnerait une fessée s'ils ouvraient seulement cette porte. Ça, elle est pas contente qu'on ait emménagé.

— Ben, papa non plus, a dit Grey en riant.

— Il doit faire chaud, enfermé là-dedans, a murmuré Patsy Ruth.

J'ai hoché la tête, sans cesser de surveiller la fenêtre. Apparemment, ils étaient trois, en bas, et se relayaient pour regarder dehors, aussi fascinés par nous que nous l'étions par eux. Reese est arrivée derrière moi et m'a tirée par le bras. Je ne me suis pas retournée ; j'avais l'impression que, derrière la fenêtre, le visage me regardait.

— On peut pas descendre ?

— Il fait plus chaud en bas, y a pas de vent du tout et y a de la poussière. Il fait meilleur en haut, a répondu Grey en crachant par-dessus la rampe sur la terre nue et desséchée.

— D'ailleurs, il faudrait passer devant eux.

Il a désigné la fenêtre d'un mouvement de la tête.

J'ai plissé les yeux à cause de la lumière vive. Derrière la vitre, le visage a fermé à demi les yeux. Je ne savais pas si c'était un garçon ou une fille — un très joli garçon ou, alors, sûrement une fille très dure. Les pommettes étaient aussi hautes que les miennes, les yeux grands et délicats, avec de longs cils, tandis que la bouche était petite, les lèvres bouffies, comme si elles avaient été piquées par des insectes, mais pas grosses. La peau chocolat était très lisse, très brillante, les pores invisibles. J'ai porté les doigts à mes joues, j'ai dévisagé Grey, puis j'ai ramené mon regard en bas. Les joues de Grey étaient piquetées de points noirs et rougies par le soleil. Je n'y avais encore jamais pensé, mais il était presque affreux.

— Qu'est-ce que tu regardes comme ça, Bone ? m'a demandé Grey en me poussant du coude.

Je ne pouvais pas dire à quoi je pensais, je ne pouvais pas dire : « Cet enfant est plus beau que toi. » Je me suis écartée de la rampe et, à mon tour, j'ai arraché un éclat de bois avant de regarder Grey en face.

— J'aime bien, ici. C'est beaucoup mieux que cette vieille bicoque branlante où vous habitiez avant, ai-je menti. Combien de pièces vous avez ?

L'expression de Grey s'est détendue et je me suis rendu compte qu'il avait eu peur que je dise quelque chose de méchant.

— Y a plus de place qu'il y paraît, ici. On a une chambre juste pour Petit Earle, le têtard et moi. Patsy Ruth et Temple ont la leur, et maman a même dit que je pourrais avoir une cuve sur le buffet pour y mettre mes tortues. Pour l'instant, c'est Garvey qui les a gardées.

Petit Earle a hoché la tête avec enthousiasme. C'était la première fois que quelqu'un mentionnait Garvey, qui était resté avec oncle Wade, mais je n'ai rien dit. Maman m'avait raconté qu'il y avait eu une terrible bagarre quand Wade avait gardé Garvey et laissé son jumeau partir avec tante Alma.

— Ne traite pas le bébé de têtard, a dit Patsy Ruth. Appelle-le Annie. Tu sais bien que maman déteste que tu le traites de têtard.

La porte s'est ouverte et tante Alma a jeté un coup d'œil.

— Alors, les gosses, vous vous amusez bien ?

Elle a plissé les yeux pour se protéger du soleil.

— Ça va, maman, lui a dit Grey.

J'ai regardé la fenêtre, en bas. C'était une fille, j'en étais presque sûre, une fille dure, qui nous regardait d'un air méfiant. Grey s'est levé des marches en s'aidant d'une seule grosse main. Les yeux de la fille ont suivi ce poing puis sont revenus se poser sur moi. J'ai essayé de sourire mais j'avais l'impression que mon visage était figé, nerveux. Celui de la fille est resté sans expression, puis s'est fondu dans l'obscurité de l'appartement.

— Ne soyez pas vilains avec les gosses d'en bas, a dit tante Alma à Grey. J'veux pas avoir d'ennuis avec ces gens-là.

— Oui, maman, ont dit ensemble Grey et Petit Earle.

La fenêtre d'en bas est restée sombre.

À la visite suivante, Grey m'a dit qu'ils étaient cinq, en bas, tout comme chez eux, à l'étage au-dessus. Le père était parti travailler dans le Nord et tous les gosses étaient plus jeunes que Grey. La femme restait toute seule et se contentait de saluer tante Alma d'un signe de tête. Au bout d'une semaine, les gosses avaient cependant recommencé à sortir sur les marches, mais filaient chez eux chaque fois que le camion d'un oncle s'arrêtait et ignoraient les enfants blancs. Et puis, à un moment donné, au cours de la deuxième semaine, ils ont fait un concours de crachat, le premier étage contre le rez-de-chaussée, et Grey a gagné. Ensuite, les choses ont été un peu plus simples. Grey a montré son couteau de poche aux garçons d'en bas et, à son tour, a admiré une panoplie d'outils que le plus âgé avait reçue de son père. Seule la petite fille restait à l'écart, à l'intérieur, avec sa mère, pendant que les garçons jouaient dehors.

— Elle est jolie, si tant est que les négros puissent être jolis, mais elle est pas aimable, m'a dit Grey. On dirait qu'elle s'attend à ce que je lui saute à la gorge, ou quelque chose comme ça.

— Traite-la de ce nom-là et c'est elle qui te sautera peut-être à la gorge. Moi, c'est ce que je ferais.

Je me rappelais l'expression intense, déterminée de la petite fille. J'avais entendu toutes les plaisanteries détestables et les horribles choses que les gens racontaient sur les « négros », mais je n'avais moi-même jamais été au-delà du bref et prudent « monsieur » et « madame » que maman nous avait appris à dire. J'étais aussi timide avec ces gosses qu'ils semblaient l'être avec nous. Même si cette idée me rendait nerveuse, j'aurais bien aimé que cette fille sorte pour essayer de lui parler, mais elle se contentait de nous regarder par la fenêtre. Sa mère lui avait probablement énuméré tout ce à quoi elle pouvait s'attendre de la part de petits Blancs miséreux comme nous.

— Oh là là, si t'avais entendu c'que papa et oncle Beau ont dit quand ils sont venus et de quoi ils les ont traités ! a dit Grey, en fronçant les sourcils et en frappant un pied contre l'autre. Papa est vraiment furieux qu'on ait emménagé ici.

Je savais ce qu'il voulait dire. Oncle Wade et tante Alma étaient venus chez nous la semaine précédente. Wade avait l'air éreinté, négligé, et engueulait Alma.

— Non mais, tu te rends compte, partir avec les enfants de son mari, vivre dans cet endroit pouilleux grouillant de négros ! Mes filles qui doivent monter cet escalier et passer devant ces négrillons ! Ma femme qui croise tous ces petits Blancs miséreux dans la rue !

Le visage bronzé d'oncle Wade était plus maigre que d'habitude et cramoisi d'indignation.

Tante Alma s'est contentée de rire. Elle avait l'air plus en forme que jamais. Elle était aussi un peu plus mince, mais ça lui allait bien. Son visage était lisse et détendu, sa jupe ondoyait sur ses hanches souples. Oncle Wade ne semblait pas tellement lui manquer.

— Cet homme est pire qu'un enfant, avait-elle dit à maman. Il vous use à vouloir tout l'temps qu'on lui fasse quelque chose. Il faut se précipiter pour lui préparer ses repas, pour lui laver ses vêtements, et, merde, pour le laver, lui et ses cheveux huileux !

Maintenant, elle se contentait de rire et repoussait négligemment sa frange, de sa petite main.

— Je paie mon loyer toute seule, merci, monsieur Wade Yarnall.

Elle s'est coincé une boucle derrière l'oreille, a adressé un sourire fier à maman et a dit à Wade :

— J'suis pas obligée d'écouter tes lamentations sur ma vie ou tes bêtises sur mes enfants. Ils sont propres, bien nourris et heureux là où ils sont. Y a personne qui vient les embêter. Y a personne qui m'embête et personne qui va m'embêter.

— Mais c'est un scandale ! Elle peut pas rester là-bas !

Tante Carr était du côté d'oncle Wade, mais, d'après maman, elle l'avait toujours été. Carr était venue de Baltimore pour sa visite estivale annuelle et habitait chez nous.

— Ta tante Carr a toujours eu un faible pour Wade, m'a confié maman un après-midi, pendant que nous étendions la lessive. Quand on était jeunes filles, elle pensait qu'elle allait épouser Wade. Elle s'en est jamais remise quand il a choisi Alma.

— Bon sang, Anney ! Carr ne s'est jamais remise de rien. Elle n'oublie rien, ni le mal qu'on a pu lui faire ni celui qu'on aurait bien voulu lui faire. J'te parie qu'elle se récite cette liste tout haut le soir, avant de s'endormir, juste pour pas s'embrouiller.

Oncle Earle était planté au bout de la corde à linge, avec un gros sac en papier dans les bras et un grand sourire sur son visage tanné par le soleil. Il a posé son sac, m'a serrée dans ses bras quand j'ai couru vers lui, et s'est mis à rire en voyant l'expression contrariée de maman.

— Oh! allez! Anney! Tu sais bien que c'est vrai, c'que j'dis. Ne me jette pas ce regard noir.

Il a donné une petite tape dans son sac.

— J'ai assez de magnifiques noix de pécan pour deux douzaines de tartes. Pourquoi tu nous laisserais pas les décortiquer, ta petite, là, et moi, pendant que tu étalerais de la pâte?

Maman a posé la dernière pince sur un boxer usé appartenant à papa Glen et a secoué une chemise pour que les manches tombent bien droit.

— Y a des jours où j'arrive pas à comprendre comment font les gens pour te supporter, Earle Boatwright. Tu es toujours en train de raconter des choses affreuses sur tout le monde. À mon avis, c'est toi qui dors pas la nuit pour pouvoir inventer des horreurs.

Earle s'est remis à rire.

— Oh! t'as bien raison, sœurette. Je passe tout mon temps libre à noter ce que font les gens en douce et je fais exprès d'en parler.

Il s'est coincé le sac sur une hanche, m'a soulevée et posée sur l'autre.

— Dis-moi, Bone, est-ce que ta maman t'a déjà dit que ta tante Carr habitait très loin, à Baltimore, et revenait tellement rarement ici qu'on la reconnaissait à peine quand on la voyait?

— Oh! Earle!

Maman s'est mis une main devant la bouche et, de l'autre, a attrapé les noix de pécan.

— Ne commence pas à dire du mal de Carr. Entre, je vais sortir mon sirop Karo et mes moules à tarte.

Earle m'a fait sauter si haut que je me suis retrouvée à cheval sur ses épaules, une jambe de chaque côté de son cou.

— Une chose est sûre, j'aime les tartes aux noix de pécan que tu fais quand tu es furieuse, a-t-il dit à maman.

Il a chatouillé mes pieds nus, si bien que je l'ai attrapé par les oreilles pour le faire cesser.

— Tu sais, Bone, quand ta maman est en rogne contre moi, elle hache les noix très fin, exactement comme j'aime. Sinon, elle se donne pas cette peine, et si les noix sont pas hachées menu, elles prennent pas assez le sucre à mon goût.

À la moustiquaire, il s'est arrêté et je lui ai de nouveau tiré sur les oreilles.

— Et tante Carr? Tu veux pas me dire comment elle s'est retrouvée à Baltimore?

Il a tourné la tête vers moi et m'a fait son fameux sourire lent.

— Tu sais bien que ta maman veut pas que j'te raconte cette histoire.

Je lui ai donné des coups de pied sur la poitrine.

— Mais tu veux pas m'la raconter quand même?

Earle s'est mis à rire et m'a posée à terre. De la hanche, il a poussé la contre-porte et a jeté un rapide coup d'œil à l'intérieur pour s'apercevoir que maman était déjà entrée dans la cuisine.

— Bon.

Il a allumé une cigarette, en frottant l'allumette d'une seule main.

— Ta tante Carr était une fille susceptible et elle supportait mal que ta maman et Alma soient si jolies alors qu'elle, elle était pas terrible. Carr voulait à tout prix être belle, si bien qu'elle en devenait méchante. Elle disait des choses tellement horribles sur Raylene que c'en était une honte. Elle insistait pour que Raylene apprenne à se maquiller et à se coiffer, et se mette en quête d'un mari. Mais j'ai toujours pensé que si elle s'acharnait sur Raylene, c'est qu'elle voulait se vanter du mal qu'elle se donnait elle-même pour être jolie. Raylene, Alma et ta maman se moquaient toujours d'elle à ce sujet et ça la rendait furieuse. J'dis pas qu'elle n'aimait pas ses sœurs, mais parfois, on voyait bien que c'était pas le grand amour. Et puis... oui! Elle avait bel et bien un faible pour le jeune M. Wade. Cette fille le voulait, c'était évident, et elle se rendait peut-être compte qu'il ne lui accordait pas une minute d'attention dès qu'Alma était là. Ça l'a pas arrangée.

« Et puis, une année, à Thanksgiving[1], Wade a dit en plaisantant, alors que tout le monde pouvait l'entendre, qu'Alma était une version plus jeune, plus mignonne de Carr — la fleur à côté du fruit tombé de l'arbre, je crois que c'est ce qu'il a dit. Le visage de Carr a alors valu le coup d'œil! On y voyait défiler toutes ses pensées, et aucune n'était bien jolie. Et à Noël, je te jure que cette fille avait déjà mis le grappin sur ce pauvre vieux Benny, de Baltimore. On aurait dit qu'il fallait pas louper ce don du ciel. Elle a eu son premier bébé à l'automne suivant et, tout de suite après, elle a obligé Benny à retourner auprès de sa famille. Wade et Alma ont patienté encore cinq ans avant de se marier, même si les jumeaux d'Alma ont à peine attendu que le pasteur ait fini de parler pour essayer de sortir du ventre de leur mère.

Earle a roulé sa cigarette entre le pouce et l'index.

— Ensuite, on dirait qu'on s'est tous retrouvés adultes d'un coup et tout a été différent. C'est comme

1. Jour d'action de grâces, célébré le quatrième jeudi de novembre. *(N.d.T.)*

ça. Un jour, on forme une famille, tous ensemble, on se bagarre et on s'embrasse cinq minutes plus tard, et puis tout ça, c'est fini. On part fonder sa propre famille, on a peur de c'qui vous attend et, Seigneur, tout va de plus en plus vite.

Il a regardé au bout du jardin, comme s'il voyait tout autre chose que sa Chevrolet bleu pétrole garée dans la rue.

— Alors, où êtes-vous passés ? a crié maman de la cuisine. J'vais pas faire de tartes toute seule quand vous pouvez m'aider, tous les deux.

J'ai couru à l'intérieur, tandis qu'Earle me suivait plus lentement. Il a laissé tomber sa carcasse efflanquée sur une chaise de cuisine, à califourchon, pour pouvoir appuyer le menton au dossier.

— En fait, t'aimes pas que j'raconte des histoires quand tu peux pas les entendre, sœurette.

— Dis plutôt des mensonges, oui !

Maman m'a tendu la passoire et un bol de farine, puis a renversé un petit tas de noix de pécan entre Earle et elle. Elle a attrapé son grand couteau de boucher et s'est mise à le balancer d'avant en arrière sur les noix, les hachant menu.

— Tu sais, Bone, Earle avait les cheveux d'un châtain terne quand il était petit et a commencé à aller à l'école. Et ils sont devenus un peu plus bruns tous les ans.

Elle a regardé son frère avec un sourire en coin.

— Qu'est-ce que t'en dis, Earle, c'est l'école ou le péché qui t'a noirci les cheveux comme ça ?

Earle a piqué une bouchée de noix, tiré sur la mèche qui lui tombait sur le front et émis un long gémissement lugubre.

— Oh ! c'est l'école, sœurette. C'est pour ça qu'j'ai dû abandonner, tu sais bien. Fallait que j'arrête le processus avant que ça aille trop loin. Si j'avais continué, mes cheveux seraient devenus si noirs qu'ils auraient commencé à attirer toute la lumière du comté de Greenville. Les récoltes auraient été mauvaises et les enfants auraient eu faim, uniquement à cause de mon besoin égoïste d'apprendre l'algèbre et la géographie. Il a fallu que j'abandonne et que je prenne ce boulot à la base aérienne, pour construire cette nouvelle piste. C'était la seule chose à faire pour nous éviter de mourir de faim et de froid dans la nuit glacée, glacée.

— Toi alors !

Maman a donné une petite tape sur l'épaule d'Earle.

— J'peux jamais rien dire sans qu't'tu t'mettes à débiter d'horribles mensonges.

Elle a attrapé son rouleau à pâtisserie et a pesé dessus pour écraser en poudre grossière l'équivalent de deux tasses de noix.

— Dieu enregistre tout, Earle Boatwright. Un de ces jours, tes histoires vont te revenir en pleine figure. Et alors, j'te jure que ça te coupera le sifflet.

Oncle Wade et tante Alma se sont disputés pendant des semaines d'affilée, avec tante Carr et maman qui intervenaient de temps à autre, jusqu'au moment où tante Carr a dû repartir à Baltimore et où papa Glen a été viré de son nouveau boulot à l'usine Pepsi. Maman s'est alors mise à travailler davantage, ce qui l'empêchait d'aller voir tante Alma aussi souvent. On n'avait pas l'impression qu'ils allaient se réconcilier, pourtant, ni l'un ni l'autre n'en faisait une affaire. Tante Alma avait juré qu'elle ne voulait plus de Wade dans sa vie à moins qu'il remonte toute la rue principale à genoux en répétant qu'il n'était qu'un chien. Mais quand le bébé est tombé malade et que les garçons ont commencé à traîner dehors la nuit, elle a renoncé et est retournée vivre avec lui.

— Je savais comment il était quand je l'ai épousé, a

dit Alma à maman. Je suppose qu'il est pas pire qu'un autre.

Mais elle était encore suffisamment furieuse pour refuser de coucher dans leur chambre pendant quelques mois. Elle se comportait avec Wade comme s'il était un simple locataire chez lui, elle lui adressait à peine la parole et exigeait qu'il lui demande pardon. Au début, oncle Wade était outré et jurait que tante Alma irait en enfer pour l'avoir traité en étranger. Finalement, il a bel et bien présenté des excuses, même s'il n'a pas voulu reconnaître qu'il avait fait quelque chose de mal.

— Un homme a des besoins, expliquait-il à tout le monde, de papa Glen aux pompistes de White Horse Road. Un homme a des besoins, et elle était enceinte. Est-ce qu'il fallait prendre le risque de faire mal au bébé qui était dans son ventre ?

Cette triste plainte était devenue une plaisanterie pour toutes mes tantes.

— Un homme a des besoins, disaient-elles en éclatant de rire chaque fois qu'elles se retrouvaient. Et une femme, qu'est-ce qu'elle a, à ton avis ?

— Des hommes ! répondait toujours l'une d'elles dans un rugissement d'hilarité.

Elles se mettaient alors toutes à rire aux larmes. Je ne voyais pas très bien ce qu'il y avait de si drôle, mais je riais quand même. J'aimais bien être une femme avec mes tantes, sentir que je faisais partie de quelque chose de méchant, fort et différent de mes grands cousins grossiers, différent de l'univers des mâles qui crachaient, râlaient et se croyaient tout permis.

7

— Que je n'te prenne jamais à voler ! m'avait avertie maman au cours d'une de ses rares leçons de morale, alors que le cousin Grey venait de se faire piquer en sortant du supermarché Winn Dixie, sur White Horse Road, avec un litre de RC Cola en promotion. Si tu veux quelque chose, dis-le-moi, et si ça en vaut la peine, on trouvera toujours un moyen. Mais j'veux pas qu'un de mes enfants se fasse choper en train de voler.

J'ai pris maman au mot. Je traînais avec mes cousins Garvey et Grey, bien décidée à ne pas me faire choper et à ne rien dire à maman. Mais un après-midi où j'avais sorti des Tootsie Rolls [1] que j'avais piqués pour Reese et moi, maman m'a saisi les mains entre les siennes, l'air prête à éclater en sanglots.

— Où est-ce que t'as eu ça ?

J'ai tenté une explication :

— C'est oncle Earle qui me les a donnés.

— Sûrement pas.

Maman s'est légèrement penchée, de sorte que son visage était tout près du mien.

— C'est tante Alma.

1. Confiserie très bon marché, sous forme de pâte à base de sucre, lait, sirop de maïs et cacao. (*N.d.T.*)

Prudemment, je faisais de ma figure un masque.

— Ne mens pas, en plus.

Les rides de maman paraissaient aussi profondes que les rivières qui coulaient vers Charleston, au sud.

— Dis-moi la vérité.

Je me suis mise à pleurer.

— C'était en ville, ce matin, avec Grey et Garvey, au rayon bonbons de Woolworth.

Maman s'est servie de son index pour essuyer les larmes sur mes joues. Elle a essuyé les siennes.

— C'est tout ? Combien vous en avez pris ?

— Deux autres, maman. J'en ai mangé un et j'en ai donné un à Reese.

Maman s'est appuyée à son dossier et m'a lâché les mains. Elle a secoué son paquet de cigarettes pour en faire sortir une qu'elle a allumée avec soin. Je ne bougeais pas sur ma chaise, je l'observais, j'attendais. Des larmes continuaient à s'amasser au coin de mes yeux et je devais me tourner pour les essuyer sur mon épaule, mais je surveillais toujours maman, assise en train de fumer, sans me regarder. Les doigts de sa main droite frottaient sans arrêt les uns contre les autres, comme les pattes de sauterelles que j'avais vues grimper aux herbes hautes, chez tante Raylene. Ses lèvres remuaient elles aussi tout le temps, on aurait dit qu'elle se suçotait les dents ou était sur le point de parler. Mais elle a gardé le silence pendant un bon moment, se contentant de rester là, à regarder par la fenêtre ouverte et à fumer sa cigarette.

— Tu connais ton cousin Tommy Lee ? L'aîné des fils de tante Ruth ?

J'ai froncé les sourcils en essayant de me rappeler leurs noms. Il y avait Dwight, ça, je le savais, et puis Lucius, D. W., Graham, ah ouais, Tommy Lee et Butch. Tante Ruth n'avait que deux filles et six garçons, la plupart déjà mariés, avec des fils à eux. Ils se ressemblaient tous tellement que j'avais du mal à les différencier, sauf Butch, et, même lui, je ne le voyais plus très souvent depuis qu'il était allé habiter dans l'Oklahoma, avec la fille aînée de Ruth, Mollie. Les plus jeunes venaient parfois faire de la lutte avec Reese ou moi, nous donner des bonbons et nous raconter des histoires. Les plus âgés avaient les yeux enfoncés et le visage raboté des hommes, et ils ne nous donnaient jamais rien, nous lançant seulement des regards mauvais. Je n'aurais pas pu dire lequel était Tommy Lee, même si j'avais souvent entendu parler de lui — les gens disaient que c'était un dur, parlaient de ses petites amies, des grossièretés qu'il sortait, de ses séjours à la prison du comté et des bagarres dans lesquelles il se fourrait.

— C'est un mauvais garçon, a dit maman, les yeux toujours fixés sur la fenêtre. Il est mauvais jusqu'à la moelle. Il vole sa mère. Il m'a volée. Il faut pas laisser son porte-monnaie près de lui, ni quelque chose qu'il pourrait revendre. Un jour, il a même pris les points de fidélité que Deedee avait eus au supermarché et il les a échangés contre des tas de trucs inutiles.

Son regard est revenu se fixer sur moi, le marron figé de ses pupilles luisant comme des pierres moussues sous l'eau.

— Quand on était gosses, j'me rappelle qu'il volait toujours des bonbons pour les distribuer. Il devait se dire que les gens l'aimeraient s'il leur donnait des trucs, je suppose. Maintenant, il répète sans arrêt qu'il s'est fait escroquer, et il a toujours une histoire toute prête pour expliquer tout ce qu'il fait. S'il bat ses petites amies, c'est parce qu'elles le trompent. S'il ne peut pas garder un boulot, c'est parce que les gens racontent des mensonges sur lui. S'il vole, c'est parce que le monde s'est montré cruel envers lui. Tout ça, c'est des bêtises. C'est un mauvais garçon, un point c'est tout. Il vole sa mère et ses sœurs, il vole sa propre famille.

J'ai baissé la tête. Je me rappelais que Grey m'avait expliqué comment Tommy Lee lui avait appris à crocheter les serrures. Il m'avait dit que Tommy Lee était le marle le plus doué de Greenville.

— Ce gars-là, il sait se débrouiller, y a pas de doute. Il doit rien à personne.

Grey avait rougi, plein de respect et d'envie en disant ça, et j'avais un peu ressenti la même chose — j'aurais bien aimé savoir me débrouiller, crocheter des serrures, faire démarrer des voitures sans clé ou faucher des trucs dans un rayon avec tant de délicatesse que personne n'aurait pu s'en apercevoir. Mais voler sa mère ! Mon visage était figé de honte et de colère. Moi, je n'étais pas comme ça. Je ne volerais jamais quoi que ce soit à maman.

La main de maman m'a effleuré le menton, s'est promenée sur ma joue et m'a caressé les cheveux.

— Tu es toute ma fierté. Tu sais pas ? Ta sœur et toi, vous êtes tout c'que j'ai, en fait, et que j'aurai jamais. Alors tu crois que je pourrais te laisser mal tourner comme ça ?

J'ai secoué la tête. Les larmes ont repris et, avec elles, le hoquet. Maman est allée chercher un gant de toilette mouillé pour me rafraîchir le visage.

— Ne pleure pas, ma chérie. Tout va bien se passer. Nous allons nous occuper de ça, tout ira bien.

Elle a placé les Tootsie Rolls dans un sac en papier et m'a remis une poignée de piécettes. Tout en continuant à me parler, elle m'a brossé les cheveux, puis s'est coiffée, a appelé Reese, lui a dit de rester sur la véranda, a éteint le feu sous les haricots qui cuisaient et m'a emmenée jusqu'à la voiture. Elle m'a raconté qu'à l'époque où tante Raylene et elle étaient petites, elles avaient travaillé pour un type, après l'embranchement d'Old Henderson Road, à ramasser des fraises pour presque rien, tous les jours pendant des semaines, passant entre les rangées et cueillant seulement celles qui étaient mûres, bien rouges, pour qu'il les vende sur son stand, au bord de la route.

— Seulement les mûres, nous répétait-il. Mais il faisait tellement chaud et la poussière était tellement épaisse que, parfois, on tirait sur celles qui n'étaient pas bien mûres, tu sais — des vertes ou, en tout cas, à moitié vertes. On les cachait sous les mûres quand on les lui donnait. Les gens achetaient une caissette et quand ils arrivaient chez eux, ils trouvaient celles qui étaient à moitié vertes et ils venaient se plaindre. Il se mettait dans des colères pas possibles, mais on n'était que des gosses, et ses cris ne nous gênaient pas tant qu'il nous payait pour ce boulot.

— Combien il vous payait ?

Maman a agité la main, pour indiquer que ça n'avait pas d'importance.

— Pas assez, tu comprends, pas assez. Ramasser les fraises est un travail horrible, ça fait mal au dos, aux yeux. On se met du jus partout, on a des petits piquants dans les mains. Ça paye pas assez, même pour des enfants, même si on peut en manger autant qu'on peut. Au bout d'un moment, on n'en a plus envie, de toute façon.

Elle s'est mise à rire.

— Quoique Raylene était capable d'en manger beaucoup. Elle avalait des poignées de fraises à une telle vitesse qu'on la remarquait pas. La seule preuve qu'elle en avait mangé, c'est qu'elle avait la langue toute rouge.

Elle a arrêté la voiture devant Woolworth, a coupé le contact et est restée assise un instant, les mains posées sur le volant. J'ai regardé les grandes vitrines, où des piles de paniers à pique-nique en plastique, des petites poubelles de bureau en métal et des robes bain de soleil en coton étaient entassés derrière des animaux empaillés minables et des tricycles avec des banderoles multicolores en plastique accrochées au guidon. La pensée de retourner là-bas avec maman m'a donné la nausée et m'a presque mise en colère contre elle. Pourquoi ne pouvait-elle pas tout simplement me faire promettre de ne plus jamais recommencer ?

Sa main sur mon épaule m'a fait sursauter.

— Ta mamie s'est rendu compte de ce qu'on faisait, parce qu'on est devenues paresseuses, tu comprends, et qu'on s'est mises à mettre de plus en plus de fraises vertes au fond des caissettes. Grand-père a rigolé, mais pas ta mamie. Elle est venue un après-midi et a renversé une demi-douzaine de caissettes. Elle a rempli un seau avec les fraises vertes et elle les a payées au type. Elle nous a ramenées à la maison, nous a fait asseoir à la table de la cuisine et nous a obligées à les manger jusqu'à la dernière. Raylene et moi, on a passé toute la nuit à dégobiller des fraises.

— Tu as dû la détester !

Maman est restée muette et j'ai eu peur. Je ne voulais pas qu'elle pense que je la détestais. Je ne voulais même pas être en colère contre elle. J'ai serré les dents et j'ai essayé de ne pas me remettre à pleurer.

— Y a pas d'autre moyen, a-t-elle dit calmement. Ça m'fait pas plaisir. Ça t'fait pas plaisir. Tu m'en voudras peut-être. J'en sais rien et j'suis incapable de dire ce qui peut se passer maintenant. Mais j'connais pas d'autre moyen. Nous allons entrer là-dedans et tu vas rendre au vendeur ses bonbons, payer ce que tu as mangé, et puis c'est tout. Ce sera fini et tu seras contente que ce soit réglé. Nous n'aurons plus jamais besoin d'en reparler.

Maman a énergiquement ouvert la portière et je l'ai suivie avec raideur. Ses joues étaient rouges tandis qu'elle me conduisait au rayon confiserie. Elle a attendu que la vendeuse arrive et m'a amenée juste sous son nez.

— Ma fille a quelque chose à vous dire, a-t-elle annoncé avant de me donner une petite poussée.

Mais j'étais incapable de parler. J'ai tendu le sac et les

pièces de monnaie, et je me suis remise à pleurer, cette fois en sanglotant bruyamment. La jeune fille avait l'air embarrassée, mais maman n'a rien ajouté, se contentant de me donner une autre petite poussée. Je me disais que j'allais m'étrangler en avalant ma langue quand le gérant s'est avancé vers nous.

— Qu'est-ce qui se passe ? a-t-il demandé d'une voix tonnante. Qu'est-ce qui se passe ? Tu as quelque chose pour nous, fillette ?

C'était un gros bonhomme à la figure large et à la bedaine proéminente sous son gilet boutonné. Il s'est accroupi, si bien que son visage s'est trouvé juste devant le mien, si proche que je sentais l'odeur fortement alcoolisée de sa lotion après-rasage.

— C'est bien ça, hein, petite ?

On aurait dit qu'il réprimait une envie de se moquer de nous. Tout à coup, j'ai été tellement furieuse contre lui que j'ai eu l'impression que mon estomac se rétractait en moi. J'ai poussé vers lui le sac, les pièces.

— Je les ai volés. Je regrette. Je les ai volés.

La main de maman m'a étreint l'épaule et j'ai entendu qu'elle relâchait son souffle dans un soupir. J'ai fermé un instant les yeux en essayant de toutes mes forces de ne pas être aussi fâchée contre elle que je l'étais contre cet homme.

— Ah, ah ! a-t-il fait. Je vois.

J'ai levé les yeux sur lui. Il fourrageait dans le sac, comptait les Tootsie Rolls et hochait la tête.

— C'est une bonne chose, madame, que vous vous en soyez aperçue tout de suite, a-t-il dit en continuant à parler très fort.

Il m'a fait un signe de tête.

— Tu as de la chance, ma petite, tu as vraiment de la chance. Ta maman t'aime. Elle ne veut pas que tu deviennes une voleuse.

Il s'est relevé et a passé les pièces à la vendeuse. Il a

avancé la main, comme s'il voulait la poser sur ma tête, mais j'ai reculé de sorte qu'il devait se pencher en avant pour m'atteindre. « Fils de pute ! aurait dit Grey. Ce fils de pute visqueux bouffe probablement des Tootsie Rolls toute la journée. » J'ai décidé de le mordre s'il tendait de nouveau la main, mais il s'est contenté de me jeter un long regard prudent. Je savais que j'étais censée avoir honte, mais ce n'était plus le cas. J'étais indignée. J'avais envie de lui donner des coups de pied, de lui vomir dessus ou de hurler son nom dans la rue. Plus il me fixait, plus je le détestais. Si j'avais pu le tuer avec mon regard, je l'aurais fait. L'expression que je lisais dans ses yeux me montrait qu'il savait ce que je pensais.

— Je vais rendre un service à ta maman.

Il a souri.

— Je vais l'aider à te faire comprendre que ce que tu as fait est grave.

Maman a crispé la main sur mon épaule, mais n'a rien dit.

— Voilà ce qu'on va faire, a-t-il annoncé. On va décider que tu n'auras pas le droit de revenir ici avant un certain temps. On va décider que quand ta maman aura l'impression que tu as retenu la leçon, elle pourra venir me parler. Mais jusque-là, nous allons noter comment tu t'appelles et à quoi tu ressembles.

Il s'est de nouveau penché.

— Tu comprends ce que je te dis, ma petite ?

Je comprenais. Je comprenais qu'on m'interdisait l'accès aux rayons de Woolworth. Je sentais la chaleur que la main de maman me transmettait à travers mon chemisier. Je savais que maman ne remettrait plus les pieds ici, qu'elle ne voudrait plus jamais se trouver dans la même pièce que ce salaud dégoulinant de paroles mielleuses. J'ai regardé autour de moi les articles brillants — brosses à cheveux, rubans, plateaux chargés de culottes et de chaussettes, carnets, poupées et ballons.

C'est de la faim que j'ai ressenti alors, une faim sauvage, terrible, un tremblement tout au fond de moi, comme si ma rage avait anéanti tout ce que j'avais pu manger jusque-là.

Ensuite, chaque fois que je passais devant les vitrines de Woolworth, ça revenait — cette faim vertigineuse, désespérée, confinant à la haine et à l'envie lancinante de rendre les coups. Je me demandais si c'était cette sorte de faim et de rage que Tommy Lee éprouvait quand il fouillait dans le porte-monnaie de sa mère. C'était une faim qui se manifestait dans l'arrière-gorge, pas dans le ventre, un vide retentissant qui avait douloureusement besoin d'être soulagé par un hurlement. Chaque fois que nous allions rendre visite à la famille de papa Glen, cette faim enflait derrière ma langue, martelait, jusqu'au moment où je me retrouvais debout, muette et affamée au milieu d'une réunion familiale pleine de bruit et de victuailles.

Ce n'était pas seulement parce que les frères de papa Glen étaient avocat ou dentiste au lieu de mécanicien ou couvreur qu'ils étaient aussi différents des Boatwright. Dans la famille de papa Glen, les femmes restaient à la maison. Sa mère n'avait jamais exercé un métier de toute sa vie et Daryl et James avaient tous deux des mots très durs pour les femmes qui abandonnaient leurs enfants pour aller travailler « hors de leur foyer ». Son père, Bodine Waddell, possédait la laiterie Sunshine et embauchait et virait régulièrement des hommes tels que les frères de ma mère, et il ne nous permettait jamais de l'oublier.

— Il est rudement fier pour un type qui s'occupe de vaches, a dit un jour Beau en parlant de lui.

Glen s'est immédiatement indigné.

— Papa n'a pas besoin de s'occuper des vaches, a-t-il dit à Earle. Les fermiers de tout le comté lui apportent leur lait, ou c'est lui qui le fait ramasser. Papa traite juste le lait, le met en bouteilles sous la marque Sunshine et ce sont ses camions qui le livrent.

— Eh ouais! a confirmé Earle d'un ton solennel. Ça fait une sacrée différence. Il s'occupe pas des vaches, il loue seulement le droit d'exploiter leurs tétons.

Glen a eu l'air sur le point de cracher ou de pleurer, mais il s'est maîtrisé.

— Ne dis rien sur mon père! a-t-il presque grondé. Ne dis rien sur lui!

Earle et Beau n'ont pas insisté. Glen n'y pouvait rien si son père était une telle ordure, et ce n'est jamais malin de critiquer la famille de quelqu'un en sa présence. Plus le temps passait et plus Glen devenait étrange au sujet de ses parents. Il se plaignait de la façon dont ils le traitaient et, l'instant d'après, excusait leur attitude. Le pire, c'est qu'il insistait pour que nous allions tous chez ses frères ou chez son père à chaque fête de famille, même s'il m'apparaissait clairement qu'ils n'étaient jamais contents de nous voir. Nous avons fini par aller chez papa Waddell au moins une fois tous les deux mois. Dans la Pontiac à la capote baissée, au plancher jonché de bouts de papier qui volaient, Reese et moi nous penchions par-dessus la banquette avant pour regarder maman qui essayait de rester bien coiffée malgré le vent rugissant et pour écouter les mensonges de papa Glen.

— Nous n'allons pas rester longtemps, promettait-il toujours.

Maman souriait, comme si cette visite ne l'embêtait pas du tout. Nous grincions des dents. Nous savions qu'il n'aurait pas le cran de partir avant que son père l'ait sermonné sur tout ce qu'il avait raté dans sa vie, longue succession d'échecs et de déceptions.

— Ton papa voudrait que son père soit fier de lui, a dit un jour maman. Ça me fend presque le cœur. Il pourrait tout aussi bien vouloir décrocher la lune.

C'était vrai. En présence de son père, Glen manquait d'assurance et se surveillait trop. Il en avait des suées et ses yeux ne cessaient de se poser sur son père : il se sentait apparemment obligé d'être à l'affût pour ne pas risquer de louper le plus important. Il remontait son pantalon comme un petit garçon et baissait la tête si quelqu'un lui posait une question. C'était difficile de confronter cette image à celle qu'il offrait le reste du temps — un petit coq crâneur qui se faisait appeler mon papa.

— Ce Glen est pas peu fier d'en avoir une grosse, disait mon oncle Earle d'un ton taquin. Et vaut mieux pas venir lui chercher des poux dans la tête. Il vous envoie au tapis comme un rien.

Ce qui n'était pas faux. Une demi-douzaine de fois, je suis revenue de l'école pour trouver maman et Glen assis à la table de la cuisine, avec une expression terrorisée dans les yeux signifiant qu'il venait de s'en prendre à quelqu'un qui lui avait fait une réflexion et qu'une fois de plus il avait perdu son boulot.

— Ce type sait pas s'contrôler, rouspétait mamie.

Mais elle souriait malgré elle. Comme tout le monde. C'était la seule chose qui évitait à papa Glen le mépris absolu des Boatwright. Cette fureur aveugle qui s'emparait de lui était juste un cran au-dessous des célèbres foires des Boatwright.

— Fais le mariole avec un de ces gars et ils se déchaînent, disaient les gens en parlant de mes oncles, puis, au bout d'un moment, de papa Glen.

Les démonte-pneus et les grilles à pâtisserie, les fourches et les manches à balai, tout se tordait ou se cassait au voisinage de papa Glen. Son visage virait au rose et ses mains tremblaient ; son cou se mettait à travailler, les muscles formaient des crêtes, palpitaient ; puis sa bouche enflait et il crachait. Des mots en sortaient, des mots qui n'étaient pas destinés à être compris :

— *Fichu enculé fils de pute fumier !*

Des mots magiques qui faisaient reculer les autres hommes, mains levées, et leur faisaient murmurer :

— Allons, allons, Glen, allons, calme-toi, mon gars...

— Ton père est lui-même un fils de pute, un fumier complètement cinglé, me disait toujours Grey avec un peu d'effroi dans la voix, mourant d'envie d'être à moitié aussi dangereux.

Je souriais, j'approuvais et je me mordais l'intérieur de la lèvre, tout en me repassant dans mon cinéma intérieur deux images différentes : papa Glen en train de m'engueuler, le cou rouge brique de rage, et l'autre, vision impossible entre toutes, papa Glen chez son père, la tête pendante, la bouche tellement molle que la salive brillait sur sa lèvre inférieure.

— Je déteste aller là-bas, je déteste rester debout à attendre que son père nous remarque enfin, disait maman.

Elle nous brossait les cheveux, nous les laissait pendre dans le dos et nous mettait des petites barrettes sur le sommet, pour qu'ils restent bien en arrière. Reese et moi ne bougions pas et ne disions rien. Nous savions que nous n'étions pas censées faire attention quand maman parlait de la famille de papa Glen.

— C'est l'anniversaire de qui ?

C'était la seule chose qui ne présentait pas de risque, puisque c'était toujours l'anniversaire de quelqu'un, ou un mariage ou un baptême. Les Waddell n'avaient pas autant de cousins, de cousines, de tantes et d'oncles que nous, mais les femmes faisaient toujours des bébés — bref, quelqu'un fêtait toujours quelque chose.

Un dimanche, il y a même eu coup double : l'anniversaire de James et celui d'un de ses gosses.

— Un de ses enfants, m'a repris Madeline, la belle-sœur de papa Glen. Gosses, ça fait vulgaire.

T'as bien raison, me suis-je dit en fixant mon cousin bouffi dans son pantalon à pli, une copie, âgée de huit ans, d'un père affreux et gras. On nous a servi le thé dans le jardin de derrière, juste à nous — les filles d'Anney, comme on nous appelait. Leurs gosses entraient et sortaient, bruyants, tapageurs, s'accrochant les ongles sur les meubles cirés, donnant des coups de pied sur le beau plancher, apportant de la boue sur les tapis.

— Ces petits garnements auraient besoin d'une bonne fessée.

Maman était assise avec nous à la table du pique-nique, dehors, là où personne ne pouvait nous entendre. Elle était venue voir comment nous étions installées dans nos robes amidonnées, le visage aussi figé que nos manches. Reese et moi transpirions et avions l'air malheureux, nous efforçant de ne pas gigoter sur le banc, de nous comporter en petites filles bien élevées pour faire plaisir à maman, de rester à l'écart de ces gosses qui nous détestaient autant que nous les détestions.

— Quand c'est qu'on s'en va? répétions-nous à maman, sachant qu'elle ne pouvait pas nous le dire mais posant quand même la question.

— Bientôt, disait-elle.

Et elle allumait une autre cigarette, les mains tremblantes. Maman ne fumait pas dans la maison de papa Waddell, bien que personne ne le lui ait jamais interdit. Ils ne mettaient tout simplement pas de cendriers. Mais un jour j'ai vu Madeline fumer au-dessus de l'évier et faire tomber les cendres dans le tuyau d'écoulement. Je me suis demandé s'ils allaient tous fumer dans la cuisine ou aux toilettes et, le reste du temps, prétendaient ne pas avoir ce genre d'habitudes dégoûtantes.

— On peut pas s'en aller maintenant?

— Non, James veut montrer à papa sa nouvelle tondeuse.

— Je croyais qu'il en avait eu une neuve l'année dernière.

— Celle-là, on peut monter dessus pendant qu'on tond la pelouse.

— À mon avis, la pelouse est pas assez grande pour qu'il ait besoin de ça.

— Bon...

Maman a fait entendre un petit rire bref.

— Je ne crois pas que James achète quelque chose juste parce qu'il en a besoin.

Elle avait beau ne pas avoir l'ombre d'une cendre sur elle, elle s'est soigneusement épousetée avant de retourner à l'intérieur.

— Jouez gentiment, maintenant, les filles.

Nous étions assises sans bouger, merveilleusement sages, et nous avions presque peur de bouger. « Oui, madame. Non, madame. » Nous avions le dos bien droit et ne parlions pas quand on ne nous adressait pas la parole, essayant d'imaginer que papa Glen pourrait regarder dehors, nous voir et être fier de nous. Sa famille nous observait derrière les vitres. Au fond de la pièce, des rayonnages de livres et des tableaux encadrés se moquaient de moi. Comment Reese et moi pouvions-nous être dignes de tout ça, des roses du jardin, des rayons de soleil sur ces carreaux astiqués et ces rideaux à fleurs, de ces assiettes en porcelaine qui étincelaient derrière les vitrines ? J'écarquillais les yeux pour voir les dos de ces livres, je voulais tout, les meubles, le jardin, la grande cuisine donnant sur le séjour, avec sa vaisselle pour tous les jours et celle des grandes occasions, le congélateur dans la buanderie, et les sièges rembourrés de toutes les chaises de la salle à manger. Reese m'a tirée par le bras, elle avait envie que je lui parle, mais je ne pouvais pas parler avec cette faim dans ma gorge.

J'ai entendu Daryl et James bavarder derrière les massifs de roses.

— Regarde un peu cette voiture ! On dirait vraiment celle de n'importe quelle racaille de négro !

— Qu'est-ce que tu espérais ? T'as vu ce qu'il a épousé.

— Elle et ses gosses vont bien avec la voiture, c'est sûr...

J'ai repoussé mes cheveux bruns de mes yeux et j'ai regardé, à l'intérieur de la maison, une de mes cousines à la bouche grande ouverte, dans une robe blanche aux manches à trous festonnés, qui me regardait elle aussi, se grattait le nez et me dévisageait comme si j'étais un éléphant au zoo — quelque chose de bête, d'affreux et d'insensible aux coups. Qu'est-ce qu'ils lui racontent sur nous ? me suis-je demandé. Que nous ne faisons pas vraiment partie de la famille, que nous sommes seulement la femme et les horribles gosses de leur oncle cinglé ? Vous n'êtes pas des parents à moi, vous n'êtes pas ma famille, me suis-je murmuré. Des mots nouveaux et terribles tournaient dans ma tête pendant que l'air fraîchissait sur mon cou.

À la surprise de Reese, je me suis levée, j'ai secoué ma jupe et je suis allée me promener dans les massifs de roses de Madeline. J'ai avancé les mains et les ai légèrement laissées traîner sur les tiges à épines et sur les fleurs somptueuses, raflant des boutons au passage. J'ai défait les boutons, arraché les pétales et les ai glissés à l'intérieur de ma robe. J'ai même soulevé ma jupe et j'en ai fourré quelques-uns dans ma culotte, puis j'ai marché plus lentement pour sentir les fleurs soyeuses, humides, frôler ma peau.

La racaille, ça vole, me suis-je dit en écho au ton glacé de tante Madeline, aux mots cinglants de son mari. De la racaille, d'accord, ai-je marmonné, mais je n'ai pris que les roses. Aucune faim n'aurait pu me faire prendre une autre de leurs possessions. Je sentais derrière mes yeux une sorte de chaleur qui éclairait tout ce que je regardais. C'était dangereux, cette chaleur. Elle voulait sortir et tout brûler, tout ce qu'ils avaient et que nous ne pouvions pas avoir, tout ce qui leur faisait croire qu'ils nous étaient supérieurs. Je suis restée debout dans le jardin et j'ai tournoyé, tournoyé sur moi-même, expulsant la chaleur, la rage et la douce puanteur des fleurs cassées.

8

J'étais une petite fille de dix ans, tout en longueur, agitée, quand nous avons déménagé à Greenville West pour que papa Glen puisse se rapprocher de la nouvelle usine d'uniformes où il avait trouvé un travail de démarcheur. En emballant la vaisselle et divers récipients, maman a retrouvé les restes du nœud d'amour que tante Maybelle et tante Marvella lui avaient donné. Il était réduit à des fragments maintenus par de la poussière et semblait n'avoir survécu que parce qu'il était tombé entre le fond d'un pot de fleurs et le renflement d'un autre. Des souris avaient détaché le ruban des cheveux, et des insectes avaient emporté la plus grande partie des herbes et du sang. Pourtant, le nœud central de ces vieux bouts de dentelle avait résisté tout ce temps. Maman l'a reconnu grâce à la couleur du ruban.

— C'était un cadeau de mariage de tes tantes d'Eustis, m'a dit maman.

Mais je savais déjà ce que c'était à cause des histoires que racontait mamie. Quand maman, avec soin, a essayé de rassembler les fragments, tout s'est effrité. J'ai eu des crampes à l'estomac et j'ai pressé les mains sur mon ventre. Avec impatience, maman a balayé le débarras et emballé ses paniers à linge.

— Des histoires de magie, m'a-t-elle marmonné.

Cette semaine-là, Marvella s'est réveillée dans la nuit, après avoir rêvé que ses cheveux s'étaient transformés en fils barbelés, et Maybelle s'est réveillée le matin en étant sûre que les lapins avaient mangé tous leurs haricots. Au lieu de quoi, elles se sont aperçues qu'un chien avait déterré le rayon de miel et complètement déchiré la dentelle. Aucune n'a dit à l'autre ce qu'elle croyait que cela signifiait.

À West Greenville, la nouvelle maison était tellement loin de celles de mes tantes que nous avions rarement le temps de passer les voir. Mamie gardait encore Reese quand elle le pouvait, mais c'était compliqué de l'emmener chez tante Alma et d'aller la rechercher. Maman a donc décidé qu'il était temps de commencer à me faire confiance pour que nous restions toutes les deux en vie pendant qu'elle était au travail. Par la suite, nous n'avons vu mamie que les dimanches où maman laissait dormir papa Glen et nous emmenait voir tante Ruth ou tante Alma.

— J'aime pas te savoir aussi loin, se plaignaient ses sœurs.

Mais maman se contentait de sourire et leur disait que notre nouvelle maison était très jolie et que papa Glen travaillait très dur. Et c'était vraiment une belle maison, avec un grand jardin, mais elle coûtait aussi davantage, ce qui voulait dire que maman devait faire des heures supplémentaires pour gagner un peu plus d'argent. Apparemment, les démarchages de papa Glen ne rapportaient pas autant qu'ils l'avaient espéré.

— Ton papa doit travailler horriblement dur en ce moment, nous disait maman. Ne faites pas de bruit quand il rentre à la maison, les filles. Ne restez pas dans ses jambes et laissez-le se reposer.

« Il vous aime », répétait tout le temps maman, et elle le pensait, mais j'avais l'impression que les mains de papa Glen se tendaient toujours vers moi et tremblaient à la surface de ma peau. On aurait dit que quelque chose en moi l'attirait et le repoussait en même temps. Je levais la tête vers lui, prudente, vigilante, et je voyais ses yeux qui me fixaient comme si j'étais quelque chose d'inimaginable et d'étrange.

— Tu ressembles pas à ta mère, sauf quand tu dors, m'a-t-il dit un jour.

Parfois, quand je passais à côté de lui en courant, ses mains m'attrapaient soudain, me soulevaient à demi, puis me reposaient et m'attiraient vers lui. Il me regardait dans les yeux, me secouait et me relâchait.

— Ne cours pas comme ça, disait-il. Tu es une petite fille, pas un cheval de course.

Reese et moi en plaisantions et jouions aux chevaux de course tous les jours, en revenant de l'école, courant dans la maison vide et sautant par-dessus le gros coussin pour les pieds, posé devant son fauteuil. Un jour, nous nous poursuivions comme d'habitude et nous sommes entrées dans la maison sans remarquer la voiture, derrière, sans voir papa Glen jusqu'au moment où, de sa grosse main, il m'a agrippé l'épaule.

— Qu'est-ce que je t'ai dit ? a-t-il hurlé en me soulevant très haut et en me secouant d'avant en arrière au point que ma tête ballottait sur mon cou. Espèce de garce ! Petite garce !

Mon corps a violemment heurté le mur, mes talons se débattant dans le vide à trente centimètres du sol. Dans une vague miroitante de vertige, j'ai vu Reese détaler, puis je me suis retrouvée sous le bras de papa Glen, qui me portait dans le couloir, jusqu'à la salle de bains. D'un coup de pied, il a fermé la porte derrière nous et m'a lâchée.

— Je suis désolée, je suis désolée.

J'étais tellement effrayée que j'en bégayais.

— Pas autant que tu vas l'être.

Il a dégagé sa ceinture des passants, a attrapé la boucle et a fait un tour avec le cuir.

— J'aurais dû faire ça plus tôt, beaucoup plus tôt.

Son visage était pâle, sa mâchoire rigide, ses yeux presque rouges à la lueur aveuglante du tube fluorescent, au-dessus du miroir. J'ai reculé en trébuchant jusqu'à la baignoire, terrifiée, et j'ai prié pour que maman rentre vite à la maison. Maman l'arrêterait. Sa main gauche s'est tendue vers moi, m'a agrippé l'épaule, m'a attirée sur sa jambe gauche. Il m'a rabattu la jupe sur la tête et l'a tenue fermement. J'ai entendu le bruit de la ceinture qui se levait, cinglant l'air, émettant un son terriblement aigu. Elle m'a frappée et j'ai hurlé. Papa Glen a levé de nouveau sa ceinture. J'ai hurlé quand elle a fendu l'air, hurlé avant qu'elle m'atteigne. J'ai hurlé pour appeler maman. Il hurlait avec moi, ses énormes cris rauques aussi sonores que mes couinements fluets et, derrière nous, de l'autre côté de la porte verrouillée, Reese hurlait aussi et, bientôt, maman s'est mise à hurler elle aussi. Nous hurlions tous, et personne ne pouvait faire quoi que ce soit.

Quand papa Glen a ouvert la porte, maman l'a giflé et m'a prise dans ses bras. Il a porté une main à sa joue et nous a observées tandis que je hoquetais et sanglotais dans le cou de maman.

— Espèce de salaud ! lui a-t-elle lancé avant de me faire couler de l'eau sur la figure.

— C'est aussi ma fille, a-t-il dit. Il faut bien que quelqu'un l'aime suffisamment pour se préoccuper de ce qu'elle va donner.

Son visage était lugubre, bouffi et vide, comme s'il venait de se réveiller d'un long, long sommeil.

— J'veux rien entendre ! a hurlé maman en le poussant dehors.

Elle m'a installée sur ses genoux et m'a lavé le visage, le cou, et le dos de mes cuisses enflées.

— Oh ! mon bébé ! répétait-elle.

Je suis restée sans bouger, tout contre elle, contente d'être en sécurité dans ses bras. L'air faisait un drôle d'effet sur ma peau et j'avais hurlé si fort que je n'avais plus de voix. Je n'ai rien dit, j'ai laissé maman parler, n'entendant qu'à moitié ce qu'elle murmurait.

— Bébé, m'appelait-elle. Oh ! ma petite. Oh ! ma chérie. Mon bébé, qu'est-ce que tu as fait ? Qu'est-ce que tu as fait ?

Qu'est-ce que j'avais fait ? J'avais couru dans la maison. Qu'est-ce qu'elle me demandait ? Je voulais qu'elle continue à parler et qu'elle comprenne sans que je lui explique quoi que ce soit. Je voulais qu'elle m'aime assez pour le quitter, pour nous prendre et nous arracher à lui, en le tuant au besoin. Je me suis cramponnée à elle jusqu'au moment où elle m'a mise au lit, je me suis cramponnée à elle et, alors, j'ai pleurniché. Je me suis cramponnée à elle jusqu'au moment où j'ai sombré dans un pauvre sommeil drogué.

Je me suis réveillée au son de leur conversation, leurs paroles filtrant par la porte fermée de la chambre. J'ai entendu tout ce qu'il a dit, j'ai entendu maman qui pleurait dans ses bras. Papa Glen lui a dit que je l'avais traité de salaud, que j'avais déboulé dans la maison en renversant des tas de choses et que je l'avais traité de ce nom-là. Il a pleuré et a juré qu'il n'avait pas eu l'intention de me frapper aussi fort, il ne savait pas ce qui l'avait poussé à le faire. Il a sangloté, puis a martelé le matelas de ses poings, tellement fort que les ressorts ont craqué.

— Elle m'a dit qu'elle me détestait, que je ne serais jamais son papa, a-t-il dit. Et ça m'a rendu fou, Anney. Ça m'a tout simplement rendu fou. Tu comprends ? Est-ce que tu te rends compte à quel point je vous aime toutes, à quel point je l'aime ?

« Et puis... oh ! mon Dieu, Anney ! J'ai été viré, aujourd'hui. Ils m'ont fichu à la porte sans se soucier de mon sort. Alors qu'est-ce que je vais faire, maintenant, pour donner à manger à ces petites ?

Reese était couchée avec moi, les doigts fourrés dans la bouche, les yeux immenses. Elle n'a rien dit. Je suis restée allongée sans bouger, j'ai écouté les mensonges de papa Glen en me demandant s'il croyait dire la vérité. Je gardais les yeux fixés sur Reese, sur son visage de bébé, lisse, vide et terrorisé. Les pleurs de maman sont devenus plus doux, se sont estompés. Dans le silence qui a suivi, j'ai entendu papa Glen murmurer, j'ai entendu maman souffler une réponse. Et puis il y a eu un soupir et leur lit a craqué pendant qu'il réconfortait maman et qu'elle le réconfortait. Du sexe. Ils faisaient l'amour, maman soupirait, sanglotait, et papa Glen ne cessait de répéter son nom. J'ai regardé Reese dans les yeux et nous avons écouté leurs petits bruits.

— Tu l'as mis en colère, a murmuré Reese. T'as intérêt à faire attention.

J'ai bien essayé, mais quelque chose s'était défait. Quelque chose s'était effiloché, comme les mèches folles de tante Marvella s'étaient dénouées dans la poussière. Il n'y avait pas moyen d'être assez prudente, pas moyen d'empêcher papa Glen d'exploser de rage. Dr Pepper l'avait embauché comme représentant, mais le payait moins que l'entreprise d'uniformes. On lui avait attribué le circuit le plus court, qui ne rapportait pas beaucoup, et il n'avait pas assez de travail pour être occupé à plein temps. Il revenait à la maison à des heures curieuses, très tôt ou très tard. Maman s'est mise à travailler toujours davantage, pour gagner un peu plus, et je restais dehors autant que je le pouvais. Si je rentrais, qu'il était à la maison et que maman n'y était pas, il trouvait toujours quelque chose à me reprocher, quelque chose qu'il devait me dire ou devait faire parce qu'il m'aimait. Et il m'aimait. Il me le répétait sans cesse, tenant mon corps tout contre le sien, et ses mains tremblaient en parcourant fébrilement, indéfiniment, mon ventre, mon cul, mes cuisses.

— Tu es exactement comme ta mère, me disait-il, et il pressait sa joue mal rasée contre la mienne.

Je me tenais toute raide, honteuse mais incapable de m'écarter de lui, terrorisée à l'idée de le mettre en colère, terrorisée qu'il puisse le raconter à maman et, en même temps, terrorisée de le vexer.

— Papa, commençais-je à murmurer.

Et il murmurait à son tour :

— Tu ne sais donc pas à quel point je t'aime ?

Et j'avais un mouvement de recul. Non, je ne le savais pas.

Il ne m'a jamais dit : « Ne le dis pas à ta mère. » Il n'a jamais eu besoin de le dire. Je ne savais pas comment parler à quelqu'un de ce que je ressentais, de ce qui m'effrayait, me couvrait de honte et me faisait pourtant rester là, debout, sans bouger, désespérée, pendant qu'il se frottait contre moi et enfouissait le visage dans mon cou. Je ne pouvais pas le dire à maman. Je n'aurais pas su expliquer pourquoi je restais là et le laissais me toucher. Ce n'était pas du sexe, pas comme un homme et une femme qui poussent leur corps nu l'un dans l'autre, mais c'était quand même un peu comme du sexe, quelque chose de puissant et d'effrayant qu'il voulait furieusement et que je ne comprenais pas du tout. Pire, quand papa Glen me tenait comme ça, c'était le seul moment où ses mains étaient douces. Quand il me laissait partir, je vacillais sur des jambes peu assurées.

Papa Glen sentait la sueur et le Coca-Cola, ou la lotion après-rasage et les cigarettes, mais surtout une chose sur laquelle je ne pouvais pas mettre de nom — une chose acide, amère et âcre. La peur. Ça devait être la peur. Mais je n'aurais pas su dire si c'était la sienne ou la mienne. Je n'aurais rien pu dire. Je savais seulement qu'il devait y avoir quelque chose que je faisais de travers, quelque chose de terrible.

— Tu me rends fou ! me disait-il d'une voix étrangement bouleversée, et je frissonnais, mais je le croyais.

Je n'en avais que plus peur de lui, des paumes qui giflaient, des doigts qui s'enfonçaient et meurtrissaient, des jointures qu'il pressait parfois juste sous mes yeux, des mains qui me secouaient, m'agrippaient et me soulevaient pour qu'il puisse me regarder dans les yeux. Mes propres mains étaient si petites, mes doigts fins et fragiles. J'aurais aimé qu'elles soient plus grandes, plus grosses, plus fortes. J'aurais aimé être un garçon pour courir plus vite, pour rester dehors plus longtemps, ou même pour lui rendre ses coups.

Grey m'a donné une balle en caoutchouc, du caoutchouc dur. Elle était noire et assez petite pour que je puisse la cacher dans ma main. Je l'abritais dans mes paumes pour que personne ne la voie. Je malaxais cette balle avec passion, la tournais entre mes doigts avec détermination, l'écrasais avec obstination, pressant chacun des doigts sur mes pouces. Un jour, mes mains seraient aussi fortes que celles de papa Glen. Qu'importe la taille, me disais-je, un jour, mes mains vaudraient les siennes. Parfois, je me disais que je m'acharnais sur cette balle pour devenir un peu comme lui ; d'autres fois, je savais que ce n'était pas pour ça.

Ce printemps-là, Earle et papa Glen se sont disputés au sujet d'outils que papa Glen jurait lui avoir prêtés et n'avait jamais récupérés. Earle s'est vexé et a cessé de venir nous voir. Ensuite, papa Glen s'est mis à dire tout le temps du mal des Boatwright. Il me fusillait du regard si je posais une question à maman sur ceux qu'il appelait maintenant « cette racaille ». Il se moquait du nombre de fois où les oncles, complètement beurrés, avaient tiré sur leurs camions respectifs, racontait des obscénités sur les nièces de maman, qui étaient toujours en train de filer au *Rhythm Ranch* pour siffler du whisky et danser avec des hommes plus vieux que leur père. Papa Glen avait beau dire n'importe quoi, maman ne parlait jamais beaucoup. Elle avait tout le temps les traits tirés.

— J'veux pas entendre ça, disait-elle quand j'essayais de lui raconter quelque chose que mamie ou tante Alma m'avait rapporté. Y a pas de quoi être fier quand on tire sur les gens parce qu'ils vous regardent de travers.

J'avais honte de la façon dont parlait papa Glen, mais maman n'avait pas l'air d'avoir honte. Elle devenait seulement de plus en plus silencieuse, toujours plus silencieuse. Je la suppliais de me raconter des histoires comme le faisait mamie, mais elle disait que j'étais trop jeune pour entendre ce genre de choses. Quand je serais grande et que j'aurais ma propre famille, elle me dirait peut-être quelques petites choses qu'à son avis j'aurais besoin de savoir, mais jusque-là, elle préférait que je ne pose pas de questions auxquelles elle ne voulait pas répondre. Glen avait raison, me disait maman, elle ne voulait pas qu'en grandissant je devienne aussi violente et méprisable qu'Earle, Beau ou même Raylene.

Quand papa Glen me battait, il y avait toujours une bonne raison et maman se campait devant la porte de la salle de bains. Ensuite, elle pleurait, me lavait la figure et me disait de ne pas être aussi têtue, de ne pas le mettre en colère. Je promettais, mais j'étais douée pour répondre avec insolence et pour rendre papa Glen furieux, même s'il était difficile de savoir comment ne pas le rendre furieux. Parfois, quand je regardais ses traits congestionnés et ses yeux flamboyants, je savais qu'il ne me battait pas à cause de quelque chose que j'avais fait. C'était seulement moi qui l'irritais, le simple fait de ma vie, de ce que je représentais à ses yeux et aux miens. J'étais mauvaise. Bien sûr que je l'étais. Je le reconnaissais, serrais les poings et fermais les yeux devant tout ce que je ne comprenais pas.

« Bone. » Ma cousine Deedee avait été la première à

m'appeler Bone, mais le temps que nous nous installions à West Greenville, tout le monde s'y était mis. Bone, os, os à chien, os à deux sous, os à ronger, dent de lait, tête de bois, tête de mule, tête de cochon, clavicule, os iliaque, vertèbre cervicale, rotules et orteils.

— T'as la tête aussi dure que de l'os, tu es la gamine la plus butée de la planète ! me disait papa Glen. Froide comme la mort, méchante comme un serpent et deux fois plus tortueuse.

Papa Glen veillait à ne pas me frapper quand une des tantes venait nous rendre visite, et le moins possible quand maman le voyait, sauf les fois où me traîner dans la salle de bains pendant qu'elle attendait devant la porte verrouillée pouvait passer pour une mesure disciplinaire. C'était quand Reese et moi étions seules avec lui qu'il était dangereux. Si je m'enfuyais, il me poursuivait. Il me secouait si violemment que ma tête ballottait et, railleur, il disait que les poulets et les chèvres avaient plus de tenue qu'une Boatwright, et même qu'une demi-Boatwright comme moi.

C'était aux os de ma tête que je pensais, au bord poreux de mon crâne qui abritait mon cerveau, et je me rassurais en me disant que, quoi qu'il arrive, je pourrais finir par guérir. Alors que mon cerveau, c'était ce qui donnait cette force à mon cœur, au tréfonds de mon être obstiné. Je me nouais les mains derrière la tête, je serrais les dents et j'oscillais d'avant en arrière. La souche vigoureuse qui faisait notre renommée se réduisait chez moi à de l'entêtement et à de l'os.

Je me faisais toujours mal d'une manière que maman n'arrivait apparemment pas à s'expliquer. Elle s'inquiétait de ma maladresse, de ma récente tendance à avoir des accidents.

— Tu as peut-être les os trop fragiles, supposait-elle.

Et elle se mettait à m'acheter des vitamines. Je ne savais pas quoi lui dire. Dire quelque chose revenait à essayer de tout lui dire, à décrire ces fois où il me serrait contre son ventre et me murmurait des mots tendres que je ne voulais pas entendre. Je restais muette, têtue, pleine de ressentiment, et je collectionnais les bleus comme autant de désagréments inévitables. J'avais des bosses dans la nuque, pas de simples gonflements de chair et de tissu, mais une crête osseuse froissée. Mes gros orteils étaient devenus plats et larges, cassés tous les deux à quelques mois d'intervalle, à force de me cogner contre les chambranles de porte parce que je courais en regardant derrière moi.

— Comment tu peux faire des choses pareilles? demandait maman.

C'était de ma faute, je n'étais pas censée courir dans la maison.

— Il faut toujours qu'il lui arrive quelque chose, grommelait papa Glen. Encore heureux qu'elle ait la tête aussi dure.

Je l'observais entre mes cils baissés, la tête légèrement tournée sur le côté, ayant soin de ne pas laisser un sourire s'épanouir sur mon visage têtu et dépourvu de cicatrices.

— Bone, fais un peu plus attention, me suppliait maman.

Je ne rêvais plus à du feu. Maintenant, j'imaginais que les gens regardaient pendant que papa Glen me battait, mais seulement quand ça ne se passait pas réellement. Quand il me battait, je hurlais, je donnais des coups de pied et je pleurais comme la toute petite fille que j'étais. Mais quelquefois, quand j'étais seule et en sécurité, j'imaginais qu'il y avait des spectateurs. Il fallait que quelqu'un observe — une fille que j'admirais et qui connaissait à peine mon existence, une fille aperçue à l'église ou au bas de la rue, une de mes cousines, ou même quelqu'un que j'avais vu à la télévision. Parfois, tout un groupe de gens se sentaient obligés de regarder. Ils ne pouvaient pas s'en empêcher ni partir. Il fallait qu'ils regardent. En imagination, j'étais fière et provocante. Je fixais papa Glen à mon tour, dents serrées, sans faire de bruit du tout, sans hurlement honteux, sans supplication. Les spectateurs m'admiraient et le détestaient. Je me représentais cette scène et je glissais les mains entre mes jambes. C'était effroyable, mais c'était également excitant. Ceux qui me regardaient m'aimaient. On aurait dit que j'étais battue pour eux. À leurs yeux, j'étais merveilleuse.

Mes fantasmes sont devenus plus violents et plus compliqués quand papa Glen a continué à me battre avec les deux ou trois ceintures qu'il avait mises de côté pour moi. Bien graissées, aussi lisses et souples que du cartilage sous le gras du poulet, ces ceintures étaient accrochées derrière la porte de son placard et je pouvais les voir et les sentir quand j'aidais maman à ranger ses vêtements. Je tendais la main, touchais le cuir, sentais sa chaleur sous mes paumes. Il n'y avait là nulle magie, nul mystère. Parfois, je me forçais à entrer dans ce placard et j'enroulais les doigts autour de ces ceintures comme si elles étaient des animaux qu'on pouvait dompter.

J'avais honte des choses que je pensais quand je mettais les mains entre mes jambes, j'avais davantage honte de me masturber en m'imaginant être battue que du fait que j'étais battue. Je vivais dans un monde de honte. Je cachais mes bleus comme s'ils étaient la preuve de crimes que j'avais commis. Je savais que j'étais quelqu'un de dégoûtant, de détraqué. Je ne pouvais pas empêcher mon beau-père de me battre, mais c'était moi qui me masturbais. Je le faisais bel et bien. Alors comment expliquer que je détestais être battue mais que je me masturbais néanmoins en imaginant une histoire autour de ça ?

Pourtant, c'était seulement quand j'imaginais que des gens me regardaient que j'étais capable de défier papa Glen. C'était seulement à ce moment-là que je me sentais fière. J'aimais ces fantasmes, même si j'étais sûre que c'était quelque chose d'horrible. Il me les fallait; ils étaient égocentriques et me faisaient avoir des orgasmes violents. Dans ces fantasmes, j'étais quelqu'un de très spécial. J'étais triomphante, importante. Je n'avais pas honte. Dans les raclées réelles, il n'y avait pas d'héroïsme possible. Il y avait seulement des coups qui pleuvaient jusqu'au moment où j'étais couverte de morve et de détresse.

Ma clavicule a rencontré une bosse la deuxième fois qu'elle s'est cassée — un accident, a insisté papa Glen, juste comme la première fois, quand j'étais tombée de la terrasse. A l'hôpital, le jeune interne a eu un regard mauvais et a exigé beaucoup de radios.

— Comment s'est-elle cassé le coccyx? a-t-il demandé à maman au-dessus de la collection de radios, au moment où nous étions prêtes à rentrer à la maison.

Il avait un drôle d'accent et une masse de cheveux bruns bouclés. Quand il s'est penché vers maman, on aurait dit qu'il allait la frapper.

— Le quoi?

— L'os du derrière, madame, du cul. Avec quoi est-ce que vous avez frappé cette enfant? A moins que vous l'ayez seulement flanquée contre le mur?

— Qu'est-ce que vous racontez?

Le visage de maman était blême et figé; celui de l'interne était rouge et furieux.

— Qu'est-ce que vous racontez?

Cette fois, la voix de maman était aiguë et forte. Une infirmière d'un certain âge, dans un uniforme fripé, s'est soudain retrouvée à ma droite, une main sur le bras du docteur et l'autre tendue vers maman. Il y avait écrit « Myer » sur sa poche.

— Ne nous énervons pas, a-t-elle dit. Calmons-nous.

Le docteur m'a pris le menton. Ses doigts étaient chauds, la peau rugueuse et sèche.

— Dis-le-nous, toi, m'a-t-il demandé. Dis-le.

J'ai regardé dans ses pupilles et j'ai pu m'y voir, mon visage minuscule et étrange au-dessus du bandage qui m'enveloppait l'épaule et le bras. Le docteur avait l'air furieux, impatient et dégoûté. Il a jeté un regard mauvais à maman, sans la moindre pitié. Je sentais les doigts de maman qui agrippaient la paume de ma main libre, j'entendais sa respiration, on aurait dit qu'elle était sur le point de rendre. Quand j'ai levé les yeux sur elle, j'ai vu sa terreur et, derrière, son amour pour moi. Papa Glen était dehors, il attendait dans la voiture avec Reese. L'infirmière s'est mise à parler mais je ne l'ai pas écoutée.

— Maman, ramène-moi à la maison, ai-je murmuré.

La main de maman s'est glissée autour de ma taille. Ses doigts étaient glacés à travers le coton fin de mon chemisier — glacés mais réconfortants.

— Lâchez ma fille ! a-t-elle dit au docteur.

Sa bouche s'est crispée et il a donné une petite secousse à mon menton. J'ai laissé mes yeux errer sur son visage. Il ne nous connaissait pas, il ne connaissait ni ma maman ni moi.

— C'est toi qui peux nous le dire, a-t-il déclaré de sa voix d'étranger.

Je me suis cramponnée à maman et je n'ai rien voulu dire du tout. Le docteur a donné un grand coup sur le lit, à côté de moi, puis s'est retourné et a ouvert la porte avec ses poings. J'ai fixé l'infirmière. Mme Myer m'observait soigneusement, la main sur la bouche, le regard vieux et sage.

— Je suis navrée, a-t-elle finalement dit à maman en laissant retomber sa main. Il est jeune et ça ne fait pas longtemps qu'il est là.

Nous avons attendu. Maman me tenait, Mme Myer prenait de longues, lentes inspirations et se retournait vers la porte. Une femme noire est entrée, avec une planchette à laquelle étaient accrochés des tas de papiers qu'elle lui a remis.

— Il va falloir que vous signiez ça, a dit Mme Myer à maman.

Elle ne m'a plus regardée. Je savais exactement ce qu'elle pensait mais j'ignorais ce que pensait maman. Ses traits étaient étranges et durs, sa main toujours froide, à l'endroit où elle me tenait, mais tremblante, maintenant. Pendant les quelques instants où on nous a laissées seules, elle m'a regardée comme si mon visage était une carte de l'enfer.

— Bone ! a-t-elle murmuré.

J'ai attendu.

— Ma chérie !

Quelqu'un est passé dans le couloir. J'ai approché la tête de la poitrine de maman, j'ai écouté son cœur, je ne voulais rien entendre d'autre.

— Mon bébé !

— Maman ! ai-je supplié. Maman, ramène-moi à la maison.

— Nous allons chez tante Alma, m'a-t-elle dit en m'installant sur la banquette arrière.

Le regard qu'elle a lancé à papa Glen quand il a tenté de l'aider a paru lui glacer le cœur. Il a tendu les mains devant lui, mais sans toucher maman. À l'avant, Reese était assise le pouce dans la bouche, le visage inexpressif et immobile. Calée à l'arrière avec des coussins, j'ai appuyé la joue sur la housse en plastique du siège et j'ai essayé de ne pas trop bouger. J'avais l'impression que mon épaule était brûlante et énorme, comme un ballon gonflé de douleur, attendant d'exploser en moi. Maman a contourné l'avant de la voiture, papa Glen l'a suivie et il lui a tapoté l'épaule, hésitant, mais elle n'a cessé de le repousser.

— Laisse-moi ! a-t-elle crié une fois.

La voiture a tremblé quand elle a claqué la portière. J'ai grincé des dents. Papa Glen s'est penché par la vitre, suppliant, les larmes visibles sur son visage à la lueur de l'entrée des urgences.

— Anney, oh ! Anney, parle-moi. Ne me fais pas ça. Anney, je t'en prie, Anney !

Maman a démarré lentement, le laissant s'accrocher à la portière jusqu'au moment où elle a débouché dans la rue. Je n'ai pas vu le regard qu'elle lui a alors lancé, mais j'ai entendu le cri qu'il a poussé, rauque et vide de sens, quand elle a fait rugir le moteur, levant le pied du frein tandis que la Pontiac ballottait mais tenait bon. Il a lâché la portière mais n'a pas reculé. Son visage était encore tout proche, puis il a disparu.

Le menton de maman était saillant, luisant, éclairé tantôt par les phares des autres voitures, tantôt par les voyants lumineux du tableau de bord. J'ai regardé les larmes sur son visage quand elle s'est retournée vers moi. J'ai fermé les yeux, je les ai ouverts. Tout semblait spongieux et étrange, mais je ne pouvais plus y accorder d'importance. L'air frais qui entrait par la vitre était humide et sucré. S'il y avait réellement un Dieu, ou même de la magie, cet air entrerait en moi et en ressortirait. Il descendrait cette route jusqu'à l'hôpital, se chargerait de toutes les saletés et les flanquerait dans les yeux de papa Glen. Ça lui montrerait un peu qui il était et ce qu'il avait fait. Le docteur sortirait pour retourner chez lui, il le verrait planté là et saurait tout de suite de qui il s'agissait. Le vent le lui dirait, ou la lune, ou peut-être même Dieu. Ce docteur le saurait, alors il mettrait sa voiture en route, tout en le sachant. Il passerait bruyamment les vitesses et foncerait sur ce parking dans un hurlement de pneus. La calandre s'arrêterait à quelques centimètres à peine du visage terrorisé de papa Glen.

— *Espèce de salaud!* hurlerait ce docteur. *Si tu touches encore à cette enfant, je te transforme en chair à pâté sanguinolente!*

Papa Glen verserait des larmes de sang. Jésus, peut-être, lui descendrait dans le cœur. Il nous suivrait jusque chez tante Alma et se mettrait à genoux devant toute la famille.

— J'ai péché, dirait-il.

Et il tendrait les mains vers moi, implorerait mon pardon et crierait mon nom. Maman dirait non. Mes tantes diraient non. Mes oncles, Reese, le pasteur, le monde entier se lèverait et dirait non. Mais moi, je me redresserais sur mon lit de malade. Je le regarderais droit dans les yeux, fouillant l'obscurité de son âme.

Oui, je dirais.

Oui. Je te pardonne.

Et puis, je mourrais probablement.

J'ai failli me mettre à rire, mes épaules ont tremblé. La douleur a été cuisante, chassant bien vite mon histoire. J'ai lâché un petit cri, puis j'ai dégluti avec force, décidée à ne pas pleurer. Maman a tendu la main vers moi. Son visage avait l'air vieux, très vieux et fatigué. Ça me brisait le cœur de la voir comme ça. Je ne pouvais pas lui faire de la peine, je ne pouvais pas faire ça.

— Je suis désolée, ai-je murmuré.

— Non, il ne faut pas, ma chérie. Tu n'as rien fait de mal.

Elle avait les lèvres enflées à l'endroit où elle les avait mordues et je sentais que les miennes, contre mes dents, étaient elles aussi enflées et fendues.

— Je t'aime.

Ma voix était tellement étouffée que je ne pensais pas qu'elle m'entendrait. Mais la sienne est revenue vers moi, vive et basse.

— Moi aussi, je t'aime.

9

Quinze jours plus tard, nous étions revenues à la maison avec papa Glen. Rien n'avait changé. Tout avait changé. Papa Glen avait dit qu'il regrettait, avait supplié, pleuré et juré de ne plus jamais me faire mal. J'étais restée muette, têtue et insensible. Il s'était mis à genoux devant Alma, Wade, leurs gosses et maman, nous avait attirées dans ses bras, Reese et moi, et avait juré qu'il ne pourrait pas vivre sans notre amour. Maman s'était agenouillée par terre avec lui et lui avait fait jurer de ne plus jamais lever la main sur moi.

J'avais regardé ses traits mouillés et, sans poser de question, j'avais compris ce qui allait arriver. Maman allait lui pardonner, quand bien même elle le surveillerait de près et l'obligerait à mériter sa confiance. Il serait gentil, il serait prudent. Mais, au bout d'un moment, papa Glen commencerait à parler un peu différemment de l'accident. Il se rappellerait des choses qui s'étaient passées à cette période, des choses que j'avais dites, un regard que je lui avais lancé. Un jour, dans quelques mois peut-être, quelque chose que j'aurais fait lui semblerait pouvoir tout justifier. Papa Glen m'emmènerait alors de nouveau dans la salle de bains, s'écriant que ça lui faisait plus mal qu'à moi. Mais son visage dirait la vérité, comme ses mains sur mon corps. Il m'indiquerait à quel point il avait souffert quand maman l'avait abandonné sur ce parking et, lorsqu'il me battrait, nous saurions tous les deux pourquoi. Mais maman, elle, l'ignorerait. Redoutant par-dessus tout de lui faire de la peine, quoi qu'il puisse m'arriver, je tenterais par tous les moyens, comme lui, de faire en sorte qu'elle ne sache jamais.

Je serrais les dents et essayais de ne pas me mêler de ce qui ne me regardait pas. Je ne parlais à personne et restais tout le temps la tête fourrée dans des livres. La nuit, allongée dans le lit, je joignais les mains, forçais contre la zone tendre, entre mes jambes, et écoutais la radio en tâchant de ne pas penser. Mon épaule avait vite guéri avec les soins patients, attentifs de maman, mais j'avais l'impression qu'en moi quelque chose ne se remettrait jamais. Je me réveillais dans une telle colère que j'en avais mal à la gorge. J'avais l'impression que mes dents pesaient sur mes nerfs. J'allais vérifier dans le miroir, m'attendant à voir du sang dans ma bouche, mais il n'y avait rien, seulement mes dents petites, blanches et pointues. Maman me gardait près d'elle. Elle me permettait même de me lever à l'aube pour être avec elle pendant ses moments les plus intimes, à l'heure où elle sirotait son café et regardait le lever du soleil.

— J'ai jamais pu dormir une fois le soleil levé, me disait-elle. Même quand j'ai pas beaucoup dormi, je me réveille.

Elle avait le visage hagard. Elle me serrait contre sa hanche et posait le menton sur mon crâne. On aurait dit que j'étais sa mère, maintenant, que je veillais à sa sécurité, et qu'elle était mon enfant, heureuse de s'appuyer sur mon dos robuste, droit. Je fermais les yeux, j'aurais aimé que le temps s'arrête, j'aurais voulu que ce moment dure toujours, que la journée ne commence jamais. Mais inévitablement, papa Glen, ou Reese, se levait, et maman rinçait sa tasse et enfilait sa tenue de travail.

Les après-midi, après l'école, maman insistait pour que Reese et moi allions chez tante Alma et y restions jusqu'à ce qu'elle vienne nous chercher. J'aidais tante Alma à jardiner ou à faire des conserves et, pendant que je travaillais, j'inventais des histoires. Mes cousins aimaient bien mes histoires — surtout celles qui parlaient de sangsues consommant uniquement les corps fraîchement découpés de nouveau-nés ou de nains au visage vert promettant des richesses inouïes aux enfants qui leur apporteraient les cœurs de quarante-quatre hommes adultes. Grey me disait que j'avais « un esprit très intéressant pour une fille ». Mais un jour, tante Alma est sortie sur la véranda pendant que je racontais l'une des histoires préférées des garçons. Elle en a été tellement retournée qu'elle avait l'air sur le point de se pisser dessus. Si elle avait tout entendu, elle m'aurait probablement battue plus fort que papa Glen. Mes inventions regorgeaient de garçons et de filles horriblement violés et assassinés, de bébés cuits dans des marmites bouillonnantes de haricots, de vampires, de soldats et de couteaux affûtés comme des rasoirs. Des sorcières coupaient la tête à des enfants et à des adultes. Des hordes de femmes se baladaient à moto et mettaient le feu à des maisons. La terre s'ouvrait et des langues de lézard vertes surgissaient pour happer les gens. Je suis devenue une baby-sitter très appréciée ; tous les gosses étaient calmes et sages pendant que je leur racontais des histoires et, à voir la manière dont ils me fixaient, j'avais l'impression d'être une de mes sorcières en train de jeter un sort.

— Tu sais, parfois tu as une expression réellement effrayante ! m'a dit mon cousin Grey.

— Bone est devenue presque méchante, a dit tante Alma à maman. Il faut faire quelque chose.

Maman s'est mise à m'emmener avec elle au restaurant. Là, je pouvais gagner mon argent de poche en faisant la vaisselle, de l'argent que maman ne m'obligeait pas à économiser pour des vêtements mais me laissait dépenser comme je voulais, la plupart du temps pour acheter des bouquins d'occasion que je trouvais dans les bacs de la librairie et pouvais échanger ensuite contre d'autres livres de poche. Reese se plaignait parce que je ne jouais plus jamais avec elle et que je passais mon temps à travailler, à lire ou à dormir. Pendant les vacances d'été, j'ai trouvé une cachette dans les bois, près de chez tante Alma, où je pouvais rester des heures avec un sac de Hershey Kisses[1] et un livre. La bibliothécaire m'a donné *Beauté Noire, Robinson Crusoé* et *Tom Sawyer.* J'ai trouvé par moi-même des exemplaires de *Ne pas être étranger, Les Nus et les Morts, Un fusil à louer* et *Marjorie Morningstar.* Je grimpais à un arbre pour lire les passages sexy, je buvais au ruisseau et ne rentrais à la maison qu'à la nuit tombée.

Maman était encore inquiète à mon sujet, je le sentais bien.

— Chérie, tout va bien ? m'a-t-elle demandé un matin.

Je me suis contentée de hausser les épaules et me suis replongée dans l'exemplaire du *Jardin secret* que je n'avais jamais rendu à la bibliothèque de l'école. Elle m'a retiré le livre et forcée à la regarder. Son visage était plus maigre, sa peau plus rugueuse, et, sous les yeux, elle avait des cernes qui ne partaient jamais. Les gens ne disaient plus qu'elle était belle, mais qu'elle l'avait été.

— Je voudrais que tu fasses quelque chose pour moi.

Elle a baissé les yeux sur le livre qu'elle tenait, sur ses doigts qui parcouraient le dos cassé et la couverture couverte de Scotch. J'ai grincé des dents, j'avais peur de ce qu'elle pourrait me demander.

— Ta tante Ruth ne va pas très bien, tu sais. Elle s'est beaucoup affaiblie cet été, d'après Travis.

1. Chocolats. *(N.d.T.)*

Ça m'a surprise. Je croyais que maman allait me dire que j'étais devenue trop réservée, que je ne regardais plus la télévision avec eux, maintenant, que je ne jouais plus avec Reese et ne parlais plus à personne. D'ailleurs, tante Ruth était malade depuis tellement longtemps que tout le monde s'y était habitué. Est-ce qu'elle pouvait vraiment aller beaucoup plus mal ?

— Maintenant que Deedee et Butch sont partis, Travis s'inquiète quand elle reste seule à la maison. Il m'a demandé si tu accepterais de passer un moment là-bas, du moins jusqu'à ce qu'elle aille mieux.

Maman a ouvert *Le Jardin secret* à l'endroit où j'avais glissé mon marque-page, un bout de ruban portant le logo du magasin Piggly Wiggly.

— Qu'est-ce que tu en dis ? a-t-elle demandé.

— J'en sais rien, ai-je répondu machinalement.

Je n'avais pas vu tante Ruth depuis un bon moment, depuis que maman nous avait emmenées chez elle pour dîner avec toutes ses sœurs, le lendemain de Noël. Tante Ruth était déjà maigre et faible, ses doigts bleus et enflés reposant sur ses genoux. Qu'est-ce que je ferais si elle allait plus mal pendant que j'étais avec elle ? Si elle mourait ?

— Écoute...

Maman a refermé le livre et me l'a rendu.

— Je voudrais que tu ailles là-bas un moment, au moins une semaine, quelque chose comme ça, pour que Travis puisse avoir un peu de temps à lui.

J'ai acquiescé.

— Bon !

Maman a soupiré, comme si quelque chose de difficile avait été réglé. Elle a tendu la main et m'a repoussé les cheveux derrière les oreilles.

— Oh ! Bone, pourquoi est-ce que tu laisses toujours les cheveux te tomber dans les yeux comme ça ? Tu as un visage si joli. Si tu me laissais te faire une permanente, les gens verraient tes yeux et ton sourire.

Je lui ai adressé un grand sourire et j'ai secoué la tête. Ses traits se sont un peu détendus et elle m'a souri à son tour.

— Tu es tellement têtue.

Ses doigts ont effleuré mon front, balayé en arrière quelques mèches folles.

— Encore plus têtue que ta maman, j'ai l'impression.

Tante Ruth avait changé d'une manière que je n'aurais pas imaginée possible. Ses cheveux, jadis épais et auburn, étaient presque tous tombés. Ceux qui restaient avaient pâli, paille orange qu'elle couvrait d'un foulard de coton à carreaux verts quand elle sortait. Elle était devenue si fluette que j'aurais probablement pu la soulever toute seule, même si elle ne voulait jamais que j'essaie. Mais le plus grand changement, c'était sa façon de se déplacer et de parler. Elle avait toujours été la lente, la douce, la tante tranquille qui réfléchissait beaucoup et parlait peu. Maintenant, elle parlait sans arrêt, remuait les doigts en incessants petits mouvements et regardait dans toutes les directions. On aurait dit qu'elle avait peur de louper quelque chose. Comme un oiseau, elle levait la tête et tendait le cou pour observer par la fenêtre, ses doigts tripotant la couverture qu'elle gardait sur les genoux, même quand il faisait très chaud. Elle vivait sur le canapé, maintenant, avec d'occasionnelles incursions jusqu'à son rocking-chair, sur la véranda, et elle avait demandé à Travis de décrocher les rideaux pour que rien ne lui bouche la vue. Elle contemplait le lever et le coucher du soleil, somnolait quand elle en avait envie et, entre deux siestes, bavardait. Après les premiers jours passés à lui verser du jus de fruits et à la suivre des yeux tandis qu'elle se dirigeait lentement, prudemment vers les toilettes, j'ai commencé à me douter que la raison principale de ma présence était de procurer à tante Ruth un public, quelqu'un qui lui ferait un signe de tête aux moments appropriés et ne l'interromprait pas.

— Quand on était gosses, on voyait presque jamais notre papa, m'a-t-elle dit un après-midi. Il était toujours parti quelque part, pour travailler, boire ou voyager. Je me disais qu'il ne fallait pas s'attendre à ce que les hommes passent beaucoup de temps à la maison. Alors quand Travis reste trop longtemps avec moi, il me tape sur les nerfs, même quand j'en arriverais presque à avoir envie qu'il soit là pour m'aider. Je suis contente que tu sois venue, Bone. Toi, tu me tapes pas du tout sur les nerfs.

Tante Ruth s'est laissée retomber sur le canapé, se tenant le ventre à deux mains, les yeux plissés tandis que ses pommettes captaient la lumière qui entrait par la porte ouverte. Les os de son visage ressortaient, hauts et saillants. Calée sur le canapé, les jambes repliées de sorte que ses pieds nus touchaient ma cuisse, elle avait presque l'air d'une petite fille, une petite sorcière au visage gris étroit. Ça devrait être interdit d'être aussi maigre, maigre au point que le pouls qui lui battait dans la gorge faisait vibrer la peau au niveau des clavicules. Elle s'est abrité les yeux un instant et les a baissés sur moi.

— Tu sais, quand tu fermes les yeux, on dirait vraiment ta mère quand elle était petite.

J'ai hoché la tête. Je ne faisais pas tellement attention. Tante Ruth avait beaucoup parlé de Travis depuis quinze jours que j'étais avec elle — de Travis, de son père, d'oncle Earle, de ses frères et sœurs, des choses qui s'étaient passées bien avant ma naissance et qu'elle pensait que personne ne m'avait encore racontées. J'aurais dû être contente d'entendre tout ça, enfin, et de pouvoir poser toutes les questions que j'avais gardées pour moi pendant des années. Mais, pour la première fois de ma vie, j'étais incapable de m'intéresser à toutes ces vieilles histoires. La seule chose à laquelle je pouvais penser, c'était à mon retour à la maison. Quand maman allait-elle me ramener à la maison ? Est-ce que je voulais rentrer à la maison ?

Je me suis mordu la lèvre et j'ai pris une inspiration prudente avant de lâcher ce qui me préoccupait. Tante Ruth m'a encouragée du regard.

— Papa Glen me déteste.

Voilà, c'était dit. J'ai remonté les genoux et les ai entourés de mes bras, m'attendant à ce qu'elle le nie. Elle me regardait droit dans les yeux, le visage immobile, calme, ouvert. J'ai serré les poings.

— Dis-moi, Bone, a-t-elle dit presque dans un murmure. Tu crois que je suis en train de mourir ?

Mon estomac a fait une embardée. J'ai regardé dehors, par la porte. Bien sûr qu'elle était en train de mourir. J'ai posé de nouveau les yeux sur elle, puis les ai détournés.

— Mais non, t'es juste rudement malade.

— Bone !

J'ai secoué la tête. La lumière qui arrivait par la contre-porte de la moustiquaire était trop vive. Des larmes ont commencé à couler sur mon visage.

— Bone ?

— Tantine, ne me demande pas ça à moi.

J'ai levé les yeux. Seigneur, elle était tellement maigre !

— Écoute, est-ce qu'on peut parler toutes les deux, oui ou non ?

Sa voix paraissait fatiguée. Elle a fermé les yeux et a levé une main pour frotter la peau douce de sa tempe droite. L'endroit semblait légèrement meurtri, ombre bleue sur un parchemin gris.

— J'en sais rien.

J'ai attrapé la peau de mon avant-bras entre mes dents et je l'ai sucée. Je ne savais vraiment pas quoi lui dire.

— Bon.

Elle est restée muette pendant un moment, puis a laissé retomber sa main et s'est un peu redressée.

— Je crois que oui. Je crois qu'il va falloir qu'on parle. Il y a beaucoup de choses que je ne peux plus faire, mais merde...

Elle a tendu la main et m'a fait signe d'approcher.

— Viens ici.

J'ai hésité, puis j'ai avancé, glissant ma hanche entre ses jambes. J'avais le dos contre une de ses cuisses et j'ai replié les genoux sur l'autre. Elle m'a entourée de son bras et m'a attirée contre sa poitrine.

— Ma chérie! a-t-elle murmuré, me tenant comme ça un instant. Tu as raison, ma petite. Glen ne t'aime pas beaucoup. Je crois qu'il est jaloux.

Elle a parcouru mon visage de ses doigts, a chassé les larmes et m'a caressé les joues.

— C'est encore un petit garçon, par certains côtés. Il a plus besoin de ta maman que toi, il veut davantage être son bébé que son mari. Et c'est pas si rare que ça, je t'assure.

J'ai levé les yeux sur elle. Sa bouche était retroussée en un sourire maladroit. Elle a dit d'un ton solennel :

— Les hommes ne sont que des petits garçons qui essaient de téter un sein chaque fois qu'ils peuvent. Ta maman le sait aussi bien que moi. Nous le savons toutes. Et Glen...

Elle s'est tue une minute, ses yeux errant dans la pièce comme si elle cherchait quelque chose. Ils sont revenus se poser sur moi. Elle m'a attirée plus près d'elle.

— Bone, est-ce que papa Glen t'a déjà... bon... tou-chée ?

Ses joues se sont zébrées d'un rose qui allait bien avec le gris.

— Est-ce qu'il t'a déjà fait mal, est-ce qu'il t'a tripotée ?

Sa main s'est baissée, m'a tapotée entre les jambes.

— Là, ma chérie. Est-ce qu'il t'a déjà fait mal là ?

J'ai examiné soigneusement le visage de tante Ruth.

Je savais de quoi elle voulait parler, de la chose que les hommes faisaient aux femmes. Je savais ce qu'était l'acte sexuel, j'avais lu des livres qui en parlaient, j'avais entendu cette plaisanterie : « Qu'est-ce qu'une vierge de Caroline du Sud ? Une gamine de dix ans qui court vite. » Non, il n'avait pas fait ça. A moins que... ? Je sentais que ma langue poussait contre l'arrière de mes dents. Les joues de tante Ruth ont pris un rose plus vif, presque rouge. J'ai baissé la tête.

— Non, ai-je murmuré.

Je me rappelais ses mains qui glissaient sur mon corps, sous mon chemisier, descendaient le long de mon short, sur mon derrière, ses cals m'écorchant la peau, sa respiration rapide sifflant au-dessus de moi pendant qu'il m'attirait tout contre lui, j'entendais le bruit de sa ceinture arrachée aux passants de son pantalon dans le silence humide de la salle de bains. J'ai frémi.

— Non, ai-je dit plus fort. Il me regarde seulement méchamment. Parfois, il m'attrape. Il me secoue.

J'ai hésité, j'ai levé les yeux sur ses joues rouges creusées.

— Tu sais, quand je fais des bêtises.

Dis-lui, pensais-je. Dis-lui tout. Dis-lui.

— Mais la manière qu'il a de me regarder, de se tordre les mains quand il me regarde, ça me fait peur, tantine. Il me fait très peur.

Tante Ruth m'a bercée contre sa poitrine.

— Oh ! ma chérie, a-t-elle soufflé. Qu'est-ce qu'on va faire avec toi ?

L'après-midi, pendant que tante Ruth dormait par à-coups, je grattais la peinture écaillée de sa véranda de devant, tout en la surveillant par la moustiquaire pour voir si elle avait besoin de moi. Oncle Earle avait promis de repeindre la terrasse et la façade de la maison, et il m'avait dit qu'il me paierait mes vêtements d'école, à l'automne, si je grattais et décapais bien le bois. Tous les deux ou trois jours, il passait à l'heure du déjeuner pour bavarder tranquillement avec tante Ruth et surveiller l'avancement de mes travaux. La moitié du temps, tante Ruth dormait quand il arrivait. Il venait s'asseoir à côté de moi et fumait le tabac d'oncle Travis en me racontant des histoires pendant que je travaillais. J'avais l'impression que la maladie de tante Ruth lui rappelait l'époque où elle était jeune et bien portante, quand ils étaient gosses, à la campagne, au nord de Greenville, quand ils venaient tous les deux de se marier et de fonder une famille — tante Ruth avec oncle Travis, et Earle avec Teresa. Il parlait de la même manière que tante Ruth, semblant poursuivre une conversation qui se déroulait constamment dans sa tête, il rêvassait, se remémorait des souvenirs et parlait sans fin.

— Ta mère t'a jamais parlé de notre père ? a-t-il commencé un après-midi en se roulant une cigarette. Ce type était vraiment quelqu'un. Les gens l'ont appelé « le gars Boatwright » jusqu'à sa mort. Il s'occupait mieux de ses chiens que de sa femme ou de ses enfants — même si maman n'avait pas besoin qu'on s'occupe beaucoup d'elle. Ta grand-mère est plus coriace que tous ses fils réunis ; apparemment, elle a jamais attendu grand-chose de papa. Le problème, je crois, c'est qu'on est tous comme lui. Ton oncle Beau est un poivrot. Ça, tu le sais, mais ton oncle Nevil l'est aussi, et moi aussi, je suppose. Mais aucun de nous n'est aussi souple que l'était notre papa, ni aussi beau, si bien qu'on s'en tire moins bien que lui. C'est pour ça que Teresa m'a quitté. Elle a toujours dit qu'elle voulait un homme qui fasse penser à un grand verre d'eau fraîche. Elle me le répétait sur le ton qu'ont les femmes quand elles sont toutes amollies dans vos bras et ont envie de parler, de parler de cette source cristalline, de ce liquide pur, essentiel.

Il a eu un rire bref, abrupt, sans que j'aperçoive le

moindre amusement dans ses yeux, juste une lueur qui paraissait dure et furieuse. Ses doigts ont appuyé sur le papier, l'ont serré autour du tabac tassé, puis ont porté la cigarette à sa bouche pour la fermer d'un coup de langue.

— Teresa, en voilà une qui se défendait pour parler! Seigneur Dieu!

Il a détourné les yeux comme s'il se rappelait des choses qu'il était incapable de regarder en face. J'ai baissé la tête. Je ne voulais pas qu'il s'arrête de parler.

— Teresa me disait qu'avec moi elle se sentait rassasiée et qu'elle était satisfaite jusqu'au fond de son âme. Et, à chaque fois, je pensais à notre papa — comment maman devait happer une petite gorgée de lui de temps à autre, si bien qu'il ne la rassasiait jamais, qu'il n'apaisait jamais vraiment sa soif. Cette femme semblait toujours amaigrie et desséchée. J'voulais pas faire ça à Teresa. J'voulais pas être comme ça. J'voulais me déverser sur elle comme une rivière d'amour. Mais bordel de merde! Quand elle m'a quitté, elle m'a dit que j'étais même pas une pleine bouchée de salive. Moi, son grand verre d'eau fraîche! Bon sang!

Oncle Earle a épousseté des brins de tabac tombés sur ses genoux.

— Parfois, Bone, j'comprends pas comment les choses peuvent foirer à ce point, les choses les plus simples — Teresa et moi, maman et papa, ta mère et Glen. Merde, même Ruth et Travis. Tu sais, une fois, Travis a quitté Ruth quand leurs gosses étaient petits. Il est parti pendant deux mois, tout simplement, sans dire un mot. Pourtant, n'importe qui peut voir qu'il l'aime. Parfois, j'comprends pas.

Il a essayé d'allumer sa cigarette, mais elle s'est désintégrée dans ses mains. En regardant le gâchis de tabac humide éparpillé sur son jean, il a juré et s'est relevé des marches.

— C'est triste, hein, quand on peut plus rien garder et que même les cigarettes se font la malle ! C'est bougrement triste !

Il s'est éloigné en se brossant le jean.

Tante Ruth voulait s'assurer que j'avais bien compris ce qu'étaient les gens de notre famille et ce qu'ils avaient fait. Elle a consacré deux jours entiers à l'histoire du grand-oncle Halslam Boatwright qui était chauffeur de camion à l'usine textile JC Penney jusqu'au jour où il avait tué sa femme et son amant, à Atlanta, un week-end. Depuis, il était enfermé au pénitencier de l'État de Géorgie. Elle m'en a appris un peu plus sur mon vrai papa et sur Lyle Parsons, et puis elle m'a parlé de la cour que papa Glen avait faite à maman pendant une bonne année de déjeuners au petit restaurant, avant qu'elle lui accorde un rendez-vous. Le plus drôle, c'était quand elle m'a raconté comment oncle Beau et oncle Earle avaient essayé de s'engager dans l'armée pendant la guerre de Corée. Ils avaient été fichus à la porte du bureau de recrutement et s'étaient retrouvés dans la rue boueuse quand le sergent avait vu leur casier judiciaire. Soûls et déterminés, ils avaient fait tellement de chambard que les types de l'armée avaient appelé le shérif du comté pour qu'il les boucle.

— Oh ! allez, fiston ! aurait dit Beau au sergent après avoir assommé le shérif adjoint et mordu à l'oreille un innocent imbécile qui avait commis l'erreur d'essayer de se rendre utile. Tu trouveras pas d'meilleure matière première pour l'armée dans tout l'comté. Merde ! Tu vois bien qu'on sait déjà se battre !

En me racontant cette histoire, tante Ruth grognait et nasillait comme oncle Beau quand il avait bu et elle l'imitait tellement bien que j'ai éclaté de rire.

— J'parie qu'ils voulaient pas vraiment entrer dans l'armée, lui ai-je dit. J'parie qu'ils étaient seulement allés là-bas à la suite d'un pari ou quelque chose comme ça.

— Bon, c'est vrai qu'ils sont pas du genre à jouer au soldat, a-t-elle reconnu. Mais ils auraient adoré pouvoir tirer sur des étrangers, conduire des camions et bricoler des moteurs. C'est pas tellement différent de c'qu'ils font maintenant, uniforme mis à part. N'empêche, ils raffolent de cette histoire, sans avoir l'air de se rendre compte que l'armée voulait pas engager de la racaille, des gars qui avaient passé un bon bout de temps en prison et n'avaient même pas terminé l'école secondaire.

— C'est des ivrognes, ai-je dit, et tante Ruth a simplement hoché la tête.

— Plus ou moins, oui. Ils sont comme Travis, je suppose. Mais tu sais, ils y réfléchissent pas. C'est comme la prison. Ils se disent que c'est normal qu'un travailleur se retrouve en prison de temps en temps, tout comme ils croient qu'ils ont parfaitement le droit de rester soûls du vendredi soir au lundi matin. Beau lui-même jure que tout allait bien avant qu'il se mette à boire pendant la semaine.

Elle a secoué la tête et repoussé ses cheveux fins d'une main tremblante.

— On peut jamais rien leur dire.

— Beau s'est mis à aimer la bière quand il était petit, m'a raconté tante Ruth un samedi matin.

Elle était assise sur sa véranda pendant que je décapais la balustrade et qu'Earle décrassait le mécanisme de l'essoreuse à main, fixée au-dessus de la vieille machine à laver, qu'elle avait décidé de vendre.

— Il allait avec Raylene dans cette boîte, au bord de la route, à l'entrée de Greer. Elle venait de quitter l'école et il avait tout juste treize ans. Ils se faisaient un peu d'argent en balayant, en nettoyant et en remplissant les frigos de bière et de Coca-Cola. Ils se prenaient toujours quelques bouteilles en prime. La bière n'a jamais fait de mal à Raylene, mais elle n'y tenait pas tellement. En fait, elle préférait le Coca et prenait seulement la bière pour la revendre à Beau. Ce garçon aimait plus la bière en bouteille que le lait maternel et c'est ce qu'il a presque toujours bu, même si sa femme jure le contraire. La bière peut aussi vous pourrir, vous détruire le foie et vous transformer la cervelle en bouillie d'avoine décolorée. Ça c'est sûr. Il a pas eu besoin de cet alcool blanc qu'on vend au supermarché.

— Oh ! merde !

Earle a frappé la paume de la main contre le métal graisseux de la machine. Il n'avait jamais aimé entendre dire du mal de son frère Beau. Il n'aimait même pas que les gens répètent ce qu'il en disait lui-même.

— Beau a des problèmes plus graves que la bière dans sa vie. La bière, c'est pas bien terrible. Ça vous fait aller à la selle, c'est tout, comme les haricots secs. Si Beau arrêtait de boire sa bière, il enflerait probablement tellement qu'il exploserait.

Ses yeux noirs agités défiaient tante Ruth de le contredire.

— C'est cette femme qu'il a épousée, cette Maggie, le problème dans sa vie. Une petite chose avec un visage blanc, des yeux blancs, une tête blanche, et qui s'attrape des bleus dès que le vent souffle un peu fort. Cette bonne femme fait des bébés aussi facilement que, toi, tu fais des biscuits. Elle est tout le temps enceinte d'un petit enfant du bon Dieu à figure de papier mâché et aux yeux vides. Bordel de merde, Beau pourrait même pas s'en sortir s'il renonçait à tout sauf au café noir et à un boulot acharné. Sept mioches ! C'est déjà pas drôle qu'Alma en ait autant, mais au moins, elle se débrouille pour que les siens soient bien nourris et propres. Cette petite Maggie n'est même pas capable de changer les couches sans avoir un étourdissement. Elle a bouffé Beau. Comme un vampire, elle lui a sucé tout son jus. Si on ouvre cette fille, on y trouvera le sang de Beau, en train d'actionner son cœur.

— C'est pas Magdaline qui l'oblige à se tuer à petit feu, lui a rétorqué tante Ruth. Elle le force pas à boire ce poison.

— Ah bon ?

Earle a fait bruyamment retomber l'essoreuse sur les chiffons qu'il avait étalés pour protéger les planches de la véranda.

— Dis la vérité, Ruth. Tu crois pas qu'elle y est un peu pour quelque chose si Beau ne dessoûle pas ?

Tante Ruth s'est tournée pour regarder Earle droit dans les yeux.

— À t'entendre, on pourrait croire que c'est ce qui cloche dans ta vie, Earle Boatwright. Ta femme t'a bouffé le cœur, à toi aussi, hein ? C'est à cause de la mère de tes filles que tu bois, que t'as pas de travail régulier et que tu jures sur ma véranda en plein jour ?

J'ai remonté et enlacé mes genoux et j'ai observé le visage d'Earle. Il était tout le temps en train de se disputer avec tante Ruth, mais ça tournait rarement aussi mal. Je me suis mordu la lèvre et je l'ai vu baisser la tête. Quand il l'a relevée, il était rouge et ses yeux étaient tout luisants.

— Oui, Ruth, a-t-il murmuré. La saloperie, dans l'histoire, c'est que c'est vrai.

Tante Ruth a reniflé, puis s'est extirpée de son rocking-chair pour aller attraper son frère par le cou.

— Je regrette, mon p'tit.

Elle avait elle aussi les yeux un peu humides.

— J'aurais pas dû dire une chose aussi méchante. Je sais. Je sais à quel point tes filles te manquent. Je sais que tu souffres de c'que t'as perdu. Ne va pas croire que j'ai pas mal pour toi, mon p'tit. Ne va pas croire que j'ignore à quel point ça te fait mal.

— Ruth, allons !

Earle a essayé de se dégager d'une secousse, mais tante Ruth le serrait trop. Je me suis mordue plus fort et j'ai eu un goût de sang, métallique, dans la bouche, j'ai senti mes yeux s'enfler de larmes chaudes et, en même temps, je me suis presque étranglée en réprimant une folle envie de rire. Tante Ruth avait l'air tellement marrante, toute maigrichonne et faible, en train de serrer son grand frère costaud et rougeaud au point de l'étouffer. Mais il avait toujours été son bébé, comme Beau, Alma, Raylene et maman. Ruth les avait tous à moitié élevés et leur servait encore bien plus de mère que mamie n'en avait jamais été capable. J'ai observé les doigts bleuâtres de tante Ruth, qui agrippaient les bras d'Earle pendant qu'il essayait de ne pas toucher sa robe de chambre en tissu chenille jaune avec ses mains noires de graisse.

— Ruth, allons ! a-t-il grogné avant de renoncer, de la serrer à son tour et de la soulever dans ses bras. Commence pas à pleurer à cause de moi. On va tous les deux s'rendre malades si tu t'mets à pleurer sur mon sort.

Il a traversé la véranda en trébuchant et a posé un genou par terre pour la déposer dans son rocking-chair.

— C'est pas juste. J'suis incapable de discuter avec une femme qui s'met à chialer.

Je me suis cramponnée à la balustrade et je les ai regardés tous les deux en train de s'étreindre. Je ne pouvais pas m'imaginer en train de serrer Reese comme ça, de lui dire ce que je ressentais, de pleurer avec elle. J'étais jalouse, j'aurais voulu faire partie de cette étreinte, de cette génération qui se mettait aussi vite à hurler et à jurer qu'à pleurer et à se réconcilier. Papa Glen disait que j'étais une garce au cœur sec et j'en étais peut-être une. J'en étais peut-être une.

Le matin où maman est arrivée dans le camion de

Beau, je me trouvais sur la véranda, avec quatre petits pots en terre et le grand seau où poussait de la zébrine. La veille, tante Ruth s'était dit qu'elle aimerait bien suspendre ces pots juste sous les gouttières de la véranda et avait assuré que je pouvais laisser la moitié de la plante dans le seau et répartir le reste de l'enchevêtrement rouge et bleu-vert dans les petits pots.

— Qu'est-ce que t'en penses, petite sœur? a demandé tante Ruth à maman. Ça va pas faire joli, sous les gouttières? Ce truc est tellement vivace qu'il pourrait même pousser sur le toit.

— C'est bien possible, a reconnu maman en s'approchant pour m'étreindre rapidement. En tout cas, ça pousse assez vite.

— Les gens disent que c'est de la mauvaise herbe, mais j'ai toujours aimé ça, d'autant plus que ça nécessite aucun effort pour l'entretenir.

Tante Ruth a tapoté le siège du fauteuil à dossier canné, à côté de son rocking-chair.

— Viens t'asseoir à côté de moi. Ça fait des semaines que j't'ai pas vue.

Elle s'est penchée en avant pour regarder maman droit dans les yeux au moment où elle s'est assise.

— On dirait que tu as changé, tu as l'air presque reposée. Qu'est-ce que t'as fait? Beaucoup de siestes?

Maman s'est mise à rire et a secoué la tête.

— Je dors tout simplement mieux depuis que le temps s'est un peu rafraîchi.

Elle a montré le tas d'argile et de mousse humide que je mélangeais à de la terre noire.

— Tout semble plus frais maintenant que la vague de chaleur est passée. Bone, je te jure que tu as pris plus de deux centimètres, ce mois-ci.

Je me suis contentée de sourire et j'ai continué à séparer délicatement les racines étroitement entremêlées de la vieille plante. Tante Ruth m'avait dit que certaines mourraient, mais que si je pouvais éviter de maltraiter les fins poils qui les couvraient, la plupart vivraient. Je devais donc procéder lentement pour démêler les pousses longues et pâles.

— Oh! Bone sera grande, a dit tante Ruth avant de boire une gorgée de thé et d'agiter son verre. Tu veux boire quelque chose, Anney? Bone m'a préparé un broc tout frais, ce matin, y a beaucoup de sucre et de citron dedans.

— Seigneur, oui. Ça s'est peut-être un peu rafraîchi, mais il fait encore rudement chaud.

J'ai bondi et claqué les mains contre mon jean pour faire tomber la terre.

— Mais ne mets pas trop de glace, m'a dit maman.

Elle n'avait pas besoin de le préciser. Je savais comment maman aimait son thé glacé. J'ai pris un citron, j'ai coupé vers le milieu six rondelles aussi fines que du papier à cigarettes, je les ai jetées dans un verre et j'ai pressé le reste du jus dessus. J'ai ajouté trois glaçons et puis j'ai versé jusqu'à ras bord le thé sucré. J'y ai goûté en apportant le verre sur la véranda. Je les ai entendues avant de franchir la porte.

— Tu crois que ça va durer?

La voix de tante Ruth était douce, la réponse de maman encore plus douce.

— Je l'espère bien. Tu connais son père. Mais Glen est un autre homme depuis qu'il a commencé ce nouveau travail. Pour lui, si son père l'a embauché et lui a confié sa propre tournée, c'est qu'il l'aime. Et, apparemment, ça ne lui fait rien d'être moins payé que les autres chauffeurs. D'après lui, ça prouve seulement qu'il n'y a pas de favoritisme.

— Moi, ça me semble bizarre, et même écœurant. Ils me débectent, tous autant qu'ils sont.

— Oh! Ruth! J'sais pas.

J'ai collé la tête à la moustiquaire et j'ai attendu.

— Glen a eu tellement d'ennuis, il a dû tellement souvent changer d'boulot. Y a plus beaucoup d'gens qui voudraient le prendre maintenant, et Dieu sait qu'il fait des efforts. Il part de la maison à l'aube, ne rentre pas avant la tombée de la nuit et il y va même le week-end pour entretenir le camion. Il est plein de bonne volonté, il veut faire ses preuves. On dirait vraiment qu'il n'est plus le même.

— Bon !

Tante Ruth semblait moins confiante que maman.

— Est-ce qu'il a demandé des nouvelles de Bone ?

Il y a eu un silence. J'ai serré le bord du verre de maman entre mes dents.

— Il a pas parlé d'elle depuis qu'elle est venue ici.

La voix de maman avait encore baissé d'un cran. Maintenant, ce n'était plus qu'un murmure.

— C'est un ange avec Reese. Mais on dirait qu'il a oublié l'existence de Bone, comme si elle avait filé ou était morte, comme s'il fallait pas parler d'elle. Je t'assure, Ruth, certains jours, j'sais vraiment pas quoi faire.

— Apparemment, t'as pas tellement l'choix, ma chérie.

La voix de tante Ruth était gentille mais ferme.

— Quand tu es retournée là-bas, tu connaissais le problème. J'pourrais pas dire s'il est gentil ou méchant. Je sais qu'tu l'aimes, tout comme je sais que moi, j'l'aime pas beaucoup...

— Ruth...

— Non, écoute-moi. J'vais pas te demander d'le quitter. C'est ton mari et il est évident que, pour lui, c'est ton sourire qui fait tourner le monde. J'sais pas s'il est follement jaloux de Bone, comme le pense mamie, ou si c'est autre chose. Mais il sera jamais à l'aise avec elle, et elle sera jamais en sécurité avec lui.

— Mais pourtant, il l'aime. Je le sais.

Le murmure de maman était féroce.

— Peut-être. N'empêche qu'il me suffit de regarder Glen pour me rendre compte qu'on ne l'a jamais aimé comme il en aurait eu besoin. Mais ce garçon est plus compliqué et plus obscur que tout c'que j'peux imaginer. C'est à ton sujet que je m'inquiète. Je sais c'que tu ressens pour Glen. Tu donnerais ta vie pour le sauver. Tu arriveras peut-être à tout arranger, mais c'est pas sûr. C'est à Dieu de décider. Pas à moi.

— Ruth, pense à c'que tu as dit de lui. N'importe qui peut s'apercevoir que Glen a été traumatisé par son père. J'ai jamais vu un garçon avoir autant besoin d'amour paternel et en avoir aussi peu. Tout ce qu'il faut vraiment à Glen, c'est se sentir aimé, c'est dépasser la méchanceté de son père.

Mes dents me faisaient mal à cause du froid des glaçons, dans le verre de maman. Je savais que je devais pousser la porte, leur faire savoir que je pouvais les entendre, mais je restais sans bouger, à écouter maman.

— Tu l'as jamais vu à l'époque où il venait m'attendre après mon travail, au restaurant. C'est à ce moment-là que j'ai commencé à l'aimer, quand je l'ai vu regarder Bone et Reese avec un visage tellement ouvert que je pouvais lire en lui. On voyait clairement le genre d'homme qu'il voulait être. On aurait dit que je regardais un petit garçon, un petit garçon désespéré, blessé. C'est à ce moment-là que j'ai compris que je l'aimais.

— Oh! Anney!

J'ai ouvert la porte avec mon pied et je suis passée sur la véranda. Elles ont tourné la tête vers moi, maman s'est penchée en avant sur son fauteuil, tout près de la tête baissée de Ruth, une Ruth qui semblait encore plus pâle et plus usée qu'au moment où j'étais allée dans la cuisine.

— Dis donc, t'en as mis, du temps!

Le regard de tante Ruth était trop appuyé.

— J'ai coupé le citron comme maman aime. On peut voir à travers les rondelles.

J'avais l'impression que mon visage était figé. J'ai donné son verre à maman et je suis retournée au seau renversé et à la masse désintégrée de racines. J'en ai séparé la moitié, je l'ai remise dans le seau, puis, tout aussi approximativement, j'ai commencé à diviser le reste en quatre lots de racines et de tiges. Pendant que je m'affairais, je gardais la tête penchée, les yeux rivés sur la plante.

— Je disais à ta tante Ruth que papa Glen avait commencé un nouveau travail à la laiterie Sunshine. Il est vraiment content de travailler pour son père et on dirait que ça va très bien se passer.

— Tant mieux.

J'ai secoué la terre sèche d'un amas de racines et j'ai enfoncé cette masse dans le mélange humide du pot en terre.

— Tu veux que je me serve de cette tresse pour les accrocher là-haut, tante Ruth ?

— Ouais, c'est le cordon marron que Travis a rapporté du bazar. Il devrait être assez solide.

J'ai acquiescé sans la regarder.

— Finis ça, Bone, et on pourra voir quand tu vas revenir à la maison. Tu manques beaucoup à Reese.

— Je croyais que j'allais rester jusqu'à la rentrée des classes.

J'ai gardé un ton neutre, la tête toujours baissée.

— Tante Ruth peut pas s'en sortir sans moi. Elle a besoin de moi.

Il y a eu un long silence, et puis tante Ruth s'est éclairci la gorge.

— Bone a raison, Anney. J'sais pas comment je pourrais bouger mon malheureux cul du lit sans Bone pour me réveiller. Le matin, elle se lève en chantant avec la radio. Des fois, on croirait entendre Kitty Wells.

Un peu plus et elle se serait peut-être mise à rire, mais à la place, elle a toussé.

J'ai alors relevé la tête, prudemment, en essayant de garder le visage à l'ombre. Maman se penchait vers le soleil, les doigts entrelacés sur ses genoux, les yeux plissés à cause de la lumière, mais fixés sur moi. Tante Ruth s'est appuyée au dossier de son rocking-chair, la main levée, lui cachant presque la bouche. Maman a libéré ses doigts et a laissé retomber ses mains, de sorte que ses paumes sont venues lui couvrir les genoux.

— Bon, je vois que tu aurais sans doute du mal à te passer d'elle. Mais j'pourrais amener Reese samedi. J'veux pas qu'elle oublie à quoi ressemble sa grande sœur.

J'ai ajouté de la terre dans le petit pot, j'ai vaporisé de l'eau sur les feuilles poussiéreuses. La plante rempotée tombait déjà, prête à perdre la moitié de sa taille. Mais la tige était humide et flexible sous mes doigts. Robuste. Elle retrouverait sa force.

En août, la tente du *revival*[1] s'est installée à environ huit cents mètres de chez tante Ruth, de l'autre côté de White Horse Road. Certains soirs, pendant que Travis et Ruth bavardaient tranquillement, j'allais là-bas toute seule, je m'asseyais dehors et j'écoutais. Le prédicateur était du genre à donner de la voix. Il tempêtait et menaçait, et on avait l'impression qu'il n'allait jamais en arriver à la prière. J'étais assise dans l'obscurité et j'essayais de ne penser à rien, surtout pas à papa Glen, à maman ni au fait que je commençais à me sentir bannie. Je me répétais que c'était mon oncle Earle que je voyais quand je regardais les hommes qui se tenaient debout, près de la

---

1. Assemblée religieuse caractérisée par de véhémentes prédications et destinée à susciter de nouvelles professions de foi et des confessions publiques. *(N.d.T.)*

route, et se passaient une bouteille dans un sac en papier, des hommes bruns, aux visages ravagés, taillés à coups de serpe. Est-ce que c'était la haine ou le chagrin qui leur donnait cet air, ce cou aussi raide et ces yeux aussi froids ?

Est-ce que j'avais cet air-là ?

Est-ce que j'aurais cet air-là quand je serais grande ?

Je me rappelais que tante Alma avait un jour posé ses grandes mains sur mes tempes et m'avait tourné le visage vers la lumière en disant :

— C'est pas plus mal que tu sois dégourdie, parce que tu seras jamais une beauté.

Au moins, je n'étais pas aussi affreuse que notre cousine Mary-May, avais-je dit à Reese, avant de me sentir immédiatement honteuse. Mary-May était réputée pour sa laideur dans tout le comté de Greenville. Elle avait le visage large, plat, le nez crochu, les yeux minuscules, presque pas de cheveux, et trois dents à peine dans la bouche. Elle avait cependant bon caractère et se proposait toujours pour jouer la sorcière dans la Maison des Horreurs de l'Armée du Salut, pour Halloween. Son visage n'avait pas enlaidi son âme. Si je continuais à m'inquiéter de ne pas être belle, je me gâcherais probablement le caractère. Maman disait toujours qu'on pouvait déchiffrer l'âme sur un visage, qu'on pouvait y lire la méchanceté et le manque de charité. Avec toute la méchanceté que j'essayais de cacher, je m'étonnais de ne pas être plus affreuse qu'un crapaud dans sa vase.

Les gens ont commencé à chanter. Je me suis penchée en avant, j'ai entouré mes genoux de mes bras et j'ai fredonné. Les *revivals* sont marrants. Les gens débordent d'enthousiasme, mais ils oublient parfois quel hymne ils sont en train de chanter. Je souriais en entendant un chant inintelligible, tout en observant les hommes, près de la route, qui se bourraient les côtes et juraient d'une manière amicale.

Espèce de bâtard!
Fils de garce!

Le prédicateur a dit quelque chose que je n'ai pas compris. Il y a eu un moment de silence, puis une pure voix de ténor s'est élevée dans le ciel nocturne. La salive a tourné à l'aigre dans ma bouche. Ils avaient un vrai chanteur, là-dedans, un vrai chœur de gospel[1].

Swing low, sweet chariot... coming for to carry me home... swing low, sweet chariot... coming for to carry me home.

La nuit semblait tout envelopper autour de moi comme une couverture. J'avais l'impression que mes entrailles avaient fondu et je sentais le goût du vent dans ma bouche. La douce musique de gospel se déversait en moi par la voix éclatante d'un jeune garçon et faisait gonfler dans mon cœur toute ma méchanceté, toute ma jalousie et ma haine. Je revoyais les doigts de tante Ruth, qui s'agitaient devant sa figure avec la légèreté de pattes d'oiseau, je revoyais les joues rouges et les cheveux bruns, plats d'oncle Earle, tandis qu'ils criaient tous les deux sur la véranda, je revoyais les traits tirés, inquiets de maman, et les yeux froids, furieux de papa Glen. Le monde était trop grand pour moi, la musique trop puissante. Je savais, je savais que j'étais la personne la plus dégoûtante de la terre. Je ne méritais pas de vivre un jour de plus. Je me suis mise à hoqueter et à pleurer.

— Pardon, Jésus. Pardon.

Comment pouvais-je vivre avec moi-même? Comment Dieu pouvait-il me supporter? Est-ce que c'était pour ça que Jésus ne parlait pas à mon cœur? La musique me submergeait... *Softly and tenderly, Jesus is calling.* La musique était une rivière qui essayait de me

---

1. *Gospel*, qui signifie Évangile, est entendu ici au sens de musique religieuse blanche dont le style est plus proche de la *country music* que des *negro spirituals. (N.d.T.)*

purifier. Je sanglotais et enfonçais les talons dans la terre, soûle de chagrin et de cette voix pure, pure, qui s'élevait au-dessus du chœur. Tante Alma jurait que tous les chanteurs de gospel étaient des ivrognes, mais, à ce moment-là, ça m'était égal. Que ce soit du whisky dans les coulisses, ou des baisers profonds échangés dans les loges, tout ce qui provoquait ce courant était nécessaire, était parfait. Je me suis essuyé les yeux et j'ai juré tout haut. Je voulais hurler : donnez une autre bouteille à ce garçon. Trouvez à cette fille un mari assidu. Mais nom de Dieu, qu'ils continuent à chanter cette musique. Seigneur, faites que je me soûle de cette musique !

Je me suis balancée d'avant en arrière, labourant la terre rouge de mes talons, mes poings sur le ventre, fredonnant jusqu'à la nuit tombée, à la lueur de la tente. J'ai pleuré jusqu'à en être vidée, et puis j'ai ri. J'ai renversé la tête en arrière et j'ai ri à en avoir la voix rauque, jusqu'à ce que le brouillard humide tombe sur les lumières du *revival*. Si tante Ruth était venue me trouver à ce moment-là, je lui aurais demandé pardon pour tout — parce que je vivais et ne l'aimais pas assez pour la sauver du cancer qui la dévorait vivante. Je ne savais plus pour quoi encore. Pour quelque chose, sûrement, il devait bien y avoir quelque chose à me faire pardonner, le fait d'être jeune, en bonne santé et assise là, gorgée de musique. Voilà ce que le gospel devait réussir à faire — vous obliger à vous haïr et à vous aimer en même temps, vous apporter la honte et la gloire. Avec moi, ça marchait. Ça marchait parfaitement.

10

Si la tente du gospel avait été une révélation, la
« *Sunrise Gospel Hour* » est devenue une obsession.
Tous les matins, avant que tante Ruth et oncle Travis se
lèvent, j'allais m'asseoir tout près de la radio, dans leur
salon, pour écouter cette émission. Dans la tranquillité
de l'aube, je me collais au haut-parleur et m'exerçais à
mon ambition secrète, mettant mes mains en coupe sur
mon menton et renversant la tête en arrière pour chantonner tout bas, afin que personne ne puisse m'entendre.
Je fredonnais tranquillement, j'accompagnais tout ce qui
passait, pas seulement l'émission de gospel, mais aussi
les tubes country qui suivaient — Marty Robbins, Kitty
Wells, Johnny Cash, Ruth Brown, Stonewall Jackson,
June Carter, Johnny Horton. Je chantais tellement doucement que j'entendais à peine le son de ma voix, mais,
dans mon imagination, mon chant s'élevait, fort et beau.
Tante Ruth souriait toujours quand elle me voyait la
tête collée au poste de radio.
— Mets plus fort, me disait-elle. T'es pas la seule à
avoir envie d'un peu d'musique.
Parfois, elle allait jusqu'à fredonner elle aussi. Un
week-end, elle a demandé à Earle d'apporter son tourne-
disque et nous avons passé deux jours à écouter ses
chansons préférées. Il se trouvait que tante Ruth possé-

dait une série de disques dans un carton, sous son lit —
un album original de la Carter Family, Patsy Montana
qui chantait *I Want to Be a Cowboy's Sweetheart*, le
Clinch Mountain Clan dans *Are You Walking and a-Tal-
king for the Lord* de Hank Williams, *Wabash Cannonball*, de Roy Acuff, et Roy Acuff dans *The Wreck on the
Highway*. Son trésor, c'était un disque d'Al Dexter et
des Troopers, qui chantaient *Pistol Packing Mama*.
Chaque fois que le refrain arrivait, tante Ruth martelait
le canapé et chantait elle aussi en me faisant signe de
l'accompagner. Nous hurlions « *Pistol packing mama,
lay that pistol down* », tant et si bien que nous chassions
oncle Travis qui allait s'asseoir sur le pare-chocs de sa
voiture avec une bouteille de Jack Daniel's.

Une fois, alors qu'il entrait prendre un morceau de
fromage pour casser la croûte, il s'est arrêté au milieu de
la pièce et s'est mis à ronchonner.

— Vous faites peur aux chiens. Arrêtez un peu !

— Laisse-nous tranquilles, le vieux ! a rétorqué tante
Ruth, le visage rose et heureux. L'esprit est descendu
sur nous.

— Mais vous chantez horriblement mal, nous a-t-il
dit tristement. Vous ne savez vraiment pas chanter.

— Oh ! merde, Travis, on le sait bien.

Tante Ruth avait l'air trop contente d'elle pour se
vexer mais moi, j'étais choquée. Je m'étais dit que nous
nous en sortions plutôt bien.

— On le sait et on s'en fiche. Ça nous amuse rudement. Pourquoi tu veux pas chanter avec nous ? Viens
donc, Bone, mets celui qu'Earle nous a prêté. Tu aimes
Stonewall Jackson, hein, Travis ?

— Oh non ! Tu vas pas m'embringuer là-dedans.
J'suis pas un idiot pour chanter comme ça.

Il est sorti à reculons, on aurait dit qu'il avait peur
que quelque chose lui saute dessus. J'ai haussé les
épaules et j'ai passé la chanson de Jackson. Si je bais-

sais la tête à fond, je pouvais presque imiter le son grave et triste de Stonewall. Ma voix était aussi éraillée et sombre que la sienne, comme un homme qui chante au fond d'une mine de charbon.

Tante Ruth a accueilli ma tentative avec un air rayonnant et a failli s'étrangler de rire.

— Oh! mon Dieu, Bone! Bon Dieu, tu es vraiment quelqu'un! J'en peux plus!

Elle s'est laissée retomber faiblement, les doigts s'agitant toujours en rythme.

— Seigneur Dieu, tu es vraiment quelqu'un. Ça oui. Seigneur Dieu, passe-la-moi encore une fois.

Le dernier week-end avant la rentrée des classes, maman m'a dit que je devais revenir à la maison et laisser tante Ruth aux soins de sa fille Deedee. Deedee n'avait pas accepté de venir avant que Travis lui promette de régler une partie des traites sur la conduite intérieure Chevrolet qu'elle s'était achetée à crédit. Elle a retardé son arrivée jusqu'à la veille de mon départ et s'est montrée irritable, se plaignant d'être obligée de revenir à la maison. À la voir, on aurait pu croire que la maladie de sa mère était la croix qu'elle devait porter. J'étais horrifiée.

— Elle peut mourir n'importe quand, lui ai-je dit le lendemain matin. Tu penses jamais à ça?

Nous nous trouvions sur la véranda de tante Ruth, en train d'attendre que maman vienne me chercher. Deedee était assise dans le rocking-chair et je m'appuyais à la balustrade. Deedee s'est contentée de minauder, a allumé une nouvelle Chesterfield, des cigarettes que tante Ruth détestait, et a lancé dans ma direction l'allumette consumée.

— Elle va pas mourir, pas encore, en tout cas, pas avant que je sois folle d'ennui et prête à la tuer de mes propres mains. Tu peux pas imaginer, tête de bois. Tu peux pas imaginer depuis combien de temps maman se traîne. Toute ma vie, il a fallu que je passe derrière elle et derrière mes frères, qui étaient trop paresseux pour se bouger le cul. Les gens pleurnichent tout le temps en disant que c'est une tragédie, maman si malade, là, sur le point de mourir. Et comment ! je leur dis. D'abord, c'étaient des problèmes de bonne femme, elle pouvait pas lever le petit doigt, après c'étaient les poumons, et personne devait fumer dans la maison. J'ai jamais pu écouter la radio ni faire de bruit le soir pour qu'elle puisse se reposer. Jamais de petits amis qui passaient me chercher et klaxonnaient pour me prévenir. Pas de nouvelles robes parce que ses médicaments coûtaient cher. Rien qu'une respiration sifflante, des gémissements et des ordres que je devais exécuter.

Le visage de Deedee était odieux, ses yeux durs et perçants. Elle a tendu la main, m'a agrippé l'avant-bras et m'a obligée à me pencher vers elle.

— Tu sais pas c'que c'est, Bone. Commencer à s'en sortir toute seule et puis être forcée de revenir à la maison. Attends quelques années, trouve-toi un amoureux, un boulot qui te rapporte de l'argent juste pour toi, des trucs que tu aimes faire et que ta mère qualifie de bêtises ou de péchés, et tu verras.

Elle m'a lâché le bras et, d'un coup de pied, a mis le rocking-chair en mouvement.

— Merde, presque tout ce que j'aime en ce monde est une bêtise ou un péché. Deedee, la stupide pécheresse, voilà comment on m'appelle. Qu'ils aillent se faire voir, je m'en fiche. J'ai ma voiture, mes projets, et quand cette voiture sera payée, tu peux parier n'importe quoi que je serai repartie. La prochaine fois que je filerai d'ici, le diable lui-même n'arrivera pas à me faire revenir.

Mes cheveux se sont hérissés sur ma nuque. Je ne savais pas quoi dire, quoi penser. Earle avait fini de repeindre la véranda le week-end précédent et, maintenant, les planches blanches luisaient au soleil, réfléchissant la lumière de midi dans les yeux sombres de Deedee. Je revoyais Earle appuyé à la balustrade, secouant la tête et, d'une voix rauque et triste, se plaignant qu'il ne comprenait pas comment les choses pouvaient autant foirer. Les choses les plus simples, apparemment. J'ai descendu les marches et je me suis accroupie sur la dernière, les mains jointes sur les genoux, comme si je priais. À entendre Deedee, on avait l'impression qu'elle détestait sa mère, qu'elle voulait sa mort. Je ne pouvais pas comprendre ça, je ne supportais pas d'y réfléchir. Je surveillais l'arrivée de la voiture de maman et, dans ma tête, je chantais sans cesse « *Sun's gonna shine, sun's gonna shine, in my back door, someday*[1] ». La chanson était prière, la prière était chanson. Qu'est-ce que je pouvais chanter qui serait capable de toucher le cœur de Deedee ou le mien, de nous réconforter l'une et l'autre ?

Tous les après-midi, après l'école, j'étais censée aller chez tante Alma avec Reese, mais à la place, je me suis mise à fréquenter le *West Greenville Café*, sur la route d'Eustis. Le juke-box avait des vieilles chansons et des nouvelles — Loretta Lynn, Teresa Brewer, Patsy Cline et Kitty Wells, la préférée de maman. Les camionneurs aimaient cette musique autant que moi. Je m'asseyais dehors, sous les fenêtres du café, et je fredonnais en même temps que ces voix féminines nasillardes, en m'imaginant que c'était moi qui sortais ces notes brutes et désespérées. Tout le monde savait que les vedettes de l'Opry[2] avaient débuté comme chanteuses de gospel.

1. Le soleil va briller, le soleil va briller, à ma porte de derrière, un jour, *Trouble in Mind. (N.d.T.)*
2. Spectacle le plus célèbre de *country music. (N.d.T.)*

Toutes ces femmes qui parlaient de leurs types infidèles avaient d'abord chanté l'amour infaillible de Dieu. À moitié endormie au soleil, rassurée par l'odeur familière de la graisse en train de frire, je faisais des promesses à Dieu. Si seulement Il me laissait être chanteuse ! Je savais que je me mettrais probablement au whisky et au rock'n'roll, comme elles le faisaient toutes, mais pas avant plusieurs années, je le promettais. Pas avant des années, Seigneur. Pas avant d'avoir glorifié Son nom et acheté à maman une Cadillac jaune et une maison sur Old Henderson Road.

Plus que tout au monde, ai-je décidé, je voulais être une de ces petites filles en gilet blanc à franges, avec des croix brodées d'or et d'argent — celles qui chantaient dans les *revivals* et enregistraient des émissions de télévision qui passaient tôt le matin. Je voulais que les vieilles dames à cheveux gris pleurent en voyant mes joues roses. Je voulais que les gens gémissent en entendant le frisson dans ma voix quand je chanterais le miracle qui était survenu dans ma vie. Je voulais un miracle dans ma vie. Je voulais chanter et être aimée par le monde entier.

Jésus, fais de moi une chanteuse de gospel, priais-je pendant que Teresa évoquait ce qui pouvait être Dieu, mais pouvait tout aussi bien être un homme aux yeux noirs. Jésus devait néanmoins être occupé avec Teresa parce que ma voix devenait aiguë et stridente chaque fois que j'étais surexcitée, éraillée et enrouée si j'essayais de chanter plus bas. Le prédicateur de l'église baptiste de Bushy Creek ne voulait même pas me laisser approcher du chœur pour tourner les pages du recueil d'hymnes et, sans une voix comparable à celle de Teresa ou de June Carter, je ne pouvais pas chanter du gospel. Je pouvais seulement l'écouter et voir pleurer les dames à cheveux gris. C'était une injustice que j'étais incapable de comprendre ou de pardonner. Il devait bien y avoir un moyen de développer ma voix, de chanter comme je rêvais de pouvoir le faire. Je priais, m'exerçais et m'obstinais à espérer.

En allant en voiture de Greenville à la laiterie Sunshine, sur la route 85 qui passait devant le magasin Sears, Roebuck, la base aérienne, les collines et les vallons de verdure et de terre rouge — un trajet que nous faisions presque tous les quinze jours maintenant que papa Glen travaillait pour son père —, nous nous mettions parfois à chanter comme une famille qui s'en va sur les routes pour chanter du gospel. *While I was sleeping somebody touched me, while I was sleeping, Oh! Somebody touched me... musta been the hand of the Lord*[1]...

Notre chant, clamé à pleins poumons, emplissait la voiture et effarouchait les voitures qui passaient. Reese poussait des cris perçants, la voix de maman s'élevait comme si elle aussi rêvait d'être Teresa Brewer, et papa Glen glapissait des sons à terroriser les corbeaux. Tous trois s'en fichaient, et j'essayais de faire comme si je n'étais pas aussi mauvaise que ça. Je passais la tête par la vitre et beuglais tout ce que je savais. Le vent m'emplissait la bouche et son rugissement voilait le fait que je chantais aussi mal qu'eux.

Une fois, j'étais tellement transportée par l'émotion qu'arrivée à la maison je me suis mise à chanter dans le ventilateur électrique. Ça faisait bourdonner ma voix et lui ajoutait les *glissandi* d'une guitare *slide,* un effet que j'aimais tout particulièrement. Maman s'est plainte que ça lui donnait mal à la tête et que ça me ferait mal aux oreilles si je continuais.

— Qu'est-ce qu'elle fabrique, nom de Dieu ?

---

1. Pendant que je dormais, quelqu'un m'a effleuré, pendant que je dormais, oh ! quelqu'un m'a effleuré... ça devait être la main du Seigneur. *(N.d.T.)*

À entendre papa Glen, on aurait pu croire que je chantais uniquement pour le mettre en colère.

— Elle essaie d'arracher la peinture aux murs ou juste de faire tourner le lait ?

Il a tendu le bras par-dessus le ventilateur pour m'attraper d'une de ses grandes mains.

— Glen !

La voix de maman avait beau être douce, elle l'a arrêté. Quand il a regardé maman, on aurait dit qu'elle venait de lui planter une aiguille dans le cœur.

— Tu devrais pas l'encourager, lui a-t-il dit. Elle va se mettre dans la tête qu'elle peut faire toutes les conneries qu'elle veut et après, comment on fera ? Merde, elle se balade déjà dans la région tous les après-midi !

Maman a passé le bras autour de la taille de papa Glen.

— Je sais que tu t'inquiètes, mais fais-moi confiance, chéri. Je sais à tout instant où se trouve Bone. J'veux surtout pas qu'il arrive quoi que ce soit à ma petite fille.

Papa Glen s'est détendu sous les doigts de maman et il a presque souri.

— Bone, va chercher du thé glacé à ton papa, m'a-t-elle demandé. Et rajoute un peu de sucre, comme il aime.

Je suis allée chercher du thé, puis un gant de toilette pour que maman puisse rafraîchir la nuque de papa Glen tandis qu'ils étaient assis l'un à côté de l'autre. Pendant tout ce temps, maman ne m'a pas jeté un seul regard mais papa Glen, lui, l'a fait. Ses yeux glissaient sur moi comme si j'étais une nouvelle créature, quelque chose qu'il ne savait pas encore comment dompter. Il y avait longtemps qu'il ne m'avait pas coincée toute seule et, parfois, je pouvais presque arriver à me convaincre qu'il ne m'avait jamais tenue tout contre ses hanches, n'avait jamais fourré les mains dans mes vêtements. Je faisais comme si tout ça n'avait été qu'un cauchemar qui ne se reproduirait jamais plus, mais j'évitais de rester près de lui.

Je me suis sauvée avant que papa Glen me demande autre chose et j'ai emporté le ventilateur sur la véranda de derrière. J'ai chanté le plus doucement possible, fredonnant dans le moteur, songeant que les chanteurs de gospel étaient constamment sur les routes. Même si je ne parvenais pas à être une star, je pourrais me retrouver dans le chœur d'une « famille » — nous aurions tous les mêmes tuniques bleu électrique à franges, brodées d'argent, nous nous déplacerions dans un grand autocar et téléphonerions chez nous de différentes villes. Mais ce serait mieux d'être soliste et tout le temps sollicitée. Il fallait seulement que j'aie la chance de tourner mes yeux noirs expressifs vers une tente pleine de croyants, pour chanter un petit air de ma voix mélancolique. Je savais que je pourrais les obliger à m'aimer. Il y avait sans doute un secret pour y parvenir, mais je le découvrirais. Si les chanteurs de gospel arrivaient à me faire de l'effet, je trouverais le moyen d'en faire au monde entier.

— En voilà, un tas d'foutaises et d'compote de pomme !

Mamie a eu un rire cruel quand j'ai fini par lui raconter que je regardais à la télévision l'émission matinale de gospel et que je voulais ressembler aux chanteurs.

— Tu plaisantes, Bone ! Tu sais pas chanter, ma fille. Tu sais pas chanter du tout.

— Pas encore, ai-je admis à contrecœur. Mais je m'exerce. Je vais m'améliorer. Et puis, tu te rends compte, mamie ? Tu te rends compte comment ça pourrait être ?

— Oh ! je sais.

L'expression de mamie s'est faite douce, sa voix prudente.

— Je connais le pouvoir des chanteurs de gospel. Certaines chrétiennes sont prêtes à croire n'importe quoi pour l'amour d'un chanteur de gospel. N'importe quoi.

J'adorais la façon dont elle disait ça. Quand mamie prononçait « chrétiennes », ça donnait l'impression d'un crachat frais, pur, précieux et profondément satisfaisant par une matinée sèche et poussiéreuse.

— N'importe quoi ! ai-je répété.

Elle m'a fait son sourire en coin, édenté. Nous étions assises tout près l'une de l'autre, dans les fauteuils de jardin de maman, derrière la maison. Mamie se plaignait toujours du fait que maman n'habitait pas des endroits où il y avait des vérandas et des rocking-chairs, mais elle aimait bien ses fauteuils inclinables. Elle a alors tendu la main, l'a posée sur ma nuque, a appuyé et s'est mise à rire.

— Y a des fois où tu ressembles à ton grand-père, m'a-t-elle dit avant de me pincer et de se remettre à rire. Ce bâtard était plus mauvais qu'un serpent, mais il avait ses façons à lui. Et comment que j'les aimais, ses façons ! Seigneur Dieu !

Elle s'est penchée en arrière et a fait rouler sa chique dans sa bouche.

— Ce type avait seulement deux défauts que j'pouvais pas supporter. Il aurait pas travaillé, même s'il y était allé de sa vie, et il pouvait pas s'tenir à distance des chanteurs de gospel. Il était toujours derrière les tentes de *revival* et leur offrait l'meilleur whisky maison de tout l'comté de Greenville. Et après, il m'apportait c'qui restait au fond du tonneau. Quel bâtard !

Elle s'est raidie et a regardé par-dessus son épaule, redoutant que maman puisse nous écouter. Maman ne permettait à personne d'utiliser ce mot chez elle.

— Bon, merde !

Elle a craché sur le côté.

— T'as un peu d'ça, toi aussi, hein ? Un peu d'cette bêtise, d'cette connerie d'*revival* ?

— Ma cousine Temple dit que tu es une païenne.

— Oh! Temple dit ça, hein? Temple est vraiment une fichue imbécile.

J'ai gardé le silence. Mamie s'est essuyé le menton.

— Va pas raconter à ta mère tout c'que t'entends.

— Non, j'le ferai pas.

— Et prends pas toute cette histoire de gospel au sérieux. C'est bien pour se nettoyer d'temps en temps, mais faut pas prendre ça au sérieux. C'est comme le mauvais whisky. Ça descend vite et ça vous rend patraque.

Elle s'est de nouveau essuyé le menton et a soupiré, comme elle s'était mise à le faire souvent ces derniers temps. Je détestais ces soupirs. Je la préférais quand elle était méchante. Quand elle commençait à soupirer, elle pouvait très bien se mettre à pleurer. Et alors, son visage se ratatinait d'une manière qui m'effrayait.

— J'suis pas une imbécile.

Je me suis balancée d'avant en arrière dans mon fauteuil en me donnant de l'élan avec mes pieds nus. Le visage de mamie s'est crispé nerveusement et j'ai vu la lueur revenir dans ses yeux.

— Tu sais c'que ta mère pense de ce mot.

C'était vrai. Maman m'avait grondé, ce qui lui arrivait rarement, pour avoir traité Reese d'imbécile. Elle détestait presque autant ce mot que « bâtard ».

— J'suis pas une imbécile et j'suis pas une bâtarde.

J'ai continué à me balancer en dévisageant mamie. Elle s'est mise à rire et a jeté un regard nerveux par-dessus son épaule.

— Oh! tu vas faire mourir ta mère, et alors, j'serai bien malheureuse!

Elle n'avait pas l'air malheureuse. Elle avait l'air d'aller beaucoup mieux. J'ai répété:

— J'suis pas une imbécile et j'suis pas une bâtarde.

Mamie s'est tellement esclaffée qu'elle s'est étouffée avec sa chique.

— T'es les deux, et t'es aussi toquée d'cette musique que ton grand-père l'était.

On aurait dit qu'elle allait s'étrangler de rire.

— Et, nom de Dieu, il était les deux, lui aussi !

Au bout d'un moment, mon histoire de gospel a commencé à taper sur les nerfs de maman, mais tante Alma l'a rassurée.

— C'est insupportable, mais c'est normal, Anney, et tu l'sais bien. Toutes les filles de la famille se mettent à avoir d'la religion tôt ou tard.

Maman a approuvé d'un air distrait. Elle n'était pas sûre que ce soit aussi simple. Maman n'allait presque jamais à l'église, mais elle prenait Dieu et la plupart des questions religieuses rigoureusement au sérieux.

— Oh ! Anney est une chrétienne, a dit oncle Earle à tante Alma le lendemain du jour où maman l'avait jeté dehors pour avoir dégueulé de l'alcool sur sa table de cuisine. Mais elle me fatigue à être aussi butée tout l'temps. On pourrait croire qu'elle a jamais bu une gorgée de whisky et jamais couru après un beau mec de toute sa vie.

— On peut pas faire plus rigide, a renchéri ma cousine Deedee.

Elle était censée rester avec tante Ruth mais, apparemment, elle était plus souvent chez Alma ou chez Raylene que chez sa mère.

— Tu sais, Bone, ta mère est le genre de femme qui nous cause des problèmes à tous, pour commencer. Exactement comme ces histoires qu'on débite à l'école du dimanche et qui sont censées être une leçon pour tout le monde.

Elle m'a souri d'un air affecté.

— Ne demandez rien, croyez en Dieu. Faites le bien. Voilà. Et comme récompense, il commencera par vous envoyer des bâtards et de la rage. L'idée même de la femme chrétienne, avec son cou bien récuré, un cou de poulet affamé, maigre et raide, me fait horreur ! a juré Deedee.

— Elle se déteste, nous a dit maman quand Reese lui a répété les paroles de Deedee. Et j'crois pas que Dieu ait grand-chose à voir là-dedans.

Elle m'a lancé un de ces regards durs, presque effrayants, dont elle semblait avoir pris l'habitude cet été-là.

— On fait pas le bien parce qu'on craint Dieu ou qu'on aime Dieu. On fait le bien parce que sinon le monde n'a aucun sens.

Je n'acceptais plus comme parole d'Évangile tout ce qui sortait de la bouche de maman, mais je comprenais ce qu'elle voulait dire. Faire le bien n'avait rien à voir avec l'amour ou la bonté de Jésus, alors que la plupart des gens juraient que Jésus y était toujours pour quelque chose. Je savais que maman croyait assez fermement en Jésus, même si elle ne voulait pas en parler, et j'ai décrété qu'au fond de son cœur elle comprenait exactement ce que je faisais. Je m'en remettais au mystère du sang de Jésus, je lisais la Bible sur la table de la cuisine, après le dîner, et j'allais à l'office du mercredi soir pour les jeunes. Maman ne disait rien. Reese me mettait en boîte et papa Glen ricanait.

Tante Alma trouvait toute cette histoire amusante.

— Bon, au moins, elle recopie pas des passages de la Bible pour les cacher dans tes tiroirs comme Temple l'a fait chez moi. Laisse-la tranquille. Quand c'est arrivé à Temple, j'me suis un peu fichue d'elle et elle a failli m'arracher les yeux. Un peu plus et elle demandait au prédicateur de venir me parler — comme si j'étais pas une bonne baptiste —, juste parce que j'vois aucune raison d'aller à l'église tous les dimanches de ma vie.

— Mais tu devrais aller à l'église, ai-je dit à tante Alma sans vouloir en démordre.

Elle me rendait folle, avec sa façon de considérer que je n'étais pas sérieuse au sujet de ma foi.

— Tu devrais montrer ta foi et entraîner oncle Earle. Il a beaucoup d'estime pour toi et il t'écouterait si tu lui parlais.

— Si je me mettais à dire à Earle d'aller à l'église le dimanche matin et d'afficher notre foi, il croirait que j'ai perdu la tête.

Alma a ri et m'a pincé le menton.

— Vas-y pour nous, ma petite. À toi de montrer ta foi. Si le monde devait réellement finir demain, je préférerais que tu sois sauvée plutôt que tes pochards d'oncles. Et c'est même pas la peine de parler de Jésus à Earle. On peut pas lui parler de Dieu ni de religion.

J'ai considéré l'avertissement de tante Alma comme un défi et je me suis mise à entreprendre oncle Earle sur la foi et les bonnes œuvres. Je lui ai passé les gospels les plus larmoyants de la musique country et je lui ai répété les histoires de rédemption les plus dramatiques que j'avais trouvées dans les brochures distribuées par l'Association de Secours des Femmes Chrétiennes. Earle adorait tout ça, ma sincérité, les versets de la Bible et les menaces de perdition à peine voilées. Mais par-dessus tout, il aimait argumenter. Tandis que je m'efforçais de lui prouver que Dieu était amour et Jésus notre sauveur, il se mettait à démontrer que le monde était irrémédiablement corrompu.

— T'occupe pas des quatre-vingt-dix-neuf autres, parlons de la pauvre brebis égarée de ce comté, disait oncle Earle pour lancer la discussion.

Un petit verre de whisky et un grand verre de bière, et il était prêt à s'attaquer à la question de Jésus et n'évoquait plus aussi souvent Teresa, sa femme. Naturellement, il accusait Jésus de lui avoir fait perdre Teresa — Jésus qui avait créé les catholiques, les catholiques qui étaient très stricts sur la fornication et rendaient le divorce extrêmement difficile pour tout bon baptiste. Il était marrant avec les catholiques, il les maudissait pour lui compliquer autant la vie et, en même temps, il les admirait.

— Au moins, me disait-il, les catholiques sont intéressants, ils arrêtent pas de se lever et de s'asseoir à l'église, de psalmodier, ils ont des bancs tapissés de velours et du vrai vin coupé d'eau pour la communion. Et les baptistes, qu'est-ce qu'ils ont, eux, nom de Dieu ? Des communions au jus de raisin, des règles idiotes contre la danse et le cinéma, de la bigoterie à revendre, des prédicateurs imbéciles, en costumes chatoyants, et des paroissiens simples d'esprit ! Les baptistes pourraient en apprendre un bon bout chez les catholiques.

Parfois, au cours de son argumentation, oncle Earle mélangeait un peu Teresa, l'Église catholique et les chefs de la police locale. À condition d'avoir bu suffisamment de whisky, il commençait à évoquer la manière dont ils s'étaient tous unis pour lui gâcher la vie. S'il y avait un Dieu, avait décrété Earle, Il était avec Teresa, les catholiques et les chefs de la police. Mais il n'y avait pas de Dieu, me disait Earle, pas de Dieu et donc pas d'espoir du côté des églises. Il valait mieux apprendre à se débrouiller tout seul et à s'entraider, au lieu de courir prier pour ce qu'on n'allait jamais obtenir.

— J'ai renoncé aux églises — à toutes les églises — parce que j'ai vu ce qu'elles étaient, me disait-il. Regarde un peu ces peintures à l'huile multicolores sur les murs de toutes les écoles du dimanche, en Caroline du Sud. Jésus dans les montagnes. Jésus dans le désert. Jésus se détachant sur un ciel étoilé. Jésus avec la brebis égarée dans les bras. Jésus vous réclame, tous autant que vous êtes. Il gravit des montagnes, marche dans le sable brûlant, brave les vents de la nuit, cherche parmi la foule celui qui s'est perdu. Et tu n'es jamais aussi précieux que quand tu te trouves hors du bercail, quand tu es celui que Dieu veut sauver. Oh ! comme si j'le savais pas ! Comme si j'le savais pas !

« Ils vous veulent, ça oui. Jusqu'au moment où ils vous ont. Y a rien d'plus inutile en ce bas monde qu'un imbécile pratiquant qui bosse dur. C'est pas vous qui avez d'la religion. C'est la religion qui vous a et qui finit par vous presser comme un citron. Elle vous empêche de boire une goutte de whisky. Elle vous empêche de faire sourire et rigoler des filles au gros cul. Elle vous laisse rien faire du tout sauf travailler pour c'que vous aurez dans l'au-delà. Moi, je vis dans l'ici et maintenant et j'ai besoin de ma grasse matinée le dimanche matin. Mais j'vais te dire une chose, Bone, ça me fait bien plaisir qu'ils me veuillent tous, les catholiques, les baptistes, l'Église des dieux, les méthodistes et les adventistes du septième jour. Tous autant qu'ils sont, ils sont prêts à se jeter sur ma couenne blanche crasseuse, sur ma malheureuse âme humaine. Merde ! Aucun d'eux ne donnerait deux gouttes de pisse pour moi si j'faisais déjà partie de leurs congrégations à fesses molles.

Oncle Earle buvait et repoussait en arrière ses cheveux noirs luisants. Plus il buvait, plus il parlait. Plus il parlait et plus, d'une manière perverse, je voulais en entendre. Pourtant, chaque mot qui sortait de sa bouche était un blasphème. Ce que j'aimais vraiment, c'était quand il parlait de Jésus. Il en parlait d'une façon que je comprenais, même quand je perdais le fil de son discours. Il parlait de Jésus comme quelqu'un qui est affamé, mais qui est trop têtu pour s'asseoir à la table du repas étalé devant lui. Earle parlait le langage du gospel, avec ses rythmes et son intensité. Dans son articulation traînante, j'entendais la même chose que dans la musique — le désespoir qui gonflait les voix brutes, rauques des hommes au visage rougeaud, les gémissements des femmes pâles, en sueur, au fond de l'église.

« Seigneur, Seigneur ! » Ils gémissaient, attendaient, attendaient et priaient pour « être lavés, *Seigneur Jésus* ! lavés dans le sang de l'Agneau ! ». La faim, la concupiscence et l'aspiration étaient palpables. Je comprenais mieux cette faim que n'importe quoi ; pourtant, j'aurais été incapable de dire si ce que je désirais vraiment, c'était Dieu, l'amour ou l'absolution. Le salut, c'était compliqué.

J'ai posé la main sur l'avant-bras d'Earle et, avec une sensation de vertige, j'ai constaté à quel point sa peau était tendue et chaude, comme si chaque muscle de son corps repoussait Dieu. Si je n'avais pas été aussi certaine qu'il ne pouvait s'attendre qu'aux tourments de l'enfer et à la damnation, j'aurais mis un point d'honneur à réfléchir au défi qu'Earle représentait pour la patience de Dieu. Je me contentais donc de me dire que ce serait merveilleux quand il entendrait finalement Dieu parler par ma voix et sentirait Jésus arriver dans sa vie.

Je faisais tout ce que je pouvais pour arracher mes pauvres oncles à leurs agissements païens, mais quand j'ai essayé de les convaincre d'aller aux offices du dimanche, Earle s'est tout simplement moqué de moi, Nevil a grogné et oncle Beau a réussi à avoir un accès de toux.

— Fichues bonnes femmes avec leurs fichues manies d'aller à l'église ! a beuglé oncle Beau à mamie, comme si c'était elle qui m'avait poussée à le leur demander. Un homme a pas besoin d'avoir Dieu collé au cul pour savoir c'qu'il doit faire ! Un homme a pas besoin d'une femme qui l'sermonne tout l'temps !

— Arrête de jurer comme ça, lui a dit mamie d'une voix plutôt douce. T'es l'plus grand imbécile du comté de Greenville, et c'est pas les femmes qui t'ont fait c'que tu es. Depuis ta naissance, tu cherches à rendre quelqu'un responsable de ta vie.

Elle a craché sa chique et m'a dit de sortir de la maison pour aller profiter du soleil.

Je n'ai pas discuté. Si je me braquais, elle m'obligeait immanquablement à lui pincer la chair de la jambe au moment où elle devait se faire sa piqûre d'insuline. Elle me le demandait toujours quand elle était furieuse contre moi, ce qui était une raison amplement suffisante pour que j'évite de la mettre en colère.

En passant la porte, j'ai entendu mamie dire à oncle Beau :

— Si Dieu vivait dans une bouteille de whisky, Il t'aurait déjà rempli l'cœur depuis longtemps. Mais c'est pas l'cas, et tu seras jamais racheté, alors garde ta méchanceté pour toi.

Oncle Earle a travaillé à la construction d'un abri pour une voiture et, avec une partie de l'argent gagné, il a acheté à maman un petit électrophone et quatre disques.

— C'est juste un p'tit cadeau, lui a-t-il dit en sauçant du jus avec un biscuit préparé par maman. J'ai même acheté quelques-unes de ces vieilles chansons de June Carter que tu aimes tant. C'est laquelle, déjà, celle qui est rigolote ? *Nickelodeon*, hein ?

Il sauçait et descendait du thé sucré comme si c'était du whisky. Maman disait qu'il avait déjà mangé tant de ses biscuits qu'il était devenu un de ses enfants.

— Un homme appartient à la femme qui le nourrit.

— En voilà, d'la foutaise, répétait tante Alma. C'est le contraire, et tu le sais bien. C'est la femme qui appartient à ceux qu'elle nourrit.

— Peut-être. Peut-être.

Parmi ces quatre disques, il n'y en avait qu'un que maman aimait et bon sang ! elle l'a presque usé. Il s'appelait *The Sign on the Highway*, et, au bout d'un moment, je pouvais le chanter de mémoire. *The sign on the highway, the scene of the crash... the people pulled over to let the hearse pass... their bodies were found 'neath the signboard that read — Beer, Wine and Whiskey for sale just ahead*[1].

Ce qui me surprenait, c'était que maman, qui n'allait pas à l'église et ne prononçait jamais le nom de Jésus, réagissait exactement comme moi à cette musique. Elle pleurait chaque fois qu'elle l'entendait, mais avait tout le temps envie de l'écouter. C'était du gospel, bien sûr, une sorte de gospel. Maman la repassait sans arrêt et je venais m'asseoir à côté d'elle pendant qu'elle l'écoutait, elle un verre de thé dans une main, l'autre plaquée sur ses yeux, moi blottie aussi près d'elle qu'elle me le permettait, et nous pleurions tranquillement, puis nous nous souriions et remettions la chanson au début. Oncle Earle entrait et se moquait de nous.

— Regardez-les un peu, toutes les deux. Elles sont complètement folles. Regardez-moi ça. Pleurer à cause de gens qui sont jamais morts pour de vrai. C'est seulement une guitare *slide*, et y a des abrutis qui savent pas gagner leur vie autrement qu'en faisant les guignols devant des gens comme vous.

Il passait lourdement la contre-porte de la moustiquaire pendant que maman s'essuyait la figure et que je restais sans bouger. En s'éloignant, il donnait des coups de pied à chaque marche.

— J'vous jure que toute cette famille a d'la merde à la place d'la cervelle !

Comme je n'arrivais à rien pour sauver mes oncles, je me suis rabattue sur le seul capital dont je disposais —

1. La pancarte sur la route, la scène de l'accident... les gens se rangeaient pour laisser passer le corbillard... leurs corps ont été retrouvés sous la pancarte indiquant : Bière, Vin et Whisky en vente juste un peu plus loin. *(N.d.T.)*

mon âme. J'étais fascinée par l'idée du salut, pas seulement par le fait d'accueillir Jésus dans mon cœur mais
par l'âpreté de la lutte entre la rédemption et la damnation, entre le bien et le mal, la vie et la mort. Dieu et le
diable étaient les ultimes arbitres et tout le monde savait
quel était l'enjeu de la bataille. C'était exactement
comme l'avait dit oncle Earle : si vous n'étiez pas
sauvé, si vous n'étiez pas membre de la congrégation,
vous incarniez ce que les autres voyaient dans l'invoca-
tion, au début de l'office. Il y avait quelque chose de
troublant et d'ensorcelant à se dire qu'on faisait l'objet
de toute cette convoitise. C'était comme chanter du gospel à la télévision avec le public qui suivait chacune de
vos respirations. Je ne pouvais pas résister.

J'ai failli être rachetée près de quatorze fois — quatorze dimanches dans quatorze églises baptistes différentes. L'indécision, l'intensité larmoyante, la confu-
sion hébétée qui me gagnaient quand le prédicateur
tournait son regard vers moi n'étaient pas feintes. Il y
avait quelque chose dans son expression quand il
demandait à tous ceux qui ressentaient « l'appel » de
s'avancer, quelque chose dans la manière dont les
vieilles dames, devant, se retournaient pour balayer les
allées du regard. La musique s'élevait, le chœur enton-
nait *Softly and Tenderly, Jesus Is Calling*[1], fredonnant à
moitié, chantant à moitié, et le sang se mettait à me mar-
teler les tempes. Les larmes s'accumulaient au coin de
mes yeux et ma langue semblait enfler dans ma bouche.
Je voulais, oui, je voulais quelque chose — Jésus, ou
Dieu, ou l'odeur de fleur d'oranger ou une terreur brune
dans ma gorge. Quelque chose me faisait mal, souffrait
en moi. Je n'aurais pas su dire si c'était la musique, les
regards ou l'odeur de cire des planchers, mais tout se
combinait et m'attirait dans l'allée, jusqu'aux bancs de

---

1. Doucement et tendrement, Jésus appelle. *(N.d.T.)*

devant, où le prédicateur me posait la main sur la tête et une vieille dame obstinée s'avançait pour me tenir la main.

Une fois là, je pleurais en silence et ne bougeais plus en attendant que les autres descendent eux aussi l'allée. Ensuite, nous priions tous ensemble. Je n'aurais pas pu l'expliquer, mais ce n'était pas vraiment au baptême que j'aspirais, ni à l'accueil au sein de la congrégation, ni même à la concentration haletante du prédicateur. Ce qui m'attirait, c'était le moment où je me trouvais entre le salut et la damnation, avec le prédicateur et les vieilles dames qui tiraient physiquement sur ma pauvre âme ternie. J'avais envie que ce moment dure toujours, j'avais envie que le chœur continue à chanter cet air lent, tout bas. J'avais envie que l'église s'emplisse de tous ceux que je connaissais. J'avais envie que mon émotion signifie vraiment quelque chose et que ma vie en soit complètement transformée.

Quand la musique s'arrêtait et que le prédicateur suant s'asseyait avec son petit carnet pour me parler, mon visage se figeait et ma voix faiblissait jusqu'à n'être qu'un murmure de honte et de nervosité terrifiée. À chaque fois, ce moment était identique. L'odeur d'eau de Javel neutralisait la fleur d'oranger et toutes les vieilles dames qui m'étreignaient collaient une croûte de leur maquillage plâtreux sur mes bras nus. Je commençais à avoir envie de rendre et je devais me précipiter au sous-sol, dans les toilettes des filles, pour me laver la figure. Je me fixais alors dans la glace et je comprenais que je n'étais pas prête. Ce n'était pas comme ça que ça aurait dû se passer. La magie qui, je le savais, était censée me submerger avec le sang de Jésus était absente, ce moment devenait froid et vide. Je ressortais au soleil en trébuchant, me sentant coupable, toujours pas rachetée et, le dimanche suivant, j'allais dans une autre église.

Je commençais à me dire que j'allais essayer l'Église

de Dieu ou la Sainte Église des disciples de Jésus quand maman a compris ce que je trafiquais. Elle m'a emmenée à l'église de tante Ruth, à Bushy Creek, et m'a fait baptiser sous un tableau de Jésus devant le Jourdain. Quand ma tête s'est enfoncée sous l'eau, ma gorge s'est fermée et mes oreilles sont devenues sourdes. Entre l'eau trouble qui tachait ma robe et mes yeux bien fermés, je ne pouvais pas entendre le chœur ni sentir la poigne du prédicateur qui me meurtrissait. Quelque enchantement qu'ait promis la grâce de Jésus, je ne le ressentais pas. J'ai poussé pour refaire surface, hors de cette eau sale, j'ai frissonné, j'ai eu une suée et j'ai senti la fièvre monter.

J'ai éternué et toussé pendant une bonne semaine, je suis restée tout alanguie dans mon lit, à écouter toutes les chansons religieuses qui passaient à la radio. On aurait dit que je pleurais la perte de quelque chose que je n'avais en fait jamais eu. Je chantais avec la musique et priais de toutes mes forces. Il devait bien y avoir quelque chose de plus que le sang de Jésus et la musique country, quelque chose de plus à espérer. Je me suis mordu la lèvre et replongée dans les écrits de Jean, réconfortée par l'espoir de l'apocalypse, le châtiment que Dieu inflige aux méchants. J'aimais les Révélations, j'aimais la prostituée de Babylone et les rivières de sang et de feu annoncées. Ça me frappait autant que le gospel, il y avait là des promesses de vengeance.

11

J'ai immédiatement reconnu Shannon Pearl le lundi de la rentrée des classes. Je l'avais vue avec sa famille devant la tente du *revival*. Son père engageait des chanteurs qui partaient en tournée et sa mère tenait la librairie chrétienne, un magasin d'articles religieux, au sud de la rue principale, où on pouvait acheter des bibles en cuir repoussé, des marque-pages sur lesquels figurait le 23e Psaume en bleu et en relief, des chauffe-plats représentant le sermon sur la montagne, Jésus et ce maudit agneau sur tout ce qu'on pouvait imaginer — housses de siège, nappes et même culottes en caoutchouc pour les couches de bébé.

Shannon est montée dans le bus deux arrêts après Reese et moi. Elle est passée avec une lenteur impassible devant une douzaine de garçons qui la huaient et une douzaine de filles qui, toutes rouges, se chuchotaient à l'oreille. Quand elle s'est avancée dans l'allée, j'ai vu tous les garçons glisser sur la banquette pour l'empêcher de s'asseoir à côté d'eux et toutes les filles avoir un mouvement de recul, comme si Shannon était contagieuse. Sur la banquette qui se trouvait devant nous, Danny Yarboro s'est penché dans l'allée et a commencé à feindre des vomissements.

— Ramasse-poux ! Ramasse-poux ! a beuglé quelqu'un au moment où le bus a démarré, alors que Shannon n'avait toujours pas trouvé de place.

J'ai regardé son visage — impassible, suffisant et têtu ; elle me faisait penser à moi, du moins à ce que j'en étais arrivée à penser de moi. La sueur traversait sa robe mais rien ne transparaissait sur sa figure, sauf dans ses yeux. Il y avait du feu dans ces yeux roses, un feu intense, contenu, violent que je reconnaissais. Avant de me rendre compte de ce que je faisais, je me suis retrouvée debout, en train de me pencher pour attraper Shannon par le bras. Sans un mot, je l'ai attirée vers notre rangée. Reese m'a dévisagée en se demandant si j'étais devenue folle, mais Shannon s'est installée et s'est mise à nettoyer ses lunettes aux verres aussi épais que des culs de bouteille, comme s'il ne s'était rien passé du tout.

J'ai lancé un regard noir à Danny Yarboro et à sa mâchoire pendante, l'obligeant à se retourner. Reese s'est fourré dans la bouche une mèche de ses cheveux blonds et plats et a fait semblant d'être assise toute seule. Lentement, les garçons installés à côté de nous ont tourné la tête et ont commencé à se parler tout bas. Il y a bien eu un « sale pouilleuse » sifflé dans ma direction, mais pas de hurlements. Personne ne savait exactement pourquoi je m'étais entichée de Shannon, mais Reese et moi allions de nouveau à l'école primaire de Greenville et, là, tout le monde nous connaissait, ma famille et moi — surtout mes cousins Grey et Garvey, qui étaient capables de vous envoyer dinguer contre un mur s'ils apprenaient que vous aviez insulté l'un des nôtres.

Shannon Pearl a passé cinq bonnes minutes à nettoyer ses lunettes, puis est restée muette pendant le reste du trajet jusqu'à l'école. Instinctivement, j'ai compris qu'elle ne dirait rien, feindrait même généreusement d'être tombée par hasard sur notre siège. J'étais assise à côté d'elle et j'observais les visages crispés de mes camarades de classe, qui ne cessaient de se retourner vers nous. La manière dont ils nous fixaient m'a fait oublier mes récentes promesses de me comporter en bonne chrétienne ; leur expression méprisante, furieuse m'a donné envie d'entamer une conversation avec Shannon pour tous les choquer. J'ai presque eu un grand sourire, nous imaginant Shannon et moi en train d'évoquer tous les ennemis que nous avions en commun pendant que la moitié du bus se serait tordu le cou pour entendre. Mais je n'ai pas pu m'y résoudre, je n'ai même pas trouvé ce que je pourrais lui dire. Le bus avait déjà traversé la voie ferrée, à l'angle sud de l'école, quand j'ai réussi à desserrer suffisamment les dents pour lui donner mon nom et celui de Reese.

Elle a fait un signe de tête neutre et a murmuré « Shannon Pearl » avant de retirer ses lunettes pour recommencer à les nettoyer depuis le début. Quand elle ne portait plus ses verres, elle fermait à demi les yeux et voûtait les épaules. Bien plus tard, je me rendrais compte qu'elle les nettoyait chaque fois qu'elle avait besoin d'un moment de tranquillité pour reprendre contenance ou, le plus souvent, pour mettre tout simplement de la distance entre elle et ce qui l'entourait. Sans lunettes, le monde devenait flou, estompé. En outre, à en juger par son comportement, Shannon n'entendait plus rien. Elle ne semblait pas du tout remarquer l'agitation ou les insultes lorsqu'elle était en train de nettoyer ses lunettes. C'était un truc précieux pour quelqu'un qui était en butte à tant de railleries.

Shannon mesurait quinze centimètres de moins que moi, elle avait la peau blanche, les cheveux blancs et les yeux rose pâle d'une albinos, même si sa mère affirmait qu'elle n'en était pas une.

— Mon ange adoré est seulement une enfant miraculée, déclarait Mme Pearl. Elle est née trop tôt, vous savez. D'ailleurs, elle était tellement frêle à la naissance que nous ne pensions jamais que le Seigneur nous la laisserait. Mais regardez-la maintenant. Dans ma petite Shannon, on peut vraiment voir la façon dont Dieu nous touche tous.

De fins vaisseaux bleus luisaient sur l'ivoire de son crâne. Des fils bleus sous du linge blanc, disait toujours sa mère. Parfois, Shannon me paraissait étrangement belle, comme elle l'était sûrement pour sa mère. Parfois, mais pas souvent. Pas souvent du tout. Chaque fois qu'elle en avait l'occasion, Mme Pearl faisait asseoir sa fille entre ses genoux et ronronnait, s'émerveillant de ses cheveux arachnéens et de sa peau pâle et bouffie.

— Mon petit ange ! chantonnait-elle, et mon estomac me remontait dans la gorge.

C'était une leçon sur le pouvoir de l'amour. Quand elle se retournait pour me regarder, assise entre les jambes de sa mère, Shannon avait l'air parfaitement monstrueuse, créature tapie, voûtée, dégoulinant de transpiration et d'autosatisfaction béate. Il devait y avoir quelque chose qui clochait chez moi, ça, j'en étais sûre, pour que Shannon m'inspire tantôt une crainte respectueuse, tantôt du dégoût. Quand elle était assise entre les jambes de sa mère ou mâchonnait les rubans de réglisse que lui offrait son père, je la détestais purement et simplement. Mais quand d'autres gens lui jetaient un regard méprisant ou quand les garçons de Lee Road l'appelaient « Z'yeux d'lard », j'éprouvais une affection violente et protectrice, sentant plus une sœur en elle qu'en Reese. J'avais l'impression de lui appartenir d'une manière bizarre, comme si son « affliction » me rendait profondément redevable à son égard. C'était un mystère, je suppose, un signe de cette grâce dont parlait toujours tante Maybelle. Magique.

Pour appliquer les principes de la charité chrétienne, je savais que j'aurais dû sourire à Shannon mais l'éviter, comme tout le monde. Ce n'était pas par charité chrétienne que je lui avais proposé une place dans le bus, que j'avais échangé avec elle ma photo de classe de cours moyen, que je m'asseyais à sa table de cuisine pendant que sa mère tentait une nouvelle expérience sur ses cheveux fragiles — « des œufs et de la farine de maïs, ça va marcher. Nous allons réussir à faire boucler ces cheveux, ma chérie, ou je ne m'appelle pas Roseanne Pearl » —, que je la suivais dans le magasin de Bushy Creek, au bord de la route, et partageais avec elle les *popsicles*[1] bleus qu'elle achetait. La fascination que je ressentais pour elle s'apparentait davantage à la nervosité qui m'obligeait à tripoter les croûtes que j'avais sur les chevilles. Aussi dégoûtant que ça puisse paraître, j'étais incapable de réprimer le besoin de gratter mes chevilles ou de rester à proximité de « cette enfant bizarre et affreuse », comme disait mamie.

D'autres personnes n'avaient pas de sentiments aussi mêlés au sujet de Shannon. En dehors de sa mère et de moi, personne ne pouvait la supporter. Des trésors de grâce divine n'auraient pas pu la rendre ne serait-ce que tout juste acceptable, et il paraît que des gens rendaient soudain leur déjeuner en voyant le reflet gluant de sa peau, le blanc bleuâtre de son crâne, qu'on apercevait à travers ses cheveux fins dépourvus de couleur, et ses yeux roses larmoyants, papillotant dans un mouvement de va-et-vient entre le flou et la mise au point.

— Seigneur ! Que cette enfant est vilaine !

— C'est une épreuve, Jésus m'est témoin, une épreuve pour ses pauvres parents !

— Ils ne devraient pas la laisser sortir de la maison.

— Allons, chérie ! Voilà qui ne te ressemble pas. N'oublie pas que le Seigneur aime les cœurs charitables.

— Ça m'est bien égal. Le Seigneur n'a jamais voulu

1. Marque de bâtonnets glacés. *(N.d.T.)*

que j'aie des nausées en plein milieu de l'office du dimanche. Cette enfant porte un coup à la digestion.

Dans mon esprit, puisqu'elle était aussi affreuse au premier regard, on pouvait raisonnablement s'attendre à ce que Shannon se révèle une sainte une fois qu'on la connaîtrait mieux. C'est ce qui se serait passé dans tous les livres que l'association des dames patronnesses me permettait d'emprunter. Je pensais aux *Quatre filles du Dr March,* aux *Bobbsey Twins,* et à tous ces romans sur les familles britanniques pauvres au moment de Noël. Tiens, Tiny Tim[1], par exemple, nom d'une pipe! Shannon, j'en étais sûre, lui ressemblerait. Une âme patiente et douce devait bien se cacher derrière ces traits pâles, suants. Elle serait plus généreuse, perspicace et sage que les petites filles de son âge. Elle serait l'amie dont j'avais toujours eu besoin.

Je n'ai jamais vraiment pu accepter qu'elle n'ait pas le moins du monde été tout cela. Une fois qu'elle se détendait avec moi, Shannon racontait toujours d'horribles histoires, dont la plupart concernaient la mort effroyable d'enfants innocents.

— *... et alors, le tracteur a reculé sur lui et lui a coupé le corps en trois morceaux, mais personne n'a rien vu ni rien entendu, tu comprends, à cause du bruit de la batteuse. Après, sa mère est arrivée avec du thé glacé pour tout le monde. Et elle a posé le pied en plein milieu de son petit estomac ouvert. Et... oh! Seigneur! tu sais pas...*

Je ne pouvais pas m'en empêcher. Je continuais à aller chez Shannon pour écouter, bouche bée, fascinée, pendant que cette créature luisante parlait sans cesse de décapitations, de mutilations, de meurtres et de mas-

---

1. Personnage doux et aimable de Dickens, dans *Un chant de Noël. (N.d.T.)*

sacres. Ses histoires étaient remarquables, différentes de celles que j'inventais. Les siennes avaient un parfum de vérité — elles fleuraient les gros titres des journaux et les rapports d'autopsie —, et elle aimait par-dessus tout les petits enfants qui se faisaient écraser par de grosses machines. Aucun adulte ne s'en doutait, même si, de temps à autre, j'entendais une version beaucoup plus courte, beaucoup plus édulcorée d'une de ces histoires, racontée par sa mère. Dans ces moments-là, Shannon m'adressait un sourire fier et suffisant. Tu trouves pas que je la raconte mieux ? semblait-elle me dire. Peu à peu, j'ai compris ce qui se cachait derrière ces traits impassibles, rose et blanc. Shannon Pearl éprouvait tout simplement une haine absolue pour tous ceux qui l'avaient un jour fait souffrir et passait la majeure partie de son temps à ressasser des châtiments qu'elle ou Dieu leur infligerait. Le feu qui brûlait dans ses yeux était le feu de l'indignation. Si elle avait été plus forte ou plus intelligente, Shannon Pearl aurait été dangereuse. Mais à moitié aveugle, souffreteuse et frappée d'ostracisme, elle ne représentait pour personne une bien grande menace.

M. et Mme Pearl étaient aussi petits que Shannon et presque aussi pâles. Aucun des deux n'osait exposer son teint délicat au soleil. M. Pearl portait tout le temps un chapeau mou foncé en laine peignée, assorti à son costume. Mme Pearl restait dans le magasin, à l'abri, et mettait chapeau et gants dès qu'elle en sortait. Ils avaient toujours un air secret et réservé, et la bouche pincée. Il était impossible de les imaginer nus, sortant du bain ou pressant leurs corps flasques l'un contre l'autre dans l'intimité de leur chambre. On aurait dit des enfants dans les vêtements de leurs parents, et leurs diverses entreprises ne me paraissaient pas un moyen de gagner sa vie quand on était adulte. Mme Pearl reconnaissait qu'elle n'arrivait jamais à couvrir les dépenses médicales de Shannon. Ils acceptaient donc des collectes de congrégations compatissantes.

Je ne pouvais pas m'imaginer en train de demander à des étrangers de payer mes factures, mais je ne disais rien. J'étais tellement prudente avec les Pearl, tellement calme, retenue et je faisais preuve d'une telle attention polie que j'aurais pu être une de leurs cousines. Pour moi, ça valait le coup de jouer à être des leurs. Avec Shannon et sa famille, j'ai finalement eu l'occasion de rencontrer les gens dont j'avais tant rêvé — les Blue Ridge Mountain Boys, la Tuckerton Family, la Carter Family, Little Pammie Gleason (bénie de Dieu), les Smoky Mountain Boys et, de temps en temps — chaque fois qu'il se rachetait —, Johnny Cash. Dimanche matin, dimanche soir, prière du mercredi, semaines de *revival*... M. Pearl retenait une salle, une église ou contactait une chaîne de télévision locale. Comme j'étais l'amie de Shannon, je réussissais à partir avec eux, à rencontrer les stars du country western et des tournées de gospel. Ça me suffisait pour cesser de m'inquiéter à propos de la fascination que j'éprouvais pour Shannon. Je pouvais facilement mettre toute l'entreprise sur le compte de ma passion étrange, mais acceptable, pour le gospel.

Shannon connaissait les paroles de toutes les chansons qui figuraient dans le recueil d'hymnes baptistes et parlait avec familiarité de tous les groupes qui faisaient la tournée de l'Opry. Le gospel était sa vie de famille et elle savait là-dessus tout ce qu'il y avait à savoir, même si elle n'avait pas l'air de ressentir autant que moi le choc de la musique. Shannon se moquait des prédicateurs et des choristes et réservait ses plaisanteries les plus ravageuses aux excités de la religion, qui perdaient complètement toute conscience de soi quand ils chantaient et se mettaient à sauter en l'air et à faire des moulinets avec les bras. Je n'aurais jamais pu lui confier mon ambition secrète ni lui dire que je pleurais en écoutant à la radio, tard le soir, les spectacles donnés dans les tentes.

— Tes yeux seraient capables de briser le cœur de Dieu, m'a dit Mme Pearl en tapotant énergiquement mes cheveux bruns.

J'ai battu des paupières, essayant d'accumuler quelques larmes pour lui faire plaisir.

— Et ces cils ! Oh ! Bob, regarde les cils qu'a cette petite. Quand tu seras grande, tu pourras faire de la réclame à la télévision pour les produits Maybelline, ma chérie. Naturellement, c'est pas ce que tu auras envie de faire. Ne laisse jamais personne te convaincre de te mettre ces saletés sur les yeux. Les tiens sont un don de Dieu !

Elle s'est penchée contre mon épaule et a posé une main sur le dessus de ma tête, qu'elle a tournée pour que je la regarde dans les yeux. Ses pupilles caramel étaient d'énormes surfaces planes qui ne reflétaient rien ; sa voix, enrobée de miel, semblait sincère. Je n'aurais pas su dire si elle se moquait de moi ou parlait du fond du cœur.

— Ma mère a plus de façons différentes de dire « Dieu » et « Jésus » que tous les prédicateurs que j'ai entendus.

Les paupières roses de Shannon ont cligné dans ma direction.

— Elle a un don pour ça. Parfois, elle peut parler tout doucement et prononcer « Dieu » d'une telle manière qu'on imagine que c'est un vieil ami de la famille, un vieux monsieur bien tranquille, qui a de bonnes manières. Ou alors elle peut le dire d'une voix forte et traînante, « Dieu-eu-eu », comme ça, si bien que ça t'assomme. Quand elle est vraiment en forme, elle le dit avec une espèce de gémissement qui sonne creux et te fait vaciller. Et son « Jésus » est encore mieux.

Tout le monde dit tellement « Jésus » par ici qu'on oublie parfois qui c'est, mais maman, elle, rationne ses Jésus. Quand tu l'entends dire « Jésus », tu comprends tout de suite que c'était quelqu'un de bien réel, un petit garçon qui redonnait vie aux colombes, un jeune homme tranquille que personne n'a jamais surpris à jurer ni à forniquer. On peut vraiment se le représenter — un homme un peu paternel, peut-être, vieilli par les péchés du monde, par une vie qu'il a sacrifiée pour vous personnellement.

Shannon a ricané de son rire rauque.

— Je t'assure. Je ne le supportais pas quand j'étais petite, mais en grandissant, je m'y suis habituée. Maintenant, j'adore ça. Les gens deviennent tout pâles et nerveux quand maman se met à parler de « Dieu-eu-eu ».

La librairie religieuse n'avait jamais rien rapporté. C'était la couture de Mme Pearl qui fournissait à la famille l'essentiel de ses revenus. Évidemment, elle était réputée pour les scènes brodées au fil d'or sur les manches et les vestes des chanteurs de gospel. J'en étais arrivée à repérer une création de Mme Pearl dans l'émission « *Sunrise Gospel Hour* », sans même me forcer. Elle avait une manière de mettre de petits ornements à la base de la croix, qui étaient censés suggérer l'herbe, mais qui, pour tous ceux qui la connaissaient, représentaient la signature de l'artiste.

Il n'y avait aucun doute, Mme Pearl adorait son travail.

— J'ai l'impression que toute ma vie est une longue joie à la gloire de Dieu, m'a-t-elle dit un jour, entourée de ses machines à coudre et de ses boîtes de fil à broder.

Elle était en train de nouer des glands sur une toge en soie rouge pour l'une des plus jeunes filles Carter.

— Ma couture, le travail de M. Pearl, le magasin, ma fille adorée.

Elle a regardé Shannon d'une manière qui faisait penser au tableau de Marie et de l'Enfant, qui figuraient en double page dans la *Bible chrétienne illustrée*, perpétuellement soldée au magasin.

— Tout ce qui nous arrive est toujours une bénédiction ou une épreuve. C'est là tout ce qu'on a besoin de savoir dans cette vie... juste la certitude que Dieu nous regarde, qu'Il nous connaît bien et sait ce qu'il nous faut pour grandir. D'ailleurs, ça ne sert à rien de se poser des questions sur nos péchés. Il nous montrera le chemin à Son heure. Tant que je n'oublie pas ça, tout va bien. C'est comme cette chanson qu'aime tant M. Pearl : « *Jesus is the engineer, trust his hand on the throttle*[1]... »

Shannon a gloussé et m'a fait signe de sortir sur la véranda.

— Parfois, maman a besoin d'une petite main sur sa manette. Tu vois ce que je veux dire ?

Elle s'est mise à rire et a roulé des yeux comme une poupée Kewpie[2] cassée.

— Il faut que papa appuie sur la manette pour la faire revenir sur terre, sinon, elle s'envolerait comme un ange gonflé à l'hélium.

Je n'ai pas pu m'en empêcher. J'ai ri à mon tour en me rappelant ce que tante Raylene avait dit à propos de Mme Pearl : « Si elle avait été bien baisée au moins une fois dans sa vie, elle aurait jamais mis au monde cette enfant bizarre. » J'ai donné un petit coup sur le bras enflé de Shannon, juste au cas où elle pourrait lire dans mes pensées.

— Ta mère est un an-an-ange ! ai-je murmuré d'une voix rauque en imitant la manière dont Mme Pearl le disait. Un an-an-ange de Dieu-eu-eu !

1. Jésus est le mécanicien, fie-toi à sa main posée sur la manette. *(N.d.T.)*
2. Poupée rose et joufflue. *(N.d.T.)*

— Nom de Dieu-eu-eu, t'as bien raison! m'a murmuré Shannon.

Et dans ses yeux, j'ai vu la haine qui couvait, rose, brûlante. J'en étais effrayée et fascinée. Était-il possible qu'elle voie la même chose dans mes yeux? Est-ce que j'avais autant de haine en moi? J'ai tourné la tête vers Mme Pearl, qui fredonnait autour des épingles serrées dans sa bouche. Une sorte de frisson m'a parcourue. Est-ce que je détestais Mme Pearl? J'ai regardé leur véranda, les corbeilles de gypsophile suspendues au plafond, et les deux rocking-chairs, avec leurs coussins cousus à la main. Les dents de Shannon m'ont renvoyé dans les yeux les rayons du soleil.

— À voir ta tête, on croirait que le diable est en train de marcher sur ta tombe.

J'ai frissonné, puis craché comme mamie.

— La tombe dans laquelle on me descendra n'est pas encore creusée.

C'est quelque chose que j'avais entendu mamie dire. Shannon m'a attrapé le bras et l'a secoué.

— Dis pas ça. Ça porte malheur de parler de sa tombe. Il paraît que ma grand-mère McCray a plaisanté le matin de Pâques sur l'endroit où elle serait enterrée et qu'elle est tombée raide morte à l'office du soir.

Elle m'a secoué de nouveau le bras, plus fort.

— Pense vite à quelque chose d'autre.

J'ai regardé la main posée sur mon bras, les doigts blancs bouffis qui agrippaient mon fin poignet marron.

— Cette enfant pourrira vite quand elle partira, avait dit un jour tante Raylene.

J'avais envie de rendre.

— Il faut que je rentre à la maison.

J'ai aspiré de l'air aussi vite que j'ai pu.

— Maman veut que je l'aide à étendre la lessive cet après-midi.

— Ta mère te fait toujours travailler.

Et la tienne, jamais, ai-je pensé.

— J'aime bien ta famille, disait parfois Shannon, même si je savais que c'était un mensonge poli.

— Ta maman est une femme bien, renchérissait Roseanne Pearl, les yeux fixés sur mes robes trop petites, loqueteuses.

Elle me rappelait la manière dont James Waddell nous regardait, l'air suffisant, supérieur de ses filles qui se moquaient des dents branlantes de ma mère et des frisettes de Reese, roulées sur des papillotes en papier. Papa Glen travaillait toujours pour la laiterie Sunshine et continuait à nous emmener chez son père ou chez l'un de ses frères une ou deux fois par mois, même s'ils n'avaient jamais l'air contents de nous voir. Leur mépris m'avait rendue susceptible et je n'avais aucune patience à ce sujet. Chaque fois que les Pearl parlaient de ma famille, je filais et ne revenais pas pendant des semaines.

J'ai alors pris une profonde inspiration pour essayer de contrôler mon estomac. Quelquefois, je ne pouvais vraiment pas supporter Shannon.

— On va aller manger au restaurant, ce soir. À cette époque de l'année, ils ont du gâteau aux pêches.

— Moi, mon père va faire de la glace, ce soir.

Shannon m'a adressé un sourire plein de la fierté que lui conférait le rang social de sa famille.

— On a des noix pour mettre dessus.

Je n'ai rien dit. C'était vrai. Elle pourrirait très vite.

La tournée de gospel partait de Caroline du Nord, passait par la Caroline du Sud, puis le Tennessee, la Géorgie et l'Alabama. Les chanteurs se relayaient, marée dorée de vestes à franges, qui longeait et croisait la route de la tournée de musique country. Parfois, on ne pouvait pas faire la différence entre les deux et, quand les temps sont devenus plus difficiles, M. Pearl a certainement cessé de les distinguer et a engagé n'importe quel spectacle qui pourrait lui rapporter tout de suite un peu d'argent. De plus en plus, maman m'envoyait avec les Pearl, dans leur vieille DeSoto jaune. Le coffre était bourré de caisses d'articles religieux et contenait aussi la machine à coudre de Mme Pearl, la banquette arrière était occupée par Shannon, moi et des piles de vêtements à coudre. L'après-midi, nous nous arrêtions dans des petites villes pour permettre à M. Pearl de tout installer et à Mme Pearl de recoudre les vêtements déchirés et les broderies effilochées, pendant que Shannon et moi allions pique-niquer toutes seules avec du poulet froid et des légumes marinés à la chinoise. Mme Pearl apportait toujours du thé dans un bocal, mais Shannon se frottait les yeux et se plaignait d'avoir mal à la tête jusqu'à ce que sa mère cède et nous achète du RC Cola.

La plupart des chanteurs arrivaient en retard.

C'est pour moi un miracle que la vérité n'ait jamais semblé atteindre M. et Mme Pearl. N'importe qui pouvait tomber sur les caisses, derrière la scène, ils ne s'en apercevaient pas ; ils n'ont jamais remarqué qu'il fallait indiquer la direction des micros à toute la famille Tuckerton et que Little Pammie Gleason — « Seigneur, treize ans à peine ! » — devait porter une tunique en ruché à manches longues parce qu'elle avait des bleus tout le long des bras, œuvre de ce rouquin que son père ne voulait pas lui voir épouser. Ils ne paraissaient jamais remarquer que tous les « garçons » se passaient des gobelets de bourbon dans les coulisses ou que leur fille angélique quémandait « juste une gorgée ». Peut-être que Jésus leur voilait les yeux, comme il avait protégé ces bons vieux Shadrak, Méshak et Abed-Négo dans la fournaise de feu ardent. Le péché ne les atteignait certainement pas comme il nous atteignait, Shannon et moi. Toutes les deux, nous avions appris à nous déplacer prudemment dans les coulisses, avec toutes ces mains qui se tendaient pour nous caresser les cuisses et pour pincer le peu de nichons que nous avions.

— Ils sont taquins, ces garçons ! disait Mme Pearl dans un éclat de rire, tout en recousant les manches de leurs vestes et en raccommodant leurs pantalons déchirés.

J'étais stupéfaite qu'elle ne puisse pas sentir l'odeur de whisky qui imprégnait en profondeur ses belles broderies, mais je n'allais pas commettre le péché de lui révéler ce que Dieu n'avait sûrement pas l'intention qu'elle sache.

— Parfois, on pourrait croire que maman n'est pas très futée, m'a dit Shannon un soir, en gloussant curieusement.

J'aurais bien voulu qu'elle se taise et que la musique commence. J'avais encore faim. Mme Pearl avait emporté moins de provisions que d'habitude et maman m'avait dit que je devais toujours laisser quelque chose dans mon assiette quand je mangeais avec Shannon. Il ne fallait pas que les Pearl en viennent à penser qu'ils me nourrissaient. Encore que cette tactique était loin de marcher. J'avais laissé la moitié d'un biscuit et, bon sang, Shannon s'était empressée de se le fourrer dans la bouche.

— C'est peut-être toute cette manipulation de sa manette !

Shannon s'est remise à glousser et j'ai compris que quelqu'un lui avait finalement fait boire un coup dans un gobelet en carton. Maintenant, sa mère sera bien obligée de s'en apercevoir, me suis-je dit. Mais quand Shannon s'est étalée sur sa machine à coudre, Mme Pearl s'est contentée de la coucher avec un linge mouillé sur le front.

— C'est ce temps, m'a-t-elle murmuré au-dessus de l'arcade sourcilière trempée de Shannon.

Il faisait tellement chaud que Jésus et l'agneau se

décollaient des éventails en papier, fournis par les pompes funèbres du coin. Mais je savais bien que s'il y avait eu de la neige jusqu'aux enjoliveurs, Mme Pearl aurait soutenu que c'était à cause de l'air frisquet. Une heure plus tard, l'un des cousins Tuckerton a renversé un gobelet en carton sur la manche de Mme Pearl et je l'ai vue prendre une inspiration profonde, douloureuse. Surprenant mon regard, elle a seulement dit :

— On peut pas s'attendre à ce que cette âme fragile s'en sorte sans un petit coup de pouce.

Je ne lui ai pas dit que tous ces « garçons » et ces « filles » me semblaient se donner fichtrement beaucoup de « coups de pouce ». Je me suis contentée de marmonner un « ouais » presque inaudible et je les ai tous balayés de mon regard coupable. S'ils voulaient bien me laisser chanter, moi, je ne me couvrirais jamais de honte comme ça.

— On pourrait aller s'asseoir sous la scène, a suggéré Shannon. C'est vraiment bien là-dessous.

C'était bien, étroit, sombre et ça résonnait du bruit que faisaient les gens en frappant du pied sur la scène. J'ai renversé la tête en arrière et j'ai laissé la poussière me pleuvoir sur la figure, savourant l'impression d'être en sécurité et cachée, loin de la foule. La musique semblait vibrer dans mes os. *Taking your measure, taking your measure, Jesus and the Holy Ghost are taking your measure*[1]...

Je n'aimais pas la nouvelle musique qu'ils chantaient. Elle était un peu trop racoleuse. *Two cups, three cups, a teaspoon of righteous. How will you measure when they call out your name*[2] ? Shannon s'est mise à rire.

---

1. Ils prennent votre mesure, prennent votre mesure, Jésus et le Saint-Esprit prennent votre mesure. *(N.d.T.)*
2. Deux tasses, trois tasses, une cuillerée de vertu. Combien pèserez-vous quand ils appelleront votre nom ? *(N.d.T.)*

Elle a passé les bras autour de mes épaules et a commencé à balancer la tête d'avant en arrière. La musique jouait trop fort et je sentais l'odeur du whisky tout autour de nous. Soudain, j'ai eu terriblement mal à la tête ; les effluves que dégageaient les cheveux de Shannon me donnaient la nausée.

— Hou là là !

Désespérément, j'ai repoussé Shannon et rampé vers le côté de la scène le plus vite possible, en suffoquant. De l'air, j'avais besoin d'air.

— Hou là là !

Je me suis extirpée de sous la scène en roulant et suis venue heurter la tente. J'avais maintenant des renvois. D'une secousse, j'ai soulevé la toile et me suis faufilée dehors. Dans l'air humide du soir, j'ai baissé la tête et j'ai vomi entre mes mains écartées. Derrière moi, Shannon haletait et gloussait.

— T'es malade, pauvre petite !

J'ai senti sa main qui me tapotait le creux des reins pour me réconforter.

— Seigneur Dieu !

J'ai levé les yeux. Un homme très grand, à la chemise pourpre, se tenait devant moi. J'ai laissé retomber ma tête et j'ai de nouveau dégueulé. Il avait des bottes argentées, avec des talons fendillés. J'ai vu qu'il reculait pour éviter de se faire asperger.

— Seigneur Dieu !

— C'est rien.

Shannon s'est redressé, la main toujours sur mon dos.

— Elle est un peu malade, c'est tout.

Elle s'est interrompue.

— Si vous alliez lui chercher un Coca-Cola, ça pourrait lui remettre l'estomac d'aplomb.

Je me suis essuyé la bouche, puis je me suis essuyé la main sur l'herbe. J'ai relevé la tête. Shannon ne bougeait pas, la sueur lui coulait dans les yeux et l'obligeait à cligner les paupières. Je voyais bien qu'elle escomptait deux Coca. L'homme était toujours là, bouche bée, une expression choquée sur le visage.

— Seigneur Dieu! a-t-il répété.

Avant qu'il parle, je savais ce qu'il allait dire. Ce n'était pas moi qui l'avais choqué.

— J'ai encore jamais rien vu de plus vilain, petite!

Shannon s'est figée. Sa bouche s'est ouverte et tout son visage a semblé s'affaisser pendant que je l'observais. Ses yeux n'étaient plus que des points minuscules et sa bouche un calice de douleur. D'une secousse, je me suis relevée.

— Espèce de bâtard!

Je me suis avancée en titubant et il a reculé, en équilibre sur ses petits talons argentés.

— Espèce de fichu bâtard, de sale dégonflé!

Ses yeux ne cessaient de passer de mon visage à la silhouette flétrie de Shannon.

— Parce que tu t'crois beau, peut-être? Espèce d'affreux merdeux! Sale fumier...

— *Shannon Pearl!*

Mme Pearl tournait le coin de la tente.

— Les filles...

Elle a recueilli dans ses bras une Shannon mal en point.

— Où est-ce que vous étiez?

L'homme a encore reculé. Je respirais par la bouche, même si je n'avais plus de nausées. Je me sentais furieuse, impuissante, et, de toutes mes forces, j'essayais de ne pas pleurer. Mme Pearl a claqué la langue et a caressé les cheveux mous de Shannon.

— Qu'est-ce que vous étiez en train de faire?

Shannon a gémi et enfoui la figure dans la robe de sa mère. Mme Pearl s'est tournée vers moi.

— Qu'est-ce que tu viens de dire?

Ses yeux luisaient à la lueur des lampes à arc, devant la tente. Je me suis de nouveau essuyé la bouche et je n'ai pas répondu. Mme Pearl a regardé l'homme à la chemise pourpre. Sur ses traits, le désarroi est apparu mais, rapidement, il s'est transformé en surexcitation mêlée d'intérêt.

— J'espère qu'elles n'étaient pas en train de vous embêter, lui a-t-elle dit. C'est pas votre tour, tout de suite après ?

— Euh... ouais.

Il n'avait pas l'air d'en être sûr. Il n'arrivait pas à détourner les yeux de Shannon. Il s'est repris.

— Vous êtes Mme Pearl ?

— Mais oui.

Le visage de Mme Pearl était embrasé.

— J'ai entendu parler de vous. C'qu'y a, c'est que j'avais encore jamais vu vot'fille.

Mme Pearl a eu l'air de frissonner de partout, puis elle a repris contenance. Collée contre le ventre de sa mère, Shannon s'est mise à geindre.

— Shannon, pourquoi tu continues à pleurnicher comme ça ?

Elle a repoussé sa fille et sorti un mouchoir bleu brodé pour lui essuyer le visage.

— Je crois que nous nous sommes tous surpris les uns les autres.

L'homme s'est avancé et a adressé à Mme Pearl un lent sourire, mais ses yeux ne cessaient de revenir se poser sur Shannon. Je me suis de nouveau essuyé la bouche et j'ai failli cracher. Mme Pearl caressait toujours le visage de sa fille, sans cesser de regarder l'homme dans les yeux.

— J'aime beaucoup votre façon de chanter, a-t-elle dit avant de laisser échapper un petit rire.

Shannon s'est écartée d'elle et les a fixés tous les deux. Sur ses traits, la haine était terrible. L'espace d'un instant, je l'ai aimée de tout mon cœur.

— Bon, a dit l'homme en se balançant d'une botte sur l'autre. Bon...

J'ai essayé de prendre la main de Shannon. Elle a tapé sur la mienne. Elle avait le visage embrasé. J'avais l'impression qu'un grand feu brûlait tout près de moi, avalait tout l'oxygène, m'obligeait à haleter pour recouvrer mon souffle. J'ai entrelacé mes doigts et j'ai penché la tête en arrière pour regarder les étoiles. S'il y avait un Dieu, il y aurait une justice. S'il y avait une justice, Shannon et moi nous les ferions brûler, tous autant qu'ils étaient. Nous nous sommes éloignées de la tente et dirigées vers la DeSoto mal en point de M. Pearl.

— Un jour ! m'a murmuré Shannon.

— Ouais, ai-je murmuré à mon tour. Un jour.

Sillonner la région avec M. Pearl quand il partait prospecter voulait dire s'arrêter dans des petites églises de campagne, qui disposaient d'un chœur, dans des tentes minables qui avaient un ou deux solistes et, parfois, dans des réunions de prière, chez des particuliers, où on pouvait découvrir un jeune chanteur extraordinaire. Une fois que M. Pearl avait eu un tuyau, commençait un travail long et fastidieux réclamant des trésors de patience et de tact. Trop de chanteurs ne savaient pas chanter du tout et n'avaient pas assez d'oreille pour s'apercevoir qu'ils chantaient faux. Certains étaient déjà bien contents que M. Pearl les encourage prudemment à tenter leur chance dans l'un des groupes de gospel déjà constitués. Mais la plupart du temps, il ne trouvait que pâles copies, mélanges dilués d'harmonie et d'aspirations.

— C'est malheureux, hein ?

Shannon s'exprimait en digne fille de son père.

— Cette vieille musique d'orgue triste ne tient pas le coup à côté d'une guitare *slide*.

J'approuvais à contrecœur. Je voulais encore croire

que l'ardeur, la détermination et un gros travail pouvaient propulser la voix la plus prosaïque dans l'atmosphère raréfiée du gospel qu'on ressentait vraiment.

On ne pouvait pas prévoir qui la main de Dieu allait toucher, où le clairon allait sonner. Parfois, une voix pure se détachait, une petite fille, des frères qui levaient les yeux au ciel en chantant. Ceux-là étaient capables de vous donner envie de hurler contre toutes les misères du monde.

— Celui-là, murmurait Shannon d'un air suffisant.

Mais je n'avais pas besoin qu'elle me le dise. Je savais toujours qui M. Pearl allait prendre à part et inviter à Gaston pour la semaine du *revival*.

— Petit ! disait-il. Dieu t'a accordé un don.

Ben, ouais.

Parfois, je ne le supportais pas. Je ne pouvais plus aller dans une église de plus, entendre un chœur de plus. Que j'aime la musique ou pas, pourquoi est-ce que Dieu ne m'avait pas donné une belle voix ? Je n'avais pas demandé des cils épais. J'avais demandé du gospel, supplié pour en avoir. Est-ce que Dieu se fichait de ce que je voulais ? S'Il accueillait des bâtards au ciel, pourquoi est-ce qu'Il ne pouvait pas me placer devant ces projecteurs et me donner tous ces avantages ? Les chanteurs de gospel avaient toujours de l'argent en poche et une bouteille planquée sous leur siège. Les chanteurs de gospel avaient l'amour et la sécurité, et le monde entier auquel se raccrocher — femmes, église et argile rouge bien ferme sous les pieds. Tout ce que je veux, ai-je murmuré, tout ce que je veux, c'est une partie, une partie, une petite partie de tout ça.

Shannon m'a entendue et m'a lancé un regard compatissant.

Elle sait, ai-je pensé, elle sait ce que c'est que désirer ce qu'on n'aura jamais. Je l'avais sous-estimée.

En juillet, nous sommes allés sur l'autre rive du lac

Greenwood, une région que je connaissais déjà pour avoir rendu visite à l'un des cousins, qui travaillait à la base aérienne. Quittant la route, nous nous sommes arrêtés dans une station-service pour permettre à Mme Pearl de se remettre un peu de la chaleur.

— Vous ne vous êtes jamais dit que Dieu n'a peut-être pas voulu que nous nous trimballions sur les routes le dimanche après-midi ? Je vous jure qu'Il nous envoie plus de chaleur que le samedi ou le vendredi.

Mme Pearl était assise à l'ombre pendant que M. Pearl allait sermonner l'homme qui louait le *Rhythm Ranch*. Shannon et moi avons traversé un champ pour aller voir des pierres tombales, près d'un bosquet de peupliers. Nous adorions lire les épitaphes et répéter les intéressantes à Mme Pearl pour qu'elle les brode sur des modèles exposés au magasin. Mes préférées étaient les bizarres, comme « Maintenant, il sait », ou « Trop pure ». Shannon aimait celles qu'on rédigeait pour les bébés, les petits poupons aux cheveux bouclés, avec des ailes d'angelot, et les formules déchirantes telles que « Il est allé rejoindre maman » ou « Elle est retournée d'où elle était venue ».

— Quelles bêtises !

J'ai donné des coups de pied dans les débris de pots éparpillés un peu partout. Shannon s'est retournée vers moi et j'ai vu des larmes sur ses joues.

— Non, non, ça me fend vraiment le cœur. Pense un peu, si tu perdais ta petite fille, ton petit ange. Oh ! je ne peux pas le supporter. Je ne peux tout simplement pas le supporter.

Elle a lâché de gros sanglots de contentement et s'est essuyé les mains sur ses poches en toile bleue.

— J'aimerais bien en emporter une à la maison. Tu voudrais pas en avoir une que tu puisses garder ? Tu pourrais raconter des histoires aux bébés.

— T'es folle.

Shannon a reniflé.

— Tu comprends rien. Maman dit que je suis très sensible.

— Ouais.

Je me suis éloignée. Il faisait trop chaud pour se disputer. Et il faisait également trop chaud pour pleurer. J'ai renversé quelques fleurs en plastique et une croix en carton vert mal en point. C'était une des excursions les plus ennuyeuses que j'avais jamais faites avec les Pearl. J'ai essayé de me rappeler pourquoi j'avais voulu venir. À la maison, maman aurait préparé du thé glacé, en y ajoutant de l'eau sucrée bouillie. Reese aurait coupé des pêches en tranches. Papa Glen ne serait pas resté dans nos jambes mais serait sorti pour s'occuper de la tondeuse. Je me battais contre les moustiques et j'espérais que je n'avais pas pris un coup de soleil sur la figure. J'en avais assez de Shannon, j'en avais assez de sa mère qui ne cessait de minauder avec ses mots tendres, de son père et de son mépris suffisant, et encore plus de ma propre jalousie.

Je me suis immobilisée. La musique qui arrivait à travers les peupliers était du gospel.

Des voix puissantes, profondes, à vous remuer les tripes déferlaient à travers les feuilles desséchées et l'air chaud. C'était vraiment un truc authentique. Je sentais là-dedans le whisky qui râpe la gorge, le chagrin, l'obsession, la nuit terrifiante et la détermination du véritable gospel.

— Mon Dieu! ai-je soufflé, et c'était le meilleur « Mon Dieu » que j'aie jamais sorti, un long murmure terrifié qui voulait dire que je pouvais bien commencer à croire qu'Il se cachait dans les peupliers.

Il y avait là une église, des murs en planches sur des blocs en ciment et même pas un semblant de vitrail. Juste du verre jaune réfléchissant les rayons du soleil, toutes fenêtres ouvertes pour laisser entrer l'air et sortir cette musique.

Amazing grace... how sweet the sound... that saved a wretch like me[1]*...* Une voix de femme s'élevait, déferlant sur les voix basses masculines avec tant de force qu'elle semblait faire bruire les feuilles des peupliers.

Amen.

Lord[2].

— Doux Jésus, en voilà une qui sait chanter !

Shannon m'a ignorée et a continué à arracher des fleurs sauvages.

— T'as entendu ? Il va falloir le dire à ton père.

Shannon s'est retournée et m'a dévisagée avec une curieuse colère.

— Il s'occupe pas des gens de couleur. Ça rapporte pas de s'occuper d'eux.

Je me suis figée en me rendant compte qu'une telle église, au bord d'un tel chemin de terre, ne pouvait être que ça — une église pour gens de couleur. Et je savais ce que ça voulait dire. Bien sûr que je le savais. Pourtant, je me suis entendue murmurer :

— C'est pas une belle voix. C'est toute une église pleine de belles voix.

— C'est des gens de couleur. Des négros.

La voix de Shannon était plus sonore que jamais et stridente d'indignation.

— Mon père s'occupe pas des négros.

Elle a jeté sur moi des fleurs sauvages et a frappé du pied.

— Et c'est toi qui m'as fait dire ça. Maman dit toujours qu'un bon chrétien n'emploie jamais le mot « négro ». Jésus me soit témoin, je l'aurais jamais dit si tu m'avais pas obligée.

— T'es folle. T'es complètement folle.

---

1. Grâce prodigieuse... comme le son est doux... qui a sauvé une misérable comme moi. *(N.d.T.)*
2. Seigneur. *(N.d.T.)*

Ma voix tremblait. La manière dont Shannon disait « négro » me bouleversait, elle avait exactement la même intonation que tante Madeline, qui pesait sur le mot « racaille » quand elle croyait que j'étais trop loin pour entendre. Je me demandais ce que Shannon percevait dans ma voix pour être aussi furieuse que moi. C'était peut-être la chaleur, c'était peut-être la honte que nous ressentions toutes les deux, ou alors, tout simplement, Shannon Pearl et moi étions franchement fatiguées l'une de l'autre.

Shannon m'a lancé une autre poignée de fleurs.

— Moi, je suis folle ? Moi ? Pour qui tu t'prends ? Toi, ta mère et toute ta famille ! Tout le monde sait que vous êtes un ramassis de poivrots, de voleurs et de bâtards. Tout le monde sait que tu viens chez moi juste pour manger ce qu'il y a sur la table de ma mère et pour mendier les restes. Tout le monde sait que tu es...

J'ai réagi avant de pouvoir m'en empêcher, mes mains se sont levées et lui ont claqué sous le nez — une tentative de dernière minute pour ne pas la gifler.

— Espèce de garce, espèce de connasse blanche !

Je me suis tordu les mains, essayant de ne pas gifler son visage plâtreux. Maman me disait toujours : « Ne gifle jamais personne. »

— Petite merdeuse, va t'faire foutre !

J'ai lâché ces mots aussi habilement et aussi vite que n'importe lequel de mes oncles. Shannon en a laissé pendre sa mâchoire.

— Va t'faire foutre !

Avec mon pied, je lui ai envoyé de la terre rouge sur sa jupe en toile. Le visage de Shannon s'est tordu.

— Tu viendras jamais plus à un spectacle de gospel avec nous ! J'vais dire à ma maman de quoi tu m'as traitée et elle te laissera plus jamais m'approcher.

— Ta maman, ta maman ! Tu pisserais dans une bouteille de Pepsi si ta maman te le demandait.

— Écoutez-la un peu ! Espèce de... racaille ! T'es rien d'autre que de la racaille. Ta mère aussi, et ta grand-mère et toute ta fichue famille...

J'ai alors levé sur elle ma main grande ouverte. Je voulais la gifler, mais j'étais trop furieuse. J'étais folle furieuse, j'ai trébuché, je suis tombée sur la terre rouge et j'ai atterri sur mes mains écartées. Ma main droite s'est écrasée sur des débris de pot et j'ai eu tellement mal que je pouvais à peine voir les joues ruisselantes, cramoisies de Shannon.

— Oh ! merde ! Espèce de... merde !

Si j'avais pu me relever d'un bond et lui sauter dessus, j'aurais arraché des poignées de ces cheveux qui faisaient penser à de la barbe à papa.

Shannon n'a pas bougé et m'a regardée pendant que je me relevais et que j'agrippais ma main droite avec la gauche. Je pleurais, je m'en rendais compte, les larmes me coulaient sur la figure tandis que, derrière nous, le chœur ne cessait de chanter. La voix de cette femme traversait toujours les peupliers. *Was blind but now I see*[1]...

— T'es affreuse.

J'ai ravalé mes larmes et je me suis forcée à parler très calmement.

— T'es la petite fille la plus affreuse de la création et tu vas être une femme affreuse. Une vieille femme affreuse qui restera toute seule.

Les lèvres de Shannon se sont mises à trembler, tellement projetées en avant que je ne l'avais encore jamais vue aussi vilaine, poupée sculptée dans de la graisse figée en train de fondre sous l'effet de la chaleur.

— Espèce d'affreuse ! ai-je poursuivi. Espèce de monstre, de lard puant, suant et bigleux !

J'ai tendu les doigts vers elle et j'ai craché sur ses souliers vernis.

1. J'étais aveugle, mais maintenant, je vois... *(N.d.T.)*

— T'es tellement moche que même ta mère ne t'aime pas !

Shannon a reculé, pivoté et s'est mise à courir.

— Ma-a-a-man ! a-t-elle gémi en courant.

J'ai continué à hurler, mais maintenant, c'était plus pour ne pas pleurer que pour lui faire de la peine.

— Affreuse... affreuse... affreuse !

12

Rien, sur cette terre verdoyante du Seigneur, ne pouvait désormais me convaincre d'adresser de nouveau la parole à Shannon Pearl. Je ne voulais même plus mettre les pieds à l'église.

— Satané Bushy Creek! ai-je dit à Reese. De toute façon, là-bas, y a personne qui soit fichu d'chanter correctement. Et ce prédicateur est tellement gonflé de sa propre importance qu'il empêche les autres de respirer pour monopoliser l'air... enfin, le peu d'air qu'il y a, avec toutes ces vieilles biques qui transpirent du talc et du parfum.

— Non mais, écoutez-la un peu!

Reese a tapoté ma boucle de ceinture, puis a tendu la main pour attraper un reste de Coca, dans la bouteille que je venais de poser à côté de moi.

— On dirait que t'as perdu la foi.

Du jour au lendemain, Reese et moi étions passées d'alliées inconditionnelles à rivales, discutant sans cesse et nous disputant à tout propos, que ce soit pour avoir le gésier du poulet ou pour savoir qui était la plus coriace. Après des années de frisettes et de robes à jabot, Reese s'était transformée en parfait garçon manqué. Elle crachait, se bagarrait avec les garçons et refusait de porter tout ce que maman lui achetait. Elle avait supplié Deedee de lui donner deux salopettes ayant appartenu à Butch et elle les portait tout le temps, mais ce qui lui faisait vraiment envie, c'était un blue-jean comme celui que je m'étais acheté avec l'argent que j'avais gagné en faisant la plonge. En plus, elle était affreusement jalouse parce que oncle Earle m'avait envoyé une ceinture tressée en cuir, avec une boucle bien brillante en forme de fer à cheval, et elle essayait toujours de mettre la main dessus. Je devais la surveiller, autrement elle me l'aurait « empruntée » à la première occasion.

— Tu peux parler, toi ! ai-je lâché, souhaitant qu'elle s'en aille et me laisse tranquille. Si tu vas à l'église, c'est uniquement pour pouvoir quémander des sachets de Kool-Aid[1] et des petits gâteaux après l'école du dimanche.

— J'en ai pas honte. J'te vois pas non plus refuser c'que les gens te donnent. D'ailleurs, t'es jalouse, c'est tout, parce que les gens me cajolent sans arrêt à l'école du dimanche alors qu'avant c'est toi qui attirais l'attention.

J'ai reniflé de mépris mais je n'ai rien dit. On ne pouvait pas discuter avec Reese, elle aimait trop ça. J'ai passé les pouces dans la boucle de ma ceinture et je me suis appuyée à mon dossier pour dévisager ma sœur, refusant de parler. Le silence était le seul moyen qui marchait avec elle. Elle ne supportait pas qu'on ne lui adresse pas la parole.

— Oh ! commence pas, saleté !

Reese a frappé la terre de ses pieds nus et avancé vers moi la main qu'elle avait refermée autour de la bouteille de Coca.

— Tu m'auras pas, Bone. J'connais tous tes trucs. Je joue plus. T'as qu'à garder ta fichue ceinture. J'espère qu'elle va t'étrangler. J'serai pas là pour le voir.

---

1. Poudre à délayer dans de l'eau pour obtenir une boisson aromatisée. *(N.d.T.)*

C'est à cette époque que j'ai découvert que Reese se masturbait presque aussi souvent que moi. Au milieu de la nuit, je me réveillais pour me rendre compte que le lit remuait légèrement. Au lieu de s'étaler au bas du lit comme elle le faisait d'habitude, bras et jambes bien écartés, Reese se plaçait tout au bord du matelas, le corps tendu et arqué, loin de moi. J'entendais sa respiration, rapide et superficielle. Je comprenais immédiatement ce qu'elle était en train de faire. Je ne bougeais pas et veillais à ce que ma propre respiration reste calme et régulière. Bientôt venait le moment où Reese retenait son souffle, puis les secousses du lit cessaient. Tout doucement, je glissais ma main droite entre mes jambes et je me touchais. J'en avais envie moi aussi, mais je ne supportais pas l'idée qu'elle puisse m'entendre. Et alors, qu'est-ce que ça pouvait faire si elle m'entendait ? Je sentais que Reese se détendait et s'étalait de nouveau. Je retenais mon souffle et remuais ma main en faisant à peine bouger le lit.

Presque tous les jours, quand nous revenions de l'école, Reese allait seule dans notre chambre. Quand elle en sortait, j'y entrais. Parfois, je m'imaginais même que je sentais l'odeur de ce qu'elle avait fait, mais ça ne pouvait pas être le cas. Elle était une petite fille et sentait la petite fille. Ni l'une ni l'autre, nous ne sentions comme maman, cette odeur bien mûre, charnue de femme adulte. Je baissais mon short pour m'en assurer et je me lavais soigneusement l'entrejambe avec de l'eau savonneuse tiède chaque fois que je me livrais à cette chose que, je le savais, ma sœur pratiquait aussi.

Un après-midi, je suis sortie me poster dehors et j'ai écouté le bruit que faisait Reese, seule dans la chambre. Elle n'était pas bruyante, pas du tout, mais j'entendais le rythme de sa respiration qui s'accélérait peu à peu, puis les doux petits grognements qu'elle laissait échapper avant de recouvrer un souffle plus lent. J'aimais bien ces grognements. Quand Reese faisait ça en pleine nuit, elle restait toujours muette. Mais moi aussi, j'étais prudente, même quand j'étais seule, bien tranquille. Je me demandais si Reese s'y prenait différemment dans la journée. Je me demandais si elle était couchée sur le dos, jambes écartées, comme moi quand j'étais seule, plutôt que sur le ventre, les deux mains sous elle, comme elle en avait l'habitude la nuit. Il n'y avait aucun moyen de l'espionner, aucun moyen de savoir. Mais parfois, pendant que je me touchais, j'imaginais Reese, je la voyais étalée sur notre grand lit à sommier métallique, en train de bouger très légèrement, seule sa respiration indiquant qu'elle commettait un péché.

L'un de ces après-midi, pendant qu'elle était étendue sur le lit avec une culotte de maman sur la figure, je suis entrée. Tous ses traits étaient esquissés sous le tissu léger, mais son souffle soulevait la soie au-dessus de ses lèvres. Affolée, elle a arraché la culotte et l'a repoussée derrière elle, sur le lit. J'ai attrapé sur la coiffeuse un livre que j'avais commencé à lire et j'ai fait semblant de n'avoir rien remarqué.

Pour mettre en scène les histoires qu'elle imaginait, Reese allait dans les bois, derrière la maison. Un après-midi, je l'ai observée du haut de l'arbre où maman accrochait la mangeoire des oiseaux. Elle ne m'avait pas vue grimper là-haut et ne savait pas que je pouvais parfaitement l'observer tandis qu'elle courait partout avec un vieux drap attaché autour du cou, comme une cape. Elle faisait mine de repousser des assaillants imaginaires. Puis elle s'est laissée tomber par terre et a fait semblant de lutter. En roulant dans l'herbe et les feuilles humides, elle criait tout le temps : « Non ! Non ! » Sur son visage, l'expression hautaine a été remplacée par une terreur feinte quand elle a secoué violemment la tête, comme l'héroïne d'un film d'aventures.

Je me suis cramponnée à l'arbre et me suis frotté les

hanches contre le tronc indifférent. Je m'imaginais que j'étais attachée aux branches qui étaient au-dessus et au-dessous de moi. Quelqu'un m'avait battue avec du bois sec et avait glissé les mains sous mes vêtements. Quelqu'un, quelqu'un, voilà ce que je m'imaginais. Quelqu'un m'avait attachée tout en haut de l'arbre, bâillonnée et laissée mourir de faim, tandis que les merles me picoraient les oreilles. Je bougeais, bougeais, enfonçais les cuisses dans l'écorce rude. Dessous, Reese plaquait les hanches dans les feuilles et poussait des grognements. Quelqu'un, quelqu'un, s'imaginait-elle, lui faisait des choses terriblement excitantes.

Reese et moi ne parlions jamais de nos jeux intimes, des instants que nous passions seules sur le lit. À cette époque, nous nous parlions à peine. Mais nous nous assurions que personne d'autre n'entrait dans la chambre quand l'une de nous deux s'y trouvait seule.

C'était le moment le plus mal choisi pour nous disputer toutes les deux. L'une n'était pas censée se trouver à la maison sans l'autre, mais je ne pouvais jamais savoir si Reese n'allait pas se mettre en rogne contre moi et s'enfuir quelque part. La laiterie avait modifié la tournée de papa Glen et il ne travaillait plus à temps complet. Il rentrait souvent à la maison dans l'après-midi et avait de nouveau l'air soucieux en permanence. Un jour, il beuglait que je commençais à être trop grande pour me trimballer en T-shirt, sans soutien-gorge, et le lendemain, il m'accusait de jouer à l'adulte. Maman disait qu'il se disputait avec son père et que, jusqu'à ce que les choses s'arrangent, nous ne devions pas être dans ses jambes. Mais tante Alma et oncle Wade se disputaient eux aussi, alors je ne pouvais pas traîner chez eux non plus, et tante Ruth était vraiment malade, maintenant.

— Va chez Raylene, m'a finalement dit maman.

— Tu ne m'avais encore jamais envoyée chez Raylene, ai-je rétorqué. Je croyais que tu ne voulais pas que j'aille chez elle.

J'espérais qu'elle allait me permettre de retourner au restaurant pour travailler à la cuisine. J'aimais bien aller là-bas. J'aimais écouter les serveuses qui racontaient des blagues et observer les camionneurs qui flirtaient avec maman comme si elle était toujours la plus belle femme du comté.

— J'ai jamais dit ça. J't'ai jamais rien dit sur Raylene.

À sa voix aiguë, je sentais que maman était en colère.

— Est-ce que quelqu'un t'a dit quelque chose sur Raylene ?

— Non, maman.

— Tu es sûre ?

Maman m'a agrippé le poignet tellement fort que ma peau cuisait.

— Tu es sûre ?

— Qu'est-ce que tu veux que les gens disent sur Raylene ?

Maman m'a lâché le bras.

— T'occupe pas de ça. Et ne va pas inventer des histoires, ma petite. Tu n'es pas encore trop grande pour recevoir une bonne fessée.

— Excuse-moi. Mais tu m'avais encore jamais envoyée chez Raylene.

— Bon, je pensais que tu n'avais peut-être pas encore l'âge d'habiter au bord de la rivière.

Maman était exaspérée et impatiente. Elle a repoussé ses cheveux à deux mains et s'est essuyé les lèvres.

— Garvey travaille à la station-service de M. Berdforth, après l'école, en ce moment. Il pourra te déposer, et j'espère que je peux compter sur toi pour ne pas aller te fourrer dans des ennuis pendant que tu seras là-bas.

Garvey a été content de m'emmener chez tante Raylene, surtout quand maman lui a donné un dollar pour l'essence.

— J'gagne pas des masses à tout nettoyer pour M. Berdforth, m'a-t-il dit. Ce type est pingre comme pas un. Mais au moins, j'apprends quelque chose. Papa dit qu'un mécanicien peut toujours trouver du boulot.

— Ouais.

J'étais agitée et je ne m'intéressais pas aux problèmes de Garvey. Tante Alma plaisantait toujours en disant que les jumeaux étaient même trop paresseux pour péter tout seuls et, parfois, je me disais qu'elle avait raison. Ce qui est sûr, c'est qu'ils n'étaient pas malins. Ni l'un ni l'autre ne lisait jamais et tout ce qu'ils savaient dire, c'est qu'« un jour » ils seraient très riches. D'après maman, on voyait qu'ils grandissaient au fait qu'ils étaient devenus stupides. Les adolescents étaient toujours stupides avant d'être dégourdis. Je me demandais si c'était ce qui était en train de m'arriver, si j'avais vraiment commencé à être stupide sans m'en apercevoir. Ce n'était d'ailleurs pas d'une grande importance. Stupide ou dégourdie, ça ne changerait pas grand-chose à mon avenir, ni à celui de Grey et de Garvey, ni d'ailleurs à celui de n'importe lequel d'entre nous. Grandir, c'était un peu comme tomber dans un trou. Les garçons quittaient l'école et, tôt ou tard, allaient en prison pour quelque histoire idiote. Je ne quitterais peut-être pas l'école, pas tant que maman aurait son mot à dire, mais qu'est-ce que ça changerait ? Qu'est-ce que je serais dans cinq ans ? Ouvrière à l'usine textile ? Serveuse au petit restaurant, comme maman ? Tout me paraissait bien sombre. Pas étonnant si les gens devenaient fous en grandissant.

Quoi que maman ait pu dire, je savais que ce n'était pas uniquement à cause de l'endroit où elle habitait que je n'avais jamais passé beaucoup de temps chez tante

Raylene. Elle avait beau être une Boatwright, Raylene s'était toujours distinguée de ses sœurs par bien des côtés. Elle était plus calme, plus secrète, vivait seule avec ses chiens et ses cannes à pêche, et semblait heureuse comme ça. Elle avait toujours habité hors des limites de la ville et c'était chez elle que les cousins les plus âgés préféraient aller. Chez Raylene, ils pouvaient fumer, jurer et chahuter sans qu'on vienne les embêter. Elle laissait les gosses faire plus ou moins ce qu'ils voulaient. N'en ayant pas à elle, elle était convaincue que la meilleure façon d'élever des enfants était de ne pas les brider.

— Ils n'ont pas le mal en eux, avait-elle toujours dit. Ils ressemblent seulement à des chiots. Il faut bien qu'ils se dépensent de temps en temps.

La maison de Raylene était facile d'accès à partir de la route d'Eustis, mais à l'écart, un peu en hauteur. La Greenville s'incurvait autour du terrain sur lequel était construite sa vieille baraque délabrée, tout en longueur, et, de la véranda qui courait sur trois côtés, on pouvait voir la rivière et la route qui la longeait. Raylene élaguait les arbres et taillait court les arbustes.

— Je n'aime pas les surprises, disait-elle toujours. Je veux savoir qui va me tomber dessus.

Quand Raylene était jeune, elle avait été plutôt dévergondée, d'après oncle Earle. À dix-sept ans, elle s'était enfuie avec un chauffeur forain, mais elle ne l'avait jamais épousé. Elle était revenue dans la région deux ans plus tard pour travailler à l'usine textile et louer la maison dans laquelle elle habitait toujours. Avant de partir dans l'Oklahoma, Butch m'a dit qu'elle avait travaillé à la foire comme un homme, les cheveux coupés, vêtue d'une combinaison. Elle se faisait appeler Ray et, avec sa taille ramassée, ses larges épaules et ses petits seins, je comprenais facilement que personne ne lui ait posé de questions. C'était curieux de filer comme ça et, en y pensant, j'éprouvais une vague envie. Grey et Garvey racontaient bien qu'ils avaient l'intention de voyager une fois qu'ils auraient fini l'école, mais une fille ne pouvait pas aller se balader aussi facilement. Pourtant, Raylene l'avait fait et j'aimais bien me dire que moi aussi, je le ferais peut-être. Si je coupais mes cheveux très court, si j'apprenais à fumer et à dire des gros mots, ça pourrait peut-être passer. N'empêche que Raylene avait derrière l'oreille quelques vilaines cicatrices dont elle ne voulait pas parler et un air triste, songeur qui me faisait penser que ses voyages n'avaient pas été les aventures romantiques que les garçons décrivaient. Si je suivais son exemple, je pourrais revenir avec des cicatrices pires que les siennes, ou même ne pas revenir du tout.

Elle était revenue pour vivre sa vie toute seule. Au bout de vingt ans, elle avait quitté l'usine. Elle coupait toujours court ses cheveux gris et portait aussi souvent un pantalon qu'une jupe. Elle n'avait que quelques rares amis, tous calmes et aimant leur intimité, comme elle. Sa seule activité sociale semblait être une partie de cartes hebdomadaire avec un veuf, chef de la chorale, et deux institutrices du coin. Deedee l'avait un jour traitée de vieille solitaire, mais Ruth l'avait fait taire en lui disant que seule une femme qui ne supportait pas de se retrouver avec elle-même était solitaire et que Raylene était probablement la seule personne que nous connaîtrions jamais à être aussi totalement satisfaite de se retrouver en sa propre compagnie. D'ailleurs, personne ne la laissait seule. Les oncles passaient toujours vers l'heure du dîner et Grey et Garvey semblaient se trouver là aussi souvent que chez eux.

Raylene avait la réputation d'être la meilleure cuisinière de la famille et se faisait régulièrement de l'argent en vendant ses conserves de légumes et de fruits.

— Cette Raylene prépare les meilleurs légumes

marinés de toute la Caroline du Sud, clamait oncle Earle. Et pour le whisky maison, elle arrive en deuxième position.

Je n'avais jamais goûté son whisky, mais maman emportait autant de légumes marinés que Raylene voulait bien lui donner. Ils avaient un goût poivré, un goût de fumée, caractéristique, doux et épicé à la fois. Quand j'ai commencé à aller chez elle, je me disais seulement que je pourrais faire plaisir à maman en demandant à Raylene quelques bocaux supplémentaires. Je n'imaginais jamais que là-bas, au bord de la rivière, je me sentirais soudain aussi fascinée par ma vieille tante recluse que je l'avais été par la musique de gospel.

— Les déchets de l'humanité, ça remonte toujours à la surface, a dit tante Raylene, sur le ton de la plaisanterie, le premier après-midi que j'ai passé avec elle. Ici, où personne peut les trifouiller, les déchets remontent tout le temps.

Elle a éclaté de rire, avec un enthousiasme débordant, et craché par terre comme je n'avais encore vu aucune femme adulte le faire.

Les nuits d'été, pour éloigner les moustiques, Raylene faisait brûler dans son jardin des pneus de camion, récupérés à la décharge. La fumée s'élevait en un brouillard brun épais, nauséabond, qui dérivait vers la rivière, où les hommes venaient pêcher à la fraîcheur du soir et où tante Raylene arrachait les mauvaises herbes pour décourager les insectes et dégager la vue sur les rives.

— J'aime bien voir passer les choses, disait-elle de sa voix traînante, paresseuse, rauque. Le temps, les gens et les déchets sur la rivière. J'aime bien voir tout ça prendre le tournant.

Elle parlait doucement, sentait un peu l'alcool et le poivre, les légumes marinés, la bière maison et la fumée de bois, une odeur qui lui collait tout le temps à la peau. Je la regardais tandis qu'elle remuait les hanches dans sa salopette. Elle était aussi large que tante Alma mais se déplaçait avec la facilité et la grâce d'un jeune homme, s'accroupissant sur ses talons pour arracher les mauvaises herbes et balançant les bras quand elle marchait dans son jardin. Oncle Earle avait dit qu'elle adorait danser quand elle était jeune et, à la voir, on se disait qu'elle devait toujours en être capable.

La maison de tante Raylene était bien récurée, mais ses murs étaient tapissés d'étagères encombrées d'objets étranges — vieux outils, nids d'oiseau, vaisselle rare et cailloux aux formes curieuses. Une stupéfiante collection de choses accumulées sur la rive, en bas de sa maison. Les gens de Greenville jetaient leurs ordures au bord de la route, à quelques kilomètres en amont de la rivière. Là, elles s'enfonçaient dans la boue et finissaient par descendre près de chez tante Raylene, à l'endroit où la rivière formait un coude, puis remontaient à la surface et restaient prisonnière dans les racines des grands arbres de la rive. Tante Raylene disait que les ordures attiraient les poissons et, effectivement, dans ce coin, la pêche était la meilleure du comté. Les oncles allaient chez tante Raylene pour prendre des carpes, des poissons-chats et de gros poissons marron dépourvus de nom, aux yeux pourrissants et aux nageoires dorées, que les gens avaient peur de manger. Oncle Earle et oncle Beau mettaient leurs cannes à l'eau, avec des clochettes accrochées aux lignes, et allaient se planter dans la fumée des pneus pour boire du whisky et raconter des histoires cochonnes. Les clochettes tintaient de temps à autre mais ils ne s'interrompaient pas toujours pour aller chercher leur prise. Parfois, ils préféraient savourer leur whisky et leurs blagues.

Raylene m'a offert un verre de thé au citron quand je suis arrivée et m'a ensuite rapidement mise au travail.

Elle m'a demandé de ramasser des légumes dans son potager, sur le côté du jardin, pour qu'elle n'ait pas à se courber.

— Je me suis esquinté les reins dans cette fichue usine, m'a-t-elle dit avec un sourire et un soupir. Il fallait toujours se baisser pour attraper les choses. Maintenant, je préfère de loin courir que me pencher. Fais bien attention à ton dos, Bone, sinon, tu seras toute raide quand tu seras vieille.

Elle m'a demandé de descendre à la rivière pour récupérer les détritus accumulés dans les racines. Je suis revenue avec des tomates fraîches, des gombos, deux bocaux de légumes marinés et la tête d'une poupée Betsy Wetsy, celle qui a cette stupide boucle en caoutchouc sur le front. Raylene a dit à maman que j'étais le genre de petite fille qu'elle aimait, tranquille et travailleuse, et qu'elle me paierait en nature pour l'aide que je lui fournissais deux jours par semaine. J'ai donc commencé à passer tout mon temps avec Raylene tandis que Reese allait à des cours sur la Bible à la *Jesus Love Academy*.

Tous les jours, je récupérais des trucs à la rivière — des capotes de landau, des roues de tricycle, des souliers, de la vaisselle en plastique, des poignées de corde à sauter, des vêtements en loques et, une fois, le phare d'une Harley-Davidson.

— C'est des choses intéressantes, disait généralement tante Raylene. Tu as l'œil, petite. Je vais nettoyer et rapiécer ces habits. On va laisser tremper la vaisselle dans de l'eau de Javel et récurer le reste. Samedi matin, on étalera des couvertures par terre et on vendra tout ça au bord de la route. Demande à ta mère de t'envoyer ici ce week-end et je te donnerai dix pour cent de tout c'qu'on gagnera.

Plus que l'argent, j'adorais ses compliments, j'adorais être bonne à quelque chose, j'adorais entendre tante

Raylene dire à oncle Beau que j'étais une sacrée travailleuse. Parfois, elle venait au bord de l'eau et m'observait pendant que je grimpais sur les racines.

— Tu as le pied assez sûr, m'a-t-elle dit un jour. On dirait que t'as pas peur de tomber.

— Ben, pourquoi j'devrais avoir peur ?

Pendant que je la regardais, elle a allumé une cigarette à la manière d'oncle Earle, en frottant l'allumette contre son pouce.

— Un peu d'eau de la rivière va pas m'faire de mal.

— Non. Ça non. Mais tu peux pas savoir comme certaines personnes sont bêtes dès qu'elles ont peur de tomber, de se mouiller le pantalon ou de se cogner à un rocher sous l'eau. Un jour, Temple, la fille d'Alma, était ici. Elle venait de quitter l'école. Eh ben, elle avait la frousse de se faire mordre par des tortues. Cette petite était persuadée qu'elles n'attendaient qu'elle, là, sous l'eau, qu'elles attendaient de lui arracher les doigts de pied pour les bouffer ! Tu t'imagines un peu ?

Elle a tiré sur sa cigarette, la protégeant du vent de la rivière dans sa main en coupe.

— Seigneur !

Elle a arqué le dos, puis s'est accroupie sur la rive, sa jupe de serge noire repliée sous elle.

— J'en ai tellement marre des gens qui pleurnichent sur c'qui pourrait leur arriver, qui prennent jamais le moindre risque et font jamais rien de nouveau. Je suis contente de savoir que tu seras pas comme ça, Bone. Je compte sur toi pour foncer et faire des tas de choses, ma petite. Pour inquiéter les gens et rendre ta vieille tante heureuse.

Elle a passé les bras autour de ses genoux et a regardé au loin, vers le bas de la rivière. Je la voyais souvent faire ça, s'asseoir là et regarder au loin. Elle semblait toujours complètement à l'aise avec elle-même, les coudes enserrant ses genoux, une main levée pour pouvoir fumer. Parfois, elle fredonnait doucement une musique que je n'avais jamais entendue. Tante Raylene détestait presque tout ce qui passait à la radio et réservait son mépris le plus absolu aux ballades country pleurnichant sur l'amant infidèle et incluant toujours une petite partie parlée dans le refrain.

— C'est d'la merde affreusement larmoyante, affirmait-elle. T'aimes pas ça, hein, Bone ?

Je lui jurais que non, bien sûr que non, sans avouer que j'avais aimé ça quelque temps auparavant. J'aurais été ulcérée qu'elle me juge déraisonnable. Pour me protéger, je ne lui ai jamais parlé de gospel. Je n'aurais pas supporté que Raylene se moque de la musique que je rêvais de chanter.

Patsy Ruth, la fille de tante Alma, est venue chez tante Raylene pour ne plus devoir s'occuper de Tadpole. On avait finalement décelé un problème cardiaque chez la petite fille, même si elle n'avait pas l'air malade, seulement toute petite et légèrement bleue. À quatre ans, Tadpole pouvait toujours tenir dans le panier à linge d'Alma et devait être surveillée constamment. Patsy Ruth ronchonnait :

— Tadpole s'endort et on dirait qu'elle respire plus. Maman devient folle, elle croit qu'elle est morte ou qu'y a un problème et elle la secoue jusqu'à ce qu'elle crie. Ça me tape sur les nerfs. Je préfère de loin arracher les mauvaises herbes chez tante Raylene.

Patsy Ruth voulait m'aider à sortir des trucs de la rivière, mais elle avait horreur d'avoir de la boue sur elle. Elle restait sur les racines découvertes et retirait rarement quelque chose qui en valait la peine. N'empêche que c'est elle qui a vu les crochets — il y en avait deux, attachés avec une chaîne rouillée, des gros machins à quatre dents remorquant encore des petits filaments de corde.

— Regarde, ça brille! a-t-elle hurlé, et elle a manqué glisser dans la boue. Regarde, là! Y a quèque chose de bien, j'parie. Quèque chose de bien!

J'ai grimpé sur une racine me permettant d'atteindre le bord métallique arrondi qui dépassait de l'eau brune. Ce n'était pas facile d'arracher les crochets aux détritus boueux. Le temps que je les libère, j'avais glissé et me retrouvais avec une jambe dans la boue jusqu'à la cuisse.

— Bouge ton cul et viens m'aider! ai-je hurlé à Patsy Ruth.

Mais elle n'avait nullement l'intention de se risquer dans la rivière. Au lieu de quoi, elle a couru chercher Grey et Garvey.

— Doux Jésus, vise un peu la taille qu'ils ont! a dit Grey en m'arrachant les crochets des mains avant même que je les apporte sur la rive. C't'engin est plus long qu'mon bras.

— Qu'est-ce que c'est?

— C'est un crochet, une paire de crochets.

— Le premier imbécile venu pourrait s'en apercevoir. Mais à quoi ça sert?

Garvey était venu lui aussi et se montrait tout aussi impatient de mettre la main dessus. Il se disputait tout le temps avec son frère, contestait toujours ce que Grey disait.

— C'est pour faire de l'alpinisme, de l'alpinisme, voyons, nous a dit Grey.

Pas plus que Garvey, je ne l'ai cru, mais Grey insistait tellement que nous nous sommes tus pendant que nous effleurions les pointes rouillées des crochets.

— Regarde comme ils sont pointus. Ils doivent s'enfoncer dans du roc comme dans du beurre.

— On n'a pas besoin de ça pour grimper dans les montagnes du coin, a rétorqué Garvey en tirant sur la chaîne qui pendouillait. On n'a besoin de rien du tout.

— Oh! merde! C'est probablement un Yankee qui les a apportés du Nord. Il savait pas comment étaient nos montagnes.

Grey n'en démordait pas. Il tenait à toute force à nous persuader que les crochets servaient à faire de l'alpinisme, même si c'était idiot d'imaginer des Yankees en train de venir escalader nos montagnes avec ça. Mais Garvey n'avait pas l'intention de céder aussi facilement.

— T'es pas un peu fêlé? a-t-il craché. Même les Yankees sont pas aussi bêtes!

— Tu me traites d'imbécile, c'est ça?

— Oh! pour l'amour de Dieu!

J'ai attrapé les crochets avant que l'un d'eux se fasse embrocher. Ils étaient lourds, mais pas au point de m'empêcher d'en soulever un pour le lancer en cas de besoin. Grey avait raison sur un point. Sous la rouille, les extrémités étaient très pointues, et pas seulement les extrémités, mais toute la partie recourbée. Des algues gris-vert masquaient presque tout le luisant du métal, mais elles se détachaient assez facilement quand on grattait un peu. La rouille, elle, était plus tenace, mais elle est également partie quand j'ai fait courir mon couteau de poche le long des dents. Au centre de chaque crochet, là où les quatre pointes se rejoignaient, il y avait une masse compacte de vase gluante, d'herbes et de fragments de poisson. Je me suis mise à les décaper et j'ai réussi à intéresser suffisamment les garçons pour qu'ils cessent un instant de se disputer. Ils ont utilisé un démonte-pneu pour faire sauter la chaîne et séparer les deux crochets. Chaque frère en a pris un, l'air décidé à le garder.

— Une fois qu'on les aura nettoyés, j'te montrerai comment les alpinistes s'en servent.

Grey persistait à vouloir nous convaincre qu'il savait tout sur leur utilisation.

Garvey s'est moqué de lui.

— Essaie un peu d'lancer ce putain d'truc dans un arbre et tu vas éborgner quelqu'un quand la chaîne va se prendre dans une branche.

— J'vais pas l'lancer dans un arbre, a rétorqué Grey, la mine dégoûtée. J'vais m'en servir pour grimper au mur de la maison. J'vais t'faire coucou, une fois sur le toit, et alors, tu pourras toujours me traiter d'fou.

Et c'est bien ce qu'il a fait. Il a attaché une bonne corde, bien longue, à la chaîne qui pendait à son crochet et il a fait tournoyer le tout jusqu'au moment où il a atteint une hauteur suffisante pour le lancer sur la maison. Les pointes ont mordu dans le bois, sous le toit, et se sont enfoncées assez profondément pour supporter le poids de Grey. Mais une fois qu'il a grimpé là-haut, au bout du compte, il n'a pas réussi à passer une jambe par-dessus le toit. Garvey a essayé à son tour, oubliant qu'ils étaient en train de se chamailler, mais il a eu le même problème. Il est malgré tout parvenu à s'accrocher à la poutre de faîte pendant qu'il dégageait le crochet et le jetait par terre. Ensuite, il a glissé jusqu'en bas sans rien se casser, par miracle. Ni l'un ni l'autre ne m'a vue attraper le crochet abandonné par Garvey et commencer à tourner le coin de la maison.

— Cette fois, on va viser le toit, nous a annoncé Garvey. On va le planter sur le toit lui-même, comme ça, on pourra grimper dessus en nous aidant de la corde.

— Il n'en est pas question !

Tante Raylene était arrivée derrière moi pendant que nous étions tous en train de regarder Garvey. Elle m'a arraché mon crochet des mains et a pris le sien à Grey.

— Tu essaies de tuer un gosse ou quoi ?

Elle a alors levé les yeux et a vu les trous que le crochet avait creusés dans son mur.

— *Doux Jésus !*

Sa main gauche s'est levée, sinueuse, et a giflé Grey, puis Garvey.

— Voilà que vous creusez des trous dans ma maison ! Je suppose que vous avez l'intention de filer et de tout laisser dans cet état. Qu'est-ce que ça peut faire, hein, si la pluie rentre et pourrit mon mur ?

La chaîne qui se balançait dans un de ses poings est venue frapper le bas de la robe imprimée qu'elle avait mise pour se rendre en ville.

— Je m'étonne que vous vous soyez pas encore entre-tués. Non.

Elle a secoué la tête et craché du jus de chique de côté.

— Non. Ce qui m'étonne, c'est que j'vous aie pas encore tués.

— C'est pas un gros trou, a essayé de lui dire Grey. Il va pas laisser entrer la pluie.

Le rouge est monté aux joues de tante Raylene et ses yeux sont devenus vitreux. J'ai repensé à ce que m'avait dit oncle Beau. Tante Raylene se serait installée près de la rivière après avoir eu des problèmes avec les forains. Elle avait taillé en pièces un homme qui essayait de l'embêter. À présent, on aurait dit qu'elle allait balancer un des crochets dans le ventre de Grey. Les autres gamins sont partis en courant et Grey a reculé d'un pas mal assuré pour se mettre hors de sa portée.

— Tante Raylene ! a-t-il supplié, la sueur lui coulant sur la figure. Tante Raylene, écoute, tante Raylene, attends...

— Espèce de petit salopard, espèce de cinglé ! lui a-t-elle sifflé.

D'une main, elle lui a attrapé le bras et l'a secoué d'avant en arrière, comme un poisson au bout d'une ligne.

— Petits salopards, tous autant qu'vous êtes ! Vous savez pas c'que c'est, ça ?

Elle a agité les dents des crochets tout près du visage de Grey.

— Vous croyez peut-être que c'est un gros hameçon, tout simplement? Ben, non. C'est pour draguer le fond de la rivière. Tu te noies et ils se servent d'un truc comme ça pour te remonter en petits morceaux. Ça t'arrache aux saloperies qui sont dans cette grosse couche de vase. Ils te remontent en petits morceaux, tu m'entends? D'horribles tranches de ton corps, pour que ta mère n'ait plus qu'à pleurer.

L'histoire de tante Raylene ne nous faisait pas vraiment peur. Quand j'essayais d'imaginer ma chair en morceaux, on aurait dit une bande dessinée, c'était totalement irréel, mais la nuit, d'affreux morceaux de chair filandreuse hantaient mes rêves. Les crochets, eux aussi, faisaient irruption dans mes cauchemars, dégoulinant de sang et de vase. Ce n'étaient peut-être pas des fragments de poisson que je leur avais arrachés. Ça pouvait être n'importe quoi. J'inventais des histoires sur l'endroit d'où venaient ces crochets, sur la personne qui les avait perdus, tant et si bien que Patsy Ruth en a fait des cauchemars. Elle rêvait qu'elle s'était noyée dans la rivière et que les entrepreneurs des pompes funèbres devaient recoudre les morceaux de son corps pour qu'elle retrouve une forme humaine. Sauf qu'ils devaient recoudre des morceaux ayant appartenu à plusieurs personnes pour reconstituer un corps décent qu'on pouvait montrer à sa mère avant de l'enterrer. Quand elle lui a raconté ça, tante Alma m'a dit d'arrêter d'inventer des histoires aussi horribles.

Tante Raylene a posé une serrure à la porte de sa cave pour nous empêcher d'aller prendre les crochets et tout le monde a semblé les oublier. Mais quelques semaines plus tard, j'ai recommencé à en rêver. Cette fois, leurs pointes acérées sifflaient quand il y avait du vent et leurs tranchants en acier réfléchissaient la lumière quand il n'y en avait pas. Je me réveillais avec les dents douloureuses, les oreilles bourdonnantes, comme si le vent me soufflait dessus, un vent puant, froid et incessant. Je voulais un de ces crochets, je le voulais pour moi toute seule, je voulais ce métal pointu, froid, je voulais pouvoir tendre la main et le toucher à tout moment.

Je me suis mise à aller chez tante Raylene dès que j'en avais l'occasion. Je m'incrustais et me rendais utile. J'arrachais les mauvaises herbes et ramassais les tomates, le maïs et les piments. Quand venait le moment des conserves, c'est moi qui faisais bouillir les bocaux et fondre la cire pendant que Raylene coupait et hachait les fruits et légumes sur sa table de cuisine. Je remontais les bocaux de la cave. J'allais chercher la cire, les élastiques et les cercles métalliques qui permettaient de fermer les bocaux hermétiquement. Au moment où tante Raylene est sortie se passer la nuque sous la vieille pompe à eau, de l'autre côté de la maison, j'en ai profité pour remonter un des crochets. Je l'ai caché sous la véranda avant qu'on puisse le remarquer. Je riais parce que je n'avais eu aucun mal à le récupérer, mais quand je suis retournée à la cuisine, maman était là, plantée devant les cuves bouillonnantes.

— Tu veux que ces pêches débordent à force de bouillir ? m'a-t-elle demandé. Il faut surveiller ces choses-là de près. Tu peux pas t'amuser à courir dans le jardin quand ces marmites sont sur le feu.

Elle m'a juchée sur un tabouret, à côté de la cuisinière.

— Assieds-toi là et garde les yeux bien ouverts, ma petite.

Tante Raylene est arrivée en riant et m'a pincée à l'épaule.

— Écoute, Anney, Bone est c'que t'as fait d'mieux, elle travaille comme une bête de somme, je t'assure, exactement comme toi et moi.

J'ai laissé retomber mes épaules et j'ai fixé la marmite de pêches frémissante.

Ensuite, pendant trois jours, je suis restée assise devant cette cuisinière pendant que tante Raylene et maman bavardaient et faisaient la cuisine.

— Comment va Glen ?

La voix de Raylene était polie. On aurait dit que ça lui était plus ou moins égal que maman lui réponde ou non.

— Oh! il va bien. Ses tournées de ramassage n'ont pas eu l'air de marcher comme il l'espérait et je crois que pendant un bon moment il s'est disputé avec son père à ce sujet. Mais ces derniers temps, il travaille surtout à la laiterie proprement dite. Il n'en parle pas. À mon avis, il veut pas que j'l'entende se plaindre de son père, mais au moins, il a recommencé à travailler à plein temps. Si seulement il pouvait gagner plus !

— Je vois c'que tu veux dire.

— Oui, hein ? Quand t'as commencé à travailler à l'usine, toi aussi, tu gagnais une misère.

— Oh! ils voulaient jamais me laisser faire c'que j'réussissais le mieux. Ils préféraient me voir travailler à la chaîne plutôt que réparer leurs machines. Ils ont jamais pu accepter que je sois meilleur mécanicien qu'un ouvrier de l'usine. Au bout d'un moment, j'ai renoncé à me disputer avec eux. J'supportais plus d'être aussi pauvre, surtout que mes créanciers, eux, supportaient mal de pas s'faire payer.

Le sourire de Raylene était malicieux. Elle s'est versé du café chaud et s'est penchée vers maman.

— Tu t'rappelles la fois où Alma a empêché le shérif d'emporter ses meubles ? a-t-elle demandé. La fois où elle s'est mise à hurler qu'on essayait de la cambrioler, bien fort pour que tous les voisins entendent ?

— Mon Dieu, oui ! a dit maman en riant. Et ce shérif a failli en pisser dans son pantalon quand il l'a vue jeter ses vêtements par la fenêtre et qu'il l'a entendue hurler : « Prenez tout, tant que vous y êtes ! Prenez aussi les gosses, prenez tout ! » Oh! doux Jésus, oui !

— Wade dit toujours qu'elle a lancé sa robe de tous les jours au shérif et qu'elle s'est retrouvée en sous-vêtements. Après ça, il risquait plus de l'approcher !

— Ça non, c'est pas vrai, ma petite. C'est seulement ce qu'on raconte. Elle l'a pas vraiment fait. Elle a seulement menacé de le faire.

— L'histoire serait bien meilleure si elle l'avait vraiment fait, c'est sûrement pour ça qu'on raconte qu'elle est restée en culotte, hein ?

— D'ailleurs, ça lui ressemble bien. Alma n'a peur de rien.

— C'est pas comme ses filles.

— Exactement.

Maman m'a regardée.

— Secoue un peu ce bocal en attrapant le bout de fer, m'a-t-elle dit. Il faut pas que ça se tasse trop.

Elle a tendu le cou pour jeter un coup d'œil sans se lever.

— Je pense que ces bocaux sont pas assez enfoncés dans la marmite.

Tante Raylene a servi encore un peu de thé glacé à maman.

— Écoute, Anney ! Bone fait du bon boulot. Quand elle sera grande, elle saura tout ce qu'elle aura besoin de savoir sur les conserves, la cuisine et les ragots qu'on se raconte au-dessus des fourneaux.

Maman a ajouté un peu de sucre à son thé.

— Raylene, tu la gâtes trop. Tu aurais dû avoir des gosses à toi, là, t'aurais été un petit peu plus sévère.

— Bon, j'en ai peut-être pas mis au monde, mais j'ai vraiment l'impression d'en avoir élevé tout un tas. Depuis des années, il me semble avoir sans arrêt les gamins de quelqu'un dans les jambes. Je dois reconnaître que, dans cette famille, personne n'est égoïste avec ses enfants. D'ailleurs, plus d'une fois, j'me suis levée le matin pour trouver la véranda pleine de moutards que quelqu'un avait déposés pendant la nuit.

— Surtout ceux d'Alma.

— Oh! ne commence pas avec Alma. Elle a bon cœur, malgré son fichu caractère, ou peut-être à cause de ça. Et, bon Dieu, elle a pas eu la vie facile, surtout avec ses filles. Ça m'étonne pas que son enfant malade soit une fille. Elle a jamais eu de chance avec ses filles. Depuis qu'elle a quitté la maison, Temple a tourné au vinaigre.

— Tout le monde dit que Temple ressemble à Alma, mais moi, j'trouve pas, a dit maman. J'te jure que cette petite a jamais été bien dans sa peau. Elle s'est toujours royalement fichue de tout et de tout le monde, sauf de son amour-propre.

Tante Raylene s'est mise à pouffer par-dessus le bord de son verre.

— Tu sais, elle était dans le jardin la fois où le shérif est venu et où y a eu tout ce vacarme. Elle était plantée là et essayait de faire comme si de rien n'était, comme si y avait pas de shérif dans le jardin avec une autorisation de saisie, pas de coups frappés à la porte, personne qui jetait ses habits par la fenêtre. Cette fille est absolument stupéfiante.

— Qu'est-ce qu'elle avait l'intention de faire, lui offrir un verre d'eau, peut-être?

— Merde, non, elle a essayé de faire sortir Alma de la maison pour pouvoir donner tranquillement les meubles. Elle se fichait de ce qui arrivait, elle se fichait que le marchand de meubles veuille en fait voler sa mère. Tout ce qu'elle voulait, c'est que les voisins aillent pas se dire qu'ils étaient incapables de payer les traites.

— Comme si tout le monde le savait pas! On peut pas garder de tels secrets.

— Bon, toi et moi, on n'essaie même pas. Et Alma

non plus, ça, c'est sûr. Elle sait ce qu'elle est. Mais les gosses, c'est pas la même chose. On dirait qu'ils ont tout le temps envie de c'qui peuvent pas avoir, et pour c'qui est de l'amour-propre, ils s'posent un peu là !

— Ils ont pas d'amour-propre du tout, ou alors ils en ont trop. Des fois, j'arrive pas à savoir.

— P't'êt'e qu'ils sont pas comme nous, c'est tout.

Les traits de tante Raylene se sont relâchés et sa voix s'est faite plus sourde.

— Tiens, regarde tes filles, elles aussi, Anney. J'ai vu ça chez elles. Pas comme Temple. Non. Mais quelque chose. Une dureté, une colère qui se voient seulement de temps en temps.

Elles se sont tues et ont tourné les yeux vers moi. J'ai fait mine de ne pas avoir entendu et je me suis mise à chasser la vapeur pour pouvoir regarder dans la marmite. Mais du coin de l'œil, je les voyais parfaitement. À travers la vapeur, elles avaient toutes les deux l'air plus vieux que leur âge — deux femmes usées, fatiguées, qui ressassaient des histoires anciennes et tâchaient de ne pas trop s'inquiéter à propos de choses qu'elles ne pouvaient de toute façon pas changer. J'ai alors été frappée de constater à quel point elles étaient jeunes, toutes les deux, pour avoir l'air aussi vieilles. Ni l'une ni l'autre n'avait l'âge de Madeline, maman n'avait pas encore vingt-six ans et tante Raylene n'avait même pas dix ans de plus. Pourtant, elles semblaient tellement différentes de moi, on aurait presque dit qu'elles étaient d'un autre siècle. Sur le moment, j'aurais eu envie de leur ressembler davantage, d'être mieux dans ma peau, de ne pas être furieuse tout le temps. Trop d'amour-propre ou pas assez ? Qu'est-ce qui n'allait pas chez moi ? me suis-je demandé.

Une fois les pêches, les tomates et les haricots verts mis en conserve, tante Raylene s'est occupée du reste des fruits, prunes, pommes et mûres. Les journées étaient emplies de sueur, de vapeur et de marmites bouillonnantes. Chaque minute que je ne passais pas à l'école me trouvait juchée sur un tabouret, dans la cuisine, en train de peler, de récurer ou de surveiller les marmites pendant que tante Raylene me racontait des histoires et que mon cou se crispait d'inquiétude. J'avais peur que quelqu'un découvre mon crochet, sous la véranda, mais je ne pouvais pas l'enlever de là avant la fin des conserves. Si un de mes oncles le trouvait, je savais que tante Raylene comprendrait que c'était moi qui l'avais remonté de la cave.

Un jour, en fin d'après-midi, alors que nous avions presque terminé de mettre les cercles métalliques autour des bocaux de fruits, Grey est entré dans la cuisine, avec un air rayonnant que j'étais obligée de remarquer. Son sourire était tellement épanoui que je lui ai donné un coup de coude avant que tante Raylene puisse s'en apercevoir.

— Tu l'as trouvé ! lui ai-je soufflé.

Il m'a dévisagée pendant une longue minute, puis son sourire s'est encore élargi.

— C'est toi, hein, Bone ? C'est toi qui entrais et sortais de la cave tout le temps, hein ? T'es maligne, ma petite, t'es maligne.

— Tais-toi ou tante Raylene va le cacher là où on pourra jamais le trouver.

— J'le dirai à personne.

— À voir l'air que t'as, elle va se douter qu'il se passe quelque chose.

Grey s'est mis à rire et a passé un doigt dans du jus de mûres qui avait coulé et que je n'avais pas eu le temps de nettoyer.

— Et toi, tu n'as qu'à parler un tout petit peu plus fort et elle sera au courant.

J'ai regardé en direction de la pièce qui se trouvait au

fond du couloir. Tante Raylene était en train de plier des serviettes et de fredonner. J'ai repoussé Grey vers la véranda et je lui ai passé un bras autour du cou. Je savais que si j'étais trop autoritaire, il filerait avec le crochet, que je ne reverrais jamais plus. J'ai pensé à la manière dont maman flattait toujours papa Glen et, délibérément, j'ai pris une voix douce et retenue.

— J'ai une idée, lui ai-je murmuré à l'oreille. J'ai un plan pour faire avec ce crochet une chose à laquelle personne n'irait jamais penser.

À voir la grimace de Grey, on aurait pu croire qu'une deuxième série de dents avait poussé dans ma bouche.

— Quelque chose de bien, hein ?

— Quelque chose d'incroyable, et je voudrais que tu m'aides.

J'ai essayé de lui caresser la nuque, mais il s'est dégagé.

— Raconte.

J'ai hésité et jeté un coup d'œil vers la porte où tante Raylene pouvait apparaître à tout moment. Le visage de Grey n'exprimait que de la patience. Il ne ressemblait pas à son frère. Des deux, c'était lui qui se lançait dans l'action, qui répétait rarement les secrets, même quand il essayait d'impressionner quelqu'un. J'ai grincé des dents, puis secoué la tête. Autant lui en parler et savoir ce qu'il serait prêt à faire. Je me suis écartée de lui et j'ai enfoncé les mains dans les poches de mon short.

— Je veux grimper sur le toit de Woolworth, une nuit. J'ai une idée pour y entrer sans que personne s'en aperçoive.

Grey a alors tourné la tête vers la porte.

— Tu parles sérieusement, hein, a-t-il soufflé.

Ce n'était pas une question. Je suis restée sans bouger et j'ai attendu.

— Écoute, merde, Bone ! T'as réussi à pas te faire

repérer par tante Raylene, mais un vol à grande échelle, c'est autre chose. Qu'est-ce qui te fait croire que tu pourrais t'en tirer comme ça?

Je me suis balancée sur mes pieds nus en essayant d'avoir l'air confiante.

— Y a des choses que j'ai faites dont t'as jamais entendu parler, cousin. Des trucs que j'te dirai jamais. Exactement comme tu raconteras à personne ce qu'on va faire, toi et moi.

J'ai essayé de plisser les yeux comme oncle Earle quand il jouait au poker.

Grey a pincé les lèvres, sifflé et s'est penché par-dessus la balustrade de la véranda.

— D'accord, Bone, d'accord! Mais si on s'fait piquer, je dirai que c'est toi qui as eu cette idée. Autant que tu le saches tout de suite.

Je n'ai pas pu m'en empêcher. J'ai éclaté de rire. Grey m'a souri, l'air un tout petit peu perplexe.

— T'inquiète pas, cousin, lui ai-je dit. Si on s'fait piquer, c'est même moi qui leur dirai. J't'le promets.

Je n'ai pas ajouté qu'il n'y avait pas l'ombre d'une chance pour que quelqu'un gobe une telle salade — Grey étant plus âgé que moi et un garçon, par-dessus le marché. Si nous nous faisions prendre, j'aurais des ennuis, mais lui encore plus. Je n'avais cependant aucune intention de me faire prendre. Je l'ai laissé sortir le crochet de sous la véranda pendant que je surveillais, de la cuisine, et occupais tante Raylene.

— Surtout, motus, ai-je insisté.

— J'le dirai à personne, Bone, a-t-il promis. À personne.

Il m'a fait un sourire tellement radieux que j'ai bien été obligée de le croire.

J'ai passé la nuit chez tante Raylene. Quand elle s'est endormie, je me suis faufilée dehors pour aller chercher le crochet. Je l'ai rapporté dans ma chambre, j'ai détaché la chaîne, je l'ai nettoyée et fait briller. Quand elle a été luisante et douce, je l'ai mise dans mon lit, entre mes jambes et je l'ai tirée d'avant en arrière. J'en frissonnais et brûlais en même temps. Dans un des livres que papa Glen cachait dans le garage, j'avais lu que des femmes se fourraient des trucs à l'intérieur. Je maintenais la chaîne en y pensant, je la frottais contre ma peau et chantonnais tout bas. Je n'étais pas comme les femmes dont parlaient ces livres, mais c'était bon de toucher ce métal, de faire bouger ces anneaux d'avant en arrière, jusqu'à ce qu'ils soient tout glissants. J'ai utilisé le cadenas que j'avais trouvé sur la rive pour m'attacher la chaîne autour des hanches. Elle me faisait l'effet d'être chauffée par le soleil et, en même temps, me donnait des frissons. Elle était aussi luisante que la sueur sur les épaules couvertes de taches de rousseur d'oncle Earle, aussi excitante que la lueur qui brûlait derrière mes yeux. Elle était à moi. Elle était en sécurité. Chaque maillon de cette chaîne était magique dans ma main.

J'ai renversé la tête en arrière et j'ai souri. La chaîne bougeait sous le drap. J'étais enfermée, j'étais en sécurité. On ne pouvait pas toucher à ce que j'étais réellement. Personne ne pouvait encore imaginer ce que je voulais réellement. Quelque part, au loin, un enfant hurlait, mais pour l'instant, ce n'était pas moi.

13

J'ai emporté mon crochet dans un sac en grosse toile, avec les dernières courgettes et les derniers concombres du jardin de tante Raylene. Je n'avais pas assez confiance en Reese pour prendre le risque de le ranger dans la chambre, alors je l'ai caché dans l'un des cartons de maman, empilés sous les combles, au-dessus de la machine à laver. Là-haut, il était en sécurité, hors de vue, talisman contre l'obscurité et tout ce qui guettait, tapi dans le noir. Savoir qu'il était là me permettait de me redresser de toute ma hauteur, d'avoir l'impression d'être soudain devenue, comme par magie, plus âgée, plus forte, presque dangereuse. Chaque fois que j'aidais maman avec la lessive, je levais les yeux, faisant semblant d'être perdue dans mes pensées ou mes rêves d'avenir.

— Tu as changé, Bone.

Maman a sorti des serviettes et des draps de la machine et les a fait tomber dans le panier que je tenais.

— Non, pas vraiment.

J'ai baissé la tête.

— Si. J'ai l'impression que tu as un peu grandi. Tu redresses davantage la tête. J'arrive même à voir tes yeux, de temps en temps.

Maman m'a souri et a laissé tomber les dernières serviettes dans mon panier. Elle devait se pencher par-dessus la machine pour attraper son sac de pinces à linge, un vieux T-shirt dont elle avait cousu le bas, sus-pendu à une patère. Pendant qu'elle me tournait le dos, j'ai levé les yeux pour m'assurer que mon carton était toujours à sa place.

— Reese t'a dit que Shannon Pearl avait appelé ?

Je franchissais déjà la porte pour aller étendre le linge, mais les paroles de maman m'ont arrêtée.

— Ah bon ?

— Oui. J'lui ai pas parlé, mais Reese dit qu'elle a seulement demandé si tu étais là. Tu pourrais peut-être penser à la rappeler.

— J'sais pas, maman. J'sais pas si je devrais le faire.

— Bon, j'te dis pas qu'il le faut, mais tu devrais y réfléchir, Bone. Ça sert à rien de se buter et lui parler ne va pas te tuer. Elle veut peut-être te demander pardon, tu sais.

— Oui, maman.

Je me suis mise à secouer un drap pour le suspendre sur la corde. Je ne voulais pas que maman voie mon expression. Je n'avais aucune intention d'appeler Shan-non Pearl.

Maman ne m'a jamais demandé pourquoi Shannon Pearl et moi nous étions bagarrées. La seule fois qu'elle en a parlé, c'est quand elle a reconnu avec tante Raylene qu'il valait probablement mieux rester en dehors des disputes des gosses. J'étais arrivée pendant qu'elles bavardaient toutes les deux et j'avais immédiatement compris de quoi il s'agissait, alors j'avais fait demi-tour et j'étais ressortie. Maman s'était mise en colère quand Mme Pearl l'avait appelée pour lui dire que je n'avais pas demandé pardon après avoir donné un coup de poing à Shannon, mais ce n'était pas parce qu'elle croyait que j'aurais dû présenter des excuses. Elle était furieuse contre ma stupide négligence.

— Tu sais donc pas qu'on peut éborgner quelqu'un en le frappant à la figure?

— Si, maman.

— De toute façon, y a aucune raison de frapper les gens.

— Non, maman.

— Bon...

Elle m'a regardée attentivement. Je savais qu'elle attendait que je dise quelque chose, mais je me suis contentée de garder les yeux fixés sur la table.

— J'comprends pas bien les Pearl. Ils auraient dû te ramener tout de suite à la maison au lieu de t'obliger à rester dans la voiture pendant qu'ils couraient partout.

Elle a commencé à fouiller dans son sac pour chercher ses cigarettes.

— Et j'comprends pas non plus pourquoi elle téléphone après tout ce temps.

— Moi non plus, maman.

Je n'avais pas envie de parler de Shannon Pearl. Depuis le temps, elle devait se sentir seule, sans personne à qui parler, alors elle avait demandé à sa mère de nous appeler, ça, j'en étais sûre.

Maman a soupiré, l'air fatiguée.

— Bon, ne va pas te fourrer dans des ennuis. J'veux pas être tout le temps obligée de t'excuser.

— Oui, maman.

C'est juste avant Thanksgiving que Shannon Pearl a appelé chez nous et m'a demandée au téléphone.

— J'ai pas l'intention de m'excuser, s'est-elle empressée d'annoncer, comme si notre dispute datait de la veille.

Sa voix semblait étrange, depuis le temps que je ne l'avais pas entendue.

— Je me fiche pas mal de ce que tu fais ou non, lui ai-je rétorqué.

Je coinçais le combiné avec mon épaule et je m'arrachais les petites peaux autour des ongles.

— Arrête de faire ça, a dit maman en passant pour aller à la cuisine.

— Oui, ai-je dit machinalement.

— Qu'est-ce qu'y a? a demandé Shannon, de l'espoir dans la voix.

— Je parlais à ma mère. Pourquoi tu m'appelles?

Il y a eu un soupir, puis Shannon s'est éclairci la gorge plusieurs fois.

— Bon, j'me suis dit que j'devrais. C'est pas la peine de se disputer pour quelque chose d'aussi bête, de toute façon. J'te parie que tu sais même plus pourquoi on se disputait.

— Si, je me rappelle, lui ai-je dit.

Ma voix m'a semblé froide, même à moi. Pendant un moment, j'ai éprouvé de la honte, puis de la colère. Qu'est-ce que ça pouvait me faire de la vexer? Qu'est-ce qu'elle représentait pour moi?

— Ma mère a dit que je pouvais t'appeler, a murmuré Shannon. Elle a dit que je pouvais te demander de venir dimanche. On va faire un barbecue pour des parents de papa, qui sont du Mississippi. Ils nous apportent des pêches de Géorgie et des belles noix de pécan.

Je me suis rongé l'ongle du pouce et je n'ai rien dit.

— Tu pourrais demander à ta mère si elle est d'accord pour que tu viennes.

La voix de Shannon semblait essoufflée et désespérée, presque perçante.

— Si tu veux bien, a-t-elle ajouté.

Je me demandais ce qu'elle avait dit pour que sa mère accepte que je vienne. Sur la terrasse, Reese commençait à crier à Patsy Ruth :

— Tu sais même pas jouer à ce jeu !

Pourquoi est-ce que j'aurais dû aller chez les Pearl et voir sa famille de gros lards s'empiffrer?

— Maman m'a donné un électrophone, a dit brusquement Shannon. J'ai un tas de disques.

— Ah ouais?

— Plein.

J'ai vaguement entendu sa mère dire quelque chose.

— Je dois m'en aller. Tu vas venir?

— Peut-être. J'en sais rien. Je vais y réfléchir.

J'ai raccroché et j'ai vu que maman m'observait de la cuisine.

— Shannon veut que j'aille chez elle dimanche. Ils vont faire un barbecue.

— Tu as envie d'y aller?

— Peut-être. J'sais pas.

Maman m'a fait un signe de tête et m'a tendu un torchon.

— Bon, viens m'aider. Et tâche de me dire si tu y vas avant dimanche. J'aime pas les surprises, le dimanche matin. J'aurai peut-être envie de passer toute la journée au lit, qui sait?

Elle a souri et je l'ai serrée dans mes bras. J'adorais quand elle avait cet air-là. Ça réchauffait toute la maison et je m'y sentais en sécurité.

— Je pourrais avoir envie d'aller faire un tour, moi aussi.

Maman m'a donné une petite tape sur les fesses.

— Mais je vais aller nulle part tant qu'on aura pas fait la vaisselle, ma petite, et c'est ton tour d'essuyer.

— Oui, maman.

Je n'avais pas l'intention d'y aller. Vraiment pas. En tout cas, je n'ai pas rappelé Shannon et je n'ai rien dit à maman non plus. Mais le dimanche après-midi, je me suis dirigée vers la maison de Shannon en emportant le seau en fer-blanc de Reese, comme si j'allais chercher des raisins tardifs. En chemin, je secouais les vignes gris-vert flétries qui mourraient à la première bonne gelée. Dans les films, les gens se balançaient toujours à des plantes grimpantes semblables, mais chaque fois que Reese et moi avions essayé, nous nous étions retrouvées sur le derrière. Ils avaient peut-être des plantes différentes dans les forêts où ils tournaient des films, mais alors, il n'y poussait probablement pas de raisin.

Tout en marchant, je fredonnais des bribes de nos hymnes préférés, à maman et à moi, passant de *Somebody Touched Me* à *Oh Sinner Man*. Reese le transformait tout le temps en « *Whoa Sinner Man* », ce qui déclenchait le rire d'oncle Earle, un rire rappelant le cri de l'âne. Oncle Earle me manquait. Nous ne le verrions pas avant le printemps. Il avait été envoyé dans la ferme pénitentiaire du comté pour avoir démoli la mâchoire d'un homme et cassé une vitre du *Cracker Blue Café*. Tante Alma disait qu'il s'était encore plus bagarré à la ferme et qu'une bande de types l'avaient attrapé et lui avaient tondu tous ses cheveux bruns. J'essayais de l'imaginer chauve.

— Ça va le freiner un peu dans ses fredaines.

Tante Alma avait presque l'air contente.

— C'est quoi les fredaines ?

Reese n'avait pas encore compris que poser des questions quand les tantes bavardaient vous valait d'être mis à l'écart. J'avais essayé de lui dire que si elle voulait apprendre des choses, elle ferait mieux de se taire, d'enregistrer et d'essayer de comprendre plus tard.

— Qu'est-ce que vous faites, là, à écouter la conversation des gens ? a dit maman, très en colère. Sortez de là, tous !

— Tu vois le résultat !

J'étais vertueusement indignée. Je n'avais pas l'habitude d'être mise dans le même sac que les petits mômes.

— Voilà, maintenant, on saura jamais pourquoi ils lui ont rasé la tête.

— Oh ! j'le sais déjà, a dit Reese en minaudant, avant

de passer un bras autour des épaules de Patsy Ruth. Mamie a dit qu'il avait essayé de couper la bite à un type.

Je n'étais encore jamais passée par-derrière pour aller chez les Pearl. Habituellement, je descendais la route depuis le magasin de pneus Sears, mais ce dimanche, j'ai coupé par l'arrière des grandes maisons dont la façade donnait sur Tyson Circle, et par le parking du comptoir de glaces Roberts Dairy. Des magnolias et des fleurs, au fond de la propriété des Pearl, empêchaient de voir ce parking et, pour jeter un coup d'œil chez eux, j'ai dû m'approcher des chrysanthèmes plantés près de la clôture.

Il y avait beaucoup de gens et ils avaient tous un air de famille. Des hommes petits, bouffis, trop bien habillés étaient plantés un peu partout, un lourd verre de thé à la main, et souriaient à des femmes maigres, pâles, aux lèvres roses et aux cheveux flottant au vent. Des petits gamins couraient partout près d'une allée où des garçons plus grands se relayaient pour tourner la manivelle d'une sorbetière. Deux tables de jeu avaient été ajoutées à la grande table de jardin, en séquoia, que Mme Pearl avait été tellement fière d'acheter l'année précédente. Apparemment, les gens avaient déjà mangé, mais sous le gril, le charbon brûlait toujours et Shannon Pearl était postée devant, semblant aussi malheureuse qu'un être humain pouvait l'être.

Je me suis arrêtée et je l'ai observée. Elle jouait avec une fourchette à long manche et, de temps en temps, regardait les autres enfants. Son visage était rose et suant et elle avait l'air soufflée dans sa robe en organdi orange et blanc. J'ai repensé à maman, qui disait que Mme Pearl ne savait vraiment pas habiller sa fille.

— Elle devrait pas lui mettre tous ces falbalas. Cette gamine est déjà bien assez grosse comme ça.

J'étais d'accord. Shannon avait l'air de chair à saucisse fourrée dans un boyau trop petit. On aurait également dit qu'elle avait pleuré. De l'autre côté des tables, Mme Pearl était assise avec une demi-douzaine de femmes frêles, dont deux tenaient des bébés.

J'ai entendu quelqu'un s'écrier d'une voix flûtée :

— Mon trésor ! Mon trésor !

— Espèce de gros lard !

Un des cousins de Shannon est passé en courant devant elle et lui a crié dans l'oreille :

— T'as rien dû manger d'aut'que du porc depuis ta naissance. C'est pour ça que t'as l'air d'un cochon.

Il s'est mis à rire et a filé. Shannon a retiré ses lunettes et s'est mise à les nettoyer avec sa robe.

— Bon Dieu de merde ! ai-je marmonné tout bas.

Je m'étais toujours doutée que j'étais la seule amie que Shannon avait au monde. C'était ce qui me rendait aussi déloyale et mauvaise avec elle, car je savais bien que je ne l'aimais pas au point de vouloir être sa meilleure amie. Mais quand j'ai entendu son cousin lui parler comme ça, j'ai repensé à la fois où j'avais fait sa connaissance, à la manière dont j'avais aimé sa fierté têtue, la juste colère qu'elle avait retournée contre ses bourreaux. Elle ne paraissait pas animée d'une juste colère à ce moment précis. Elle avait l'air fatiguée, blessée et honteuse. Son visage m'a donné la nausée, m'a fortement irritée et a ravivé mon sentiment de culpabilité.

J'ai flanqué un coup de pied dans la palissade basse, puis j'ai levé une jambe pour l'escalader. Bon, d'accord, c'était un petit monstre, mais elle était mon amie, et un genre de monstre que je pouvais comprendre. À six mètres de moi, Shannon a reniflé et attrapé le bidon d'alcool à brûler posé à côté du barbecue. Elle ne m'avait même pas vue.

Ensuite, les gens n'ont pas arrêté de me demander ce qui s'était passé.

— Où est-ce que tu étais? m'a demandé le shérif Cole pour la troisième ou quatrième fois. Et qu'est-ce que tu as vu exactement?

Il ne m'a pas laissé une seule chance de lui répondre. Peut-être parce qu'il était difficile d'entendre quoi que ce soit avec les hurlements de Mme Pearl.

— Bon, et où t'étais?

Il ne cessait de regarder par-dessus son épaule, vers le barbecue et le feu crachotant de graisse.

Je savais qu'il n'avait pas entendu un mot de ce que je lui avais dit. Contrairement à Mme Pearl. Elle m'avait parfaitement entendue et se débattait pour échapper aux gens qui la retenaient et essayer de s'en prendre à moi. Elle hurlait sans arrêt : « C'est toi! », comme si c'était de ma faute alors que je m'étais contentée de regarder. Ça, j'en étais sûre. Je n'avais même pas fait deux mètres après avoir franchi la clôture.

Shannon avait remis ses lunettes. Elle avait le bidon en plastique d'alcool à brûler dans une main et, de l'autre, elle a attrapé cette fourchette à long manche. Elle a remué le charbon avec la fourchette et l'a arrosé d'alcool. Le bidon a fait un bruit sec quand elle l'a pressé. Elle essayait apparemment de faire mieux brûler le charbon. Ou peut-être qu'elle aimait tout simplement voir les flammes s'élever. Elle a aspergé et aspergé d'alcool, a hésité, puis s'est remise à asperger.

Shannon a secoué la main. J'ai entendu le bidon crachoter et aspirer de l'air. J'ai vu la flamme se diriger droit dessus et disparaître. Puis elle est revenue avec un grand bruit. Le bidon a explosé et le feu s'en est échappé dans une immense boule mouvante.

Shannon n'a même pas crié. Elle avait la bouche grande ouverte et elle a aspiré les flammes. Ses lunettes se sont voilées, ses yeux ont disparu et, tout autour de son crâne, ses cheveux fins se sont dressés en une auréole ardente. Sa robe a lâché un bruissement sonore et s'est élevée en flammes fumantes jaune orangé. J'ai vu tomber la fourchette, le manche en bois dans le feu. J'ai vu Mme Pearl se lever et se précipiter vers sa fille. J'ai vu tous les hommes lâcher leur verre de thé glacé. J'ai vu Shannon trébucher et osciller d'un côté à l'autre, puis s'affaisser sur elle-même. Sa robe avait disparu. J'ai vu la fumée devenir noire et huileuse. J'ai vu Shannon Pearl disparaître de ce monde.

Le service funèbre a eu lieu à l'église baptiste de Bushy Creek. Mme Pearl a absolument tenu à disposer un édredon d'enfant, brodé, sur le cercueil. J'y ai jeté un coup d'œil et, ensuite, je n'ai plus relevé la tête. Mme Pearl avait placé un chérubin aux joues roses et aux cheveux jaunes à l'endroit qui couvrait probablement les traits calcinés de Shannon. J'ai glissé ma main dans celle de maman et pincé les lèvres. Reese voulait venir, mais maman avait refusé et l'avait envoyée chez Raylene pour la journée. Maman n'était pas tellement contente que j'aie tenu à assister à l'enterrement, d'ailleurs, mais elle avait accepté de m'y conduire quand je m'étais mise à pleurer. Papa Glen avait été furieux contre maman qui, d'après lui, avait cédé à mes « idioties », et il était allé à la pêche avec Beau et Nevil. Ces derniers mois, il avait commencé à boire. Il sifflait autant de bières qu'eux et rentrait à la maison pour s'affaler, endormi, sur le canapé.

— Ce gamin sait pas boire, plaisantait Beau, s'amusant énormément de l'état confus et du visage cramoisi de papa Glen après quelques gouttes à peine. Il a pas une constitution pour ça, voilà tout.

— Pas l'estomac pour ça, plutôt, a rectifié oncle Nevil.

— Exact, il a pas l'estomac pour ça.

Ils se sont tous mis à rire. Curieusement, ils semblaient contents que Glen se soit soudain mis à boire.

— Fichus imbéciles ! a rouspété Raylene.

— C'est pas grave, lui a dit maman. Glen aura beau essayer, il sera jamais un grand buveur.

C'était vrai. Alors que Beau et Nevil pouvaient boire pendant des heures et n'en devenaient que plus bruyants et mauvais, papa Glen s'endormait invariablement pendant qu'ils continuaient à picoler. Il se réveillait avec des maux de tête et d'estomac au moment où Beau et Nevil avalaient du café pour se préparer à une journée de travail. Ils étaient tous deux encore à moitié soûls, après ce qu'ils avaient bu la veille, mais allaient quand même au boulot. Tout ça m'énervait, mais, comme maman, je ne voyais pas ce qu'on pouvait y faire.

— Est-ce que vous l'aviez déjà vue ? a demandé Mme Pearl au pasteur qu'ils avaient fait venir de leur église de famille, dans le Mississippi. C'était vraiment un ange du Seigneur.

Le pasteur l'a confirmé d'un signe de tête et a placé ses mains au-dessus de Mme Pearl, qui serrait contre elle un gros bouquet de chrysanthèmes jaunes. Derrière eux, le chef du chœur avait posé une main sur le coude de M. Pearl. M. Pearl avait un teint gris cadavérique. Entre mes cils baissés, j'ai vu que le chef du chœur lui fourrait un gobelet en carton dans la main et lui murmurait quelque chose à l'oreille. M. Pearl a acquiescé et bu d'un seul trait. Il ne cessait de regarder dans la direction de sa femme et des fleurs qu'elle pressait si fort contre elle.

— Elle adorait les enfants, vous savez. Elle était toujours l'amie des moins privilégiés. Toutes ses petites amies sont là aujourd'hui. Et elle chantait si bien ! Vous auriez dû l'entendre.

Je me rappelais la voix rauque et tremblotante de Shannon qui fredonnait à l'arrière de la voiture de son père, après m'avoir raconté une histoire particulièrement horrible. Était-il possible que Mme Pearl n'ait jamais entendu chanter sa fille? J'ai jeté un coup d'œil à M. Pearl et j'ai vu sa tête s'affaisser de nouveau. Si ç'avait été moi, dans cette boule de feu, est-ce qu'ils seraient venus à mon enterrement?

Mme Pearl a levé le visage, qu'elle avait enfoui dans les fleurs. Ses yeux larmoyants erraient sur les rangées de bancs. Elle ne comprend rien, me suis-je dit. Les yeux de Mme Pearl ont glissé sur moi sans me voir, ses mains ont écrasé les fleurs serrées sur son cou. Tout à coup, elle s'est mise à gémir, comme un oiseau pris dans des ronces, doucement, d'une voix étouffée, tandis que le pasteur la ramenait avec précaution vers le premier rang. La femme du chef de chœur s'est précipitée pour l'entourer de son bras pendant que le pasteur faisait désespérément signe au chœur d'entonner un hymne. Les voix se sont élevées, lisses, mais le gémissement de Mme Pearl a continué, perçant l'air confiné, imprégné de sueur, un chant sans mesure, sans rythme — mais du gospel, le gospel le plus pur, un chant de détresse, d'absolu désespoir.

Je me suis retournée et j'ai enfoui le visage dans la robe de maman. Toute ma colère obstinée avait disparu. Semblant tout comprendre, maman m'a caressé le cou et le dos pendant qu'elle chantonnait tout bas sa propre chanson — muette, atone, ce bruit sourd que j'avais entendu toute ma vie.

14

La mort de Shannon me hantait. Tout à coup, je ne me sentais plus aussi adulte. J'ai essayé de me réconcilier avec Reese, mais elle avait décrété que Patsy Ruth était la seule personne au monde à qui elle faisait confiance et insistait pour qu'elle passe constamment la nuit à la maison. Elles chuchotaient toutes les deux, gloussaient, me montraient du doigt, puis s'éloignaient en courant. Même maman était furieuse contre moi. Épuisée par l'effort qu'il me fallait fournir pour essayer de me mettre quelque chose de nouveau sur le dos cinq jours par semaine, j'avais porté un jean pour aller à l'école et on m'avait renvoyée à la maison avec un mot sévère.

— Tes vêtements sont propres. T'as aucune raison d'avoir honte, avait lâché maman.

À tout autre moment, elle aurait pu éprouver de la compassion parce que les filles de l'école se moquaient de moi et de mes éternelles jupes cloches et robes chemisiers, mais nous n'avions pas d'argent pour acheter des vêtements neufs et personne ne pouvait nous en prêter. Oncle Earle se trouvait toujours à la ferme pénitentiaire, tante Alma avait été renvoyée de la blanchisserie où elle travaillait à temps partiel, et tante Ruth était tellement malade que Travis payait une infirmière pour aider Deedee à s'occuper d'elle. Tout le monde avait des soucis et les nerfs à fleur de peau.

J'avais la gorge nouée en permanence. Le crochet que j'avais caché dans le débarras ne m'attirait plus. En pensant à ses bords tranchants, j'avais envie de le toucher, mais je n'arrivais pas à me forcer à grimper pour l'attraper. Même la rivière, chez Raylene, m'effrayait et m'attristait, car l'eau sale qui dévalait me rappelait la boue et la pluie, à l'enterrement de Shannon. Je la revoyais tout le temps plantée là, tête baissée, sa vie encore pleine de possibilités, d'inconnu, je me demandais ce qui aurait pu se passer, ce qu'elle aurait pu devenir. Je ne pensais pas au feu mais au bruit mat, étouffé, de sa vie en train de s'éteindre, de tout en train de s'arrêter.

Dans ma vie aussi, tout était incertain. Moi aussi, je pouvais me trouver quelque part où je foncerais dans le mur de ma propre mort. Je commençais à trembler chaque fois que papa Glen tournait ses yeux bleu foncé vers moi, un tremblement secret, profond, et je priais pour qu'il ne le remarque pas. Non, murmurais-je la nuit. Non, je ne veux pas mourir. Non. Je serrais les dents. Non.

Je me suis mise à me regarder dans les miroirs, pour voir ce que les autres voyaient, pour essayer de savoir ce qui leur indiquait qui j'étais réellement. Que voyait papa Glen ? Et tante Raylene ? Et oncle Earle ? Mes cheveux avaient commencé à devenir plus clairs, prenant des reflets roux et non plus bleutés, mais mes yeux étaient restés d'un noir d'encre. Je regardais mes pommettes dans la glace de la salle de bains. Contrairement au visage lisse, doux de Reese, le mien avait des pommettes hautes et saillantes. C'était peut-être affreux. Probablement affreux. Je tournais la tête. J'avais les dents dures et blanches, pointues et luisantes. J'étais solide de partout. Maman jurait que je transformais les rayons du soleil en muscles. Elle était fière de ma vigueur, du poids que je pouvais porter, de la vitesse à laquelle je pouvais courir, mais, tout à coup, voilà que j'étais embarrassée et maladroite. En un an, j'avais tellement grandi que j'avais l'impression d'avoir constamment mal aux os.

— C'est la croissance qui te fatigue, m'a dit tante Raylene. Continue à pousser comme ça et tu seras grande, ma fille.

Je ne voulais pas être grande. Je voulais être belle. Quand j'étais seule, je regardais mon corps obstiné, mes longues jambes, mes hanches inexistantes et le très léger renflement à l'endroit où Deedee et Temple avaient de gros seins ronds. Je n'avais pas de quoi être fière et je détestais les plaisanteries de Raylene, qui affirmait que nous étions toutes de souche paysanne, des descendantes de femmes qui accouchaient en plein champ et titubaient pour retourner travailler tout de suite après. Godiche, robuste, affreuse... pourquoi est-ce que je ne pouvais pas être jolie ? Je voulais ressembler aux jeunes filles des contes, princesses au teint pâle et au cœur tendre. Je détestais mes doigts courts, mon visage large, mes genoux osseux, je détestais être tout le contraire des jolies héroïnes aux traits délicats et à l'ossature frêle, tremblante. J'avais un visage buté, je n'avais rien de remarquable, de la tête aux pieds, et j'étais aussi foncée que l'écorce d'un noyer. Mon corps, comme celui de mes tantes, était fait pour être éreinté, usé, jeté. J'avais lu ces choses-là dans des livres et je n'y avais pas prêté attention. Celles qui mouraient comme ça, qui se tuaient au travail ou étaient emportées par des accidents stupides n'étaient presque jamais les héroïnes. Tante Alma m'avait donné *Autant en emporte le vent* en gros livre de poche, avec des photos coloriées du film, et m'avait dit que j'allais l'adorer. Au début, c'était le cas, mais un soir, j'ai levé les yeux, abandonnant les joues roses de

Vivien Leigh pour voir maman qui arrivait du travail, ses cheveux foncés par la sueur, sa tenue de serveuse tachée. Une idée fulgurante, acérée m'a traversé l'esprit. Emma Slattery, me suis-je dit. Voilà ce que je serais, voilà ce que nous étions. Et pas Scarlett avec ses joues enfarinées. Je faisais partie de la racaille, en bas, dans les cases maculées de boue, qui se battait avec les nègres et volait les mieux lotis, sans la moindre reconnaissance, engeance stupide, grossière, née pour la honte et la mort. J'ai tremblé de frayeur et d'indignation.

— Qu'est-ce que cette gosse fabrique dans la salle de bains, depuis tout ce temps, nom de Dieu ?

Papa Glen était irritable comme seul peut l'être un homme qui a bu la veille. Je me suis enfermée et j'ai essayé de ne pas l'écouter quand il a hurlé derrière la porte.

— Bone, sors de là et viens m'aider avec les patates.

Je me suis lavé la figure et je suis sortie aider maman, qui portait encore sa tenue de serveuse et ses chaussures blanches à talons plats. Elle a souri et m'a passé une marmite.

— Enlève les yeux mais laisse la peau. On va faire de la purée comme l'aime ton père.

Dans la salle de séjour, le grognement de papa Glen s'est fait entendre, puis il y a eu le bruit de la porte latérale qui s'ouvrait et se refermait. Maman a posé les mains sur mes épaules et m'a serrée contre elle.

— Je voudrais que tu ailles chez Alma, après l'école, pendant quelques jours. Je passerai vous prendre, Reese et toi, en sortant du boulot. J'aimerais que tu gardes les gosses d'Alma pour qu'elle puisse passer un peu de temps avec Ruth.

Maman s'est interrompue. Quand elle s'est remise à parler, sa voix était plus calme.

— Papa Glen s'inquiète à cause de l'argent, avec

Noël qui approche. Il aimerait bien faire quelque chose de spécial. Hier soir, il m'a dit que depuis tout ce temps, nous n'avons jamais invité ses frères à dîner.

J'ai baissé les yeux sur la marmite de pommes de terre. Je me rappelais la dernière fois que nous étions allés chez les Waddell. Papa Glen bégayait quand son père lui adressait la parole. Ce vieux bonhomme était horrible et travailler pour lui devait être infernal, même moi, je le savais. Maman s'est approchée, de sorte que sa bouche s'est retrouvée tout près de ma joue.

— J'sais pas. J'arrive pas à comprendre pourquoi son père le traite aussi mal. Glen essaie toujours de lui faire plaisir et son paternel rate pas une occasion d'le traiter d'imbécile. Ça ronge Glen, oui, ça l'ronge.

Elle a soupiré.

— Fais attention pendant quelque temps, Bone. Fais vraiment bien attention, ma p'tite.

Elle a hésité, semblant vouloir ajouter quelque chose, au lieu de quoi elle m'a étreint l'épaule, encore une fois, puis est partie changer de tenue. Je l'ai observée tandis qu'elle s'en allait, la tête penchée en avant. Depuis quand est-ce que maman avait l'air fatiguée, triste, effrayée? Depuis une éternité. J'avais l'impression que ça faisait une éternité.

Je continuais à chercher quelque chose de spécial en moi, quelque chose de magique. Je grandissais, oui ou non? Mais la seule différence, c'était ma colère, cette rage brute qui bouillonnait dans mon ventre. Une colère cherokee, peut-être, une colère d'Indien sauvage, comme celle de Shannon, sans fond, horrible. J'étirais les lèvres pour découvrir mes dents. À Greenville, une famille sur trois peut très bien avoir un peu de sang cherokee, mais moi, j'étais née avec beaucoup de cheveux noirs. J'ai le sang de mon arrière-grand-père en moi, me disais-je. Je suis la fille de la nuit, la petite guerrière de mon arrière-grand-père. Je remontais mes cheveux sur le sommet du crâne et je cherchais des lueurs rouges au fond de mes pupilles, un rouge foncé, luisant comme des rubis, ou vif, comme du sang frais. J'ai un regard dangereux, me disais-je. Je pouvais être dangereuse, oh oui alors. Que papa Glen se remette à engueuler maman, qu'il lui fasse mal, qu'il me fasse mal, qu'il essaie, un peu, pour voir ! Il a intérêt à faire attention. Il est loin d'imaginer ce que je peux tenter. Si j'avais un rasoir, je lui trancherais sûrement la gorge en pleine nuit, et puis je m'enfuirais pour vivre seule et nue dans les collines, à l'ouest, comme un personnage sorti d'un roman de Zane Grey. Tout ce que j'avais à faire, c'était grandir un peu, devenir moi-même.

Au dîner, papa Glen m'a engueulée.

— Cette salle de bains est une porcherie. Avec tout le travail qu'a ta mère, le moins que tu pourrais faire serait de nettoyer de temps en temps, d'aider un peu à mettre de l'ordre.

Maman a soupiré et repoussé son assiette. Reese mangeait tête baissée et moi, je n'ai pas répondu. Maman m'avait dit de faire attention. Prudemment, j'ai gardé la tête tournée de l'autre côté, observant les lumières de la route qui se reflétaient sur les rideaux de la cuisine, ne regardant surtout pas papa Glen.

Après le repas, j'ai récuré la baignoire et pris un long bain chaud. J'ai cherché des poils bruns dans mon nombril et vérifié si je n'avais pas de duvet entre les jambes. J'étais lisse et propre. J'ai attrapé le miroir à main de maman et je l'ai coincé entre mes genoux en formant un certain angle. Mon menton était rose, avec une fossette, mon cou pâle, dessous, si bien que je voyais les lignes bleues des veines qui se faufilaient vers mes oreilles. J'ai posé les mains à plat sur mes joues et étiré mes yeux. Mon visage est resté indéchiffrable, mes yeux dénués d'expression et argentés. Mon visage ne disait rien. Il était effrayant, sévère et vide. J'ai baissé de nouveau la tête et j'ai regardé mes tétons marron-roux, mon nombril froncé, mes longues cuisses et mes genoux meurtris. J'avais mal au cou, aux dents, au bas du dos et au cul. Tout en moi était affreux, terreux et engourdi — rien à voir avec les filles d'oncle James, leurs crinolines en nylon blanc et leurs rubans en satin bleu dans les cheveux. Elles étaient le genre d'enfants que désiraient vraiment les gens. Rien en moi ne rappelait la petite fille respectable aux yeux rêveurs, qu'on trouve dans les contes, rien en moi n'était beau. Je comprenais pourquoi papa Glen se montrait odieux avec moi. Au dîner, quand maman était retournée dans la chambre pour chercher son pull, il avait tenu à me dire que je n'avais vraiment pas de quoi être fière.

— Tu te crois intéressante, avait-il raillé. À te voir, on pourrait penser que tu pisses de l'eau de rose et du miel. Tu te crois trop bien pour être dressée. Ta mère t'a pourrie. Elle ignore à quel point tu es paresseuse et têtue, mais moi, je le sais. Je te connais. Je te connais et je vais pas te laisser mal tourner comme tes bonnes à rien de cousines, ça non, pas sous mon toit.

Affreux bonhomme, ai-je murmuré. Je me fiche pas mal que son père le traite comme un chien. Je me fiche de savoir pourquoi il est aussi méchant. Il est odieux.

Je me suis tournée et j'ai plongé la figure dans l'eau. Je n'étais pas une Cherokee. Je n'étais pas une guerrière. Je n'étais pas quelqu'un de spécial. Je n'étais qu'une petite fille, effrayée et furieuse. Quand je me voyais à travers les yeux de papa Glen, j'avais envie de mourir. Non, je voulais déjà être morte, froide, disparue. Tout semblait sans espoir. Il me regardait et j'avais honte de moi. On aurait dit que je glissais sans arrêt dans un trou, et que je me voyais au fond, sale, dépenaillée, pauvre, stupide. Mais une fois au fond, là où il faisait le plus noir, ma colère se manifestait et je savais qu'il n'avait aucune idée de celle que j'étais réellement, qu'il ne me voyait jamais comme la petite fille qui travaillait dur pour tante Raylene, qui avait des bonnes notes malgré les fréquents changements d'école, qui faisait des courses pour maman et s'occupait bien de Reese. Je n'étais ni sale ni stupide et si j'étais pauvre, à qui la faute ?

Je me mettais tellement en colère contre papa Glen que je grinçais des dents. Je rêvais de lui arracher le cœur, son cœur mauvais, déchaîné, noir comme du charbon. Dans ce rêve, c'était bon de le détester. Mais ce qui était horrible, c'était ce que je ressentais quand j'étais réveillée et que je n'étais pas en colère. Le pire de tout, c'était ce que j'éprouvais quand je voulais que nous ressemblions aux familles des livres que j'empruntais à la bibliothèque, quand je voulais simplement que papa Glen m'aime comme le père dans *Robinson Crusoé*. Et lui, il devait ressentir la même chose quand il se trouvait dans la maison de son père et baissait la tête.

L'amour me rendrait belle ; l'amour d'un père me purifierait le cœur, adoucirait mon âme amère et illuminerait mes yeux cherokee. S'il m'aimait, si seulement il m'aimait ! Pourquoi est-ce qu'il ne m'aimait pas ? Je martelais de mes poings les parois de la baignoire en faïence, secouais la tête et hurlais sous l'eau, remontais à la surface pour respirer, puis m'immergeais pour me remettre à gémir. Si quelqu'un était entré, il n'aurait pas su que je pleurais et j'étais sûre que Dieu lui-même ne pouvait pas m'entendre jurer.

Pendant les vacances de Noël, chez tante Alma, j'ai passé mon temps à faire jouer à mes cousins et cousines des histoires compliquées dont la moitié étaient tirées d'émissions de télévision. Tant que tout le monde faisait ce que je disais, j'étais la meilleure baby-sitter que tante Alma ait jamais vue.

— Tu peux être Francis Marion[1], ai-je dit à Petit Earle. Reese et moi serons des guerriers cherokee, Patsy Ruth peut être le commandant anglais, Garvey sera le colon américain trouillard et Grey un colon qui prend notre parti.

— Swamp Fox, Swamp Fox, où étais-tu? a commencé à chantonner Petit Earle.

Mais Patsy Ruth l'a interrompu :

— Pourquoi est-ce que je dois être le commandant anglais? Pourquoi tu veux pas être le méchant et me laisser être un Cherokee?

— Parce que tu te débrouilles comme un pied pour grimper aux arbres. Tout le monde sait que les Indiens savent grimper aux arbres.

— Alors, il faut que je monte à cheval et je veux la bicyclette de Grey, pas la vieille de Petit Earle.

— Si elle a l'droit d'prendre ma bicyclette, alors je veux porter ta casquette.

— On n'a pas besoin de ma casquette dans cette histoire. On se sert seulement de ma casquette quand on joue à Johnny Yuma.

Je perdais patience et n'avais aucune envie de prêter ma casquette d'insurgé, celle qu'oncle Earle m'avait rapportée du magasin de Fort Sumter. Elle était belle — grise, douce, avec une visière souple et la bannière étoilée surpiquée en jaune.

— Johnny Yuma, a recommencé à chantonner Petit Earle en essayant de son mieux d'imiter la voix basse de Johnny Cash. Il a sillonné l'Ouest... Johnny Yuma l'insurgé... il errait seul...

— Tu la portes tout le temps.

Grey a tapé sur les fesses de Petit Earle et s'est

1. Général américain (1732-1795) qui s'est illustré pendant la guerre d'Indépendance et a été surnommé Swamp Fox, le renard des marais. (N.d.T.)

retourné vers moi avec une expression de douceur étudiée.

— Tu la portes même quand on joue au monstre de Frankenstein. Et tu sais bien que personne porte une casquette comme ça dans le film de Frankenstein.

— Oh! nom de nom!

J'ai laissé Grey porter ma casquette, mais j'avais perdu tout intérêt pour Swamp Fox. D'ailleurs, qui avait entendu parler de lui avant qu'il fasse son apparition dans un dessin animé de Walt Disney?

Grey et Garvey ne jouaient avec nous que la moitié du temps. Ils s'étaient mis à fumer et étaient occupés à s'exercer à lancer des piécettes. À la rentrée des classes, ils avaient l'intention de rafler l'argent du déjeuner de la moitié des élèves du cours élémentaire. En attendant, ils gardaient leurs distances, à moins que je propose une histoire qui leur plaisait vraiment.

— Si on rejouait aux frères Dalton? suggérait tout le temps Grey.

Il avait perfectionné le truc consistant à sauter de sa bicyclette en faisant semblant d'être touché par une balle et adorait se montrer en spectacle.

— Aux sœurs Dalton, ai-je insisté.

Reese et moi avions vu le film et raconté à tout le monde l'intrigue avec tant de détails que les cousins et cousines se disputaient sur ce qui s'était passé ou non, alors qu'ils ne l'avaient pas vu. Toutes les filles adoraient l'idée d'une bande de sœurs qui pillaient les banques et vengeaient la mort de leurs frères, mais les garçons préféraient jouer à Jesse James ou à la bande des Younger.

— Dans ce film, peut-être, mais tout le monde se souvient des vrais frères Dalton.

Garvey avait lui aussi vu le film et n'avait pas digéré que les frères se fassent tuer dans la première séquence pour que les femmes puissent apprendre à manier un fusil et à piller les banques.

— D'ailleurs, j'crois pas que ce film dise la vérité. J'vous parie que les sœurs ont jamais attaqué de banque.

— Qu'est-ce qu'on parie? a rétorqué Reese, d'un air de défi, car elle adorait ce film. Tu crois qu'une fille pourrait pas t'flanquer une raclée? Tu crois qu'j'pourrais pas t'flanquer une raclée?

Elle a arraché ma casquette de la tête de Grey.

— Tu pourrais même pas faire peur à un poulet tombé dans un nid de mocassins d'eau!

Grey a essayé de reprendre la casquette mais Reese est partie en courant. Chaque fois qu'il la rattrapait, elle réussissait à se libérer. Elle lui hurlé par-dessus son épaule :

— C'est toi qu'as la trouille des mocassins d'eau. Tante Alma dit que t'as pissé dans ton froc quand elle t'a emmené cueillir des mûres, juste parce que t'avais mis le pied à côté d'un petit serpent vert que t'avais pris pour un mocassin d'eau.

— Ferme ta gueule, bourrique!

D'une secousse, Grey a repris la casquette.

— Ferme la tienne!

Reese lui a donné des coups de pied dans les chevilles.

— Ah! ces filles!

— Ah! ces garçons!

— Rends-moi ma casquette!

Je la lui ai prise des mains tandis qu'il sautillait pour éviter les petits pieds durs de Reese. J'espérais qu'elle lui ferait vraiment mal quand tante Alma a arrêté la bagarre. Elle a envoyé les garçons jouer derrière la maison et a dit aux filles de rester devant.

— Si vous arrivez pas à jouer ensemble, je vous sépare.

— De toute façon, j'ai pas envie d'être avec des garçons stupides.

Reese a craché dans la direction de Grey. Quelquefois, j'étais d'accord avec chaque mot que prononçait ma petite sœur.

— Alors, à quoi on va jouer, maintenant ? a gémi Patsy Ruth. On peut pas monter à bicyclette devant la maison. On peut presque rien faire devant.

J'ai fait tournoyer ma casquette d'insurgé sur mon poing et j'ai eu une soudaine inspiration.

— On va jouer aux méchantes sœurs.

— Quoi ?

Patsy Ruth n'arrêtait pas d'essuyer la morve qu'elle avait sur la lèvre. Maman jurait qu'elle avait le nez qui coulait depuis sa naissance.

— Elle s'essuiera encore la morve le jour de son mariage et le jour de sa mort.

J'ai donné à Patsy Ruth le mouchoir que j'avais fauché dans le tiroir de papa Glen pour m'en servir de foulard.

— On va jouer aux méchantes sœurs, leur ai-je répété, et, dans mon esprit, je voyais le visage déformé et méchant de Shannon Pearl. D'abord, on va jouer aux méchantes sœurs de Johnny Yuma, ensuite aux méchantes sœurs de Francis Marion, et après de Bat Masterson. Et puis on trouvera quelqu'un d'autre.

Reese a eu l'air perplexe, mais Patsy Ruth a poussé un cri enthousiaste.

— Ouais ! Je veux être la méchante sœur de l'Homme à la carabine.

Patsy Ruth a couru chercher le vieux fusil cassé, en plastique, qui appartenait à Grey. Pendant tout l'après-midi, elle a fait semblant de tenir un fusil à canon scié, comme celui du feuilleton « Au nom de la loi ». Finalement, Reese s'y est mise elle aussi, a feint d'être touchée et a roulé de la véranda. J'ai pris le couteau à découper de tante Alma et j'ai annoncé que j'étais la méchante sœur de Jim Bowie et que personne ne devait m'embêter.

Je me suis entraînée à planter le couteau de tante Alma sur la véranda et j'ai entendu les garçons jurer derrière la maison. J'ai décidé que j'étais méchante. J'étais hargneuse, haineuse, et tout ce que je voulais, en réalité, c'était planter ce couteau dans le corps de papa Glen.

Ce soir-là, Patsy Ruth a amusé Alma et Wade en courant partout et en hurlant « reçu cinq sur cinq » jusqu'au moment où elle a renversé le verre de tante Alma.

— Au nom du ciel, à quoi tu joues, petite ?

— Je suis la méchante sœur de Broderick Crawford ! a gémi Patsy Ruth en s'essuyant le nez.

— La quoi ? a fait oncle Wade en se mettant à rire dans son verre. La quoi ?

Il a cessé de se balancer sur son fauteuil canné et a écrasé sa cigarette sur la véranda. Tante Alma a secoué la tête et regardé Patsy Ruth en se demandant si elle n'était pas devenue folle.

— La méchante sœur de Broderick Crawford ! Seigneur, qu'est-ce qu'elles vont pas inventer !

Patsy Ruth était humiliée et furieuse. Elle m'a montrée du doigt.

— C'est elle qu'a eu l'idée. Elle a dit que j'pouvais y jouer.

Wade a tendu la main pour me donner une tape sur la croupe.

— Ma p'tite, t'as un esprit qui me fait froid dans l'dos.

Il m'a donné une autre tape, mais légère, et a continué à sourire.

— La méchante sœur de Broderick Crawford !

Ça m'était égal. J'ai joué aux méchantes sœurs de toute mon âme.

15

Maman a accepté que tante Raylene nous emmène, Reese et moi, voir oncle Earle à la ferme pénitentiaire. Tante Raylene disait qu'il allait y rester encore trois mois et qu'il s'ennuyait de ses neveux et nièces.

— Pourquoi t'emmènes pas Grey et Garvey ? lui a demandé maman. Ça leur montrerait c'qui leur arrivera s'ils continuent à démolir les téléphones.

— Arrête avec ça.

Tante Raylene était chatouilleuse à propos de Grey et Garvey. La police les avait piqués en train de foncer comme des fous dans le camion d'oncle Beau, alors qu'ils étaient censés passer la nuit chez elle. Alma s'était mise en colère, lui reprochant de ne pas les avoir correctement surveillés, et Raylene avait failli gifler Garvey quand il s'était vanté d'être le plus jeune de la famille à avoir été arrêté. Tante Raylene était en train de plier les sous-vêtements propres d'oncle Earle et de les ranger dans un sac en papier. Son visage était cramoisi de colère.

— La prochaine fois, c'est pas la police qui aura besoin de les envoyer quelque part. Je les propulserai moi-même tellement loin qu'ils seront incapables de retrouver le chemin de la maison.

— Merde, tu parles !

Mamie a posé bruyamment un panier rempli de provisions sur la table de cuisine de tante Raylene.

— Dis plutôt qu't'iras les voir tous les mois et qu'tu leur apporteras du pain de maïs sucré, comme tu le fais pour Earle.

— Tu verras bien.

— C'est tout vu.

Je m'attendais à ce qu'elles se mettent à se bagarrer pour de bon. Au lieu de quoi, mamie s'est penchée et a embrassé tante Raylene en plein sur la bouche, ses lèvres pressant celles de Raylene avec un bruit sonore. Tante Raylene a haleté de surprise et mamie en a ri aux larmes.

— Hi! Hi! Regarde-toi un peu! Raylene, j'ai fini par t'avoir. Oh! Seigneur! J'ai bien rigolé.

Elle s'est laissée tomber sur une chaise de cuisine et s'est essuyé les yeux.

— Bon, ça fait rien, tu diras juste à Earle que j'lui envoie toute mon affection. Et dis-lui aussi que si j'lui avais plus souvent botté l'cul quand il était gosse, il en s'rait pas où il en est aujourd'hui.

— T'aurais rien pu faire pour empêcher Earle de se battre.

Raylene essayait de se remettre du choc que lui avait causé le baiser de mamie.

— Earle avait quelque chose de mauvais en lui dès la naissance.

J'ai observé tante Raylene pendant qu'elle tirait ses cheveux gris en arrière et les maintenait avec des épingles. Est-ce que moi aussi, j'avais quelque chose de mauvais en moi? me suis-je demandé. J'en avais bien l'impression. J'en avais l'impression depuis des semaines. Je n'étais peut-être pas née avec mais c'était venu après, comme aurait dit mamie. C'était venu plutôt vite.

Earle était légèrement plus maigre et plus gris autour

292

des yeux. Ses cheveux avaient un peu repoussé, courte brosse noire qui se dressait sur sa tête. Il ne cessait de passer les mains sur son crâne, comme s'il avait du mal à croire que ses cheveux épais, bouclés, avaient disparu. N'empêche qu'au moment où nous nous sommes installés sur l'herbe pour pique-niquer, il avait préparé des cadeaux pour tout le monde — plaques de porte-clés et ceintures pour les garçons, porte-monnaie et barrettes à cheveux pour les filles, le tout fait à la main et joliment décoré. Tante Raylene a eu un sac à main aussi grand que son panier à provisions. Pour maman, Earle avait prévu un portefeuille en cuir agrémenté de guirlandes de roses.

— Tu lui donneras ça et tu lui diras que je pense tout le temps à elle.

Il a ri de son rire sardonique.

— Je pense à ses biscuits. Les cuistots d'ici sont incapables de préparer des biscuits mangeables.

J'ai tripoté le portefeuille et observé les autres familles installées sur l'herbe. Toutes les femmes avaient des sac à main en cuir avec des roses imprimées dessus. Des petites guirlandes en cuir repoussé, autour des bandoulières et au bord des portefeuilles. J'ai passé le doigt sur le portefeuille de maman et je me suis demandé comment on faisait ça.

Comment repoussaient-ils le cuir ?

J'ai ouvert le portefeuille de maman et j'ai caressé le cuir brut. Autour de nous, les femmes donnaient à manger aux enfants et restaient tout près de leur mari. Le terrain brûlant, sous le soleil aveuglant, sentait les aliments gâtés, la sueur et les couches de bébé aigres. J'ai levé les yeux sur oncle Earle et j'ai vu qu'il regardait les femmes tandis que la transpiration lui coulait devant les yeux.

— Comment tu fais ça ? lui ai-je demandé en agitant le portefeuille pour intercepter son regard. Il faut découper tous ces motifs ?

Il m'a pris le portefeuille des mains et a fait courir ses doigts sur les roses en cuir et les guirlandes gravées.

— On se sert d'estampeurs. On tape dessus avec un maillet en bois, on martèle le motif sans arrêt pendant des heures. C'est exactement c'qui faut à des détenus. Ça les occupe et ça les empêche de s'sauter d'ssus.

Il m'a adressé un grand sourire.

Je l'ai fixé sans oser poser la question.

Il s'est alors mis à rire. Il m'avait parfaitement comprise.

— Ils les comptent... les estampeurs, les lames, tout ça. Si le nombre correspond pas en fin d'après-midi, on va pas manger. Bien sûr, parfois, ils se trompent, et parfois, le rasoir se casse.

Il a essuyé sa transpiration sur son jean et a levé la main, paume ouverte. Une fine lame métallique luisait au soleil. Il s'est remis à rire, feulement sourd, pendant que j'en restais bouche bée.

— Ils se croient malins !

Il a craché vers la clôture. Il semblait différent sans ses longs cheveux bruns, plus endurci et plus vieux. Seuls ses yeux étaient toujours les mêmes, sombres, emplis de douleur. Maintenant, ces yeux brûlaient en direction des gardiens qui faisaient leur ronde de l'autre côté de la clôture.

— Ils se croient bougrement malins !

J'avais l'impression que mon cœur enflait dans ma poitrine. Oncle Earle a de nouveau essuyé la main sur son jean et j'ai su que la lame avait disparu. Il était mon oncle. J'étais la fille préférée de sa sœur préférée. J'avais la certitude absolue que j'étais à lui et qu'il était à moi. Soudain, je me suis sentie furieusement fière de lui et de moi.

— Je t'aime ! ai-je murmuré.

— 'videmment, mon rayon de soleil, a-t-il dit en riant. 'videmment.

Oncle Earle m'a attrapée et m'a serrée contre son épaule. J'ai regardé la clôture et plissé les yeux. Nous sommes malins, me suis-je dit. Nous sommes plus malins que vous pensez. Je me sentais méchante, puissante et fière de nous tous, de tous les Boatwright qui étaient allés en prison, qui avaient rendu les coups quand on ne leur laissait aucune chance et s'étaient accrochés à leur amour-propre. Quand tante Raylene m'a appelée, j'ai pris tout mon temps pour retourner à la voiture.

— Pourquoi faut-il qu'il soit aussi têtu ?

Raylene était penchée en avant, les mains sur le volant de la Pontiac.

— Pourquoi faut-il que ce type cherche tout le temps les ennuis ?

— Il cherche pas les ennuis.

J'étais encore emplie de la magie qu'avait exercée la lame dissimulée.

— Il sait se débrouiller quand il tombe dessus, c'est tout.

— Ah, tu crois ça, hein ?

Tante Raylene s'est retournée pour me regarder.

— Alors, s'il sait se débrouiller, pourquoi il s'est retrouvé en taule ? Pourquoi il a pas réussi à rester dehors ? Pourquoi il a pas su se maîtriser suffisamment pour pas démolir la mâchoire du meilleur ami qu'il ait dans ce comté ?

Elle a secoué la tête et fourré son nouveau sac sous le siège.

— Vous, les gosses, vous trouvez tous vos oncles très malins. S'ils sont aussi malins que ça, comment ça se fait qu'ils soient aussi bougrement pauvres, hein ? Tu peux me le dire ?

Je me suis mise à la recherche de Grey quand nous

sommes revenues de la ferme pénitentiaire et je lui ai dit que c'était le moment d'utiliser le crochet. Il m'a fait un lent sourire de satisfaction et m'a promis de venir me retrouver quand je voulais, où je voulais. L'expression que je voyais dans ses yeux était celle que j'avais vue dans ceux d'Earle, celle que j'imaginais dans les miens. Un petit tambour d'excitation a commencé à battre en moi et le rythme n'a fait que s'accélérer quand j'ai sorti le crochet de sa cachette. Je l'ai donné à Grey quand il est venu chez nous ce soir-là, même si ça me faisait mal de le laisser partir. Ce serait plus facile pour lui de l'emporter jusqu'à Woolworth sans attirer l'attention. Un garçon avec un paquet pouvait avoir l'air parfaitement innocent alors que moi, on me demanderait ce que je portais. J'ai grincé des dents, irritée, mais je m'accrochais à l'idée que je reverrais très bientôt mon crochet. Je devais retrouver Grey derrière Woolworth le vendredi soir, quand maman irait voir tante Ruth et que je serais censée dormir chez Alma.

À cette époque, Grey et Garvey semblaient tout le temps se disputer et se mettaient à boxer et à lutter aussi facilement que certains crachent. D'après moi, il était clair que Grey s'enthousiasmait pour mon plan en partie parce que son frère en était exclu. C'étaient des faux jumeaux — dans la famille, il n'y avait pas de vrais jumeaux —, mais les garçons d'Alma se ressemblaient plus que les deux séries de jumelles de tante Carr. Ils étaient tous les deux grands et élancés, avec une peau qui bronzait bien et des cheveux qui devenaient châtain-roux au soleil. Garvey était le plus beau, il avait des yeux bleus limpides et une petite fossette prononcée au menton, qui inspirait étrangement l'affection. Grey avait quelque chose d'assez méchant dans l'expression. Il plissait trop facilement les yeux et fronçait tout le temps les sourcils, même après que tante Alma lui avait acheté une paire de lunettes cerclées de métal. Grey les détestait et les portait seulement quand l'un des oncles était là et le giflait parce qu'il gaspillait l'argent de sa mère.

— Ce Grey prend de mauvaises habitudes, nous a dit un jour oncle Beau, à Reese et à moi.

Nous n'avons rien répondu parce que des deux frères, c'était Grey que nous préférions toutes les deux. Il paraissait peut-être plus méchant, mais, contrairement à Garvey, il était capable de gentillesse. Il nous donnait toujours des bonbons qu'il fauchait et ne nous bousculait jamais comme Garvey. Mais, à la différence de son frère, il n'avait pas de chance. À treize ans, il s'est soudain mis à avoir d'épais poils marron-roux sur la poitrine et les bras. Il a essayé de les raser avec le rasoir de son père, mais ils n'en ont repoussé que plus dru. Garvey se moquait de lui et, pour se défendre, Grey prétendait obstinément qu'il était fier de sa « poussée virile », de son « côté ours ». Il se distinguait ainsi davantage de Garvey — une ambition qu'il avait d'ailleurs toujours eue. Le seul problème, c'est que les poils n'ont pas seulement repoussé plus épais, ils ont formé des plaques qui le démangeaient. Son image de dur à cuire en prenait un coup quand on le voyait en train de gratter les poils marron-roux sur ses avant-bras et le dos de ses mains. Parfois, il semblait entrer dans une sorte de transe, les yeux dans le vague, les sourcils froncés, occupé à se gratter.

Je l'ai trouvé comme ça derrière Woolworth, le vendredi soir. Il était tard — bien plus de minuit — et j'avais eu des difficultés à sortir tout doucement de chez tante Alma, pour ne pas réveiller Reese. J'étais donc nerveuse et j'avais moi aussi des démangeaisons. Grey m'a fait peur, là, debout, sur le parking, avec la lumière de l'enseigne Texaco qui se déversait sur la rue et l'éclairait parfaitement. Une ombre cachait le sac à pommes de terre, entre ses jambes, et, pendant une minute, j'ai cru qu'il avait oublié mon crochet.

— T'affole pas ! m'a-t-il dit en riant quand je lui ai demandé où il était. Je l'ai là-dedans.

Il s'est accroupi, a ouvert le sac et sorti un objet noirci, à quatre dents, accroché à une chaîne.

— Tu l'as bousillé ! ai-je sifflé entre mes dents.

— Je l'ai arrangé ! a-t-il presque hurlé avant de regarder par-dessus son épaule et autour de lui. Avec cette peinture, il sera invisible quand on le lancera sur le mur.

J'ai fait la grimace et j'ai tendu la main pour passer le doigt sur une pointe couverte de peinture. Elle était encore tranchante, mais l'impression terrifiante de rasoir et d'acier avait disparu. J'ai dégluti avec difficulté. J'avais vraiment adoré son aspect luisant.

— Cet engin brillait trop pour pas nous faire repérer.

Il semblait tout fier d'avoir pensé à ça.

— Surtout que j'ai aiguisé un peu les pointes.

Il a baissé une épaule et s'est penché vers moi.

— J'ai seulement atténué son côté réfléchissant. Il est toujours bien pointu. Le plus difficile, c'était de peindre la chaîne. J'ai peint chaque maillon séparément pour pas qu'elle soit toute raide et gluante. C'est une chaîne de gros calibre. Soudée, je pense.

Il a eu un grand sourire et s'est gratté les mains d'un air heureux.

Je savais qu'il essayait seulement de faire l'intéressant, de jouer à l'homme et tout ça, mais il m'était difficile de ravaler ma colère pour lui répondre.

— Ça va aller, ai-je finalement réussi à sortir.

Il n'a pas semblé satisfait, alors j'ai passé la main sur la chaîne et j'ai fait un signe de tête.

— C'est du bon boulot.

— Et comment, merde !

Enfant de salaud, ai-je pensé, mais je ne lui ai rien dit de plus. Ce qu'il s'imaginait m'était égal. L'essentiel, c'était ce que je faisais, moi. C'était mon plan, et le crochet n'était pas aussi important que le fait de s'introduire dans le magasin. Et je savais quelque chose qu'il ignorait. Pour y entrer, il fallait passer par le toit et le système de ventilation. Il n'y avait aucune chance pour que mon grand cousin poilu, fier de sa virilité, arrive à s'introduire dans la cage d'aération. Il devrait ravaler son amour-propre et attendre en bas que je lui ouvre une porte. Et s'il me mettait trop en colère, il n'aurait qu'à rester là à se gratter les mains toute la nuit.

Quand il a fallu passer à l'action, j'ai cru un instant que je n'allais pas y arriver. Grey n'a pas eu de mal à lancer le crochet assez haut pour qu'il s'enfonce dans le toit de Woolworth, à l'arrière du bâtiment, et je n'ai eu que quelques petites difficultés à grimper à la corde, les pieds prenant appui sur le mur. Une fois arrivée en haut, c'était un peu plus compliqué. Le bord du toit était hérissé de tessons de bouteille, probablement pour décourager les gens qui avaient des idées comparables aux miennes. Mais la corde ne s'est pas effilochée et j'ai sauté par-dessus le verre assez facilement. J'ai alors un peu paradé, je me sentais contente de moi. Tout était tranquille, frais et clair sur ce toit. Greenville s'étendait à l'est, les immeubles étaient de plus en plus élevés au fur et à mesure qu'ils s'approchaient de l'aéroport et de la grand-route. Je voyais des gens, debout sous un lampadaire, à deux rues de là, et des voitures qui filaient sur la bretelle enjambant la station Texaco et la voie de garage du chemin de fer. J'ai craché en bas et j'ai entendu Grey jurer.

— Ça va ? a-t-il murmuré d'une voix sonore.

— Très bien. Et maintenant, ferme-la avant de nous attirer des ennuis.

J'ai marché jusqu'à la cage d'aération, sur du papier goudronné mal fixé et fendillé. À un endroit, ils avaient recouvert le ventilateur avec du grillage et un treillis de lattes. Le grillage était rouillé et je l'ai dégagé très vite. J'ai donné des coups de pied dans les lattes et j'ai réussi à en casser deux.

C'étaient les pales du ventilateur qui m'inquiétaient. J'étais sûre de pouvoir me faufiler entre elles, mais le corps du moteur était gros et graisseux. Ce serait le plus coton. Je me suis assise une minute et j'ai regardé de nouveau autour de moi. Je me sentais bizarre et forte, j'avais un peu l'impression d'avoir bu une goutte du whisky d'oncle Earle ou tiré sur une des pipes en bois vert d'oncle Beau. La surface du toit étincelait à la lueur vive des lampadaires de la rue.

C'était le ventilateur de la VFW[1] qui m'avait donné cette idée. Là-bas, il n'y avait ni lattes ni grillage et le moteur lui-même était petit. J'avais vu les filles d'oncle Beau se faufiler à l'intérieur le week-end où la Mission baptiste avait organisé un repas de poisson frit. Myer Johnson avait fait décamper les filles et s'était plaint de devoir tout le temps réparer ces ventilateurs — le seul qu'il n'avait jamais dû bricoler, c'était celui de Woolworth. Je savais que Myer essayait de faire l'intéressant devant ma cousine Deedee, alors je n'y avais pas prêté beaucoup d'attention. Mais plus tard, ça m'était revenu, d'une manière tellement saisissante que j'avais été prise d'un soudain tremblement, en plein milieu du dîner, et maman m'avait regardée.

— Ça va, chérie ?

J'avais dit oui et j'étais allée toute seule dans la salle de bains. Là, pendant que je m'humectais le cou et que je m'examinais les yeux dans le miroir, j'avais tout

---

1. *Veterans of Foreign Wars*, association des vétérans des guerres étrangères. *(N.d.T.)*

combiné. En fait, il y avait des années que je ne m'étais pas trouvée à l'intérieur du magasin Woolworth, depuis que maman m'avait surprise à voler des Tootsie Rolls, mais j'en avais conservé un souvenir précis — longues rangées de comptoirs et ventilateurs paresseux qui tournaient là-haut, accrochés au plafond, avec la grosse cage d'aération vers le fond, au-dessus du rayon mercerie. À Greenville, les étés étaient chauds et moites et le bâtiment était conçu en fonction de ça, avec son plafond haut et ses ventilateurs. La cage d'aération avait un cache qu'on fixait l'hiver et qu'on retirait fin avril, mais je me rappelais l'avoir vu ôter un jour. Ce n'était qu'un cadre grossièrement ajusté, avec un isolant en coton au sommet. Ce matériau isolant devait être remplacé assez souvent car la cage fuyait quand la pluie était forte.

Cette cage s'ouvrirait d'une seule bonne poussée. Je visualisais ça aussi clairement que les traits de l'homme qui gérait toujours le magasin — Tyler Highgarden. Je connaissais ses enfants, des gosses au visage maigre, nerveux, qui allaient eux aussi à l'école primaire de Greenville. S'ils n'avaient pas été des créatures aussi pitoyables, j'aurais demandé aux cousins de leur donner une raclée à cause des péchés de leur père, mais ils ne m'avaient jamais semblé en valoir la peine. N'empêche que Tyler Highgarden et l'humiliation subie à Woolworth m'avaient démangé pendant des années, enfouis dans un coin de mon cerveau. Savoir tout à coup que je pouvais faire quelque chose était trop palpitant pour que je n'agisse pas.

Les pales n'étaient pas coupantes, juste graisseuses et couvertes de poussière. J'ai tendu la main et j'ai soigneusement évalué les distances, puis je suis retournée près des gouttières et j'ai libéré mon crochet. J'ai enroulé la corde et l'ai nouée autour des dents du crochet. Je le pousserais devant moi dans l'obscurité. Je ne croyais pas qu'il se retrouverait coincé, ni moi non plus. Je ne pensais même pas qu'il pourrait me servir d'arme. Tout ce que je savais en escaladant ces pales sales et en me faufilant autour du moteur, c'était que je voulais ces pointes acérées près de moi. J'étais un peu effrayée et à moitié persuadée que j'allais me faire prendre, mais ces dents étaient pointues, bien présentes et tangiblement dangereuses, comme je voulais qu'elles le soient. Je ne pouvais pas les laisser derrière moi.

Le conduit d'aération s'élargissait de l'autre côté du ventilateur et il y avait un filtre hérissé d'aspérités qui me faisaient mal aux mains. Je l'ai détaché de mon côté, je me suis faufilée à l'intérieur, puis je l'ai rattaché et j'ai poussé mon crochet devant moi dans le noir. Sans le moindre avertissement, il a soudain heurté un coude du conduit et m'a glissé des doigts. Je suis tombée dans son sillage, mon épaule a heurté un épais coussin en bourre de coton ainsi que le bord du cadre qui retenait l'isolant et fermait hermétiquement la cage d'aération. Le cadre a fait entendre un bruit sourd, il s'est déplacé, a libéré un côté et s'est ouvert. Mon crochet est tombé le premier avec fracas. J'ai attrapé le bord de ce qui bouchait la cage, je me suis agrippée un instant, puis j'ai suivi le crochet. En dégringolant, je me suis mordu la langue et c'est un miracle si je n'ai pas hurlé. Je suis venue frapper le côté du présentoir de patrons et je me suis écrasée sur le verre du comptoir, qui s'est cassé sous mon poids avec un son mat. J'ai haleté et, immédiatement, j'ai aperçu les pointes du crochet, qui dépassaient d'un autre casier, à quelques centimètres à peine de mon derrière.

— Oh! mon Dieu! ai-je murmuré. Doux Jésus martyrisé!

Ma hanche me faisait mal à l'endroit où je l'avais heurtée, mais rien ne semblait cassé.

Soudain, j'étais trempée et tremblante. J'ai roulé hors du comptoir et mes tennis ont cassé le reste du verre pendant que j'essayais de me remettre debout. Quand, enfin, je me suis retrouvée dans l'allée, j'ai vu que mes mains étaient couvertes d'une fine poussière qui étincelait comme des diamants à la lumière indirecte. J'ai pris une profonde et lente inspiration et j'ai regardé autour de moi. Au-dessus de moi, le cache de l'aération pendait, l'isolant de coton sale toujours accroché au cadre. J'ai cru voir une ombre bouger devant le magasin. C'était probablement Grey qui attendait que je le fasse entrer, mais à l'intérieur, tout était parfaitement calme et sentait le renfermé, l'eau de toilette douceâtre et les vêtements amidonnés bon marché.

J'ai dégagé mon crochet du casier et je me suis dirigée vers les portes de devant. Le verre brisé du comptoir de mercerie crissait sous mes pas. Je me suis arrêtée et j'ai baissé les yeux. Des dés en plastique, des bobines et des épingles étaient éparpillés devant moi. Une demi-douzaine de miroirs de poche se chevauchaient. Mes yeux ont capté un reflet. J'ai souri et j'ai avancé. Le comptoir de bonbons avait été déplacé vers l'avant. J'apercevais le casier double de fruits secs, juste à côté de la machine à pop-corn. En me dirigeant droit dessus, j'ai balancé le crochet dans ma main. Je sentais un sourire s'élargir sur mon visage et un relâchement gagner toute ma colonne vertébrale. Depuis combien de temps n'étais-je pas venue ici ? Quand m'étais-je trouvée pour la dernière fois devant le comptoir de bonbons et avais-je senti l'odeur caractéristique de Woolworth, un mélange de poussière et de marchandises bon marché ? J'ai balancé le crochet, d'avant en arrière, j'ai laissé la la corde filer entre mes doigts, je l'ai balancé d'avant en arrière... et je l'ai lancé, droit sur les casiers de fruits secs. Le verre a volé en éclats et les fruits se sont déversés partout. J'ai senti un choc électrique me parcourir le bras et me remonter jusqu'à l'épaule ; une rivière de diverses noix déferlait du casier, une marée, une avalanche. Je me suis mise à glousser d'un petit rire nasal aigu. Quand le bruit a cessé, j'ai vu qu'il s'agissait d'un casier truqué. Il n'y avait pas plus de cinq centimètres de fruits pressés contre la vitre, tassés avec du carton.

— Salauds de radins ! ai-je dit tout haut.

Il y avait là une mince couche de noix, certaines roulaient encore.

— Bougrement radins !

J'ai entendu Grey qui martelait la porte d'entrée et je me suis précipitée vers lui. Il était tellement pressé d'entrer que j'avais peur qu'il casse la vitre.

— Arrête ! lui ai-je hurlé avant d'aller chercher le cric qui était exposé en vitrine.

Mais Grey a continué à cogner contre le verre pendant que je traînais le cric jusqu'à la porte.

— Espèce d'idiot ! ai-je sifflé entre mes dents, mais il s'est contenté de sourire.

J'ai calé l'étau contre une porte et poussé le levier dans la fente de l'autre. Deux tours de manivelle et les portes se sont ouvertes avec un bruit sec. Grey est passé en trombe devant moi, comme un chien dont la queue est en feu, pendant que j'écartais le cric du chemin. J'avais envie de grimper là-haut pour refermer la cage d'aération, mais, en me retournant, j'ai vu qu'il n'y avait pas moyen d'y arriver. J'avais imaginé Tyler Highgarden en train de secouer la tête et de se demander comment on avait pu réussir à lui faire ça. Mais en voyant cette couverture isolante qui pendait, tout le monde saurait comment nous nous étions introduits dans le magasin.

— Nom de Dieu ! s'est écrié Grey, et j'ai entendu du verre se briser.

Il avait cassé le devant du casier de couteaux et, l'air heureux, remplissait ses poches de canifs de toutes les tailles. J'ai croisé les bras, mains posées sur les clavicules, et j'ai haussé les épaules. De l'air sifflait en s'engouffrant par la porte ouverte et agitait la poussière accumulée sur le sol. Derrière Grey, j'ai regardé toutes les marchandises exposées. De la cochonnerie partout : des chaussures qui se transformaient en carton sous la pluie, des vêtements qui craquaient aux coutures, des bonbons qui n'étaient pas frais, du maquillage qui vous abîmait la peau. Qu'est-ce qu'il y avait ici qui pouvait me servir ? J'ai repensé aux rangées de fruits et de légumes en conserve, chez tante Raylene — des rangées de tomates et de gombos, de pêches et de haricots verts, de mûres et de prunes qui s'étalaient sur plusieurs étagères, dans sa cave. Ça, ça valait le coup. Alors que là, tout semblait en toc et inutile. Je me suis mordu la lèvre et je suis retournée au fond du magasin pour chercher mon crochet.

Grey courait dans les allées, attrapait des trucs, puis les lâchait.

— Nom de Dieu, on forme une belle équipe ! m'a-t-il murmuré avant de secouer la tête et de se mettre à rire.

Il a arraché la taie d'oreiller d'une parure, l'a emportée sur le devant du magasin et s'est mis à la remplir de cigarettes.

— Ouais ! ai-je murmuré.

J'ai donné un coup de pied dans le casier qui se trouvait devant moi. Il était plein de cadres — en bois, plastique et métal doré. Les gros avaient le même style que ceux que choisissaient James et Madeline pour encadrer leurs photos de famille. L'espace d'un instant, j'ai eu envie de les casser, mais ce n'étaient pas les leurs. Cette camelote ressemblait pourtant à ce qu'ils achetaient, même s'ils n'auraient jamais voulu le reconnaître. Je balançais mon crochet en essayant de me demander ce que je voulais vraiment, à qui j'avais vraiment envie de faire du mal. Mes yeux brûlaient et mes paumes, à vif, me cuisaient. J'avais l'impression que j'allais me mettre à pleurer. Grey s'est de nouveau écrié « Nom de Dieu ! » et j'ai senti quelque chose de dur et de furieux me monter à la gorge.

J'ai serré le crochet sur mon diaphragme et j'ai couru jusqu'à la porte tout en appelant Grey. Il attrapait toujours des tas de choses qu'il rejetait. La taie d'oreiller était maintenant nouée à la ceinture de son jean. Il lui a fallu vingt minutes pour venir enfin me rejoindre. Il tremblait et son visage très bronzé était zébré de transpiration et de poussière. Sa bouche s'activait, s'ouvrait et se fermait, mais aucun son n'en sortait. Il avait noué, bien serré sur son ventre, les pans de sa chemise, et y avait fourré ce qu'il ne pouvait pas porter. Je lui ai posé la main sur le bras.

— Viens. On va pas refermer la porte, tu sais.

J'ai exercé une pression et, dans mes doigts, j'ai senti, à ses muscles raidis, qu'il était surexcité.

— De toute façon, t'as déjà les mains pleines.

Il m'a fait un clin d'œil et a approché son visage du mien.

— J'oublierai jamais ça, Bone, m'a-t-il dit. Tant que je vivrai.

Je lui ai fait un signe de tête solennel et un sourire s'est dessiné sur sa figure.

— Nom de Dieu ! a-t-il murmuré une fois de plus en sortant du magasin, cette fois sur le ton d'un enfant comblé.

J'ai poussé les portes pour faire croire qu'elles étaient fermées et j'ai couru derrière l'ombre de Grey. Nous avons remonté State Street, dépassé un petit groupe d'hommes au visage gris, juste en bas de la station Texaco. Ils ressemblaient tous tellement à mes oncles que j'en avais la gorge nouée. Tout en courant, je leur ai hurlé :

— Les portes de ce satané Woolworth sont ouvertes. Ouvertes. Tout le magasin est grand ouvert.

Ils nous ont regardés, moi qui serrais ce crochet sur mon ventre, Grey qui trébuchait sous le poids des sacs qu'il portait, avec des trucs qui dépassaient de sa chemise. J'ai vu l'un d'eux se retourner et jeter un coup d'œil dans State Street, en direction du bâtiment de Woolworth. Un autre a lâché sa cigarette et s'est mis à courir. Je savais que le lendemain matin il n'y aurait pas un seul casier qui n'aurait été éventré, pas un seul comptoir qui n'aurait été vidé. C'était ça qui me rendait heureuse, le bruit de ces godillots qui martelaient la rue et la pensée de ce que tous ces hommes allaient rapporter à la maison. Comparé à ça, mon ancien forfait paraissait insignifiant.

Sous mes doigts en sueur, je sentais la peinture noire qui s'écaillait sur le bord métallique d'une dent de mon crochet. Je pourrais gratter le reste. Ma colère battait en moi. Peut-être qu'une fois le métal propre, pur et luisant, je sortirais, une nuit. Peut-être que j'irais jusque chez mon oncle James et que je rapporterais à ma maman un ou deux rosiers.

16

Le lendemain, j'avais sommeil et j'étais nerveuse.
L'enthousiasme était retombé. Je m'attendais constamment à ce que quelque chose se passe, à ce que
quelqu'un vienne m'accuser de ce que j'avais fait avec
Grey. Il m'avait été tellement facile de revenir chez
tante Alma, de me glisser dans le lit de Reese, sans que
personne remarque quoi que ce soit — trop facile. Toute
la nuit, je n'avais cessé de me réveiller en sursaut,
jusqu'au moment où j'avais vu la chambre baignée de
lumière. Reese dormait toujours profondément, au bord
du lit, mais j'entendais Temple parler dans la pièce voisine. Je me suis levée et habillée, en tâchant de donner
l'impression d'avoir dormi tout mon soûl.

Tante Alma était restée chez tante Ruth avec maman.
Patsy Ruth était contrariée par son absence, d'autant
plus qu'elle ne s'en était même pas doutée. Garvey et
Petit Earle s'en fichaient. Ils étaient bien trop occupés à
se disputer : Petit Earle avait-il, oui ou non, craché dans
le nouvel harmonica de Garvey ? Je ne cessais d'examiner les traits rayonnants de Grey et je me demandais
pourquoi personne d'autre ne remarquait son sourire
suffisant. Il y avait sans doute trop d'agitation. Personne
ne lui a accordé un seul regard.

Temple était venue nous préparer le petit déjeuner.

Son ventre enflé indiquait qu'elle était sur le point d'avoir son premier enfant. Elle ne cessait de se redresser et de poser la main sur ses reins, comme si elle avait mal. Elle nous a servi à tous des bols de bouillie de maïs au fromage et a posé un plat de lard frit au milieu de la table.

— Patsy Ruth et Petit Earle !

À la manière dont elle les appelait, on aurait pu penser qu'il s'agissait de jeunes chiens perdus.

— J'ai promis à maman de vous expédier à l'école, alors dépêchez-vous un peu !

Elle a essuyé la graisse sur le bord du plat et posé un bol de beurre à côté.

— Bone, ta mère a dit que tu devais rester ici jusqu'à ce qu'elle vienne te chercher. Mais elle ne viendra peut-être pas avant cet après-midi, alors laisse dormir Reese autant qu'elle voudra.

— Pourquoi on doit aller à l'école si Bone et Reese y vont pas ?

Petit Earle était scandalisé.

— J'en sais rien et ça m'est égal.

D'après son ton las, on aurait pu croire que Temple était mariée depuis vingt ans.

— Tout c'que j'sais, c'est que toi, tu y vas. Si tu veux discuter avec maman pour savoir pourquoi, tu pourras le faire ce soir, quand elle reviendra. Pour l'instant, il faut que je prépare Tadpole pour l'emmener chez moi.

J'ai attrapé un morceau de lard, je l'ai mâchonné et je suis allée dans la salle de séjour avec le livre que m'avait prêté tante Raylene : *L'Armoire magique* de C. S. Lewis. J'adorais l'histoire mais j'étais tellement fatiguée que je me suis endormie. Je me suis réveillée quand maman m'a posé la main sur l'épaule.

— Où est Reese, Bone ?

Sa voix semblait étrange.

— Je crois qu'elle dort encore, maman.

Je me suis levée du canapé et je l'ai suivie dans la cuisine d'Alma. Elle a laissé tomber son sac sur la table et s'est effondrée sur l'une des chaises métalliques. Son mascara avait coulé sous ses yeux injectés de sang. Elle est restée assise sans bouger et m'a regardée. Je n'arrivais pas à déchiffrer son expression.

— Maman, j'ai fait quelque chose de mal?

— Non. Non, ma chérie.

Elle a secoué la tête, les yeux fixés un instant sur les miens, avant de regarder derrière moi.

— C'est pas toi.

Elle a ouvert son sac, sorti ses Pall Mall, en a allumé une et a commencé à se passer l'autre main dans les cheveux. Je suis allée lui chercher un cendrier.

— Tu veux que je te fasse du café?

— Non, ma chérie.

Je me suis assise à la table.

— Alma est toujours chez Ruth?

Elle me l'a confirmé d'un signe de tête, a marqué une pause, puis m'a regardée droit dans les yeux.

— Bone, ta tante Ruth est morte, tôt, ce matin.

Ses yeux luisaient. Je m'attendais à ce qu'elle se mette à pleurer, mais elle ne l'a pas fait. Elle est seulement restée là à fumer. J'ai fixé mes mains. Je ne pouvais pas croire ce qu'elle avait dit. Tante Ruth était morte? Non. Maman s'est éclairci la gorge.

— Alma est restée avec Travis et Raylene. Je suis juste venue vous chercher, Reese et toi. Il y a des tas de choses à faire. Tellement de choses que j'arrive même pas à réfléchir, pour l'instant.

— C'est affreux, maman.

Ma voix s'est éraillée. J'ai dégluti un bon coup, je voulais pleurer mais je sentais que les larmes ne venaient pas. Même au bout de tout ce temps, je ne m'étais pas vraiment attendue à la mort de tante Ruth. Tout le monde disait sans arrêt qu'elle aurait le dessus, comme les autres fois. Maman avait parlé de cette maladie comme s'il s'agissait d'un mauvais moment à passer, comme si Ruth avait seulement besoin de temps et de calme pour se remettre. Tout le monde disait ce genre de choses. Mais je me suis rappelé à quel point elle était maigre, fragile et faible quand j'étais restée avec elle. Tout son corps tremblait quand elle riait. Je me suis rappelé la manière dont elle m'avait regardée quand elle m'avait demandé si elle était en train de mourir. Je savais que c'était le cas, bien entendu, je le savais. C'était à la mort que tante Ruth pensait tout le temps. C'était à cause de ça qu'elle parlait autant, aussi intensément. La mort était le feu qui la consumait. À chaque souffle, rire et larme essuyée, elle mourait. Je le savais, mais je m'imaginais encore que tante Ruth continuerait comme ça, que sa mort serait toujours quelque chose qui devrait bien arriver un jour, mais plus tard. Ce qui m'avait aidée à me faire des illusions, c'était de ne pas l'avoir vue tous les jours, après l'été que j'avais passé avec elle. Ces derniers mois, je savais ce qui se passait dans cette maison, je le savais et je le niais, parce que je ne pouvais rien y changer.

— Ruth n'a jamais été jolie, tu sais.

La voix de maman m'a surprise. J'ai levé les yeux vers l'horloge, mais la lumière était éteinte, au-dessus de la cuisinière. Il y avait une demi-douzaine de mégots dans le cendrier et le mascara de maman avait encore coulé. Je me suis passé la langue sur les lèvres.

— Tante Alma dit qu'elle était saisissante.

— Oh !

Maman a haussé les épaules. Ses doigts ont essuyé sa joue, étiré la tache de mascara vers sa tempe.

— C'est ce qu'on dit quand une fille a un visage intéressant et n'est pas laide, mais pas jolie non plus.

Quand on était petites, je crois que Ruth aurait donné n'importe quoi pour être jolie. Elle se mettait devant la glace de l'armoire, chez mamie, et se regardait dès qu'elle croyait que personne ne la voyait, mais je ne l'ai jamais taquinée à ce sujet. Elle se faisait bien assez taquiner par les garçons.

Maman a écrasé sa cigarette.

— La vérité, c'est qu'elle m'a presque élevée. Papa était parti, à ce moment-là, et mamie courait toujours après ses fils ou tante Alma, qui se fourraient toujours dans des ennuis. Ruth était la seule qui était disponible pour moi, à qui je pouvais parler. Un jour, elle m'a dit qu'elle aimait bien faire semblant d'être ma mère. J'étais la petite dernière, je venais d'entrer à l'école quand elle a épousé Travis et est partie habiter en bas de la rue. Elle était chez nous aussi souvent que chez elle, elle faisait la cuisine pour mamie et s'occupait de nous. Travis se mettait en colère et venait cogner contre la porte en lui hurlant de bouger son cul pour rentrer à la maison.

Maman a pincé les lèvres et s'est légèrement mordu la lèvre inférieure. C'était quelque chose que j'avais vu tante Ruth faire souvent, quelque chose que je faisais moi-même quand j'étais nerveuse. Maintenant, ça me donnait presque envie de pleurer. Je me suis essuyé les yeux, en observant maman tandis qu'elle essuyait de nouveau les siens, du dos de la main.

— Pour une raison ou une autre, Ruth croyait qu'elle ne pourrait pas avoir d'enfant. Quand elle a été enceinte, elle a vraiment été heureuse. C'était pour moi un mystère qu'elle aime autant avoir des enfants. Tout le monde semblait gémir et se plaindre, mais Ruth le prenait bien, riait, chantait et tricotait sa layette. Et puis, un jour, je lui ai demandé pourquoi elle avait l'air si heureuse et elle m'a regardée comme si j'étais devenue complètement folle. Elle m'a dit que c'était une preuve.

Être enceinte, c'était la preuve qu'un homme vous trouvait parfois jolie, et plus elle avait d'enfants, plus elle savait qu'elle valait quelque chose. J'ai failli me mettre à pleurer et, en même temps, j'avais envie de la frapper pour avoir parlé comme ça. Comme si elle n'avait pas de valeur en elle-même ! Comme si l'amour que j'avais pour elle ne lui donnait pas de la valeur !

Je me suis rappelé toutes les fois où j'avais fixé mon reflet dans le miroir de la salle de bains, sachant que je n'étais pas jolie et détestant ça. J'ai senti un frisson glacé me remonter la colonne vertébrale. On aurait dit que tante Ruth venait de m'effleurer le dos. Maman a secoué la tête, tendu la main pour ouvrir son sac, fouillé dedans et en a sorti une serviette. Soigneusement, elle s'est tapotée sous les yeux.

— Va me chercher du démaquillant, Bone. Que j'enlève le plus gros de cette mélasse.

J'ai couru dans la salle de bains et j'ai attrapé le pot de Noxzema. Reese était là, les cheveux tout emmêlés et les yeux gonflés d'avoir trop dormi.

— Pourquoi tu m'as pas réveillée ? a-t-elle ronchonné. Où est passé tout le monde ?

— Tout le monde est parti, mais maman est là. Fais ta toilette et viens dans la cuisine.

Je me suis dépêchée de sortir. Maman devrait le lui annoncer. Moi, je ne pouvais pas.

Quand je suis revenue, maman était toujours dans la même position, la serviette sous les yeux, mais maintenant, elle pleurait vraiment. De grosses larmes giclaient de ses yeux et ruisselaient sur son visage. J'ai couru vers elle et je lui ai passé les bras autour du cou. Pendant un instant, nous nous sommes cramponnées l'une à l'autre, puis, maladroitement, elle a libéré ses bras et m'a un peu éloignée.

— Tu l'aimais, toi aussi, hein, Bone ?

Elle m'a scrutée comme si elle pouvait voir en moi.

— Tu sais qu'elle t'aimait beaucoup?

J'ai fait un signe de tête affirmatif. J'étais incapable de parler. Maman m'a serrée contre elle, m'a bercée contre ses seins. Ses mains ont exercé une pression sur mes épaules et m'ont légèrement secouée.

— Oh! ma petite fille! a murmuré maman. J'aimerais bien être sûre que Ruth savait à quel point elle était belle!

17

Reese n'était encore jamais allée à un enterrement et je ne savais pas bien moi-même comment nous devions nous comporter. Reese s'inquiétait surtout de la manière dont nous allions nous habiller.

— Il faut pas aller acheter des robes noires ? ne cessait-elle de demander. Maman, quand c'est qu'on va avoir nos robes noires ?

À l'entendre, on avait l'impression qu'elle se voyait déjà aller à l'école dans sa nouvelle robe noire, le lendemain de l'enterrement. Il n'y avait pas si longtemps, c'est la réaction que j'aurais eue moi-même. Maintenant, je ne pensais qu'à tante Ruth et à la façon dont elle m'avait parlé tout l'été dernier. Quand maman a fait taire Reese en lui disant qu'elle pourrait tout simplement porter sa jupe bleu marine et un chemisier blanc, je suis allée m'asseoir sur les marches de la véranda, les genoux remontés contre la poitrine.

Je ressentais une douleur, un pincement à l'intérieur, pas au niveau du cœur, mais juste au-dessus. Je me rappelais l'expression qu'avait eue tante Ruth quand elle m'avait souri, je me rappelais sa maigreur, ses doigts d'oiseau et ses yeux fébriles. Mais surtout, je me rappelais la manière dont elle avait ri avec Earle, puis avait regardé dans le vague, pendant toutes ces longues heures, les après-midi de chaleur.

— Écoute, est-ce qu'on peut parler toutes les deux, oui ou non? m'avait-elle demandé.

J'avais essayé, mais, finalement, j'avais menti. Je ne lui avais pas dit qu'elle était en train de mourir, je ne lui avais pas dit la vérité sur la peur que me faisait papa Glen. Je ne lui avais pas dit que je savais à quoi il pensait quand il me regardait, que je lisais dans ses yeux non seulement le désarroi et la colère, mais quelque chose d'encore plus violent et mauvais. Je ne lui avais pas parlé de la manière dont il m'avait touchée. J'avais eu trop honte. Maman croyait que m'éloigner de la maison était la solution, qu'être patiente, aimer papa Glen et lui donner l'impression qu'il était fort et important, tout cela arrangerait les choses peu à peu. Mais rien n'avait changé et rien ne s'était vraiment arrangé, tout avait seulement été retardé. Chaque fois que son père lui parlait durement, chaque fois qu'il ne pouvait pas payer ses factures, chaque fois que maman était trop fatiguée pour le flatter ou le tirer de sa mauvaise humeur par la plaisanterie, papa Glen tournait les yeux vers moi et mon sang se figeait. Je ne l'avais jamais dit à tante Ruth, je ne l'avais jamais dit à personne. Je ne savais pas comment le dire.

J'avais tellement mal à la tête que je n'ai même pas entendu papa Glen crier. J'étais toujours roulée en boule sur la véranda quand il est sorti par la porte principale.

— J'étais en train de t'appeler, ma p'tite.

Il m'a agrippée par l'épaule. Il n'avait pas eu le temps de se doucher, son visage était encore en sueur et sa tenue de travail sentait le lait renversé. Je l'ai regardé avec haine et j'ai vu ses pupilles devenir petites et dures.

— J'ai pas entendu, ai-je dit d'un ton neutre, froid.

— Tu m'as bougrement bien entendu!

Il m'a tirée pour m'obliger à me lever.

— Non! lui ai-je hurlé.

Le sang me martelait la tête.

— J't'ai pas entendu. T'as pas besoin de me traiter de menteuse.

À travers la porte ouverte, j'ai vu maman qui sortait de la cuisine en s'essuyant les mains sur un torchon.

— Glen! a-t-elle appelé. Glen!

— Tu t'imagines que tu peux me parler sur ce ton parce que ta tante est morte?

Papa Glen en crachait presque de rage.

— Tu t'imagines que tu peux dire tout c'que tu veux? Alors là, tu vas vite déchanter!

Il m'a traînée dans la maison. D'un bond, Reese s'est levée du canapé et a filé dans la chambre.

— Glen! a répété maman en nous suivant.

Mais il ne s'est pas arrêté. Mon épaule a heurté le montant de la porte tandis qu'il me poussait devant lui pour me faire entrer dans la salle de bains. J'ai trébuché et je serais tombée s'il ne m'avait pas tenue par le bras. La porte a claqué derrière nous.

— Glen! Ne fais pas ça, Glen!

Les mains de maman ont cogné contre la porte de la salle de bains.

J'étais debout, les yeux levés sur papa Glen, le dos bien droit, les poings serrés le long de mes flancs. Ses traits étaient rigides, son cou rouge vif. Il a gardé une main sur moi pendant que, de l'autre, il libérait sa ceinture de ses passants.

— Et t'avise pas de dire un mot! a-t-il sifflé entre ses dents. T'as pas intérêt.

Non, ai-je pensé. Je ne dirai pas un seul mot. Pas un mot, pas un hurlement, rien, cette fois.

Il m'a coincée entre sa hanche et le lavabo, m'a légèrement soulevée et fait ployer. J'ai tendu la main et je me suis agrippée à la faïence, essayant de ne pas attraper papa Glen, de ne pas le toucher. Non. Non. Non. Il était fou furieux, crachait, donnait autant de coups sur le mur que sur moi. Derrière la porte, maman hurlait. Papa Glen grognait. Je le détestais. Je le détestais. La ceinture s'est élevée et est retombée. Du feu le long de mes cuisses. Une douleur. Est-ce que tante Ruth avait ressenti une douleur comparable ? Est-ce qu'elle avait hurlé ? Je ne hurlerais pas. Non, non, je ne hurlerais pas.

Ensuite, tout était si tranquille que je pouvais entendre les battements de mon cœur. Les bruits sont revenus lentement. Il y avait des taches de sang sur le gant de toilette quand maman l'a rincé. J'ai regardé, étourdie et vidée. J'étais allongée contre sa hanche, sur leur lit. La maison était froide. On entendait tout doucement Conway Twitty qui chantait « *But it's on-ly ma-ke be-lieve*[1] » à la radio.

— Pourquoi, chérie ? Pourquoi faut-il que tu te conduises comme ça ? L'enterrement est demain, Raylene voudrait qu'on l'aide à faire le ménage chez Ruth avant que tout le monde retourne là-bas, le bébé d'Alma est malade, et maintenant voilà que...

Elle a appliqué le gant frais sur mon cou.

— Bone ! C'est à cause de Ruth ? C'est pour ça que tu t'es mise à crier après papa Glen ? Chérie, tu sais bien qu'tu peux pas faire ça !

Sa peau était tellement pâle, les cernes sous ses yeux tellement sombres. Elle avait essuyé son rouge à lèvres, mais il restait une petite tache sur le menton. Ses lèvres frémissaient. Elle a allumé une cigarette avec des doigts tremblants, une main toujours posée sur mon épaule. Je sentais les os de cette main. J'ai entendu maman murmurer, comme si elle parlait toute seule :

— J'sais vraiment pas quoi faire !

1. Mais c'est juste pour faire semblant. *(N.d.T.)*

J'ai fermé les yeux. Une seule chose importait. Je n'avais pas hurlé.

J'ai passé la nuit précédant l'enterrement avec tante Raylene, chez tante Ruth, et je l'ai aidée à faire un peu de ménage, à cuire un jambon et à préparer deux plats, des nouilles au fromage et une grosse tourte de légumes. Deedee était restée toute la soirée enfermée dans sa chambre, à écouter la radio, et Travis se trouvait toujours auprès de tante Ruth, aux pompes funèbres, quand tante Raylene m'a obligée à aller me coucher. Je me suis réveillée tard et j'ai dû me dépêcher de prendre un bain pendant que tante Raylene faisait cuire des biscuits et une poêlée de lardons. La veille, j'avais fait bien attention à ne pas montrer mes bleus à Raylene quand elle m'avait couchée dans l'ancienne chambre de Butch. Elle était tellement distraite qu'elle n'avait rien remarqué. Ce matin, je n'avais pas faim mais j'ai mangé docilement un biscuit aux lardons et j'ai bu le reste de café de tante Raylene pendant qu'elle finissait de s'habiller. Ensuite, je suis sortie pour l'attendre sur la véranda.

La radio passait *Get a Job* par les Silhouettes. Le refrain, *staccato* et entraînant, résonnait bruyamment en ce début de matinée. Deedee était assise dans le rocking-chair de la véranda, en chemise de nuit, les cheveux encore remontés par des pinces.

— Je déteste cette fichue musique de cambrousse. J'ai toujours détesté ça, m'a-t-elle dit, sur le ton de la conversation, pendant que je la dévisageais.

— Il faut que tu t'habilles. Tante Raylene est presque prête à partir.

J'ai regardé autour de moi pour voir s'il y avait quelqu'un, mais le camion d'oncle Travis n'était toujours pas revenu et il n'y avait personne d'autre. Deedee avait l'air de ne pas avoir dormi. Elle fumait une Chesterfield sans filtre, sa main tremblait légèrement tandis qu'elle tirait de profondes bouffées, et ses yeux étaient injectés de sang et plissés pour se protéger du soleil.

— Mais c'est la seule musique que maman passait ! a-t-elle continué comme si je n'avais pas dit un mot. Des hurlements, des tyroliennes, des gémissements, de la musique de p'tits Blancs miséreux, oui ! Elle devenait folle chaque fois que je choisissais mes stations, elle traitait ça de musique de nègres. Elle me disait que ce serait ma ruine. Comme si elle m'avait pas répété tout le temps que j'étais déjà fichue.

Deedee avait remonté une jambe, de sorte que son bras reposait sur son genou et que sa cigarette était à hauteur de sa bouche. Il y avait un paquet presque vide dans son autre main et une boîte d'allumettes de ménage était posée par terre, à côté d'une soucoupe pleine de cendres.

La radio s'est interrompue, a fait entendre un déclic et la musique a changé. « Elvis Presley et les Jordanaires, a annoncé l'animateur. Il sera à la fête de Spartanburg dimanche prochain, dans l'après-midi. Moi, j'y serai, vous pouvez en être sûrs. Et voici notre chanteur en personne. » La musique qui passait doucement, en fond sonore, a augmenté de volume. « *I got a woman mean as she can be...* »

— J'ai vu Elvis trois fois. Qu'est-ce que tu dis d'ça, tête de bois ? Tu aimes Elvis ?

Deedee m'a lancé un regard presque haineux.

J'ai haussé les épaules.

— Assez, ouais. Mais j'l'ai jamais vu.

— T'as jamais rien vu.

— Non.

Deedee a jeté son mégot en bas de la véranda et m'a lancé un coup d'œil mauvais.

— Elle t'aimait beaucoup, tu sais, bougrement plus que moi.

Je n'ai rien dit. Tante Raylene est apparue à la porte et a enfilé ses gants.

— Deedee, tu ferais bien de te coiffer et de t'habiller. Ça fait une demi-heure que tu devrais être prête. Travis est déjà aux pompes funèbres.

— Il y a passé toute la nuit.

Deedee a ramené ses pieds sous elle, sur le rocking-chair, et a posé une main sur ses yeux.

— J'ai demandé à Grey de lui apporter son beau costume quand j'ai compris qu'il allait pas revenir à la maison.

— Bon, ça ne me surprend pas vraiment, a dit tante Raylene.

Elle a effleuré la joue de Deedee et, pour la première fois, j'ai remarqué les légères marques de larmes.

— C'était gentil de ta part, de lui faire apporter son beau costume. Allons, ma petite. Lève-toi et habille-toi. On n'a pas l'temps de te laisser broyer du noir sur cette véranda.

Deedee a laissé retomber sa main sur ses genoux et a vigoureusement secoué la tête.

— J'y vais pas.

Elle s'est passé la langue sur les lèvres et s'est éclairci la gorge.

— Tu comprends, Raylene, j'vais pas faire ça. J'vais pas aller là-bas et laisser tout le monde déverser ses lamentations sur moi. Maman s'en ficherait et j'peux tout aussi bien pleurer ici.

— Deedee, debout !

Tante Raylene a poussé le rocking-chair, faisant perdre l'équilibre à Deedee qui a dû poser les pieds par terre pour éviter de tomber.

— J'plaisante pas. Tu as cinq minutes pour mettre ta robe et tes souliers. Tu pourras enlever tes épingles dans la voiture.

— Je t'ai dit que j'y allais pas. Et j'irai pas !

La gifle m'a surprise autant qu'elle. Deedee a porté une main à son visage pendant que Raylene levait de nouveau le bras.

— Je t'ai dit de te lever.

La voix de tante Raylene était douce mais parfaitement distincte.

— J'veux pas d'ça. Ce soir ou demain, j'te parlerai de ta mère. Et alors, tu pourras pleurnicher et râler tout ton soûl, tu pourras jurer, hurler et faire tout c'que tu voudras. Mais pour l'instant, nous allons à son enterrement, comme elle l'aurait souhaité. Si tu viens pas, dans dix ans, tu t'en voudras à mort et j'vais pas t'laisser faire une chose pareille. Alors, bouge ton cul d'ce fauteuil et va t'laver la figure avant que j'te gifle à t'en dévisser la tête.

Deedee a hésité, la mâchoire pendante, et Raylene a ramené la main en arrière. Immédiatement, Deedee s'est retrouvée debout et a filé à l'intérieur de la maison. Nous avons entendu de l'eau couler brièvement, puis un bruit de pas dans l'escalier. Tante Raylene a soupiré et plaqué quelques mèches folles derrière ses oreilles. Elle m'a regardée attentivement.

— Va dans la voiture, a-t-elle dit. On n'a pas de temps à perdre avec d'autres bêtises.

Earle avait été libéré de la ferme pénitentiaire afin qu'il puisse aller à l'enterrement de tante Ruth. Il s'est présenté ivre aux pompes funèbres, vêtu d'un costume sombre tout neuf, chaussé de ses vieux godillots de travail, accroché au bras d'une fille ridiculement jeune et maigre que personne ne connaissait. Je me trouvais devant le bâtiment, avec Raylene et Alma, quand nous l'avons vu grimper les marches. Il m'a adressé un bref signe de tête et a reporté son attention sur ses sœurs. Quand Raylene lui a jeté un regard méprisant, il a dit à la fille d'aller attendre dans son camion.

— Fais pas ta fière, Raylene, a-t-il dit quand la fille s'est éloignée. Cette petite est la seule chose qui me retient à la vie.

— Et toi, qu'est-ce que tu fais pour elle ?

— Tout c'que j'peux, sœurette, tout c'qu'elle veut.

— Tu vas l'épouser, alors ?

Tante Alma avait l'air fatiguée et impatiente.

— Oui. Merde, oui. Sûrement.

— Bon Dieu, Earle, espèce d'idiot. Une de tes femmes va te faire coller en prison, un d'ces jours.

— Jamais une femme me f'ra coller en prison.

Earle oscillait un peu sur ses vieux godillots.

— Y en a pas une qui oserait.

— Oh ! arrête, Earle !

Raylene a secoué la tête et haussé les épaules. Elle lui a posé ses gros bras sur les épaules et l'a attiré sur sa poitrine.

— N'empêche que j'suis contente que tu sois là.

Quand elle l'a libéré, elle a souri pour la première fois depuis la mort de Ruth.

— C'est cette petite qui t'a acheté ce costume ?

— Pourquoi ? Il te plaît pas ?

Earle a passé les mains sur les côtés de son nouveau veston. Il était si maigre qu'au moment où il a plié les bras, le tissu sombre nous a fait penser à des ailes de corbeau en mouvement. Ses cheveux étaient encore en brosse, ras, mais de nouveau foncés, comme s'il les avait teints. Il n'a retrouvé son air habituel qu'au moment où il a souri d'un air gêné.

— À ton avis, elle m'en a pas dégotté un correct ?

— Il est tout à fait correct, d'autant plus que t'as rien payé.

Beau portait son plus joli costume sombre mais il ne lui allait pas très bien. Il ne cessait de relever une épaule, puis l'autre, pour essayer de trouver une position un peu plus confortable. Une odeur de whisky s'accrochait à lui, mais il avait l'air plus sobre qu'il ne l'avait été depuis des années — sobre, irritable et tellement nerveux qu'il se mâchonnait la lèvre inférieure.

— Merde, qu'est-ce qu'on fout, tous debout, là?

Il s'est tourné vers Raylene, comme si elle était responsable de toute l'organisation.

— Ça fait déjà deux jours que cet enterrement aurait dû avoir lieu, et maintenant, nous v'là tous sur ces marches. C'est à croire qu'on va jamais réussir à mettre Ruth en terre!

— Beau! a dit Alma d'un air écœuré. Parle pas comme ça. Les gosses vont t'entendre.

La voix de Raylene était douce et neutre.

— On attend parce que Travis nous a demandé d'attendre. Il espère que Tommy Lee, Dwight et D. W. vont venir nous retrouver ici pour aller au cimetière avec nous.

— Merde! Ces gars vont pas venir. Ça fait deux ans que personne a vu Tommy Lee. Et la dernière fois qu'j'ai entendu parler de D. W., il était en route pour la Californie.

Beau s'est raclé la gorge et a craché.

— Travis sait pas s'servir de sa cervelle.

— Non, a continué Raylene de son ton doux et égal. Et à sa place, tu ferais pareil. Ruth désirait que tous ses enfants soient là et Travis a essayé de tout faire conformément à ce qu'elle voulait. Accorde-lui encore quelques minutes. De toute façon, le patron des pompes funèbres va faire accélérer le mouvement. J'veux pas que tu dises quoi que ce soit à Travis.

— J'allais rien dire à Travis! a rétorqué Beau d'un air indigné. J'suis pas un imbécile.

— Allons, Beau!

Earle a posé la main sur l'épaule de Beau.

— Viens avec moi une minute jusqu'au camion.

— Oh! Seigneur! s'est écriée Alma, l'air prête à hurler. Maintenant, ils vont être soûls tous les deux.

— Ça m'est égal, a dit Raylene en sortant son mouchoir de son sac et en s'essuyant la bouche. Quand Beau a bu, je sais au moins comment il se comporte. J'le reconnais pas du tout quand il est à jeun. J'sais pas de quoi il est capable. Si Earle lui donne un coup à boire, il arrivera peut-être même à pleurer. Laissons-les s'occuper l'un de l'autre.

J'ai vu Butch devant la tombe, mal à l'aise dans un costume sombre qui paraissait trop grand pour lui. Plus tard, il m'a dit qu'il était arrivé depuis plusieurs heures et avait observé les fossoyeurs tandis qu'ils finissaient de tendre le dais au-dessus des gros bouquets de fleurs de serre et des couronnes enrubannées, et qu'ils l'avaient arrimé au sol à cause du vent. Il faisait froid et gris, il n'y avait pas le moindre signe de pluie, seulement un vent coupant, incessant, qui maltraitait les fleurs. Une grosse couronne en forme de cœur était posée sur un socle portant l'inscription « Maman » en écriture cursive. Butch se tenait à côté, les mains serrées devant lui.

— Bone ! m'a-t-il murmuré quand je suis venue près de lui. Tu ferais mieux de t'asseoir.

— J'ai pas envie de m'asseoir.

Le vent agitait la couronne en forme de cœur et nous avons tous les deux avancé la main pour la retenir.

— J'ai entendu dire que t'avais passé tout l'été avec elle.

— Ouais.

— Je suis revenu une fois pour la voir, juste avant Thanksgiving. J'ai pas pu rester plus de quelques jours. Je regrette de pas t'avoir vue.

Sa voix était basse. Tout le monde s'est avancé et a pris un siège. Maman, Raylene, Alma et Carr se sont groupées derrière mamie. Ça faisait longtemps que je n'avais pas vu mamie. Elle avait le visage gris, le regard vide et la mâchoire ballante.

— On dirait que le docteur lui a donné quelque chose, ai-je murmuré à Butch.

— Ouais, c'est mauvais signe, a reconnu Butch.

Il a redressé le dos et s'est retourné un instant pour regarder le champ de basses pierres tombales. Quand il a repris sa position initiale, j'ai vu que ses lèvres étaient pincées et ses yeux rougis.

Nevil, Earle et Beau sont restés à distance, attendant que le corbillard s'arrête et que les hommes se rassemblent pour porter le cercueil jusqu'à la tombe. J'ai vu que Dwight et D. W. étaient parmi eux, mais je n'ai pas aperçu l'ombre de Tommy Lee.

Le vent était vif. Quand ils ont porté le cercueil, les hommes ont lutté pour que les fleurs restent dessus. Le pasteur a fait tomber ses papiers et Petit Earle a couru pour les rattraper. Patsy Ruth et Mollie étaient assises avec Reese, Grey et Garvey derrière elles. Temple était installée à côté de son mari, juste derrière maman. Presque tous les autres sièges étaient occupés par des paroissiennes de l'église baptiste de Bushy Creek. Quand le pasteur a commencé par « Mes frères et mes sœurs », elles ont toutes fait un signe de tête. J'ai entendu Butch marmonner :

— Nom de Dieu ! Nom de Dieu !

— Nom de Dieu ! ai-je renchéri.

— Y aurait dû y avoir de la musique, ai-je dit à Butch quand nous sommes revenus chez tante Ruth.

Il était assis à côté de moi dans un des fauteuils à dossier canné qu'oncle Travis avait sortis dans le jardin. Il a fouillé dans sa poche et, subrepticement, s'est mis à siffler une bouteille presque vide de bon whisky. Il avait aussi, sous son fauteuil, une bouteille de Pabst Blue Ribbon, la bière préférée de Nevil, qu'il versait régulièrement dans une timbale et buvait ouvertement. Je ne sais pas combien il en avait absorbé mais il avait l'air détendu, à l'aise malgré le froid. Il portait une vieille capote militaire ayant appartenu à oncle Travis et, autour du cou, une écharpe en laine écossaise. J'avais emprunté la veste molletonnée et les gants en cuir d'oncle Nevil, et je n'avais moi-même pas trop froid, mais je n'étais pas étonnée que personne ne nous ait rejoints.

— Hein? a marmonné Butch dans ma direction. Un peu de Carter Family avec ses miaulements? Ou peut-être cette chanson qui parle de construire sa maison pour le Seigneur?

Il a reniflé de mépris et s'est mis à chanter faux un bout du refrain de *Will the Circle Be Unbroken*. Son haleine formait de pâles petits nuages.

— Tu chantes mal, lui ai-je dit.

— Merde, aucun de nous ne chante bien.

Il m'a passé le whisky.

— T'en veux une goutte? Ça te réchauffera peut-être.

Je n'ai rien dit, je me suis contentée de boire un bon coup. J'aimais ce goût. C'était fort, un peu amer, mais ça réchauffait.

Butch s'est mis à rire tout doucement, a récupéré la bouteille et rempli sa timbale de Pabst.

— Va surtout pas l'dire à ta mère. Elle m'arracherait les yeux.

— Donne-m'en!

J'ai attrapé la timbale avant qu'il puisse m'en empêcher et j'ai descendu autant de bière que j'ai pu. Le goût était doux, après le whisky, mais ça m'a fait mal quand j'ai avalé, soit parce qu'elle était glacée, soit parce que j'avais bu une trop grosse goulée, je l'ignorais. Pour ce que j'en savais, la bière, ça brûlait la gorge.

Butch m'a regardée attentivement.

— Tu essaies de te soûler? m'a-t-il demandé.

— Tu crois que je pourrais?

— Oh ! ça, sûrement ! Mais si tu veux y aller carrément, il va peut-être falloir que j'aille chercher quelques bouteilles de plus.

— Earle est à l'intérieur, lui aussi. J'parie qu'on pourrait lui demander du whisky, à lui ou à Beau.

— Ben, dis donc, Bone ! T'es devenue une grande fille pendant que j'étais pas là ? Tu bois de la bière et tu chipes du whisky, maintenant ?

J'ai vidé sa timbale et je la lui ai rendue.

— N'empêche qu'il y aurait dû y avoir de la musique. Tante Ruth adorait la musique.

— Ouais.

Butch a frappé la timbale contre ses jointures, ce qui a produit un son creux et grave.

— Ouais. C'est vrai. Elle aimait bien passer ces vieux disques qui craquaient. Elle les a gardés même quand D. W. lui a cassé son électrophone. J'ai toujours eu l'intention de lui en acheter un nouveau, mais apparemment, j'ai jamais trouvé l'argent. Deux ou trois fois, j'ai emprunté celui d'Earle pour qu'elle puisse les écouter.

— Earle le lui a prêté l'été dernier pendant que j'étais là. On a passé tous ses disques préférés.

Butch a souri.

— Me dis rien. *Gospel Train*, hein ? Un peu de Hank Williams, les Monroe Brothers, Hazel Cole et... qui c'était, déjà... ouais, Blind Alfred Reed, c'est ça ? J'parie qu'elle a même ressorti *Wabash Cannonball* et *Where the Soul of Man Never Dies*.

— Et *Pistol Packin' Mama*.

J'ai tendu la main sous le siège de Butch, j'ai attrapé la bouteille de Pabst et je l'ai vidée. Il m'a dévisagée d'un air incrédule.

— Elle aimait vraiment cette chanson, ai-je ajouté. Un jour, on l'a chantée pendant tout l'après-midi.

J'ai replacé la bouteille vide sous son fauteuil. Ses traits se sont lentement fripés.

— Nom de Dieu! a-t-il murmuré. Je l'avais oubliée, celle-là. Merde!

Il a baissé la tête et s'est enfoui le visage dans les mains. Je voyais ses épaules se crisper. Je me sentais très loin et un peu engourdie, l'alcool agissait comme de la ouate tout le long de mon système nerveux.

— Nom de nom! a juré Butch avant de se lever. J'ai horreur de ça.

Il a renversé son fauteuil d'un coup de pied, lui a donné un autre coup qui l'a envoyé à un mètre environ, s'est approché et lui a lancé un nouveau coup de pied.

— J'pensais pas que j'me sentirais comme ça. Quand j'ai parlé à Deedee, on a juré tous les deux qu'on ferait pas ça, et voilà qu'elle est dans la chambre de maman, à pleurer comme si son cœur se brisait, comme si elle avait perdu sa meilleure amie. Hé, merde! a-t-il presque hurlé en se retournant vers moi. Maman et elle pouvaient même pas se supporter.

J'ai confirmé d'un signe de tête.

— C'est bizarre, hein? J'ai toujours cru que Deedee détestait tante Ruth, elle en disait tellement de mal. Et puis ce matin...

Je me suis arrêtée pour m'essuyer la figure.

— Tout avait l'air changé.

— Nom de Dieu, t'es soûle!

Butch est venu vers moi, m'a renversé la tête en arrière et a approché la sienne. Ses lèvres se sont écrasées sur les miennes, sa langue s'est glissée dans ma bouche et a appuyé sur ma langue. Ça m'a surprise et je me suis écartée.

— T'as quel âge, maintenant, Bone? m'a-t-il demandé.

— J'aurai treize ans en mai, lui ai-je répondu.

— Treize ans, a dit Butch en faisant un signe de tête. Je t'ai toujours bien aimée, a-t-il murmuré. J't'aime encore. T'es pas une satanée idiote comme toutes les autres.

Il s'est redressé.

— Ne va pas en faire toute une histoire, parce qu'y a vraiment pas d'quoi.

Je me suis levée avec précaution. Le dos de ma jupe était coincé entre mes cuisses. Je l'ai dégagé d'une main et j'ai senti qu'une croûte s'arrachait. J'ai fait la grimace, mais Butch s'était baissé pour récupérer la bouteille de bière et n'a rien remarqué. J'ai pénétré dans la maison en avançant lentement, en mettant bien un pied devant l'autre. C'était plutôt intéressant d'être soûle. J'aimais bien le côté engourdi.

Dans la maison surchauffée, il ne semblait plus rester d'air pur. La cuisine était remplie de femmes, debout, en train de parler et de surveiller la cuisinière. Maman et Alma étaient assises à la table, Alma s'appuyait sur l'épaule de maman. Carr était au fond, près de la paillasse, et coupait du jambon qu'elle disposait sur un plat. Temple et Mollie étaient avec elle et l'aidaient à sortir d'autres choses à manger. Je ne voyais Raylene nulle part. J'ai vérifié au salon, mais il était plein de fumée, d'odeur de whisky et d'hommes qui parlaient d'une voix rauque. Travis se trouvait sur le canapé, la tête renversée en arrière, les joues cramoisies, les veines du nez violettes.

Je suis allée au bout du couloir en m'aidant d'une main sur chaque mur. Ce n'était pas difficile du tout. Tant que je me déplaçais lentement et que je gardais la tête levée, il n'y avait aucun problème. Je suis entrée dans la salle de bains et j'ai regardé dans le miroir. J'étais en sueur, en feu. J'avais vraiment l'air soûle. J'ai souri. Il faisait trop chaud. Au-dessus des toilettes, la fenêtre semblait ne pas pouvoir s'ouvrir à cause de la peinture. Je suis montée sur la cuvette, j'ai cogné contre le cadre de la fenêtre jusqu'à ce qu'elle se débloque et je l'ai ouverte. De l'air frais m'a soufflé au visage. Je me suis penchée, j'ai maladroitement baissé ma culotte, relevé ma jupe et, sans me retourner, je me suis laissée tomber sur le siège des toilettes, à l'envers. Faire pipi ne m'avait encore jamais paru aussi merveilleux. J'ai posé la joue sur la faïence froide de la chasse d'eau et je me suis contentée de savourer ce soulagement.

La porte s'est ouverte derrière moi. Je me suis relevée en sursautant, j'ai glissé et je suis retombée sur le siège. Une fois retournée, j'ai essayé de me hisser de nouveau, mais un hoquet sonore, soudain, m'a plaquée sur le siège. Raylene riait.

— Qui est-ce qui t'a filé à boire, Bone?

Elle ne paraissait pas tellement en colère. Elle a refermé la porte derrière elle et m'a soutenue d'une main.

— T'es presque soûle à rouler par terre, dis donc!

— Non. J'ai bu qu'un tout p'tit peu.

— C'est ça. Ouais.

Elle s'est mise à rire, a arraché du papier au rouleau et me l'a tendu.

— Allez, on va te relever.

Sa main était placée sous mon coude droit pour m'aider à me remettre debout. J'ai essayé de m'éloigner de la cuvette, mais sa poigne me retenait.

— Tante Raylene!

J'ai tourné la tête pour la regarder, prête à essayer de la convaincre que je n'étais pas réellement soûle. Son expression m'a arrêtée. Elle avait les yeux baissés sur ma culotte, drapée autour de ma chaussure gauche. Le marron qui en tachait le fond était bien distinct à la vive lumière. Elle m'a légèrement tirée en arrière et, de la main gauche, m'a soulevé la jupe. J'ai essayé de la rabattre de mes doigts gourds, mais elle la tenait bien.

— Doux Jésus martyrisé!

Un choc m'a parcourue. Soudain, j'ai été terrifiée, follement, horriblement terrifiée.

— Non! ai-je supplié. Non, s'il te plaît!

Mais elle a ouvert la porte. Elle m'a tirée dehors. J'ai résisté, mais rien ne pouvait l'arrêter. Elle m'a poussée dans la chambre vide de Deedee.

— Earle! a hurlé tante Raylene. Earle, viens voir. Beau, toi aussi, viens ici!

— Non! ai-je répété. S'il te plaît, s'il te plaît!

— Calme-toi, Bone. Personne ne va te faire de mal. Ça, je te le jure, personne ne te fera plus jamais mal.

Earle a poussé la porte.

— Raylene, pourquoi tu gueules comme ça? Les gosses dorment là-haut et tu hurles assez fort pour terroriser les gens du comté voisin.

Raylene a pivoté vers lui.

— Tais-toi et regarde-moi ça!

Elle s'est retournée et m'a soulevé la jupe. Je me suis mise à bredouiller :

— Non, non!

— Bon Dieu!

La voix d'Earle était douce et plus redoutable que je n'aurais jamais pu l'imaginer. J'ai posé les deux mains sur ma nuque, baissé la tête et tremblé de partout.

— Laissez-moi tranquille, ai-je supplié.

Ma culotte était toujours entortillée autour de ma chaussure gauche.

— Chut, chut!

Les bras de tante Raylene m'ont enveloppée comme une couverture. Elle s'est assise sur le lit et m'a installée sur ses genoux.

— Chut!

Earle était parti. La porte s'est rouverte et Nevil et Beau se sont retrouvés là.

— C'est vrai? a demandé Beau. Ce salaud l'a battue jusqu'au sang?

— Comme un chien, lui a dit Raylene. La petite est zébrée jusqu'aux genoux.

Elle a dégagé ma culotte de ma chaussure et la leur a jetée.

— Si c'était moi, j'le tuerais.

Elle l'a dit d'un ton très terre à terre qui m'obligeait à la croire.

— Non ! ai-je gémi.

— Merde !

La voix de Nevil était presque méconnaissable. Il y a eu un hurlement au fond du couloir, un craquement sonore, et Earle a hurlé :

— J'vais t'buter, espèce de salaud !

Nevil et Beau se sont retournés d'un même mouvement.

— *Non !* ai-je supplié. Tante Raylene, s'il te plaît !

Mais elle s'est contentée de me maintenir. Je me suis retournée et me suis mise à la bourrer de coups de poing pour essayer de me dégager. Les bras de maman se sont refermés sur moi si brusquement que j'en ai presque cessé de respirer.

— Maman ! J'voulais pas ! J'voulais pas !

— Chut, Bone !

Sa voix avait exactement le même ton que celle de Raylene.

— Chut, ma chérie. Tout va bien.

Encore terrifiée, je me suis cramponnée à elle. Des bruits sourds, craquements se faisaient entendre devant la maison. Mes oncles étaient sortis sur la véranda. Raylene se tenait adossée à la porte de la chambre, les bras croisés sur la poitrine, comme si elle s'attendait à nous voir essayer de lutter avec elle pour sortir. Maman a continué à me tenir dans ses bras et a murmuré une nouvelle fois :

— Tout va bien.

Au bout de quelques minutes, Raylene est venue s'asseoir à côté de nous.

— Anney !

Sa voix était rauque.

— Anney, toi aussi, il te bat ? Dis-moi, il t'a déjà fait mal ?

— Glen ne me ferait jamais mal, Raylene. Tu le sais bien.

Maman a pressé la bouche sur le haut de ma tête.

— Il n'a jamais levé la main sur moi.

Elle a soupiré et baissé la tête.

— Oh! Anney!

Raylene a voulu lui prendre les mains, mais maman s'est écartée.

— Ne me touche pas. Ne me touche pas.

Maman en crachait presque. Elle m'a serrée contre elle. Je tremblais dans ses bras et elle aussi, elle tremblait.

— Oh! mon Dieu, Raylene! J'ai tellement honte. J'pouvais pas l'arrêter et puis... j'sais pas.

Sa tête se soulevait et retombait. Quand elle a repris la parole, sa voix était violente, désespérée.

— Il l'aime. C'est vrai. Il nous aime toutes. J'sais pas. J'sais pas. Oh! mon Dieu! Raylene, je l'aime. Je sais que tu vas m'en vouloir. Parfois, j'm'en veux, mais je l'aime. Je l'aime.

J'ai levé la tête. Les yeux de maman étaient profonds et luisants. Sa bouche était ouverte, ses lèvres découvraient ses dents, les muscles de son cou étaient hauts et tendus. Son menton se levait et s'abaissait comme si elle avait envie de pleurer mais n'y parvenait pas.

— Je voulais seulement que tout aille bien, a-t-elle murmuré. Pendant tout ce temps, j'espérais et je priais, je rêvais et je faisais semblant. Je m'accrochais, j'faisais que m'accrocher.

— Maman! ai-je pleurniché en essayant de me redresser vers elle. Je l'ai mis en colère. C'est moi qui l'ai mis en colère.

— Bone!

Tante Raylene a tendu la main vers moi.

— *Non!*

Je me suis écartée d'une secousse et j'ai enfoui ma figure dans le bras de maman.

— Chut ! Chut ! a soufflé maman.

Je n'ai plus bougé et j'ai entendu que la main de Raylene retombait.

Nous avons écouté les bruits qui nous parvenaient de la véranda. Ces coups sourds, c'était papa Glen qui heurtait le mur. Ces grognements, c'étaient les siens. Ces jurons, ceux de mes oncles. Je me suis fourré les doigts dans la bouche et j'ai mordu un bon coup. J'ai levé les yeux. Au-dessus de moi, le visage de maman et celui de Raylene se touchaient presque. Elles tremblaient toutes les deux et se cramponnaient l'une à l'autre comme s'il y allait de leur vie.

18

Les choses se défont tellement facilement quand elles ne tenaient que par des mensonges. C'était le cas avec maman et papa Glen. Tante Raylene a proposé de nous accueillir toutes les trois, mais maman ne voulait pas en entendre parler. Le jour où papa Glen est resté à l'hôpital, elle a déménagé dans un appartement situé au-dessus du marché aux poissons, à quelques rues des vitrines barricadées de Woolworth. Tous les matins, je passais devant pour aller jusqu'au carrefour où nous attendions le bus qui nous emmenait à l'école. Je voyais les ouvriers qui remplaçaient les vitrines brisées avec de nouveaux panneaux en verre et, un jour, j'ai vu un Tyler Highgarden à l'air parfaitement accablé surveiller le déchargement d'innombrables caisses de mercerie bon marché, introduites par les portes réparées. Il n'a pas regardé une seule fois dans ma direction, mais je sentais encore mes cheveux se hérisser sur ma nuque, raides et électriques. Si tout n'avait pas été aussi embrouillé, j'aurais peut-être avoué à maman ce que j'avais fait. Mais maman et moi ne nous parlions plus du tout.

L'appartement comprenait deux pièces, une chambre à coucher et une pièce plus grande, qui servait à tout le reste. La cuisine, pourvue d'une cuisinière, d'un frigo et d'un évier, se trouvait dans une petite alcôve, à côté de la porte de la chambre. La salle de bains sentait l'humidité, le moisi et le poisson, cette dernière odeur filtrant de la boutique située au-dessous. Tout était sombre, avec des fenêtres sales que nous avons dû récurer à plusieurs reprises pour les décrasser. La seule note gaie était le papier peint à fleurs bleues, qui séparait le coin cuisine du reste de la pièce. Quand j'étais assise à la table pour faire mes devoirs, je me plaçais toujours face à ce papier peint. Je ne voulais pas regarder Reese, qui campait dans la chambre avec ses dessins à peindre et son air renfrogné, ni maman, assise en travers du canapé, muette, qui fumait, s'essuyait les yeux et écoutait la radio.

Maman avait abandonné le poste de télévision, la machine à laver, la quasi-totalité du mobilier et de la vaisselle, tous ses bibelots et son argenterie. Elle avait emporté la machine à coudre, la planche à repasser, nos vêtements et la plupart des siens. Comme nous n'étions pas là pour l'aider à tout emballer, il était difficile de savoir comment elle avait fait son choix, et puisque, manifestement, elle n'avait pas envie de parler, il était impossible de le lui demander. Reese s'est plainte de ne plus avoir de télévision ni de bicyclette, mais maman a seulement dit que, dans quelque temps, elle en rachèterait. Je ne lui ai pas posé de questions, je ne me suis pas plainte, c'est tout juste si je lui adressais la parole.

C'était de ma faute, tout était de ma faute. Le silence de maman et la rage de Reese. Dans le lit, je serrais les mains sous mon menton et remontais les genoux contre ma poitrine. Ces derniers jours me faisaient constamment l'effet d'un rêve embrouillé, d'un tourbillon. Je ne pensais pas aux coups de papa Glen, mais au matin où maman m'avait annoncé la mort de tante Ruth ; je ne pensais pas au cambriolage de Woolworth mais à ma conversation avec Butch ; je ne pensais pas au vacarme et au tumulte qu'il y avait eu quand Benny, tante Fay et tante Carr avaient emmené papa Glen à l'hôpital, mais à ces brefs moments, horribles, où tante Raylene avait montré mes cuisses à oncle Earle. Je me demandais sans arrêt comment j'aurais pu empêcher tout ça. J'y serais peut-être arrivée si je n'avais pas bu cette bière, si je n'avais laissé personne me voir, si j'étais allée trouver maman pour bien lui faire comprendre que j'avais mérité cette trempe — si j'avais réussi à ce que tout se passe en douceur, calmement.

Cette nuit-là, chez Ruth, tante Raylene m'avait dit de ne pas me faire de mauvais sang. Il faudrait un certain temps à maman pour qu'elle se pardonne. Se pardonne quoi ? m'étais-je demandé. Maman n'avait rien fait de mal. C'était moi qui avais mis papa Glen en colère. C'était moi qui rendais tout le monde furieux. Non, m'avait dit Raylene. Il ne fallait pas que je me mette ça dans la tête. Elle avait murmuré d'une voix rauque, tendue que maman m'aimait, qu'elle-même m'aimait, qu'Earle et mes oncles m'aimaient. Elle avait insisté, m'avait pressée contre elle, mais je n'avais pas écouté. J'avais serré les dents et plaqué si fort la langue contre le palais que j'en avais eu mal à la gorge. Maman était livide, muette et ne voulait pas me regarder. C'était de ma faute, tout était de ma faute. J'avais tout gâché.

Papa Glen est allé au petit restaurant pour essayer de parler à maman, mais elle a roulé son tablier et s'est cachée dans les toilettes jusqu'au moment où le gérant a chassé papa Glen. En rentrant à la maison, elle s'est assise sur le canapé, a fumé tout un paquet de cigarettes, les yeux dans le vague. Quand Reese a essayé de lui parler, elle nous a toutes les deux obligées à nous coucher tôt. Le lendemain matin, lorsqu'elle est allée se présenter pour un travail chez JC Stevens, je pensais au nombre de fois où elle nous avait dit à quel point elle détestait les usines. En revenant de l'école, Reese et moi avons trouvé un petit mot de maman sur l'égouttoir. Elle nous disait qu'elle travaillerait jusqu'à sept heures et demie et nous demandait d'ouvrir une boîte de porc aux haricots pour le dîner. Reese a mangé sa part fourrée entre deux tranches de pain et a refusé de me parler. Je suis allée derrière le marché aux poissons, là où il y avait de grands casiers tachés de sel empilés et des baquets qu'on avait retournés pour qu'ils sèchent et s'aèrent. Je me suis assise sur un baquet, entre des piles de casiers inclinés, et j'ai pleuré dans mon coude pour que personne ne m'entende.

— Ça va aller, ne cessait de nous répéter maman, mais elle ne nous expliquait pas comment.

Quand Reese pleurait et disait qu'elle voulait retourner à la maison, maman la prenait dans ses bras et lui promettait qu'elle pourrait passer tout l'été avec Patsy Ruth. J'étais assise à la table et je les observais au fond de la pièce. Je me rappelais la dernière fois que maman avait quitté papa Glen. Ça n'avait duré que quelques jours. Ça faisait maintenant plus d'une semaine. Combien de temps allait-elle tenir? Une autre semaine? Un mois? Je plantais les ongles dans la peau tendre de l'intérieur de mon coude et je me balançais un peu sur ma chaise. Je ne pleurerais pas, non, pas tant que maman pouvait me voir. Je ne pleurerais pas.

Pour Reese, toute cette semaine n'a été qu'une aventure jusqu'au moment où maman a refusé de la laisser aller signer le plâtre d'oncle Wade. Trois jours après l'enterrement, oncle Wade s'était tiré un coup de feu dans le pied droit et il était bloqué à la maison, clopinant pour se déplacer, la jambe dans un grand plâtre. Les garçons l'avaient tapissé de décalcomanies que la station-service offrait aux clients qui prenaient de l'huile ou de l'essence. Petit Earle nous avait raconté toute l'histoire à l'école, mais maman a ignoré les supplications de Reese et, pour compenser, nous a rapporté deux séries de dessins à peindre.

— Pas question que vous alliez où j'peux pas vous surveiller, a-t-elle dit à Reese.

Quand tante Raylene est venue, maman ne lui a même pas proposé d'entrer, elle lui a seulement parlé à travers la porte.

— Laisse-nous tranquilles, Raylene. Laisse-moi tranquille pendant un moment. J'ai besoin de temps pour réfléchir.

— Anney, tu peux pas t'cacher comme si t'étais une criminelle, a dit tante Raylene d'une voix impatiente. C'est pas toi qu'es en tort. C'est pas toi qu'es fautive.

— Ça m'est bien égal de savoir qui est fautif ! a beuglé maman. Je veux seulement qu'on me fiche la paix !

Deux fois encore, tante Raylene a doucement appelé maman, mais, finalement, elle a lentement redescendu l'escalier et est repartie.

Nous partagions un grand lit mais, presque toutes les nuits, maman s'endormait sur le canapé, un bras sur le visage pour se protéger les yeux. Cette nuit-là, maman était couchée sur le canapé et pleurait si doucement que je l'entendais à peine à travers la porte fermée. Je me suis mise en boule au bord du lit et j'ai écouté les menus sons de ses pleurs, jusqu'au moment où je me suis endormie et où j'ai rêvé que les murs de l'appartement s'écroulaient et qu'on pouvait voir la maison où papa Glen était assis, le regard fixé sur les fenêtres ouvertes pour attendre notre retour. Quand je me suis réveillée, aux premières lueurs de l'aube, je suis allée voir si maman allait bien. J'ai essayé de ne pas faire de bruit, mais elle était réveillée, allongée, les yeux rivés au plafond gris et sale.

— Bone, a-t-elle murmuré. Il est trop tôt. Qu'est-ce que tu fais debout ?

J'ai hésité. J'avais envie qu'elle me prenne dans ses bras mais je suis restée plantée là toute raide, la bouche pincée, les yeux secs.

— Oh ! Bone ! a soupiré maman.

Elle s'est redressée et m'a attirée contre elle, de sorte

que ma tête s'est retrouvée sur son épaule. J'ai commencé à être secouée de sanglots violents, hargneux, de drôles de pleurs sans larmes. La main de maman bougeait machinalement, me caressait la tête comme si j'étais un chien blessé. À la manière dont elle me touchait, je savais que si je n'étais pas venue à elle, si je ne m'étais pas imposée, elle ne m'aurait jamais prise dans ses bras. Je tremblais sous cette paume insensible et je lui ai tapé sur la main avant de m'enfuir dans la chambre. Je me suis glissée à côté de Reese et je me suis plaqué l'oreiller sur la tête. Reese s'est réveillée en ronchonnant. Lorsque maman est entrée, je me suis recroquevillée et j'ai refusé de répondre quand elle m'a appelée.

— Bone, ne fais pas ça ! m'a-t-elle dit, la voix irritée et impatiente.

Je me suis enfoncée dans les draps. Au bout d'un petit moment, maman a dit :

— Ça suffit !

Et elle a emmené Reese. Des coups furieux me martelaient la tête.

Allongée toute seule sur le grand lit, je pensais à papa Glen et à la manière dont il arrivait derrière moi et me prenait dans ses bras pour me coller contre son corps. En me le rappelant, j'ai coincé les deux mains entre mes jambes et j'ai raidi tous mes muscles. Quand j'ai été aussi dure et rigide que je pouvais l'être, j'ai essayé de me souvenir de la façon dont tout avait commencé. Qu'est-ce que j'avais fait ? Pourquoi m'avait-il toujours détestée ? J'étais peut-être une vilaine fille, mauvaise, méchante, entêtée, stupide, affreuse — tout ce dont il m'avait traitée. Peut-être, mais ça n'avait pas d'importance. Je le détestais et, ces jours-ci, je détestais même Reese et maman. J'étais un réceptacle de haine, une haine qui bouillonnait, noire et épaisse, derrière mes yeux.

J'avais été tellement fière de ne pas pleurer, la dernière fois, j'avais été tellement sûre que c'était important. Pourquoi est-ce que ça m'avait tenu à cœur ? Que je hurle, me débatte ou me tienne tranquille, ça ne changeait rien. Je me suis crispée un peu plus et j'ai pensé à ça, à la manière dont je me sentais écrasée contre lui et me débattais, à son odeur et au contact de son sexe contre mon ventre. Il me coinçait contre sa cuisse quand il me battait. Est-ce qu'il jouissait ? Est-ce qu'il me battait jusqu'à ce qu'il jouisse dans son pantalon ? Cette pensée me donnait des haut-le-cœur. J'ai poussé mes poignets de plus en plus fort contre mon sexe jusqu'au moment où ça m'a fait mal. Je me rappelais son odeur, le bruit de sa respiration au-dessus de moi, la sueur chaude qui coulait de son visage et tombait sur ma peau, la manière dont il grognait et me secouait. Non, que je hurle ou pas n'avait aucune importance. Tout s'était passé comme il le désirait. Ça n'avait rien à voir avec moi ni avec mon comportement. C'était une chose bestiale, il ne faisait que se servir de moi. Je me suis retournée et j'ai mordu l'oreiller. J'ai sombré dans la honte comme quelqu'un qui se laisse couler au fond d'une rivière.

Au bout d'un moment, je me suis rendormie à force de pleurer. J'ai rêvé que j'étais redevenue toute petite, que j'avais cinq ans ou même moins. Je m'appuyais à la hanche de maman et elle me posait les mains sur les épaules. Elle parlait et sa voix, au-dessus de moi, faisait penser à un murmure entre des étoiles. Tout était sombre et rassurant. Tout était chaud et paisible. Elle me tenait et je me sentais aimée. Elle me tenait et je savais qui j'étais. Quand j'ai glissé la main entre mes jambes, ce n'était pas un péché. Ça ressemblait au murmure de maman, à de la musique, à une prière dans le noir. C'était dans l'ordre des choses et c'était bien. Je me suis réveillée avec le visage mouillé de larmes que j'ignorais avoir versées, mes mains toujours entre mes jambes.

— Maman ! ai-je murmuré.

Mais elle était partie au travail. J'étais seule dans la chambre silencieuse. Ça faisait longtemps que je ne m'étais pas réveillée comme ça, avec cette impression douce et agréable entre les jambes, presque douloureuse, mais réconfortante aussi.

J'ai remonté les mains et je les ai regardées, j'ai écarté les doigts et je les ai regardés à la lumière qui filtrait à travers les stores défraîchis. Je me suis retournée et, lentement, j'ai relâché les muscles de mon dos et de mes jambes, tout en gardant les mains devant la figure. La lumière bougeait parce que les stores oscillaient au vent. J'ai imaginé un feu purificateur qui faisait rage, déferlait sur Greenville et nettoyait la terre. J'ai laissé retomber mes mains et j'ai fermé les yeux.

— Le feu, ai-je murmuré. Qu'il brûle tout.

J'ai roulé sur le ventre et j'ai mis les deux mains sous moi. J'ai serré les dents et j'ai remué. Dans mon esprit, je voyais des flammes, des meules de foin en feu, et aucun endroit où aller, je voyais des gens restés en arrière, les flammes qui avançaient, mon propre corps plaqué par terre et le feu qui approchait, rugissant.

— Oui ! ai-je dit.

Oui. J'ai remué et remué et j'ai eu un orgasme en me frottant sur ma main et en rêvant de feu.

Quand je me suis réveillée, c'était l'après-midi et l'appartement était silencieux et tiède. Je me suis levée avec précaution. Il y avait du café froid sur la cuisinière et des biscuits dans un plat enveloppé d'un torchon. J'ai bu un peu de café et j'ai mâchonné un biscuit avec un morceau de fromage. Sur la table, il y avait un mot de maman. « Ne sors pas. Je rentrerai à la tombée de la nuit et nous parlerons. »

Ma gorge s'est serrée. Je ne voulais pas lui parler. Je ne savais pas quoi lui dire. J'ai rapidement enfilé un jean et une chemise chaude en coton. Quand je suis partie, j'ai fermé la porte à clé derrière moi. Une fois dans la rue, j'ai pensé à Reese qui allait trouver l'appartement vide et téléphoner à maman à son travail. Elles seraient fâchées. Furieuse, je me suis mise à avancer. Je me fichais de savoir qui serait en colère contre moi et ce qui arriverait. D'ailleurs, je me ferais peut-être tuer sur la route.

C'était Fay, la femme de Nevil, qui avait conduit papa Glen à l'hôpital après l'avoir ramassé sur la pelouse et remis debout.

— Il va pas claquer, avait-elle dit. Mais un toubib devrait lui jeter un coup d'œil. Il faudra peut-être lui faire un ou deux points de suture à l'arcade sourcilière.

Tante Carr et Benny les avaient accompagnés.

— Il faut toujours laisser une chance à un homme, avait-elle dit avant de monter dans la voiture.

Un peu plus tôt, c'est elle qui avait essayé d'arrêter cette correction et, pour sa peine, elle avait écopé d'une gifle.

— Ma femme va l'emmener, pas vrai ? Et dans ma voiture, en plus, a dit Nevil d'une voix douce et laconique. Elle le ferait pas si j'avais pas laissé une chance à ce salaud.

Il buvait du café noir dans un bol à soupe, ses articulations sanguinolentes et enflées, comme celles d'Earle et de Beau. Beau avait réussi à prendre un coup de pied dans la bouche et avait perdu une dent. Il s'était effondré dans un fauteuil et menaçait de faire sauter toutes les dents de Glen dès qu'il aurait la force de recommencer à lui taper dessus.

Pendant tout ce temps, papa Glen ne disait rien. Sa figure était zébrée de sang et contusionnée, et il pouvait à peine se tenir debout, mais il n'a pas proféré un son quand Benny l'a aidé à monter dans la voiture. Il s'est seulement mis la main sur les yeux et s'est appuyé au dossier. Tante Carr lui a apporté son manteau.

— Tu devrais avoir honte ! a-t-elle sifflé entre ses dents à Earle en traversant la salle de séjour de tante Ruth.

— Ben, j'ai pas honte.

Earle avait une bouteille de Jack Daniel's et, entre deux rasades, il la passait à Beau.

— J'ai pas honte d'avoir dérouillé ce con. J'ai pas honte d'être assis là à boire. Y a rien qui m'fait honte.

Il était assis à la table avec Beau et Nevil, tous suant, contusionnés, soûls et indignés. Aucun d'eux ne m'a regardée quand je suis arrivée avec maman et Raylene, même si Earle s'est levé en titubant et a étreint maman d'abord, puis m'a prise dans ses bras. Il sentait le sang, une petite odeur de cuivre et de fer, en plus des relents de whisky. Je l'ai repoussé et j'ai essayé de me libérer, mais il ne semblait pas y prêter attention et ne m'a relâchée qu'au moment où maman m'a arrachée à son étreinte.

— On s'en va, lui a-t-elle dit.

Raylene et Nevil nous ont suivies jusqu'à la Pontiac. Raylene répétait :

— Vous devriez venir chez moi.

Maman ne s'est pas arrêtée pour réfléchir à cette suggestion. Il faisait noir, froid, et Reese tremblait.

Tante Alma a apporté des couvertures.

— Il faudrait qu'on parle, a-t-elle dit. Tu vas avoir besoin d'aide, Anney, et tu devrais pas retourner dans cette maison toute seule.

Nevil a approuvé d'un signe de tête. Raylene a dit :

— Anney, écoute-nous un peu.

Mais maman a enveloppé Reese dans une couverture et m'a tendu l'autre. Elle brandissait une main, paume vers l'extérieur, chaque fois qu'une de ses sœurs s'approchait trop d'elle.

— Non ! a-t-elle dit à un moment donné. Laissez-moi. Je sais c'que j'ai à faire.

Nous avons dormi dans la voiture pendant que maman farfouillait dans la maison, préparait ce qu'elle voulait emporter et remplissait le coffre. Elle a aussi déposé des cartons à l'arrière et empilé des draps et des édredons pour faire de la banquette un grand lit. Avant l'aube, elle nous a emmenées au parking de la gare et a rangé la voiture sous l'une des grosses lampes à arc. Elle a dormi à l'avant, entourée d'oreillers et de couvertures. Quand le jour s'est levé, elle nous a installées dans un petit restaurant, en ville, et nous a laissées prendre le petit déjeuner pendant qu'elle allait louer l'appartement qu'elle avait déjà sélectionné dans les petites annonces. Elle agissait avec tant de rapidité, de fermeté qu'il était impossible de lui parler, de lui demander ce qui arrivait. Mais de toute façon, je n'aurais pas eu besoin de le lui demander. Je le savais.

Il m'a fallu presque tout l'après-midi pour aller chez tante Raylene. J'avançais avec le pas régulier, l'énergie mesurée que j'avais remarqués chez maman depuis l'enterrement de tante Ruth. Je chantais en marchant, parfois très fort. *Mama, He Treats Your Daughter Mean*[1], de Ruth Brown. *Walking After Midnight*[2], de Patsy Cline. Au croisement de White Horse Road et de la route d'Eustis, je suis même passée à Elvis Presley. Chanter m'aidait à ne pas pleurer. Chanter m'aidait à avancer. La hargne qui s'était emparée de moi explosait en chants et en exercice physique. Je me sentais odieuse mais forte, mauvaise mais puissante.

Tante Raylene n'a pas paru surprise de me voir quand j'ai grimpé les marches de son perron. Elle se trouvait sur la véranda latérale, où elle avait disposé des casiers pour commencer ses semis. Elle avait les mains

1. Maman, il se conduit mal avec ta fille. *(N.d.T.)*
2. En marchant après minuit. *(N.d.T.)*

couvertes de terre, les cheveux ramenés en arrière avec un foulard, et une traînée noire sur une joue.

— Bone ! s'est-elle contentée de me dire en continuant à mélanger de la terre noire à de la potasse. Ça fait un moment que j't'ai pas vue.

Je me suis essuyé la figure. La transpiration me coulait dans le cou. J'avais mal aux pieds. Je me suis effondrée sur un tabouret.

— Va te chercher un verre de quelque chose à la cuisine, m'a dit tante Raylene.

Mais je n'ai pas bougé. Au bout d'un moment, ma gorge est devenue moins sèche et moins serrée. J'ai observé tante Raylene tandis qu'elle étalait la terre dans ses casiers et versait une couche d'engrais par-dessus. Elle a remué le tout, plusieurs fois, malaxant la terre sans me regarder.

— Le printemps arrive, a-t-elle enfin déclaré.

J'ai confirmé d'un signe de tête.

— Ton oncle Earle habite ici, en ce moment.

Elle s'est essuyé les mains sur un chiffon, a sorti une cigarette de sa salopette, s'est appuyée contre les casiers et l'a allumée.

— Il louait une chambre en ville avec cette petite qu'il avait amenée à l'enterrement, mais apparemment, cette amourette est l'une de ses plus courtes, parce que la fille est restée en ville. Lui, il a apporté deux valises et dort sur le canapé. Il veut pas s'installer dans la chambre libre, il dit tout le temps qu'il va pas rester longtemps.

J'ai dégrafé ma veste. Quand j'ai pris la parole, ma voix était aussi neutre et insouciante que la sienne.

— Maman dit toujours qu'Earle passe d'une femme à l'autre. Elle a dit à papa Glen qu'Earle les prenait au berceau et qu'il n'avait plus rien de stable dans sa vie, à part le whisky et la famille.

Je me suis interrompue, étonnée de m'entendre mentionner papa Glen. Tout à coup, j'ai eu chaud, sur cette véranda.

— Ben, j'lui ai dit qu'il devrait se trouver une veuve, la prochaine fois, une bonne vieille grosse qui lui repasserait ses chemises et lui frotterait le dos. Mais Earle les aime jeunes, godiches et adore qu'elles le regardent bouche bée. Il est comme tous les hommes, je suppose, il adore les femmes reconnaissantes, surtout s'il a pas besoin d'se donner beaucoup d'mal pour les impressionner. Et les filles qu'il trouve... Seigneur, ça m'fait mal au cœur, ces petites paumées qu'il se trimballe! Earle n'a qu'à leur parler gentiment et les voilà prêtes à faire n'importe quoi pour lui. On dirait des fruits au soleil, lourds, bien mûrs, qui attendent d'être cueillis.

Je me suis un peu tortillée sur mon tabouret.

— Oncle Earle m'a dit qu'il était sûr qu'aucune femme regrettait de s'être donnée à lui.

— Seigneur Dieu! Tu l'aimes autant que ces femmes, hein?

Tante Raylene a froncé les sourcils.

— Tu n'le trouves pas cruel avec ces petites? Il divorce jamais de l'une ou de l'autre et y en a pas une avec laquelle il reste plus de quelques mois. Dieu seul sait combien de gosses il a faits un peu partout.

— Pas un seul.

Je me suis mordu la langue.

— Parce que t'es au courant, toi?

— Il m'a dit qu'il faisait attention à pas avoir de gosses. Il a dit qu'il avait pas l'droit d'en faire plus qu'il en avait déjà.

— Alors là, quelle prévenance de sa part!

Tante Raylene a écrasé son mégot sur le côté d'un casier. Elle s'est approchée de moi et a attrapé l'un des châssis de fenêtre, appuyé contre le mur. Elle l'a rapporté et posé de manière à couvrir deux casiers. Deux fenêtres de plus ont complété l'ouvrage, puis elle a laissé le mélange chauffer au soleil. Elle ne m'a pas regardée. Ses lèvres étaient pincées, mince ligne droite. Je savais ce que ça voulait dire. Elle était fâchée contre moi.

— Il les épouse seulement parce qu'elles en ont très envie.

J'avais les yeux qui piquaient, comme si les larmes que j'avais refusé de verser sur la longue route me brûlaient maintenant. J'ai serré les poings.

— Il les aime ! ai-je hurlé. Il les aime plus qu'elles le méritent.

— Bone !

Tante Raylene s'est tournée vers moi et a secoué la tête.

— Petite, tu te trompes sérieusement sur l'amour. Sérieusement.

— Ah bon ? ai-je dit d'une voix traînante et sarcastique, en me levant d'une secousse. Alors, à qui la faute ? Hein ? D'où j'devrais savoir ce qu'est l'amour, d'abord ? D'où j'devrais savoir tout l'reste ? J'suis qu'une Boatwright ignorante, tu comprends. D'la racaille qui sait à peine se torcher l'cul et cracher dans l'sens du vent. Exactement comme toi, maman, Alma et tout le monde.

J'ai craché sur le côté, délibérément.

— Merde ! lui ai-je dit doucement, en face. Bordel de merde ! Y a personne comme nous dans l'monde entier !

Ses yeux sombres ont flamboyé mais je n'ai pas eu peur. À l'intérieur, je bouillais et ma peau cuisait. Ma haine et ma rage étaient tellement brûlantes que j'avais l'impression de pouvoir cracher du feu. Quand elle m'a posé la main sur le poignet, j'ai senti que les poils de mon avant-bras picotaient et se hérissaient. Un courant électrique froid m'est remonté jusqu'à la nuque.

— Les gens en sont tous au même point, m'a-t-elle soufflé. Chacun fait de son mieux.

J'ai pris une profonde inspiration et j'ai relâché mon souffle dans un déferlement de paroles aigres.

— Non, les autres se foutent pas des trempes tout le temps, lui ai-je dit. Ils sont pas soûls à plus pouvoir tenir debout, ils se tirent pas dessus pour se mettre ensuite à rigoler. Ils font pas leurs paquets pour quitter leur mari en pleine nuit sans rien expliquer. Ils habitent pas tout seuls à la sortie de la ville, sans mari, sans enfants, sans même une amie, ils se trimballent pas tout le temps en salopette et vendent pas des cochonneries au bord de la route !

Tante Raylene a croisé les bras sur la poitrine et m'a regardée.

— J'aime pas qu'on me crie dessus, j'ai jamais aimé ça.

Ses mains étaient tellement crispées sur ses bras que je voyais ses doigts trembler.

— Et j'sais pas c'qu'il en est pour les autres, mais moi, j'ai toujours pensé que chacun faisait ce qu'il avait à faire ici-bas.

Elle s'est interrompue, puis a repris :

— Quand tu auras trente ans et que tu élèveras tes enfants de ton mieux sans savoir où trouver un malheureux dollar, alors, tu auras l'droit de m'engueuler. Peut-être.

Elle a secoué la tête et s'est retournée, se tapotant les cuisses pour en faire tomber la terre.

— C'est presque l'heure du souper, m'a-t-elle dit. Et tu es dégoûtante. Va te nettoyer et je vais voir si j'ai envie de te nourrir ou pas.

— T'es pas obligée de me nourrir.

Je ne pouvais pas la regarder en disant ça. J'ai baissé la tête et je me suis essuyé le nez sur ma manche.

— Je sais ce que j'ai à faire ou à ne pas faire. Réfléchis et tu comprendras que la raison principale pour laquelle je vis comme je vis, c'est qu'ici je peux faire tout c'qui m'plaît.

Hésitante, j'ai levé les yeux sur elle. Le visage de tante Raylene était rouge comme une tomate et elle ne me regardait pas. Elle regardait de l'autre côté de la grand-route. On aurait dit qu'elle avait autant envie de pleurer que moi, mais, tout comme moi, elle n'allait pas se laisser aller.

— Je t'ai dit d'aller te laver.

Je me suis exécutée.

Les histoires que je me racontais changeaient. Dans la somnolence qui précédait le sommeil profond, je commençais à imaginer la route du Nord. Ce n'était pas la véritable route, elle était ombragée par de l'herbe haute et des arbres antiques. La mousse pendait des branches en longs filaments et de minuscules oiseaux aux ailes gris bleuté s'élançaient du bord de la route vers les arbres. Les voitures passaient en rugissant mais ne s'arrêtaient pas, et l'étoile du nord brillait au-dessus de leurs phares comme une balise. Je marchais seule, mes jambes avançaient sans effort tandis que je couvrais les kilomètres. Personne ne s'arrêtait. Personne ne m'appelait. Seule l'étoile me guidait et je n'étais pas sûre de l'endroit où j'allais finir par me retrouver.

Je suis restée chez Raylene pendant trois jours. Maman a alors appelé pour dire que je devais rentrer à la maison ou aller à l'école là-bas. Des années plus tôt, Garvey m'avait parlé de cette école de campagne et je savais que je la détesterais. Ils n'avaient même pas de bibliothèque. À contrecœur, je suis retournée à l'appartement, au-dessus du marché aux poissons. Maman m'a acheté une nouvelle paire de tennis pour remplacer ceux que j'avais usés, mais elle ne m'a pas parlé de ma fugue. À plusieurs reprises, je l'ai surprise en train de m'observer avec une expression de concentration douloureuse, mais je ne lui ai pas demandé ce qu'elle pensait. Reese m'a dit qu'elle avait été folle furieuse quand elle s'était aperçue que j'avais disparu et qu'elle était sur le point d'appeler la police au moment où tante Raylene avait téléphoné.

— Elles ont parlé de toi pendant pas mal de temps, m'a-t-elle raconté. Tante Raylene a dit à maman de te laisser tranquille pour que tout ça puisse te sortir de la tête et maman lui a dit de se mêler de ses affaires. Je croyais qu'elles allaient s'engueuler comme elles le faisaient avant, mais maman a cédé. Elle a reconnu qu'elle savait pas quoi faire avec toi, ni avec personne, d'ailleurs, et que Raylene pouvait te garder si tu voulais rester.

Reese m'a souri, presque gentiment.

— J'pensais que t'allais pas revenir du tout. J'étais déjà prête à prendre ton côté du lit pour de bon.

La plus grande récrimination de Reese, c'était qu'elle se trouvait au milieu et que maman et moi avions toutes les deux le sommeil agité.

— J'aimerais pas que maman soit en colère contre moi comme elle l'était contre toi, a-t-elle ajouté. J'comprends pas comment tu peux le supporter.

Moi non plus, je ne le comprenais pas.

J'avais l'impression que le monde s'écroulait au ralenti. Deux jours après mon retour, le bébé de tante Alma avait fini par mourir. Son cœur s'était arrêté, comme tout le monde s'y attendait depuis sa naissance. Fay a appelé maman pour la prévenir et Raylene est venue nous garder, Reese et moi, pendant que maman allait réconforter Alma.

— Tu as toujours été plus proche d'elle, a dit Raylene à maman. Et elle s'en tire pas bien du tout. À croire qu'on savait pas, tous autant qu'on est, que ça allait arriver.

— Tu sais à quel point Alma aimait Annie, a dit maman. Elle savait peut-être qu'Annie allait mourir, peut-être pas, en tout cas, elle voulait que sa petite vive.

Je l'ai entendue alors qu'elle était déjà sur le palier et que je me trouvais dans l'appartement. Sa voix était basse, mais ses paroles avaient une telle note d'intensité que je suis allée à la porte.

J'ai observé maman qui descendait l'escalier pendant que Reese entraînait Raylene à l'intérieur pour lui montrer comme elle avait bien réussi à peindre le visage de clown de sa série de dessins. Une fois, mamie m'avait raconté que maman m'avait emmenée au palais de justice après ma naissance et s'était disputée avec l'employé sur la façon dont ils avaient rédigé mon acte de naissance. En me relatant cette histoire, mamie avait eu les yeux luisants et sa bouche s'était retroussée en un sourire féroce.

— Tu sais pas à quel point ta maman t'aime, m'avait-elle dit. Tu peux même pas l'imaginer.

Comme Alma aimait Annie, peut-être, comme Ruth aimait ses fils, D. W., Dwight et Tommy Lee, au point qu'elle avait fait jurer à Travis de ne pas l'enterrer avant leur arrivée. Je me rongeais un ongle, je regardais maman qui s'éloignait et je me demandais si elle m'aimait toujours et ce que je ferais quand nous retournerions vivre avec papa Glen.

Raylene avait apporté des conserves de mûres maison. Reese et elle ont préparé une tarte renversée comme Raylene avait appris à la faire quand elle accompagnait les forains. Elle a réparti dans le moule des petits morceaux de beurre, les a parsemés de sucre roux, a versé ses mûres, ajouté du sucre, puis une poignée de sucre blanc sur le tout. Une pâte à biscuit non sucrée formait le dessus et la tarte a été prête à manger en une demi-heure. Elle n'était pas aussi bonne que celles de tante Fay, mais Reese s'en est gavée et en a liquidé la moitié à elle toute seule. Ensuite, elle s'est couchée sur la table, léthargique, à moitié endormie, ses lèvres, tachées de bleu, légèrement entrouvertes.

Tante Raylene a regardé nos peintures et a attrapé la scène de montagne japonaise que je n'avais pas pris la peine de terminer. Elle me l'a agitée sous le nez.

— Reese me dit que tu veux pas lui donner, mais que t'as pas envie de la terminer.

— Elle est à moi. Peut-être que j'aurai envie de la finir un jour.

— Bon.

Raylene a reposé le dessin. J'attendais qu'elle continue mais elle s'est retournée et s'est mise à nettoyer la cuisine.

Il était encore tôt. Je suis sortie sur le palier pour regarder les voitures qui passaient, les gens de la cité voisine qui se rendaient à la nouvelle épicerie à bas prix, quelques camions avec des hommes qui rentraient tard de leur journée de travail, un bus de l'église baptiste de Bushy Creek avec des enfants au visage aplati contre les vitres, qui me jetaient un regard haineux. Je le leur ai rendu. La colère agissait comme un poison qui s'écoulerait désormais goutte à goutte dans mon âme et m'apprendrait à haïr ceux qui me haïssaient. Pour qui ils se prennent? ai-je murmuré. Ils pissent du miel, peut-être? Ils chient des volubilis en fleur? Ils s'assoient sur leur véranda tous les dimanches matin et regardent de haut le reste du monde?

— Je les déteste! ai-je dit à tante Raylene quand elle est arrivée derrière moi et a agité la main vers le bus qui passait. Ils nous regardent comme si on était quelque chose de dégoûtant.

Tante Raylene était en train de retirer les petits grains de mûres logés entre ses dents. Elle avait le regard lointain et m'a surprise quand elle a tendu la main et m'a tapoté l'épaule.

— Ils te regardent exactement comme tu les regardes, m'a-t-elle dit carrément. Tu sais pas qui sont ces enfants. Ils sont peut-être vilains, stupides et insupportables. Mais peut-être pas. Tu sais pas c'qui leur arrive quand ils rentrent chez eux. Tu connais pas leur père ni leur mère, tu connais pas leur famille, tu sais pas pourquoi ils font ce qu'ils font ni de quoi ils ont peur. Parce qu'ils portent des vêtements différents des tiens et passent à toute vitesse, tu crois qu'ils sont riches, cruels, et pensent des choses terribles à ton sujet. Il se peut qu'ils te voient assise là à manger des mûres et à les regarder comme s'ils n'étaient qu'un crachat au soleil... il se peut qu'ils soient jaloux de toi, qu'ils aient envie de c'que tu as, qu'ils aient peur de la réaction que t'aurais s'ils faisaient un pas vers toi.

Elle a plongé la main dans sa poche, en a ressorti sa blague à tabac et s'est mise à rouler une cigarette.

— Puisque tu te racontes des histoires sur ces gens, tu n'as qu'à en inventer une où tu devrais habiter chez eux, faire partie de leur famille et passer sur cette route. Considère ça de l'autre côté, pendant un petit moment. Peut-être que tu regarderas moins les gens de travers.

Je l'ai dévisagée d'un air renfrogné.

— Les gens disent que tu es partie chez les forains avec un homme, mais t'as jamais parlé de lui. Comment ça s'fait qu'il t'a jamais épousée?

Dans les mains de tante Raylene, le papier a tremblé.

— Les gens disent? Les gens disent n'importe quoi. Je suis partie chez les forains, ouais, mais pas pour un homme. Pour moi. Et j'ai jamais eu envie d'me marier avec personne. J'aime ma vie telle qu'elle est, petite. J'ai fait ma vie, comme tu feras la tienne, j'ai l'impression, avec de l'amour-propre, de l'obstination, et trop de colère. Tu ferais mieux de bien réfléchir à c'que tu veux et à ceux à qui t'en veux, Ruth Anne. Tu ferais mieux de bien réfléchir.

Elle a léché le papier à rouler et l'a lissé. Elle a allumé sa cigarette et fourré l'allumette consumée dans sa poche. Elle fumait avec circonspection, m'observait, s'attendait apparemment à ce que je lui réponde, mais j'ai gardé le silence. Quand elle a enfin repris la parole, sa voix tremblait un peu.

— Il fait pas si froid que ça, ce soir, pas si froid que ça. Y a une odeur de printemps dans l'air.

J'ai détourné la tête et je n'ai rien dit. Au bout d'une minute, Raylene a haussé les épaules et est retournée à l'intérieur. Je me suis accroupie et recroquevillée sur moi-même, en tâchant de me faire toute petite. J'ai regardé passer les voitures et j'ai entendu Reese protester quand tante Raylene l'a emmenée se coucher. J'ai fermé les yeux et j'ai essayé d'inventer une histoire. J'ai imaginé que nous étions de retour dans la maison de West Greenville que maman aimait tant, que papa Glen était devenu un paroissien fidèle de l'église pentecôtiste et qu'il avait trouvé un boulot de camionneur qui l'obligeait à sillonner tout le pays. Il gagnait beaucoup d'argent, mais ne pouvait pas rentrer à la maison. J'ai imaginé que maman avait un travail qui lui permettait de s'asseoir tant qu'elle voulait et payait bien, qu'elle ne se brûlait plus jamais et n'était plus obligée de tirer tellement ses cheveux en arrière qu'elle en avait mal à la tête. Peut-être qu'elle pouvait être institutrice ? Ou une de ces femmes du rayon maquillage de Jordan Marsh ? Je me suis mordu la lèvre et j'ai tout laissé défiler sous mes paupières — Reese avec une nouvelle robe pour Pâques, moi avec tous les livres que j'avais envie de lire, maman assise au soleil, les pieds surélevés, papa Glen bien loin, qui revenait à la maison juste assez souvent pour faire sourire maman. Je me suis endormie là, en rêvant et en adorant ce rêve.

19

Ce printemps-là, les orages étaient étonnants. Les trombes d'eau inondaient tout, des vieilles maisons croulantes d'Old Henderson Road aux magasins et aux cafés de White Horse Road, mais le jour où tante Alma a eu sa crise de folie, le temps était parfaitement dégagé, chaud et sec, et la boue formait des pics rigides et des ornières dans toutes les allées. C'était un lundi. En sortant de l'école, Reese était allée chez Fay et Nevil pour faire les magasins avec leurs filles.

— Elle aura bientôt neuf ans, avait dit Fay à maman. Elle est assez grande. Il faut pas trop la couver, tu sais.

Excédée par les supplications de Reese, maman avait cédé à contrecœur.

Je rentrais lentement à la maison, j'essayais d'empêcher ma jupe de s'envoler et je pensais au luxe que représentait une ou deux heures toute seule avant le retour de Reese, à ce temps bien réel que j'allais passer allongée sur le canapé, à écouter la radio, à boire du Coca-Cola et à lire *Le Groupe* que j'avais finalement réussi à sortir en douce de la bibliothèque. Je suis passée devant Woolworth, dans la fraîche brise printanière, mes chaussures à la main, tirant sur l'ourlet de ma jupe, quand j'ai aperçu maman qui descendait précipitamment l'escalier de l'appartement. Elle portait encore son filet à cheveux et ses chaussures blanches plates et ne devait donc pas être rentrée depuis longtemps. À en juger par sa hâte, quelque chose devait s'être produit. Je me suis mise à courir et je suis arrivée à la voiture en même temps qu'elle. Elle avait néanmoins déjà mis le contact quand j'ai attrapé la poignée de la portière. Je suis montée et j'ai jeté mes livres sur la banquette arrière avant qu'elle puisse m'arrêter. J'étais d'ailleurs surprise qu'elle ne me demande pas de descendre. Elle a emballé le moteur de sorte que les roues ont patiné quand nous nous sommes engagées sur la route.

— C'est ta tante Alma, a-t-elle dit. Petit Earle a téléphoné. Ça a l'air terrible. J'ai même pas réussi à comprendre c'qui s'est passé, alors ne me pose pas de questions.

Maman avait l'air sévère — effrayée et fâchée en même temps. Je me demandais quel était le problème, si c'était quelque chose qu'oncle Wade, ou peut-être un des cousins avait fait. Ça pouvait être n'importe quoi, vu l'état de tante Alma depuis la mort d'Annie.

— Vous trouvez pas qu'on a une vie merveilleuse ? avait dit tante Alma la dernière fois que nous l'avions vue. Les coups durs semblent pleuvoir sans arrêt.

Je me suis concentrée sur la poignée que je serrais pendant que maman faisait rugir la voiture vers la route de West Greenville. Elle a quitté Old Henderson Road, est passée devant la station-service où avait travaillé oncle Wade avant son accident, puis a emprunté une route de terre qui traversait les champs, là où on devait construire l'autoroute l'année suivante. Tante Alma avait négocié le droit d'habiter l'une des fermes condamnées, situées sur le tracé, et y avait emménagé après la mort de Ruth.

Petit Earle nous attendait devant la grille du pré aux vaches, près de la boîte aux lettres, le visage livide et la chemise maculée de taches de boue marron. Il avait de

la morve sur toute la lèvre supérieure et ne cessait de
s'essuyer les mains sur le ventre, où la boue avait formé
le plus gros des taches. Maman n'est pas descendue de
voiture, elle s'est seulement arrêtée une minute et penchée par la vitre.

— Ça va? lui a-t-elle crié.

Il a fait oui de la tête. Il ne me semblait pourtant pas
aller bien du tout.

— Elle est là-haut, devant la maison, a-t-il murmuré,
semblant avoir peur de parler fort. J'ai essayé. J'ai
essayé mais elle m'a rien laissé faire.

Il s'est agrippé les épaules.

— Elle est là-haut, toute seule. J'ai fait partir les
filles et j't'ai appelée.

Il a marqué une pause et s'est mis à aspirer de l'air
entre chaque phrase.

— Et puis j'ai appelé oncle Earle. Oncle Earle m'a
dit de pas retourner là-bas. De toute façon, elle m'a
fichu la trouille. Maman m'a fichu la trouille.

Il s'est tu et a suivi des yeux l'allée de terre qui
s'incurvait sur le côté et disparaissait entre les pins.

— Oh! mon Dieu, tatie, elle est devenue folle à lier,
comme papa l'avait prédit!

— Essuie-toi la figure et tais-toi, lui a rétorqué
maman avec brutalité. Je t'enverrai Bone dans un petit
moment et j'veux pas que tu fasses peur à tes sœurs. Va
te laver la figure et enlève-toi un peu cette boue.

Son ton était presque odieux — un ton que je ne
l'avais encore jamais entendue employer avec un enfant.
J'ai cessé d'observer Petit Earle pour la regarder et j'ai
failli rouler sur la banquette quand elle a fait démarrer la
Pontiac en trombe sur l'allée. Derrière nous, j'ai
entendu un autre moteur et j'ai regardé par-dessus mon
épaule pour voir le camion d'oncle Earle soulever un
nuage de poussière rouge tandis que ses outils brinque-
balaient bruyamment. Il a hurlé quelque chose mais

maman ne s'est pas arrêtée, a filé jusqu'au jardin de tante Alma et a failli renverser ses barriques avant de couper le moteur et de sauter de la voiture. Je me suis propulsée du côté conducteur pour la suivre mais, sans même se retourner, maman m'a crié de ne pas bouger. Je me suis figée à l'endroit où j'étais pendant qu'elle courait vers la véranda et vers la silhouette immobile, recroquevillée de tante Alma.

Les poulets hurlaient et s'enfuyaient, la poussière retombait derrière la Pontiac, mais tout le reste était plongé dans un silence de mort. J'apercevais une rangée de visages blancs à l'affût, derrière le grillage du jardin de tante Alma — Patsy Ruth, Reese, et Grace et Mattie, les filles de Fay. Le soleil tapait, brûlant, lâchait de la vapeur, et, sous le noyer noir, il y avait des flaques qui n'avaient pas eu le temps de sécher. On n'apercevait pas la moindre trace d'oncle Wade ni de son camion, et tout paraissait étrangement paisible. Et puis j'ai vu que toutes les corbeilles de fleurs de tante Alma étaient renversées devant la maison, boutons et plantes éparpillés. Près de l'une des corbeilles, il y avait l'essoreuse en faïence de sa vieille machine à laver et les tas qu'on voyait dans la poussière et la boue semblaient être des vêtements. La voix de maman est parvenue jusqu'à moi, comme une berceuse, avec des phrases doucement accentuées qui me rappelaient la manière dont tante Alma avait toujours parlé à sa petite Annie. Tante Alma était tranquille, penchée en avant, et n'a pas répondu quand maman l'a entourée de ses bras et lui a murmuré un babil rassurant.

Sans bruit, j'ai ouvert la portière de mon côté et je suis descendue. Il y avait une fourchette sous mon pied, les dents enfoncées dans le sol. Des couverts et de la vaisselle étaient éparpillés partout et une pelle à œufs dépassait d'un pot de fleurs cassé. J'ai posé le pied sur une assiette brisée et j'ai vu des douzaines de bobines de fil sur la véranda et une pince sous la roue droite de la Pontiac. Il y avait de la poussière partout, qui empêchait de reconnaître les objets à moins de les examiner de près. Juste à côté de l'aile avant de la voiture, une petite brise soulevait une touffe de cheveux bouclés châtain-roux, emmêlés, échappés de la brosse qui se trouvait près d'un miroir à main en morceaux. Je me suis penchée et j'ai vu un tas de photos pâlies à demi enterrées sous les pétales jaunes froissés de rudbeckia et sous des gypsophiles en bouillie. À côté, le triangle à lamelles faisait penser à un morceau du store vénitien que tante Alma avait accroché dans toutes ses salles de bains.

— Chérie ! Ma mignonne. Tout va bien, disait maman.

J'ai regardé dans leur direction. Les pieds de tante Alma reposaient sur une petite pile de lames noires en morceaux — des fragments de 45 tours — et ses bas pâles avaient glissé sur ses chaussures marron aux talons cassés. Elle avait de la boue sur les mollets et les genoux, bien visible à l'endroit où sa robe jaune à fleurs était remontée. Un bout d'ourlet de sa combinaison en coton blanc lui pendait derrière les genoux. Son tricot bleu passé, aux manches retroussées, était couvert de boue séchée, tout comme sa robe. Elle avait les mains aussi sales que le reste de sa personne, maculées de taches foncées, ses ongles étaient cassés, l'extrémité de ses doigts déchiquetés.

Du sang, ai-je compris soudain. C'était du sang qu'il y avait, mêlé aux taches de boue, sur les mains de tante Alma, sur sa robe, son tricot, ses mollets et sa figure. Ses cheveux en étaient tout collés. Un frisson m'a parcourue et, au sommet de mon crâne, la peau m'a picoté et brûlé. Les doigts de tante Alma étaient noués sur ses genoux. Elle regardait droit devant elle, mais ses yeux étaient complètement perdus dans le vague, tournés vers l'intérieur. Elle a lentement ouvert les mains et les a portées à son visage, ses doigts écorchés, à vif, ont glissé sur ses pommettes pour repousser ses cheveux en arrière et ont étalé du sang frais sur ses tempes. Elle avait des coupures sur les avant-bras, une à la joue gauche et une autre au cou, sous le menton. Je suis restée plantée là, bouche bée, puis j'ai tourné la tête. Il y avait du verre partout, brisé, éparpillé, luisant au soleil. J'étais debout, pieds nus, dans un jardin de verre cassé.

— Il va revenir bientôt, disait tante Alma. D'une minute à l'autre, maintenant, je le sais. Je suis prête à le recevoir.

Elle s'est retournée et a regardé maman dans les yeux.

— Je suis prête à le recevoir, a-t-elle répété, la voix aussi calme et normale que celle de maman. Je suis prête à le recevoir.

— Oui, a dit maman. Je vois, ma chérie. Je vois que tu l'es. Nous le sommes toutes les deux. Nous allons juste nous asseoir un moment ici pour l'attendre.

Elle gardait le visage tout près de celui de sa sœur, ne la lâchait pas des yeux, comme si sa seule présence reliait Alma à la terre. L'une de ses filles s'est mise à gémir dans le jardin. J'ai pivoté, incapable de lutter contre l'impression que tout le monde était devenu fou. Dans tout le comté de Greenville, les femmes allaient se mettre à casser des trucs, puis s'asseoir pour attendre Armageddon ou le lever du soleil ou quelque chose de ce genre. Ça me semblait être une bonne idée.

— Bone, fiche-moi le camp d'ici !

C'était oncle Earle qui me parlait tout bas. Il se tenait bien à l'écart, près du bosquet de pins, à l'endroit où l'allée tournait. Ses cheveux bruns luisaient au soleil et il avait une expression de nervosité presque comique sur la figure.

— Écoute, petite. Retourne à la voiture et laisse ta mère s'occuper de ça.

Il avait posé les mains à plat sur ses cuisses et sa mâchoire était figée. Il avait l'air d'avoir la trouille, une trouille bleue.

— Je vais lui trancher la gorge, a dit tante Alma de la voix la plus raisonnable qu'on puisse imaginer. J'ai ce qu'il faut.

— Où ça? lui a demandé maman.

— Dans ma poche.

Les mains de tante Alma se sont baissées, ont tapoté sa robe. Sa main droite s'est glissée dans une poche que je n'avais pas remarquée jusque-là et en est ressortie avec un rasoir fermé. Une secousse de son poignet et il s'est ouvert, la lame étincelant au soleil. Tante Alma a levé la main gauche, y a posé la lame et l'a regardée en ayant l'air de la trouver magnifique.

— Oh! ça marchera, a dit maman, la voix toujours douce et terre à terre.

Elle m'a jeté un coup d'œil.

— Bone, ma petite, entre dans la maison et va chercher à ta tante un verre de thé, tu veux?

Ses yeux m'ont dépassée pour se fixer sur oncle Earle et elle a légèrement secoué la tête. Il a acquiescé et s'est replié vers les pins.

— Il faudrait qu'on te nettoie un peu, Alma. T'as l'air d'avoir été prise dans une tempête.

Elle a eu un petit rire doux et a délicatement tiré sa sœur par les bras. Alma a frémi et a replié le rasoir d'une secousse. Maman s'est immobilisée, le visage prudemment inexpressif.

Je les ai fixées. Jamais encore elles ne s'étaient autant ressemblé. Tante Alma avait dix bonnes années de plus que maman et pesait peut-être dix kilos de plus, mais elle avait les mêmes traits accusés, les pommettes qui saillaient comme des patères sous des yeux enfoncés et cernés. Leurs cheveux avaient la même texture, secs et beaux, ceux de maman plus blonds à cause du rinçage qu'elle utilisait, et un peu aplatis par le filet qu'elle devait porter au travail. Les cheveux de tante Alma avaient une nuance de roux propre à toutes les filles de sa famille. Mais c'était surtout leur cou qui était identique, cordes rigides de tendons protubérants, si bien que le petit creux où les clavicules se rejoignaient en paraissait encore plus profond et plus prononcé. La peau était la même, rendue rugueuse par le travail, rouge sous le bronzage, même si tante Alma n'était pas maquillée et si maman ruisselait de sueur. Elles étaient bien de la même famille, c'était clair, visiblement des sœurs. Quand j'ai bruyamment dégluti, elles se sont toutes les deux retournées vers moi avec le même geste et la même expression.

— Tu veux pas aller faire c'que j't'ai demandé? a insisté maman, comme si tante Alma n'était pas couverte de sang.

Tante Alma a bougé, a levé la tête et m'a regardée. Je ne pouvais pas voir où je posais les pieds.

— Ah! les filles! a soupiré tante Alma. Elles passent leur temps à traîner et à rêvasser.

— C'est un fait, a reconnu maman en secouant la tête d'un geste résigné.

J'avais envie de rire, mais à la place, j'ai rougi de gêne. Quel âge faudrait-il donc que j'aie pour qu'elles arrêtent de parler de moi de cette façon? J'ai pris une inspiration et j'ai enjambé les pots et les disques cassés, puis j'ai monté les marches de la véranda. Il y avait davantage de débris sur le seuil de la maison. Ils maintenaient le châssis de la moustiquaire entrebâillé. Les chaises de la cuisine avaient été lancées, la table renversée, les placards vidés, leur contenu éparpillé sur le sol. Je me suis frayé un chemin jusqu'au réfrigérateur, surprise de ne pas le voir ouvert, encore plus surprise de m'apercevoir que tout y était intact et qu'il y avait des glaçons dans le freezer. J'ai trouvé un énorme broc de thé tout prêt. Je suis retournée jusqu'à la véranda et j'ai vu maman et tante Alma toujours assises sur les marches.

— Tu veux aussi un verre de thé, maman? ai-je demandé lentement.

— Oui, chérie, ça me fera bien plaisir.

Elle a posé un bras sur les épaules de tante Alma et l'a serrée contre elle.

— Ta tante et moi, on va rester là un moment avant de commencer à tout nettoyer.

— J'ai envie d'un autre bébé, disait tante Alma d'une voix pâteuse.

Nous l'avions couchée dans le lit de Patsy Ruth, enroulée dans des couvertures, et lui avions bandé les mains. Le grand lit d'Alma était cassé en deux, même si nous ne parvenions pas à imaginer comment elle avait pu démolir cette tête de lit en chêne. Tante Alma murmurait doucement, assommée par le grog que maman lui avait préparé avec du whisky, de l'eau chaude, du miel et du citron.

— J'lui ai dit ça. J'lui ai dit que j'voulais une autre petite fille. J'lui ai dit que ça irait pas tant qu'j'aurais pas un autre bébé.

Elle s'est interrompue. Elle avait toujours le rasoir dans une main, replié maintenant, mais serré trop fort pour qu'on le lui retire. Nous avions déjà pas mal nettoyé, envoyé les gosses chez tante Raylene et veillé à ce qu'oncle Wade ne rentre pas à la maison avant que quelqu'un aille le chercher. Nous n'avions rien fait à l'extérieur, nous nous étions contentées de ramasser la plus grande partie du verre brisé et des vêtements déchirés, nous avions plus ou moins remis la cuisine en ordre, lavé et soigné tante Alma. Aucun des gosses n'avait été blessé, ils en étaient quittes pour une peur bleue. La seule victime était un des chiots dont le cou avait été brisé quand quelque chose ou quelqu'un lui était tombé dessus. Grey et Garvey étaient arrivés juste avant le coucher du soleil pour s'occuper un peu du jardin et aider à rassembler les divers animaux. Je les ai observés pendant un moment tandis qu'ils erraient partout, secouaient la tête et poussaient des exclamations d'horreur en voyant tout ce que tante Alma avait réussi à démolir.

Maman est restée au chevet de tante Alma. Elle lui tenait les mains, la détendait et l'apaisait, s'interposait entre moi et le rasoir qu'elle ne voulait pas lâcher. Elle parlait comme si rien de spécial n'était arrivé. Elle parlait d'ailleurs surtout de moi, expliquait à quel point je mettais du temps à réagir, à quel point j'étais rêveuse et ressemblais à ma grand-tante Malvena. J'ai été surprise d'entendre tout ça, et encore plus surprise quand elle a dit que je resterais avec Alma, que je lui donnerais un coup de main maintenant que le printemps se faisait sentir.

— Tu as besoin d'un peu d'aide ici, Alma, lui a dit maman. Tu seras contente d'avoir Bone. Tu réussiras peut-être même à la convaincre de te chanter quelque chose de temps en temps.

Abasourdie, je me tenais pétrifiée, je me tenais aussi près du lit que je l'osais. Est-ce que maman pensait qu'on pouvait compter sur moi ? Est-ce que je ressemblais à ma grand-tante Malvena ? Est-ce qu'elle croyait réellement que je chantais bien ?

Tante Alma n'a pas vraiment fait attention à ce que venait de dire maman. Elle a continué à se plaindre d'oncle Wade.

— Je lui ai dit : « Fais-moi un bébé, Wade. Fais-moi un bébé, c'est tout. »

Elle a essayé de se redresser. Maman s'est penchée pour l'apaiser et a grimpé dans le lit à côté d'elle.

— Et tu sais c'qu'il m'a répondu ? Tu sais c'qu'il

m'a répondu? a demandé Alma en se cramponnant à maman d'une main désespérée.

Elle n'a pas attendu la réponse. Elle a attrapé la couverture dans son poing serré qu'elle a agité, puis a sifflé entre ses dents :

— Il a dit : « C'que tu veux et c'que j'veux, ça fait deux. T'es vieille, moche et aussi grosse qu'une vache. T'es folle comme une vache qu'aurait mangé trop de mauvaises herbes, et tu pues comme une vache qui se serait vautrée dans du lait renversé. » Il m'a dit : « J'te toucherais même pas si tu prenais un bain au whisky et si tu te mettais un sac sur la tête. » Il m'a ri au nez. Et il est parti aussi sec.

Elle s'est affaissée en arrière. Elle avait des larmes sur la figure et ses lèvres étaient plaquées contre ses dents. Elle a secoué la tête, lentement, d'avant en arrière.

— Pendant toutes ces années, j'me suis occupée d'lui, j'l'ai aimé, j'lui ai donné des enfants, de quoi manger, des vêtements propres, et j'l'ai aimé. J'l'ai aimé, et voilà comment il me parle !

Elle a lâché des sanglots profonds, entrecoupés.

— Et Annie ! a-t-elle gémi.

Maman a pris tante Alma dans ses bras, comme une petite fille, l'a bercée pendant qu'elle pleurait. Ça n'a pas duré longtemps. Dans le silence qui a suivi, toutes les deux ont murmuré quelque chose que je n'ai pas pu bien comprendre. Maman disait sans doute qu'oncle Wade était un homme affectueux, que tante Alma l'aimait. La voix de tante Alma est alors redevenue forte et puissante.

— Oh ! mais c'est bien pour ça qu'il faut que je lui tranche la gorge ! a-t-elle dit distinctement. Si j'aimais pas ce salaud, je le laisserais vivre éternellement.

— Quand une femme se met en tête de devenir folle, autant ne pas la contrarier.

Oncle Earle plaisantait avec Grey et Garvey sur la véranda, dans l'obscurité. Tous trois étaient debout, serrés les uns contre les autres, et fumaient en partageant une bière. Ils avaient tellement insisté pour entrer dans la maison que maman avait fini par leur demander de dégager quelques meubles cassés, tout en leur recommandant de ne pas faire de bruit pour qu'Alma puisse dormir.

— Oh ! les femmes ! a grogné Garvey. C'est pas si difficile que ça de bien s'y prendre avec elles.

— Que tu crois ! a rétorqué oncle Earle en riant. Je t'assure, mon garçon, qu'on peut jamais savoir de quoi une femme est capable. Tu t'rappelles cette petite de Nashville que j'ai amenée y a deux ans, en été ? Une petite mignonne pas plus grande que Bone, avec une figure de papier mâché, une blonde qui riait tout l'temps ?

— Elle était minuscule, ouais.

Grey s'est presque mis à rire. Apparemment, il s'en souvenait bien.

— Elle était tellement timide que personne n'a réussi à la connaître.

— Bon, eh ben cette petite chose, a dit oncle Earle d'une voix traînante, cette petite chose a failli me couper les couilles avec une paire de ciseaux, une nuit. Elle me tenait par les poils et essayait de couper de toutes ses forces. Si j'avais pas pesé deux fois son poids et si j'avais pas eu six fois plus la trouille qu'elle, elle aurait fait de moi un eunuque.

Il s'est mis à rire comme si cette idée le rendait encore nerveux.

— J'vous assure que les femmes sont dangereuses. Faudra jamais l'oublier.

J'ai appuyé mon visage contre la moustiquaire. Elle a craqué légèrement et tous trois ont regardé dans ma direction. Ma silhouette devait se détacher sur la lumière de la cuisine et me donner l'air d'un spectre de la nuit, parce qu'ils ont sursauté. Les traits d'Earle se sont figés.

— Bone ! m'a-t-il dit. Tu ferais mieux de retourner là-bas avec ta mère. Elle a peut-être besoin de toi.

Grey se tenait tranquillement à côté d'Earle, une boîte de bière à la main. J'ai attendu une minute, je l'ai regardé en repensant au jour où il avait juré qu'il n'oublierait jamais ce que nous avions fait. Il a levé la bière et bu un long trait. Il avait l'air tellement fier d'être là sur cette véranda en train de boire avec oncle Earle.

— T'as pas entendu c'qu'a dit Earle ?

Le ton de Garvey était dur. Je l'ai regardé dans les yeux et j'ai reniflé de mépris. Un petit garçon qui jouait à l'homme ne me faisait pas peur, mais je suis quand même retournée dans la cuisine. Je me rappelais parfaitement bien cette fille de Nashville. Elle était tellement timide qu'elle bégayait chaque fois qu'elle essayait de répondre à une question et était terrifiée par tous les insectes. Nous l'avions taquinée jusqu'au moment où elle s'était mise à pleurer et avait couru vers Earle, comme s'il était son père et non un mari en puissance. Elle ne m'avait absolument pas paru du genre à causer des dégâts, ni même à l'envisager. Pas comme tante Alma, qui, après tout, était une Boatwright, aussi dangereuse que n'importe quel homme, même quand elle n'était pas folle.

Mais avec les femmes, on ne sait jamais, ai-je pensé. J'ai baissé les yeux sur mes mains, à la faible lueur de la lampe que maman avait posée sur la paillasse, près de l'évier. Mes mains étaient petites, avec des tendons bleus et fins sous la peau pâle, comme celles d'Alma et de maman. Nous avions toutes de petites mains. J'ai regardé au fond du couloir, vers la chambre. J'apercevais le lit cassé et renversé.

Non, me suis-je dit, on ne sait jamais, avec les femmes. Ni même avec les petites filles, si ça se trouve.

— J'm'étais encore jamais rendu compte que tu ressemblais autant à Alma.

Il était tellement tard que c'était presque le matin. La voix de maman jaillissait de l'obscurité, près de la porte.

— Mais quand on était assises toutes les deux sur ces marches et que tu étais debout devant la maison, ça m'a sauté aux yeux. J'ai vu ce que tu allais donner une fois grande. Tu vas être aussi jolie que l'était Alma quand elle était jeune fille, plus jolie que tu l'imagines.

Je n'ai rien dit. J'étais enroulée dans une couverture et assise sur le matelas de Petit Earle, que nous avions poussé contre le mur un peu plus tôt dans la soirée. Tante Alma avait fini par s'endormir, et maman avait décidé que nous pouvions essayer de nous reposer sans crainte. Mais, pendant une heure, elle était restée assise à fumer, adossée à ses oreillers. J'avais gardé les yeux ouverts dans le noir et j'écoutais les vaches qui se déplaçaient dans le pré, à proximité de la maison.

Maman était agitée et s'est tournée vers moi.

— Bone, m'a-t-elle dit doucement. À quoi tu penses, tout le temps ?

— À rien de spécial.

J'ai regardé l'extrémité embrasée de sa cigarette. Mes yeux s'étaient habitués à l'obscurité, si bien que je pouvais distinguer les contours de maman, ses épaules redressées sur le tas de vieux oreillers, ses bras posés sur la couverture.

— À rien que j'pourrais expliquer.

— Tu es toujours si tranquille, tu observes tout le temps.

La voix de maman était douce, plus détendue, me semblait-il, qu'elle ne l'avait été depuis très longtemps.

— Je vois bien quand tu es furieuse, tu sais. Tu as cette expression voilée. Et ces temps-ci, tu l'avais assez souvent.

Elle a changé de position sous sa couverture et a écrasé sa cigarette dans une soucoupe posée par terre.

— Mais quand t'as pas l'air furieuse, je sais pas c'qui s'passe en toi. T'as jamais l'air heureuse. On dirait que tu attends. Qu'est-ce que tu attends, Bone ?

Que tu retournes avec papa Glen, ai-je pensé, et j'ai serré la couverture autour de mes épaules.

— Bone ?

J'ai posé mes doigts sur ma gorge, j'ai senti la chaleur, le pouls qui battait dans le creux, sous mon menton.

— Bone ? Tu dors pas ?

— Non.

— Tu veux pas me parler ?

Mes doigts étaient humides, comme mon menton et le bord de la couverture. Je me rappelais le regard direct de tante Alma, cet après-midi, quand elle avait dit qu'elle aimait Wade, qu'elle voulait le tuer. Je ne comprenais pas ce genre d'amour. Je ne comprenais rien. J'ai dégluti et j'ai essayé de ne pas faire de bruit.

— Tu es encore en colère contre moi, hein ?

On aurait dit que maman avait envie de pleurer. Je me suis penchée en avant et j'ai plaqué ma bouche contre le bord de la couverture.

— Tu veux rien me dire ?

Une des vaches a meuglé dans le pâturage obscur. J'ai dégluti une nouvelle fois.

— J'attends que tu rentres à la maison, ai-je dit. J'attends que tu ailles retrouver papa Glen.

Il y a eu un long silence.

— Tu crois que c'est c'que j'vais faire ? a finalement murmuré maman.

— Oui, ai-je dit.

— Oh ! Bone !

Elle s'est redressée, a sorti une autre cigarette et frotté une allumette. La lueur a fait apparaître ses joues, pâles et luisantes.

— Tu veux venir ici t'asseoir à côté de moi ?

— Non.

Je n'ai pas bougé. J'avais l'impression que ma sensibilité s'était accrue, que j'entendais tout, les sabots des vaches sur l'herbe humide, la rosée qui glissait des gouttières de la véranda, le cœur de maman qui cognait de peur.

— Bone, j'pourrais pas le supporter si tu me détestais, a-t-elle dit.

— J'pourrais pas te détester, lui ai-je dit. Maman, j'pourrais pas te détester.

— Mais tu es sûre que je vais retourner avec lui.

— Oui.

J'ai toussé et je me suis éclairci la gorge.

— Oh! mon Dieu, Bone! J'peux pas retourner là-bas. J'tiens pas à c'que tu m'détestes.

— J'te détesterai jamais.

J'ai pris une profonde inspiration et je me suis forcée à parler d'un ton neutre.

— Je sais que tu l'aimes. Je sais que tu as besoin de lui. Et il est gentil avec toi. Il est gentil avec Reese. C'est seulement...

J'ai réfléchi une minute.

— J'sais pas.

Nous sommes restées silencieuses pendant un moment. Quand maman a repris la parole, on aurait presque dit une petite fille qui n'est pas sûre d'elle et qui a peur.

— Il a peut-être besoin de parler à quelqu'un. Raylene a dit qu'il avait peut-être besoin d'un docteur.

Je me suis essuyé la figure et j'ai haussé les épaules. Maintenant, je me sentais fatiguée, éreintée, tellement épuisée que j'avais du mal à faire arriver l'air jusqu'à mes poumons.

— Peut-être, ai-je dit.

— J'retournerai pas tant que j'te saurai pas en sécurité, a dit maman d'une voix déterminée. J't'le promets, Bone.

— Moi, j'retournerai pas.

Les mots étaient tellement paisibles, plats, qu'ils ne semblaient pas être sortis de ma bouche. Mais après les avoir prononcés, j'ai apparemment recouvré un peu d'énergie.

— J't'aurais jamais obligée, chérie.

— Je sais. C'est pas ça, maman. Je sais que tu m'aurais pas obligée.

Je me suis assise, j'ai laissé tomber ma tête en avant et j'ai entendu les os de mon cou craquer bizarrement tandis que les muscles se détendaient. Cette fois, quand j'ai repris la parole, ma voix était forte, les mots bien distincts.

— Je sais que tu vas y retourner, maman, et tu as peut-être raison. Je sais pas c'qui est mieux pour toi, je sais seulement c'que j'ai à faire. J'peux pas retourner vivre avec papa Glen. J'le ferai pas. Je pourrais rester quelque temps chez tante Carr, ou aller habiter chez Raylene. Je crois qu'elle serait contente de m'avoir. Mais si tu te décides à retourner avec papa Glen, j'pourrai pas aller avec toi.

— Bone !

Maman s'est levée si vite de son matelas que je me suis plaquée contre le mur d'un geste nerveux. Ses mains se sont posées sur mes épaules, les ont pressées délicatement.

— Qu'est-ce que tu me racontes là ? a-t-elle demandé.

J'apercevais son visage. La lune avait dû se lever. À la faible lumière qui filtrait de l'extérieur, ses pommettes et ses yeux cernés avaient un aspect spectral. Elle avait peur.

— Je t'aime, ai-je dit. Mais j'vois pas c'que j'pourrais faire d'autre.

Elle m'a agrippée violemment. Je sentais ses ongles qui s'enfonçaient dans ma chair, je sentais l'intensité de sa peur. Elle a secoué la tête et m'a attirée contre son cou.

— Oh ! mon Dieu ! Qu'est-ce que j'ai fait ? s'est-elle écriée.

— Maman, arrête, ai-je dit doucement. S'il te plaît.

Elle m'a relâchée mais est restée agenouillée tout près de moi. Je me demandais si elle pouvait me voir aussi distinctement que je la voyais. Et, dans ce cas, que lisait-elle sur mon visage ?

La pluie a commencé à tomber dehors. Sans vent, elle tombait dans un doux murmure, comme si on l'avait versée avec un arrosoir, de petites gouttes qui effleuraient les nouvelles pousses tendres des arbres et des buissons. Maman a posé ses paumes à plat sur ses yeux.

— D'accord, a-t-elle dit. D'accord.

J'ai dégluti. Je voulais tendre la main, lui dire que je regrettais, que je ne pensais pas ce que je disais, que je retournerais avec elle, mais je n'ai pas bougé. Au bout d'une minute, elle s'est relevée et est retournée sur sa paillasse. Elle ne fumait plus. Elle a remonté sa couverture et n'a plus bougé. Elle était tellement paisible qu'elle s'était peut-être endormie aussitôt couchée.

Beaucoup plus tard, aux premières lueurs du jour, alors que j'avais la couverture sur la tête, j'ai entendu que maman pleurait. Elle s'efforçait de ne pas faire de bruit et y parvenait presque. Seul son souffle, qu'elle reprenait de temps en temps, la trahissait. Mes yeux étaient secs. J'avais l'impression que je ne pleurerais plus. J'avais l'impression que je ne pleurerais plus jamais.

20

Tout était paisible, à la campagne, chez tante Alma. Le printemps a mûri jusqu'au moment où la pelouse, devant la maison, et les bois, tout autour, ont été d'un vert luxuriant et ont regorgé de chants d'oiseaux. Les trois chiots survivants couraient maladroitement, sautaient et tombaient, roulaient les uns sur les autres et fouillaient entre les mamelles de leur mère. Il avait fallu bien secouer les vêtements éparpillés devant la maison pour faire tomber la boue avant de les nettoyer. La machine à laver elle-même fonctionnait plutôt bien, même si oncle Earle n'arrivait pas à fixer l'essoreuse dessus. J'ai suspendu les habits trempés sur une corde que Grey a fixée entre la véranda et le noyer noir, mais aucun n'est ressorti vraiment propre. Maman en a éliminé certains. J'ai fait un gros tas devant la véranda, regroupé tout ce qui était cassé et impossible à réparer, et oncle Earle a tout débarrassé.

Alma a lentement repris ses esprits. Elle n'avait pas très envie de parler, mais moi non plus. Au début, maman venait tous les après-midi passer un moment avec elle, puis tous les deux jours et, finalement, tous les quatre ou cinq jours. Elle apportait à Alma une petite attention, de la purée de fèves et de maïs doux, des légumes marinés et des biscuits, ou même, une fois, de la tarte aux mûres. Elle m'apportait de quoi lire, des bouquins qu'elle échangeait à la bourse aux livres ou des magazines que lui passaient ses collègues de l'usine Stevens. Un après-midi, Alma lui a remis le rasoir qu'elle avait gardé dans la poche de son tablier.

— Tu te sentiras mieux si tu prends ça, a-t-elle dit à maman.

Elles ont toutes les deux fixé l'objet redoutable.

— Tu es sûre que t'en as plus besoin ? a demandé maman en passant les doigts sur la poignée lisse et bien astiquée et sur le bord émoussé. Si ça te rassure, autant le garder.

— Non.

Tante Alma a soupiré et, avec agitation, s'est passé les doigts dans les cheveux. Ils étaient devenus complètement gris au cours des semaines qui avaient suivi les dégâts et elle les avait coupés court avec ce rasoir, la veille, dans l'après-midi.

— J'ressens plus ce besoin. J'veux toujours pas voir Wade, mais j'pense plus à lui trancher la gorge.

— C'est aussi bien, lui a dit maman. Laisse-le en vie pour qu'il souffre. Il est chez Fay. Carr ne l'a pas quitté une minute. Elle dit qu'elle n'ose pas retourner chez elle avant d'être sûre que Wade va bien s'en sortir. Mais entre sa jambe qui le démange et Carr qui l'asticote et pleurniche, Wade a l'air d'être prêt à se tirer une nouvelle fois dessus d'une minute à l'autre.

Elles ont toutes les deux souri.

Personne n'a parlé de m'envoyer à l'école de campagne. Maman m'avait apporté une liste de livres à lire et un mot de mon institutrice qui écrivait que si je ne m'absentais pas plus d'un mois, le travail pourrait se rattraper. Je me demandais ce que maman lui avait dit, mais je n'ai pas posé la question. C'était un tel soulagement de ne pas être obligée d'assister à des cours ennuyeux, de pouvoir lire autant que je le voulais, de veiller avec Alma et de me lever quand j'en avais envie. Maman et moi étions un peu plus à l'aise l'une avec l'autre, mais encore à vif. D'après Reese, maman avait vu papa Glen deux ou trois fois et ils avaient recommencé à se parler. J'essayais de ne pas m'inquiéter de l'avenir, de ne pas trop réfléchir. Je travaillais dans le jardin d'Alma, sauvais toutes les herbes aromatiques et les fleurs que je pouvais, repiquais les semis et les boutures que Raylene avait apportés. Les jours étaient un enchantement, longs et chauds, les nuits tranquilles et fraîches. Je dormais sans faire de rêves et m'éveillais en paix.

L'après-midi où papa Glen est venu, Alma était dans le jardin, toute seule, occupée à repiquer des semis de tomates que Raylene avait apportés la veille. J'avais prévu d'aller pique-niquer, je venais de préparer un sac de toile avec une bouteille de thé et des citrons, et j'étalais du beurre de cacahuète sur des tartines que j'allais emporter. Les chiots étaient entrés dans la cuisine et s'escaladaient les uns les autres pour mendier une gâterie. Je leur ai donné à chacun une petite cuillerée de beurre de cacahuète et je les ai traînés sur la véranda pour les observer tandis qu'ils mâchonnaient, bâillaient et essayaient de se lécher le museau.

J'étais en train de rire quand une Ford s'est arrêtée devant la maison. Papa Glen en est descendu. Il n'avait pas changé, sauf qu'il avait une cicatrice au-dessus de l'œil gauche et qu'il semblait boiter légèrement en se dirigeant vers la véranda. Il portait sa tenue de travail, un pantalon kaki et une chemise blanche aux manches retroussées jusqu'aux coudes. Ses souliers marron étaient éraflés et poussiéreux. Il avait une ombre de barbe, comme s'il s'était rasé la veille au soir, mais pas ce matin-là. Je suis restée pétrifiée en le voyant monter les marches et je ne savais pas quoi faire.

— Bone! m'a-t-il dit.

Sa voix était rauque et basse. Je me demandais si tante Alma l'entendait dans le jardin, derrière la maison. Ses yeux semblaient brillants et déterminés, sa mâchoire crispée.

— Ta mère est pas là, hein? m'a-t-il demandé.

J'ai secoué la tête. J'ai croisé les mains derrière le dos et je les ai serrées très fort. Il est monté sur la véranda et m'a regardée de haut en bas, puis m'a dévisagée. Ses lèvres se sont étirées.

— Tu deviens une grande fille, a-t-il dit. Tu vas bientôt sortir avec des garçons. Tu vas peut-être te marier et fonder une famille à toi.

Il a craché en bas.

— Tu vas briser le cœur d'un homme, tu en es bien capable.

Je me suis passé la langue sur les lèvres, j'ai dénoué mes mains.

— J'vais aller te chercher quelque chose à boire, ai-je dit.

J'ai passé la contre-porte de la moustiquaire le plus vite possible, mais il était juste derrière moi et sa main a arraché mes doigts au loquet.

— C'est ça, a-t-il dit.

Il a regardé la table, où le pot de beurre de cacahuète était toujours ouvert.

— Tu te prépares un sandwich? Prépare-m'en un à moi aussi.

Je ne savais pas quoi faire. Aller lui chercher un verre de thé, lui préparer un sandwich, garder la tête baissée et espérer que tante Alma allait entrer? J'ai pensé à elle, à ses mains bandées, son dos douloureux et son cou fluet. J'ai de nouveau regardé papa Glen droit dans les yeux et j'ai eu trop peur pour bouger.

— Ne sois pas comme ça. T'as aucune raison d'avoir peur de moi.

Il s'est approché.

— J'ai parlé à Anney, tu sais. Elle va revenir. Elle l'a promis, elle a seulement besoin d'un peu de temps pour se rattraper avec toi.

J'ai vu ses doigts se refermer et se tendre. Il a écarté ses énormes mains et a secoué la tête en riant.

— Cette femme t'aime tellement que ça me dépasse. Elle a besoin de temps pour tout arranger avec toi.

Il a lâché les mots d'un ton méprisant.

— De temps avec toi ! Doux Jésus !

Il a haussé les épaules, mis les mains sur les hanches et rapproché son visage du mien.

— Il va falloir lui dire que ça te va, a-t-il ajouté. Il va falloir lui dire que tu veux qu'on revienne tous ensemble.

Il a marqué une pause en me regardant d'un air appuyé. J'ai eu mal au ventre. J'ai baissé les yeux. Mes doigts étaient en sueur et mes poings serrés.

— Non ! ai-je murmuré. J'veux plus habiter avec toi. Maman n'a qu'à retourner à la maison. J'lui ai dit qu'elle pouvait, mais moi, j'peux pas. J'veux pas.

— Tu veux pas ?

Il m'a touché la joue. J'ai levé les yeux sur lui.

— Tu veux pas habiter avec moi ?

Ses yeux étaient des pierres dures, bleues, sa bouche une simple ligne furieuse.

— T'as même pas treize ans, petite. C'est pas à toi de décider ce que tu vas faire ou non. Je suis ton père. C'est moi qui décide.

— Non.

Je l'ai dit tranquillement. J'avais la gorge tellement serrée que j'avais du mal à parler. Je l'ai vu reculer, fermer les yeux, mettre les mains à hauteur de la poitrine, comme s'il allait prier. Il a secoué la tête.

— Non, ai-je répété.

— J'essaie d'être raisonnable avec toi, petite. Je

veux que tu parles à ta mère. Je veux que tu arrêtes ces bêtises avant que je me mette vraiment en rogne.

Ses mains nouées ont tremblé. Il a ouvert les yeux.

— Non, ai-je dit plus fort. Je préfère mourir plutôt que retourner habiter avec toi.

— Ah bon ?

Ses lèvres se sont retroussées en un sourire mauvais.

— Je m'en doutais, a-t-il soufflé.

Il y a eu un long moment de silence. J'entendais battre mon cœur.

— Fais-moi ce sandwich et on va discuter, m'a-t-il dit.

Je suis restée sans bouger à regarder son visage et ses mains.

— Non. J'veux pas discuter. J'veux que tu t'en ailles.

Il a secoué la tête et continué à sourire.

— J'vais le dire à maman, ai-je ajouté, désespérée. J'vais lui dire.

Ses mains se sont levées, m'ont agrippée par les épaules et secouée.

— Tu veux pas faire un sandwich à ton père ? a-t-il dit d'une voix grinçante de rage. Tu veux rien faire pour moi ?

Il m'a de nouveau secouée. Il m'a soulevée de sorte que mes pieds ne touchaient plus terre. J'ai ouvert la bouche. J'avais envie de hurler, mais aucun son n'est sorti. Je me suis rappelé toutes les fois où il m'avait soulevée comme ça, soulevée, secouée, puis attirée contre sa poitrine, tenue contre lui, où il avait fait courir ses mains sur moi, gémi pendant que ses doigts me pétrissaient. J'avais toujours eu peur de hurler, peur de me battre. J'avais toujours eu l'impression que c'était de ma faute, mais maintenant, ça m'était égal. Je me fichais de ce qui pouvait arriver. Je n'allais plus me tenir tranquille.

J'ai essayé de me tortiller pour me libérer et il s'est mis à rire. Il m'a lâchée. Je suis retombée en heurtant la table, derrière moi.

— C'est à cause de toi. C'est toi, la raison. Elle m'aime, je le sais. Mais c'est toi, c'est toi qui viens te mettre au milieu. Tu me rends fou et tu lui fais honte, elle a honte de toi et honte de m'aimer. C'est pas normal. C'est pas normal qu'elle me quitte à cause de toi. C'est pas normal.

Sa voix est devenue plus dure, plus rauque, mais pas plus sonore, et c'était ce calme qui me terrifiait. Ça me rappelait Alma, le rasoir à la main et la folie dans les yeux. Les yeux de papa Glen étaient tout aussi fous, plus fous. Il y avait de la douleur, une profonde douleur, oui, mais c'était la haine qui les faisait brûler. Brusquement, son poing a jailli, semblant mû par un ressort. Ses articulations ont éraflé le côté de mon menton et je suis retombée sur la table.

— Tu peux pas me démolir aussi facilement, a-t-il dit. Anney va revenir, elle me l'a dit. Elle a juste besoin d'un peu de temps. Je peux le comprendre après tout ce qui est arrivé.

Il s'est penché vers moi, une main tendue.

— Mais si elle revenait pas, j'te tuerais. Tu le sais ? J'te briserais le cou.

Sa main a effleuré le côté de mon visage, l'oreille, le cou, a glissé sur ma poitrine, sur les légers renflements de mes seins. Ses yeux bleus ont erré le long de mon corps.

— Ah ! a gémi papa Glen.

Il m'a attirée contre sa poitrine, m'a serrée, la respiration haletante. J'avais du sang dans la bouche et un rugissement dans la tête. Je me suis durcie, raidie, je suis devenue dure comme du métal, aussi dure que le couteau à beurre que j'avais attrapé sans y penser, je venais seulement de m'en apercevoir. Il m'a embrassée avec la langue, ses dents m'ont broyé la bouche. J'ai brandi ce couteau et l'ai asséné contre son flanc le plus fort possible. Il a glissé le long de sa ceinture, a barbouillé sa chemise de beurre de cacahuète, sans même déchirer le tissu mais en lui faisant quand même mal. Je m'en suis rendu compte.

— Nom de Dieu !

Il m'a repoussée si bien que mon dos a heurté la paillasse et que j'ai glissé. Je me suis affalée au moment où il s'approchait de moi et me donnait des coups de pied. Sa chaussure m'a frappée à l'épaule. Il a baissé le bras, m'a attrapé le poignet droit, a tiré un bon coup, m'a brusquement soulevée, puis m'a laissée retomber. Quelque chose a cédé, avec un net craquement, une vague de chaleur a suivi, m'a donné la nausée, et mon bras s'est affaissé, inutilisable, sous mon corps.

— Espèce de petite salope !

Il m'a décoché d'autres coups de pied et sa chaussure a glissé sur le côté de ma tête, m'a entaillé l'oreille et a fait gicler le sang. Puis cette chaussure m'a martelé le ventre, j'ai roulé sur le côté et vomi de la bile le long de mon bras droit.

— *Espèce de salope!* a-t-il juré, et j'ai entendu l'écho dans ma tête. *Espèce de sale petite bâtarde!*

— *Et toi!* lui ai-je rétorqué. Maman va jamais retourner avec toi. J'la laisserai pas. J'te déteste.

— J'ai prié pour que tu meures, a-t-il sifflé entre ses dents blanches serrées.

Sa main a attrapé le devant de mon chemisier et a plongé dessous pour mieux agripper le tissu.

— T'as qu'à mourir et nous laisser tranquilles. Si ç'avait pas été toi, je m'en serais bien sorti. Tout aurait bien marché.

Il a sangloté et m'a tirée de sorte que je me suis retrouvée à genoux, oscillant sous sa poigne jusqu'au moment où mon chemisier s'est déchiré et où je suis retombée au-dessous de lui. Il m'a de nouveau attrapée et quelque chose m'a violemment frappée à l'entre-jambe. J'ai hurlé. C'était sa chaussure ou son genou ? Il s'est affaissé sur moi.

— Tu vas pas te sauver.

Il s'est mis à rire.

— Tu te crois tellement adulte, hein ? Tu te crois grande et méchante, à me dire non comme ça. On va voir si t'es grande, si t'es adulte !

Ses mains ont écarté ce qui restait de mon chemisier et ont brutalement ouvert la fermeture Éclair de mon pantalon, l'ont tiré sur mes cuisses tandis que, de la main gauche, je luttais pour le retenir. J'ai essayé de donner des coups de pied, mais j'étais plaquée au sol. Des larmes ruisselaient sur mon visage mais je ne pleurais pas. Je l'engueulais.

— Satané salaud ! Satané salaud ! *Le bon Dieu va te damner !*

Il a tendu une main pour baisser mon pantalon presque jusqu'à mes chevilles et, de l'autre, il a ouvert le sien.

— Ferme-la ! J'vais t'obliger à la fermer ! J'vais t'apprendre un peu !

Il a arraché ma culotte en la déchirant comme si c'était du papier. Et puis il m'a soulevée un peu, d'une secousse, et m'a écarté les jambes.

— *Salaud !*

Je l'ai martelé de mon poing droit presque inutilisable.

— Espèce de petite garce ! J'aurais dû faire ça depuis longtemps. T'en as toujours eu envie. Me dis pas le contraire.

Du genou, il m'a écarté davantage les jambes et sa grosse main est tranquillement venue s'écraser sur ma joue. Il s'est alors mis à rire. On aurait dit qu'il aimait sentir le contact de mon sang sur son poing et il m'a frappée de nouveau. J'ai ouvert la bouche pour hurler et sa main s'est refermée autour de ma gorge.

— Je vais te donner c'que tu veux vraiment, m'a-t-il dit.

Et il a pesé de tout son poids. Mon hurlement était entrecoupé, faible, bridé par la main plaquée sur ma gorge. Ses doigts ont trifouillé entre mes jambes, m'ont ouverte, puis il a légèrement reculé et m'a regardée bien en face, les yeux brûlants.

— Maintenant ! a-t-il dit avant de lancer son corps agenouillé en avant. Ça va t'apprendre.

Ses mots sortaient en brèves rafales furieuses.

— Tu me répondras plus jamais. Tu n'ouvriras plus la bouche. Tu feras ce qu'on te demande. Tu diras à Anney ce que je veux que tu lui dises.

Je haletais. Il forçait en moi et s'écrasait par terre, tendait et poussait les hanches en avant. J'avais l'impression qu'il me déchirait, mon cul heurtait le sol à chaque poussée, brûlait, se déchirait, se meurtrissait.

— *Mon Dieu !*

J'ai hurlé de toutes mes forces. Pas assez fort, pas assez fort pour que quelqu'un d'autre que moi entende, mais il m'a lâché la gorge et frappée sur la bouche, m'écrabouillant les lèvres contre les dents. Il a adopté un rythme régulier.

— Je vais t'apprendre, je vais t'apprendre !

Et il m'a cogné la tête par terre.

Tu vas mourir, tu vas mourir, lui ai-je hurlé intérieurement. Tu vas pourrir, puer et te ratatiner. Dieu va te remettre entre mes mains. Tes os vont fondre et ton sang va prendre feu. Je vais te dépecer et je te donnerai à manger aux chiens. Comme dans la Bible, comme les choses devraient se passer, Dieu va te remettre entre mes mains. Dieu va te remettre entre mes mains !

Pendant tout ce temps, mon bras gauche battait l'air, se tendait pour attraper quelque chose, n'importe quoi. Où était ce couteau ? Où était tante Alma ?

Il s'est redressé, s'est appuyé de tout son poids sur mon épaule pendant que ses hanches faisaient entrer son sexe en moi comme une épée.

— Donnez-moi quelque chose ! Donnez-moi quelque chose ! ai-je supplié.

J'ai vainement essayé de le mordre. Mes dents perçaient sous mes lèvres serrées.

— Donnez-moi quelque chose !

Il est devenu tout rigide, tête en arrière, lèvres retroussées découvrant ses dents. J'ai senti ses cuisses trembler tandis que mon derrière glissait dans le sang qui avait coulé sous moi.

— Oh ! mon Dieu, aidez-moi, faites que je puisse le tuer ! S'il vous plaît, mon Dieu ! S'il vous plaît, mon Dieu ! Faites que je puisse le tuer ! Laissez-moi mourir, mais faites que je le tue !

Il est devenu tout flasque et s'est affaissé sur moi, comme une chiffe, haletant. Sa main a lâché ma bouche mais le besoin de hurler avait disparu. Du sang et du sperme, sa sueur et la mienne, mon sang, partout sur mon cou et le long de mes cuisses, sa puanteur visqueuse entre mes jambes cuisantes. Comment est-ce que c'était arrivé si vite ? J'ai essayé de me passer la langue sur les lèvres mais elle était trop enflée. Je ne la sentais plus remuer, je ne sentais que mes lèvres qui s'ouvraient et se refermaient sans qu'aucun son ne sorte de ma bouche. Des taches rouges et noires flottaient au niveau du plafond, puis redescendaient vers moi. Papa Glen a bougé un peu et marmonné quelque chose que je n'ai pas compris. Mon regard a glissé sur lui et, par la porte ouverte, j'ai vu le soleil de fin d'après-midi qui fonçait. J'ai fermé les yeux, je les ai rouverts en ayant l'impression que je m'étais évanouie un instant. Il était toujours sur moi mais il y avait quelque chose de différent, quelque chose de palpable dans l'air. J'ai regardé vers la porte et c'est alors que je l'ai vue. L'énorme visage blanc de maman s'approchait de l'endroit où nous étions, s'approchait de moi.

Maman! ai-je essayé de dire, mais ça n'a pas pu sortir. Le corps de Glen a tressailli sur moi et s'est écarté. L'air m'a frappée comme un poing, sur tous mes endroits mouillés et ouverts. J'ai gémi. Il a hurlé.

— *Anney!*

Elle l'a frappé avec quelque chose que je n'ai pas pu voir. Ensuite, elle s'est mise à attraper toutes sortes de choses, des boîtes en fer sur la cuisinière, des poêles, des verres, des assiettes, tout ce qu'elle pouvait lui lancer dessus. J'ai souri. Les commissures de mes lèvres se sont fendues, mais ça n'avait pas d'importance.

— *Non, Anney, non!*

— *Espèce de monstre!*

— Non, chérie. Non! C'est pas c'que tu crois.

C'est quoi, alors? me suis-je demandé, et j'ai roulé sur le ventre. La douleur. Mon épaule, mes genoux, mes cuisses, mon visage — tout me faisait mal, mais rien n'avait d'importance. J'étais très loin. Caoutchouteux et engourdi, mon bras reposait sous ma tête.

— *Salaud!* a hurlé maman.

Il y a eu d'autres énormes bruits, mais je n'ai pas levé les yeux. Est-ce qu'elle allait s'imaginer que j'avais voulu qu'il fasse ça? Est-ce qu'elle allait s'imaginer que je l'avais cherché? Qu'est-ce qu'il allait lui raconter? Il fallait que je lui dise que je m'étais débattue, que jamais je n'avais voulu qu'il me touche, jamais. Mais le sang qui s'écoulait de moi me volait toute mon énergie, tout mon air. Je ne pouvais pas parler, je ne pouvais pas réfléchir. Un instant, j'ai souhaité être déjà morte, pour ne plus jamais être obligée de regarder maman en face, et pour ne plus le regarder, lui. Ne plus jamais le regarder, plus jamais.

S'il vous plaît, mon Dieu, faites-le mourir, faites-moi mourir, faites mourir quelqu'un.

Empêchez-le de faire du mal à ma maman.

— *Espèce de bâtard! Espèce de monstre!*

— *Anney, je t'en prie!*

— *Ne me touche pas. Ne la touche pas!*

J'avais dans la bouche un goût de larmes, de morve, de sang, le sang qui coulait de mon oreille. J'ai craché et j'ai essayé de me redresser. Il fallait que je me lève, que je fasse quelque chose, que je sorte maman de là.

Les mains de maman étaient maintenant sur moi, évaluaient les dégâts. Mes idées se sont un peu éclaircies et j'ai levé la tête. Il était au milieu de la pièce, le visage livide et accablé, et elle était à genoux, à côté de moi. Un rugissement est remonté en moi et j'ai grincé des dents. Il fallait filer d'ici, lui échapper. Je me suis redressée sur les genoux.

— Viens, ma chérie, a roucoulé maman comme si j'étais redevenue un bébé. Je vais t'emmener chez un docteur.

Ses mains ont tiré sur mon chemisier, noué sur mon ventre les pans déchirés, remonté mon pantalon sur mes jambes, tout doucement, pour me couvrir.

— Anney, non, attends! disait-il, mais elle ne l'écoutait pas.

C'est bien, ne t'arrête pas. Continue, maman. Sors-nous d'ici.

— Viens, mon bébé, a-t-elle dit.

Elle m'a remise debout. J'ai flageolé sur des genoux en coton. Mon ventre n'était plus qu'un réceptacle de douleur. Des taches flottaient partout. J'ai regardé en direction de papa Glen. Son visage était aussi vide que mon ventre. Une terreur glacée est remontée le long de mes jambes, jusqu'à mon cœur.

Vite, il faut filer d'ici. Tu ne sais pas, maman, tu ne comprends pas.

— Mon bébé, mon bébé! murmurait-elle en me tenant tout contre sa hanche et en se dirigeant vers la porte.

Une terrible clarté m'a envahie. Je réfléchissais à une rapidité qui me dépassait. Oncle Travis avait un fusil chez lui, dans le placard de la chambre de tante Ruth. Si je pouvais aller le chercher, je le cacherais jusqu'au moment où papa Glen serait là, juste à côté de moi, ce qui ne manquerait pas de se produire. Il serait sur le seuil, ou dans la salle de séjour, pour raconter sa version des faits, pour tout expliquer, pleurer une nouvelle fois, supplier, ou seulement attraper maman par les bras comme il m'avait attrapée. Il faudrait que je fasse attention, que je ne laisse personne m'empêcher de lui faire sauter la cervelle, de lui déchiqueter le cou d'une balle, avec son sang qui giclerait partout. Il fallait que je le fasse. Il le fallait, sinon, un jour, il me tuerait, il nous tuerait, maman et moi, toutes les deux, je le savais. Si je devais mourir, ce serait comme ça que ça se passerait.

— Chez Ruth, maman ! ai-je soufflé. Emmène-moi chez Ruth.

Si seulement j'arrivais à mettre la main sur ce fusil, je ne le lâcherais plus jamais. Je pourrais peut-être faire semblant d'en avoir besoin, tout comme Alma avait eu besoin de son rasoir, juste pour le bercer comme une poupée. Alors, après, ils pourraient dire à la police : « On pensait jamais qu'elle s'en servirait. »

Ça, jamais.

— Il faut qu'on t'emmène à l'hôpital, a dit maman.

Non. Chez Ruth. Mais elle ne m'écoutait pas. Est-ce que je disais ça ou est-ce que je le pensais seulement ?

— Anney ! Oh ! Anney !

Papa Glen s'est retrouvé juste à côté de nous. Il avait du sang sur la figure. C'est maman ou moi ? me suis-je demandé. Quelque chose l'avait frappé. J'ai fixé son visage comme s'il s'agissait d'une carte routière, avec une route qu'il fallait mémoriser pour retrouver celle que j'étais réellement. Une fois que je l'aurais tué, il ne resterait rien, pas moyen de rebrousser chemin.

Parfait.

— S'il te plaît, Anney!

Il sanglotait comme un enfant. Elle m'a serrée plus fort sous son aisselle. Sa main libre s'est levée, sinueuse, l'a giflé, a reculé, formé un poing qu'elle lui a écrasé en pleine figure.

— *Oh!* a-t-il hurlé. Fais pas ça, fais pas ça.

Il a reculé en titubant, trébuché sur la vaisselle éparpillée.

— Anney! a-t-il pleurniché comme un petit garçon. J'comprends pas c'qui est arrivé. J'allais seulement lui parler, chérie. Je voulais seulement que tu reviennes à la maison, pour qu'on soit tous réunis!

Maman n'a pas cessé d'avancer, m'a traînée, se servant de sa hanche pour ouvrir la porte, m'a portée à moitié pour me faire descendre les marches. Pas une pause, pas une hésitation, jusqu'à la voiture.

— Anney, s'il te plaît! J'en avais pas l'intention. Je suis devenu fou. Je suis devenu fou. Chérie, écoute-moi!

J'avais le vertige. Tout me faisait mal, mais j'allais mieux, beaucoup mieux. Mes forces revenaient et, avec elles, mes facultés de réflexion. Mes muscles étaient faibles mais ne me semblaient plus coupés de mes tendons et de mes os. Je pouvais bouger, maintenant. Il y aurait un moyen. Vous voyez bien que je suis blessée. On pourrait inventer une histoire. Ce serait de la légitime défense. Ce serait justifié. J'ai souri et j'ai senti le sang me dégouliner dans le cou. Vous voyez bien que je suis blessée! Merci, mon Dieu.

— Anney!

Il nous suivait.

— Je t'en prie, Anney!

Continue, maman.

Il fallait traverser l'herbe maigre et la terre pour arriver à la voiture. Maman haletait dans mon oreille, me plaquait contre sa cage thoracique tremblante. Elle a ouvert la portière, m'a laissée tomber sur le siège avant, m'a soulevé les jambes. Il criait toujours son nom. Je réfléchissais à la fois vite et lentement. Qu'est-ce que je pouvais faire ? Il n'y avait pas de fusil, ici, même pas de couteau à beurre.

— Anney, s'il te plaît ! Dis-moi quelque chose. Mon amour, s'il te plaît ! S'il te plaît, Anney !

Elle l'a esquivé, a couru de l'autre côté de la voiture, a ouvert la portière. Il s'est retrouvé tout près d'elle. Il sanglotait, se tordait les mains. Il a presque réussi à refermer la portière tandis qu'elle essayait de la rouvrir.

— Anney, tu sais à quel point je t'aime. Jamais je lui aurais fait mal, chérie, mais je suis devenu fou. Je suis tout simplement devenu fou !

J'ai voulu glisser sur la banquette pour essayer de la rejoindre et de l'aider, mais je recommençais à avoir des difficultés à bouger. L'air était devenu aussi épais que de la gelée. Je devais pousser pour le traverser. J'ai grincé des dents et avancé centimètre par centimètre, jusqu'au moment où je me suis retrouvée appuyée au volant et où je les ai observés tandis qu'ils se débattaient avec la portière.

— Maman !

Elle a regardé dans ma direction, le visage vide et étrange.

J'ai répété :

— Maman !

Maman a de nouveau giflé Glen, puis lui a donné un coup de poing. Le bruit de ses coups était sourd et horrible, mais pas aussi horrible que les grognements et vagissements qu'il lâchait quand elle le frappait.

— Lâche-moi ! a-t-elle dit.

Il a vacillé, des traînées de sueur lui coulaient dans les yeux. Sa bouche remuait inutilement, tous ses traits semblaient se regrouper différemment.

— Lâche-moi ! a-t-elle répété.

Il s'est mis à geindre, est tombé à genoux, toujours cramponné à maman et à la portière. Il a baissé la tête et a murmuré :

— Tue-moi, Anney. Vas-y. J'peux pas vivre sans toi. J'le ferai pas. Tue-moi ! Tue-moi !

Maman s'est arrachée à lui et la portière a claqué.

— Oh ! non ! a-t-elle gémi.

Son visage est devenu le miroir de celui de Glen, sa bouche aussi large, son cou aussi raide.

— Tue-moi ! a-t-il répété plus fort. Tue-moi !

Il a cogné la tête contre la portière métallique, a reculé, puis a redonné des coups de tête. À chaque fois, il hurlait et le martèlement ponctuait ses cris.

— Tue-moi ! Tue-moi !

Maman était tellement près que j'aurais pu la toucher, mais elle tournait la tête vers Glen. Je ne pouvais pas l'atteindre.

— Oh ! mon Dieu ! s'est-elle écriée, et j'ai lâché le volant.

— Non ! ai-je soufflé, mais maman ne m'a pas entendue.

— Glen ! a-t-elle dit. Glen !

Elle gémissait et se cachait le visage dans les mains. Son corps tremblait, secoué par les sanglots. Le mien tremblait pendant que je l'observais.

— Glen, arrête ! a-t-elle répété. Arrête !

Elle lui a saisi la tête pour lui protéger le front contre les chocs.

— Arrête !

Il y avait du sang sur ses doigts. Elle pleurait. Il s'est arrêté. J'ai fermé les yeux.

— Non ! ai-je répété.

Il a parlé encore une fois, couvrant le son de ma voix. La sienne était très calme, très douce.

— Tue-moi, Anney. Tue-moi.

J'ai essayé de tendre la main droite vers maman mais la douleur m'a fait haleter.

— Maman! ai-je supplié.

Elle ne me regardait pas.

— Seigneur Dieu, Seigneur Dieu, Seigneur Dieu!

Elle criait d'une voix basse, sifflante, douloureuse. Elle le tenait dans ses bras, lui appuyait la tête contre son ventre. Il avait la racine des cheveux pleine de sang, je le voyais bien derrière l'angle que formait la hanche de maman.

— Maman! ai-je murmuré.

— Mon Dieu, aidez-moi! a-t-elle supplié d'une voix rauque, terrible. Aidez-moi!

Je voyais ses doigts sur l'épaule de Glen, je voyais les articulations blanches qui le serraient très fort. Ma bouche s'est refermée sur le cri que je n'arrivais pas à faire sortir. La rage me brûlait le ventre et me remontait dans la gorge. J'avais dit que je ne pourrais jamais la détester, mais je la détestais maintenant, parce qu'elle le tenait comme ça, qu'elle était plantée là à pleurer sur son sort. Est-ce qu'elle pouvait à la fois m'aimer et le tenir de cette façon? J'ai laissé retomber la tête en arrière. Je ne voulais pas voir ça. Je voulais le fusil de Travis, ou mon crochet meurtrier bien aiguisé. Je voulais que tout s'arrête, que le monde finisse, n'importe quoi pour ne pas être là à me vider de mon sang pendant qu'elle le tenait dans ses bras et pleurait. J'ai regardé le ciel blanc qui virait au gris. Les premières étoiles allaient apparaître quand il ferait nuit. Voilà ce que je voulais voir, l'obscurité et les étoiles. J'ai entendu un rugissement au loin, une vague obscure, désespérée qui m'attendait, et je l'ai suivie dans le noir.

21

Tante Alma avait un album contenant des tas de coupures de presse, quelques faire-part de mariage et de
décès, des photos de bébés, le tout collé sous d'innombrables gros titres de journaux.

— Oh! On finit toujours par se retrouver dans l'journal! disait-elle pour plaisanter quand elle montrait cet
album.

L'article qu'elle préfère, c'est celui que le *Greenville
News* a rédigé sur quatre pages quand la décapotable
d'oncle Earle est rentrée dans le salon de coiffure, en
face du palais de justice du comté, quelques mois avant
l'incendie. Il y a des clichés de l'avant de la voiture,
juché sur un fauteuil de barbier, juste à quelques centimètres de miroirs argentés brisés, une photo d'Earle
assis sur le trottoir, penché en avant, la tête dans les
mains, et plusieurs du coiffeur en train de fouiller dans
les restes de sa boutique, aidé par un agent de la police
routière et par mamie Boatwright. Le coiffeur a l'air
bizarre, il tient son blaireau et son bol avec des doigts
qui sont légèrement flous, on voit bien qu'il devait
encore trembler.

ELLE N'EST PAS VENUE SE FAIRE RASER,
peut-on lire sous la photo de la voiture en équilibre sur
le fauteuil.

Et sous le gros plan d'un Earle sonné, il y a BOAT-WRIGHT en guise de légende.

Sur ces photos, oncle Earle a l'air terrifiant, il ressemble à un voleur ou à un assassin, avec un de ces visages hâves, mal rasés, qu'on voit placardés sur les murs des bureaux de poste. À cause de l'encre grise passée, on dirait qu'il fait partie d'un spectacle d'horreurs, qu'il n'est qu'un cadavre animé. Mamie, ma maman, mes oncles, mes tantes, mes cousins — tous, nous avons l'air morts sur une page en noir et blanc.

— Personne n'a jamais l'air aussi horrible que nous, me suis-je plainte un jour à tante Alma.

— Oh ! c'est d'la foutaise ! a-t-elle répondu. L'encre délavée et le papier gris donnent à tout le monde un air un peu cinglé.

Je pense qu'elle était contrariée parce que je n'étais pas assez fière de son album, mais il me semblait que personne ne ressemblait vraiment à quelqu'un de ma famille. Nous étions pires que cinglés, nous avions les yeux ronds, la bouche ouverte, l'air raide et stupide. Même nos photos d'annonce de mariage étaient mauvaises. Tante Alma répétait que ça n'avait rien à voir avec nous, que les Boatwright n'étaient pas vilains quand on les voyait en personne.

— On n'est pas photogéniques, c'est tout, me disait-elle. La différence, c'est l'argent. Il faut beaucoup d'argent pour que quelqu'un ait l'air vivant dans un journal, pour qu'il garde un peu d'âme derrière les yeux.

Maintenant, je figure dans l'album de tante Alma.

Dès que j'ai aperçu ma photo à la une du *News*, j'ai compris qu'elle finirait dans cet album et je l'ai détestée. On me voyait penchée contre l'épaule de Raylene, le visage tout pâle, long, le menton saillant, les yeux enfoncés et cernés. Là-dessus, j'étais vraiment une Boatwright, affreuse comme tout. J'étais un poisson fraîchement vidé, la bouche grande ouverte au-dessus de mon bras et de mon épaule bandés, le cou encore zébré de sang. Ça, je ressemblais bien à une Boatwright — il n'y avait pas que mon sang qui avait coulé.

En revenant à moi à l'hôpital de Greenville, j'ai serré les dents. Je n'ai même pas crié quand le docteur m'a fait tourner le bras dans l'articulation contusionnée, m'a plâtré le poignet, nettoyé les plaies, puis bandé le tout, bien serré contre mon diaphragme. Maman était là, elle m'avait portée de la voiture à l'hôpital et avait obligé le médecin à m'examiner tout de suite. L'infirmière m'avait récupérée et maman avait reculé, ses doigts sanglants tendus pour m'effleurer la joue. J'ai regardé l'infirmière dans les yeux, puis j'ai cherché maman, mais elle avait disparu. Avant de pouvoir donner son nom ou le mien, elle avait disparu.

— Allons, ma chérie !

L'infirmière à la voix douce m'a passé la main dans les cheveux, puis m'a tapoté sur toute la tête. J'ai cherché son nom sur sa blouse, mais je ne l'ai pas vu.

— Ne t'agite pas. Tu vas te faire mal.

Ses doigts sentaient l'alcool et le talc. Elle semblait gentille. Je me demandais si elle avait des enfants.

— Je cherche des plaies ou des bosses, m'a-t-elle expliqué pendant que le docteur s'occupait toujours de mon poignet.

J'avais seulement une éraflure à la tempe et une coupure à l'oreille, mais elles avaient saigné sur mon cou et mon épaule. Il était difficile de croire que tout ce sang provenait de si peu de plaies. L'infirmière était douce et lente. Je l'ai laissée me toucher tant qu'elle voulait, j'ai tourné la tête pour suivre son sourire, comme un bébé qui ne lâche pas des yeux le téton. J'ai observé, mais je n'ai rien dit. Je ne lui ai pas dit à quel point j'avais mal. Je supposais qu'elle voyait ma gorge contusionnée et mes lèvres fendues. En tout cas, elle voyait certainement l'expression qu'il y avait dans mes yeux. Quand je m'étais regardée dans le panneau noir luisant de la porte donnant accès à la salle de consultation, j'avais été terrifiée. J'étais une inconnue aux yeux enfoncés, cernés, au-dessus de pommettes saillantes et d'une bouche tellement pincée que les lèvres avaient disparu.

— L'épaule va faire mal pendant un moment.

Le docteur ne me regardait pas en parlant, il prenait des notes sur un papier accroché à une planchette.

— Et le poignet a une vilaine entorse. Il faudra bien deux mois pour une guérison complète.

L'infirmière nettoyait le sang coagulé sur ma joue avec un tampon imbibé d'alcool. C'est elle que je regardais, pas lui.

— Nous allons devoir attendre un moment avant de te donner quoi que ce soit.

Les yeux du docteur passaient de ses notes à mon corps, s'arrêtaient sur mes cuisses contusionnées et glissaient sur mes genoux enflés, dont l'un était à vif. Il a posé la main sur ma hanche et a exercé une légère pression.

— Et maintenant, dis-moi si tu as mal ailleurs.

C'était peut-être une question. Peut-être pas. J'ai levé un regard inexpressif sur lui. Je continuais à me demander où était passée maman. Qu'est-ce qui était arrivé à papa Glen ? Je ne me rappelais pas le trajet depuis la maison d'Alma, je ne me rappelais pas si maman m'avait parlé. Est-ce qu'elle leur avait raconté ce qui s'était passé ? Est-ce que quelqu'un savait ? Où était maman et pourquoi n'était-elle pas restée avec moi ?

Le shérif adjoint s'est appuyé contre la porte jusqu'au moment où l'infirmière lui a apporté une chaise métallique pliante qu'il a pu caler contre le mur. C'était un garçon au visage rougeaud, aux cheveux blond-roux coupés si court qu'on apercevait son crâne rose sous ce duvet. Il me rappelait les jumeaux quand ils étaient revenus de la ferme pénitentiaire, le dos courbaturé, les cheveux coupés comme à l'armée, et tout fiers d'eux. Celui-là aussi était fier de lui ; il ne cessait de lisser la chemise de son uniforme et de tirer sur le tissu pour cacher les plis tachés de transpiration, sous les aisselles. Il avait une bouche molle et un petit menton, mais quand il se tournait vers moi, il faisait saillir les lèvres et essayait de se donner une mine sévère. Il regardait trop la télévision, il se prenait probablement pour une sorte de défenseur de la population. J'ai essayé d'avoir l'air redoutable, mais mes paupières étaient humides et enflées, mon cou me démangeait et ma bouche me faisait trop mal pour que je puisse paraître contrariée. Il n'arrêtait pas de tripoter sa chemise et de me regarder. Au bout d'un moment, j'ai commencé à me sentir de plus en plus petite, je n'étais qu'une enfant blessée et abandonnée.

Le temps que le shérif Cole arrive, de sa démarche raide, comme si son gros ceinturon pesait trop lourd et lui faisait mal au dos, je me sentais tellement petite que je ne savais pas si je serais capable de parler.

— Ruth Anne.

Il m'a tout de suite appelée par mon prénom.

Il a tiré un tabouret à côté de la table d'examen, sur laquelle on m'avait installée et qui lui arrivait aux hanches, il a grogné en remuant les fesses sur le tabouret, puis a bougé la tête de sorte que son cou a produit un craquement sonore. En entendant ce bruit, il a souri et posé les deux mains à plat sur ses cuisses.

— Tu veux me parler ? Me raconter ce qui est arrivé ?

J'ai dégluti. Teint olivâtre, énorme nez, oreilles plus énormes encore, menton décidé et fins cheveux gris coiffés en arrière — Cole ne ressemblait à personne que je connaissais. Les gens disaient qu'il venait du Maryland et n'aurait jamais été shérif s'il n'avait pas été un baptiste aussi pratiquant, et même un diacre. Il était déjà financièrement à l'aise avant d'épouser une fille de Greenville. Pansu, graisseux et gentil, il ressemblait davantage à un cuistot qu'à un shérif.

J'ai levé la tête pour croiser ses grands yeux foncés. Il avait une voix douce, presque paresseuse, un ton à la fois poli et respectueux. Il me donnait envie d'être capable de parler, de lui raconter ce qui s'était passé, ce que je croyais qui s'était passé. Mais tout semblait tellement compliqué dans ma tête, tellement long et difficile. Comment m'y prendre? Par quoi commencer? Par tante Alma qui devenait folle? Par papa Glen, au moment où il m'avait attrapée et avait déchiré mon chemisier? Je repensais à ce qui était arrivé sur le parking, bien longtemps auparavant, pendant qu'il attendait des nouvelles de maman et de son fils.

— Tu n'es pas trop grièvement blessée, m'a-t-il dit. Le docteur dit que tu vas très bien te remettre.

J'ai levé la tête, sachant que la peur se lisait sur mon visage.

— Y a pas de commotion cérébrale, d'après le docteur.

Il a sorti de sa poche un petit carnet et l'a ouvert.

— Tu es encore un peu en état de choc, tu as besoin de faire attention pendant un petit moment. Des gens de ta famille sont là-dehors. Je vais demander au docteur de leur parler.

— Maman?

Ma voix était un croassement enroué.

— J'ai pas encore parlé à ta maman. Mais tes tantes sont là. Nous allons bientôt les laisser venir te voir.

Il a tourné des pages, sorti un stylo et m'a regardée.

— Bon, il faut que nous sachions ce qui est arrivé, Ruth Anne. Je me doute que tu ne te sens pas très bien, mais je voudrais que tu essaies de me parler.

Sa bouche s'est adoucie, on aurait dit qu'il s'efforçait d'avoir l'air rassurant.

— Dis-moi ce qui s'est passé et nous tâcherons de te laisser repartir bientôt à la maison.

Il a posé la pointe de son stylo sur le papier.

J'ai fermé les yeux. Maman ne lui avait pas parlé. Soudain, je me suis sentie fatiguée au point d'avoir du mal à respirer.

— On t'appelle Bone, c'est ça?

Je n'ai pas répondu.

— Bone, je veux que tu saches que personne ne va te faire de mal. Personne n'aura le droit de t'en faire. On voit bien que tu as déjà assez souffert comme ça. Dis-moi qui t'a battue, petite. Dis-le-moi.

Sa voix était calme, prudente, amicale. C'était papa Glen dans un uniforme. Le monde était plein de papas Glen, et je ne voulais plus faire partie de ce monde.

— Ma poupée! a repris le shérif.

Je lui en voulais de m'appeler comme ça. Il ne me connaissait pas.

— Il faut qu'on sache tout ce qui s'est passé.

Non. Ma langue a enflé dans ma bouche. Personne ne devait rien savoir. Maman, ai-je failli murmurer, mais j'ai serré les dents très fort. Je ne pouvais rien dire à cet homme. Il ne se souciait pas de moi. Personne ne se souciait de moi. Même moi, je ne m'en souciais plus.

— Ruth Anne.

Il s'est penché en avant, son visage tout près du mien, son murmure trop sonore dans mon oreille.

— Je veux t'aider. Je veux que tu me dises ce qui s'est passé, petite. Je vais m'occuper de tout. Je te le promets. Tu ne crains rien.

Non. Il croyait tout savoir. Ce salaud dans son uniforme tiré à quatre épingles pouvait bien prendre une voix de Père Noël, j'étais toute seule.

— Je veux rentrer à la maison, ai-je dit. Je veux ma maman.

Le shérif Cole a posé sa main sur la mienne et a soupiré.

— D'accord. D'accord, petite.

Je l'ai regardé en repensant à ce que m'avait répondu Raylene ce soir-là, sur le palier, quand je lui avais dit que je détestais les gens qui nous considéraient comme de la racaille. Quel effet est-ce que ça faisait d'être le shérif Cole ? Qu'est-ce qui l'avait fait ce qu'il était ? J'y réfléchirais un jour, mais pas maintenant. Pour l'instant, je n'avais pas envie de réfléchir du tout.

La porte à deux battants s'est ouverte. Je me suis retournée, pleine d'espoir, mais la silhouette irritée, batailleuse, n'était pas celle de maman. Raylene luttait avec une infirmière, l'écartait du passage. Son caban noir était presque tombé de ses épaules.

— Laissez-moi passer, disait-elle d'une voix plus énorme que la pièce. Laissez-moi passer, enfin !

Elle a poussé l'infirmière et s'est avancée, tel un arbre qui tombe, massif, inévitable, avec une familiarité rassurante.

— Bone ! Mon bébé !

Ses mots sonnaient creux dans ces murs blancs et nus.

— Oh ! ma petite, qu'est-ce qu'ils t'ont fait ?

Raylene s'est penchée sur moi et son odeur m'a enveloppée. J'ai ouvert la bouche comme un oisillon, j'ai crié et tendu vers elle mon bras valide. J'ai prononcé deux fois son nom et je me suis pressée contre ses seins. Ses bras étaient si forts, si rassurants. Ne me laisse pas, ai-je pensé. J'ai seulement pensé : s'il te plaît, ne me laisse pas.

— Qu'est-ce que vous êtes en train de faire à cette gosse ?

J'ai senti qu'elle se tournait légèrement, sa voix forte et insistante au-dessus de moi.

— Vous voulez bien me dire de quel droit vous êtes ici tout seul avec elle et vous m'empêchez d'entrer ?

Le ton du shérif Cole était patient.

— Il faut que nous sachions ce qui s'est passé, a-t-il dit.

— Vous le voyez bien, ce qui s'est passé, a sèchement rétorqué Raylene. Elle est blessée, terrifiée et n'a pas besoin que quelqu'un vienne lui faire encore plus mal qu'elle n'a déjà. Vous vouliez me laisser à l'écart jusqu'au moment où elle aurait été prête à sauter par la fenêtre ou à dire tout ce que vous vouliez lui faire dire?

— Mademoiselle Boatwright, je regrette, mais une agression a eu lieu. Il doit y avoir une enquête.

— Elle n'a que douze ans, imbécile. Pour l'instant, elle a besoin de se sentir en sécurité, aimée, et pas toute seule et terrorisée. Vous avez raison, la justice devra être rendue. Il y aura aussi un jugement dernier, et là, Dieu nous jugera tous. Et quand ce jour viendra, comment est-ce que vous vous justifierez pour ce que vous avez fait à cette enfant?

— Ce n'est pas la peine... a-t-il commencé, mais elle l'a interrompu.

— Si, c'est la peine, a-t-elle dit. Dieu sait que ça en vaut vraiment la peine.

Sa voix était terrifiante, biblique.

— Dieu le sait.

Le carnet s'est refermé avec un claquement sec. J'ai jeté un coup d'œil, par-dessus les bras de Raylene, et j'ai vu le shérif Cole la regarder de travers et fourrer le carnet dans sa poche.

— Vous n'aurez qu'à m'appeler, a-t-il dit. Vous m'appellerez quand elle sera prête à nous raconter ce qui s'est passé.

Tante Raylene a lâché un grognement méprisant et m'a serrée contre elle tandis qu'il s'éloignait d'un pas lourd.

— Ma petite, a-t-elle murmuré de sa voix forte en me repoussant les cheveux de la figure. Oh! ma pauvre petite fille, tu vas juste rester allongée sans bouger. On va te ramener à la maison. Ne t'inquiète pas. Ne t'inquiète de rien. Je vais te ramener à la maison et tu seras en sécurité.

22

Impossible d'arrêter tante Raylene. Quand le docteur a insisté pour que je passe la nuit à l'hôpital, elle s'est installée dans un fauteuil, à mon chevet, et a refusé de bouger. Elle m'a tenu la main toute la nuit. Je n'arrivais pas à dormir et j'étais agitée. Mon bras m'élançait et ma bouche était tellement meurtrie que je ne pouvais que gémir.

— Il n'est pas possible de lui donner quoi que ce soit, disait l'infirmière chaque fois qu'elle passait jeter un coup d'œil.

— Je sais, a reconnu Raylene avec un signe de tête. Vous n'avez qu'à m'apporter une paille, d'accord ?

Elle m'a fait avaler un peu de Coca et a fredonné tout bas pendant que je fixais le plafond.

Le lendemain matin, le docteur m'a tâté la nuque pendant que Raylene le fusillait du regard, de son fauteuil. J'étais engourdie par l'épuisement et la douleur, je n'ai même pas réussi à sourire quand il a grommelé et signé les papiers de sortie. L'infirmière m'a amenée jusqu'à la porte en fauteuil roulant. Je voyais le photographe qui attendait dehors, mais Raylene s'est contentée de lâcher un grognement de mépris et m'a prise dans ses bras comme si j'étais une poupée, sans regarder à droite ni à gauche, et m'a portée jusqu'à son camion.

Elle m'a installée tout contre sa hanche droite avant de mettre le moteur en marche, mais j'ai glissé pour pouvoir me tenir à la portière et regarder par la fenêtre. J'étais incapable de fixer Raylene, d'écouter les mots qu'elle essayait sans cesse de souffler dans ma direction. Des murmures de réconfort, des expressions sans importance, que mon cerveau n'enregistrait pas. Je voulais qu'elle me parle d'une seule chose et elle ne le faisait pas. Où était maman ? Que lui était-il arrivé ?

Quand nous nous sommes arrêtées devant chez Raylene, le soleil cognait sur l'herbe printanière boueuse. La rivière coulait vite, toute plate, et il n'y avait pas la moindre brise. J'ai essuyé la sueur de mon cou et j'ai regardé un gros chien bâtard inconnu qui s'extirpait de sous la véranda et venait se poster près des marches, la tête penchée sur le côté. Raylene a soupiré et coupé le moteur.

— Il faut que j'te dise quelque chose.

Sa voix manquait d'assurance.

— Il faut qu'tu comprennes quelque chose et, justement, j'ai peur qu'tu sois trop jeune pour que j'te parle de ça.

Elle ne me regardait pas. Ses mots se sont précipités.

— Mais c'est assez simple et, un jour, peut-être, tu le comprendras.

Elle s'est alors tournée vers moi.

— Une fois, tu m'as parlé d'ma manière de vivre sans mari, sans enfant, sans même d'amie intime. Bon, j'avais une amie quand j'étais avec les forains, quelqu'un que j'aimais plus que moi-même, une amante avec laquelle j'aurais voulu et j'aurais dû passer ma vie. Mais j'étais folle d'amour, trop folle pour savoir c'que je faisais. J'ai fait une chose terrible, Bone.

Sa peau semblait plus tendue sur ses pommettes, on aurait dit que toute son ossature enflait de honte. Elle a secoué la tête mais a continué à me regarder dans les yeux.

— Bone, aucune femme ne peut supporter de choisir entre son bébé et son amante, entre son enfant et son mari. J'ai obligé celle que j'aimais à choisir. Elle est restée avec son bébé et je suis revenue ici toute seule. Les choses n'auraient jamais dû en arriver là. Elles ne devraient jamais en arriver là. Ça a failli la tuer. Ça a failli me tuer.

Tante Raylene s'est caché les yeux un moment, puis a repoussé ses cheveux en arrière, à deux mains.

— Mon Dieu !

Elle a laissé retomber ses mains et s'est tournée vers moi.

— On fait parfois des choses terribles à ceux qu'on aime, a-t-elle dit. On peut pas l'expliquer. On peut pas l'excuser. Ça nous achève, mais on l'fait quand même. Je sais que tu veux savoir c'qui s'passe avec ta mère. Mais j'peux rien te dire. Aucun de nous ne peut te dire quoi que ce soit. Personne ne sait où elle est partie. J'peux pas t'expliquer ça, Bone. J'peux pas, mais je sais que ta mère t'aime. Il faut pas que tu en doutes. Elle t'aime plus que sa vie et elle se pardonnera jamais c'qu'elle t'a fait, c'qu'elle a laissé se produire.

Tante Raylene a violemment agrippé le volant et m'a fixée.

— J'devrais pas parler autant. J't'en ai assez dit.

Elle s'est essuyé la bouche.

— On a besoin d'un peu d'temps. Tu as besoin de temps. Tu sais à quoi tu ressembles, petite ?

J'ai tourné la tête. Je savais à quoi je ressemblais. À l'hôpital, quand on m'avait laissée seule aux toilettes pendant une minute, je m'étais regardée dans la glace et j'avais vu que j'étais devenue quelqu'un d'autre. Plus vieille, plus mauvaise, décharnée, folle et odieuse. J'avais craché dans le miroir, craché sur ma vie, je me fichais désormais de ce que j'étais ou de ce que je serais. J'avais eu envie de me moquer de tout le monde, de Raylene et des infirmières qui, toutes autant qu'elles étaient, me surveillaient comme si j'étais un morceau de verre fragile, prêt à se briser en entrant en contact avec de l'eau bouillante. C'est moi qui bouillais, à l'intérieur. Je débordais. J'étais déjà ce que j'allais être, et c'était quelqu'un d'horrible.

— Ruth Anne, a murmuré tante Raylene. Petite, regarde-moi. Arrête de penser à c'qui est arrivé. N'y pense pas. N'essaie pas de réfléchir à quoi qu'ce soit. Tu peux pas encore comprendre. T'es pas obligée d'le faire. Tout ça n'est pas logique et j'peux pas te l'expliquer. Tu peux pas te l'expliquer. Ta mère...

Elle s'est interrompue et je l'ai de nouveau regardée.

— Ta maman t'aime. Tiens bon, petite. Tiens bon, c'est tout. Ça va s'arranger avec le temps, je te le promets.

Je te le promets, disait-elle. Ma bouche s'est crispée. J'ai fixé Raylene avec une expression haineuse.

Elle m'a regardée comme si ma rage lui faisait mal, mais elle n'a rien dit, elle s'est contentée de descendre lourdement du camion. Elle a avancé d'un pas lent, serrant son vieux sac sur sa poitrine, et s'est seulement arrêtée pour caresser brièvement la tête du chien haletant avant de grimper les marches et d'y poser son sac. Elle est revenue et, de nouveau, m'a attrapée comme si je ne pesais pas plus lourd que son sac. Elle m'a portée dans la maison, tandis que le chien nous suivait, et elle m'a mise au lit. Le chien s'est installé sur le tapis, confortablement. Je suis restée sans bouger, ignorant les mouvements de tante Raylene mais pensant tout de même à la femme qu'elle avait aimée, la femme qui lui avait préféré son enfant. Tout ça me dépassait. Il faudrait que j'y réfléchisse, mais pas maintenant.

Le chien s'est tourné vers moi, ses yeux marron pleins d'espoir, sa langue pendante, l'air de vouloir que je l'invite à grimper sur le lit. De grands yeux tristes et bêtes me guettaient. J'avais envie de donner des coups de poing à m'en faire éclater les os, des coups de pied à me mettre la chair à vif, j'avais envie de hurler à m'en arracher la langue, mais tout était lent, les mots et les impressions qui me traversaient le cerveau. J'étais lente, engourdie et stupide. La douleur que je sentais dans mon bras était réconfortante, le martèlement de ma tempe une musique dont j'avais besoin pour continuer à respirer.

Tout me faisait mal : mon bras dans son écharpe de coton ; le souvenir des doigts prudents de l'infirmière ; la lumière qui m'éblouissait, à travers le verre fêlé de la fenêtre de Raylene ; ma hanche à l'endroit où elle appuyait contre le matelas. Mon cœur, surtout, me faisait mal, énorme engorgement, tout enflé dans ma poitrine. Chaque fois que je fermais les yeux, je revoyais le visage de Glen, avec l'expression qu'il avait eue quand il s'était trouvé au-dessus de moi. Je tournais et retournais la tête, comme si les prières de maman résonnaient encore à mes oreilles, et même le regard de ce chien, rivé sur moi, suivant lentement mes gestes, m'éraflait la peau comme une fourche qui creuse des sillons dans la poussière. J'avais vu toute ma vie dans les yeux du shérif Cole, une vie méprisable, dérisoire, insignifiante. Ma maman m'avait abandonnée, et c'était la seule chose qui comptait. Quand Raylene m'a apporté de la soupe, un peu plus tard, j'ai refusé de manger.

— Je la déteste, ai-je murmuré à travers mes lèvres déchirées. Je la déteste.

— Tu lui pardonneras, a dit Raylene.

J'ai tiré le drap sur ma bouche.

Comment pardonner à quelqu'un quand on ne peut même pas prononcer son nom, quand on ne supporte pas de fermer les yeux et de voir son visage ? Je ne comprenais pas. Si je pensais à maman, je la revoyais la tête rejetée en arrière, la bouche ouverte, en train de serrer la figure sanglante de Glen sur son ventre. Je ne supportais pas ce souvenir, je ne supportais pas de revoir cette image. J'ai tourné la tête, fermé les yeux et prié pour que l'obscurité revienne. Je voulais mourir. J'ai refusé de manger, refusé de parler, je me suis couvert le visage et j'ai refusé que tante Raylene me tire du lit par des cajoleries. Elle m'a laissée seule et je me suis réveillée les yeux humides et la bouche ouverte, sans toutefois me rappeler le moindre rêve. Le seul bruit que j'entendais était la queue du chien, qui battait contre le tapis. Mon cœur, le pouls qui cognait dans ma tête battaient à ce rythme. Tout en moi disait non, le répétait, le tambourinait, le fredonnait, le chantait. Je n'avais pas plus de méchanceté qu'un insecte. Je n'étais qu'un murmure dans le noir, qui disait non et espérait mourir.

Le lendemain matin, Raylene est venue me faire manger à la cuiller de la bouillie de maïs. Ce jour-là, elle m'a laissée tranquille mais, le lendemain, elle m'a attrapée, portée sur la véranda et assise dans son rocking-chair, au soleil. Je ne voulais pas la regarder, je ne voulais pas lui parler, mais elle ne semblait pas y trouver à redire. Elle a arrosé ses plantes, donné à manger aux chiens et aux poulets, s'est campée debout, sur les marches de la véranda, s'est mise à fumer, jusqu'au moment où de l'air frais est arrivé de la rivière. Elle m'a alors ramenée dans mon lit. Le lendemain, à contre-cœur, je me suis forcée à me lever, j'ai mangé un peu, sans qu'on m'y oblige, et je suis sortie m'installer dans le rocking-chair, sur la véranda. Mais ce n'était pas une reddition. Je voulais bien manger et me lever, mais je refusais toujours de parler.

Je restais sur la véranda et je ne voulais parler à personne, ni à Raylene, ni à Earle, qui m'a apporté son électrophone cabossé et a essayé de me faire rire. Il a passé quelques disques que j'avais écoutés avec tante

Ruth, mais je suis restée assise sans bouger, les yeux secs, distante. Il a fini par me laisser tranquille. Raylene n'essayait pas de me parler. Elle m'apportait des haricots à trier, ce que je faisais sans m'y intéresser. Elle m'a aussi demandé de défaire l'ourlet de vieux rideaux, mais j'ai refusé. Non que je me sois disputée avec elle. Je les ai seulement laissés là, sans y toucher, sur le plancher poussiéreux, à côté du rocking-chair. Je me serais endormie, mais Raylene a menacé de me faire sortir de ce fauteuil, à coups de pied, en hurlant s'il le fallait.

— Pas question que j'te laisse dormir sur la véranda, a-t-elle ronchonné.

Je me suis donc levée, péniblement, et me suis traînée jusqu'au lit, comme une petite vieille, cassée en deux, pleine de crampes. Je faisais ce qu'il fallait pour qu'on me laisse tranquille. J'ai entendu Raylene parler de maman à Earle. Ils étaient inquiets. Personne ne savait où elle était allée. Personne ne savait non plus où était Glen, même si les oncles envisageaient d'offrir une prime à quiconque le retrouverait. Earle n'en démordait pas ; Beau, quant à lui, avait acheté un nouveau fusil ; mais c'était Nevil qui terrifiait Raylene.

Nevil est passé chez Raylene un soir et s'est planté devant moi sans dire un mot. Il a tendu un doigt, touché mon menton contusionné, effleuré la racine de mes cheveux et s'est penché en avant pour m'embrasser sur la pommette gauche, de ses lèvres sèches et gercées. Je voulais lui parler, mais j'ai retenu mon souffle et croisé ses yeux sombres, sous ses sourcils broussailleux.

— J't'le promets, a-t-il dit.

J'ai vu Raylene mettre la main devant sa bouche. Je savais ce qu'il voulait dire et j'ai souri. Il s'est retourné, a brusquement descendu les marches en faisant résonner ses talons. Raylene l'a appelé mais il ne s'est pas arrêté. Fay a dit à Raylene que Nevil ne dormait plus à la maison. Il vivait dans son camion, passait la nuit à rouler sur les petites routes, à traquer.

— Il va s'faire tuer, m'a dit Raylene, mais j'ai refusé de répondre.

Je me fichais complètement de savoir qui pouvait se faire tuer.

Le soir où maman est venue, Raylene était près de l'électrophone, en train d'écouter tous les disques qu'Earle avait apportés. La musique semblait se répercuter sur le plafond de la véranda, sur la surface argentée de la rivière et sur le ciel nocturne. Les cordes de la guitare étaient pincées et on reconnaissait nettement Patsy Cline qui chantait *Walking After Midnight*. Les notes énergiques, la tonalité sombre de la batterie imposaient leur rythme à la voix. J'ai bien écouté, j'ai entendu le silence à la fin de la chanson, et puis Patsy a repris depuis le début. Les craquements et sauts du disque usé couvraient cette voix déchirante, me faisaient regretter de ne plus être capable de pleurer comme je l'avais fait avec tante Ruth.

Le silence s'est prolongé, le doux bruissement de la rivière était à peine audible. Le vent a enflé, puis est retombé. La musique est revenue, les accords étaient différents. Ce n'était plus Patsy Cline. C'était Kitty Wells. *Talk Back Trembling Lips*. Sa voix nasillarde tremblait et grondait, encore plus forte que la voix traînante de Patsy. Maman disait toujours que Kitty avait une voix voilée, pas aussi pure que celle de Patsy, mais familière. Un accent brut, comme celui de Beau ou d'Alma, avec des voyelles inaccentuées et des syllabes allongées pour coller au refrain. Je me suis balancée en arrière et j'ai écouté tout le disque. La chanson suivante était l'une des préférées de maman. Patsy Cline disait au monde entier que ce n'était pas Dieu qui avait créé les anges qu'on trouvait dans les bouges. Le chagrin m'a envahie.

J'ai regardé le plafond, fixé le motif formé par la

peinture rouillée et écaillée, avec ses filigranes arach-néens. J'ai ouvert la bouche pour pleurer mais aucun son n'en est sorti. Les larmes ruisselaient sur mon visage, coulaient dans mon col, sans que je fasse le moindre bruit. Les enfants pleurent. Je n'étais pas une enfant. Je me suis dit que je devrais peut-être partir vivre chez tante Carr, à Baltimore, ou aller rendre visite à tante Maybelle et tante Marvella, à Eustis. J'ai fermé les yeux et je me suis passé la langue sur les lèvres.

La contre-porte s'est refermée d'une poussée. J'ai tourné la tête.

Maman se tenait là, immobile, dans l'une de ses vieilles robes à manches courtes, les bras croisés sous les seins, la tête levée. Elle me regardait de ses yeux plissés. Mon cœur s'est accéléré à sa vue.

Après l'enterrement de Lyle Parson, tante Ruth lui avait dit qu'elle ne changerait plus jusqu'à sa mort.

— Maintenant, te voilà une vraie Boatwright. Main-tenant, tu en as tout à fait l'air, avait-elle dit.

Au cours de toutes ces années, cette prophétie s'était révélée exacte. L'âge et l'épuisement avaient formé des rides sous sa bouche et ses yeux, rétréci son menton et creusé les marques qui lui entouraient le nez, mais on voyait encore qu'elle avait été belle fille. À présent, ce visage était nouveau. On avait l'impression que les os s'étaient déplacés, la chair affaissée, les rides trans-formées en sillons, tandis que les cernes étaient devenus aussi sombres que la nuit.

J'ai eu du mal à respirer. J'avais l'impression d'être sous l'eau pendant que je la regardais. Elle a traversé la véranda, le visage sévère, sa bouche crispée formant une ligne rigide. Les muscles de son cou saillaient, très en relief. Je me suis redressée. Elle a marché droit sur le rocking-chair. On aurait dit que mes traits étaient en plâtre. La musique passait toujours. Ce n'était pas Dieu qui nous créait comme ça, me suis-je dit. C'est nous qui gâchions tout.

— Mon bébé.

La voix de maman était un murmure rauque.

Je n'ai pas bougé, pas parlé.

— Bone.

Elle m'a touché l'épaule.

— Oh, ma petite.

J'étais incapable de m'écarter d'elle, mais je n'ai toujours pas prononcé un mot. Je me demandais si elle arrivait à se voir dans mes pupilles.

Elle a reculé un peu et s'est presque agenouillée à côté de moi.

— Je sais, a-t-elle dit. Je sais que tu dois avoir l'impression que j't'aime pas, que j't'aime pas assez.

Elle s'est agrippé les épaules. Elle s'étreignait et frissonnait comme si elle avait froid.

— Bone, j'ai jamais voulu qu'on te fasse du mal. Je voulais que tu sois en sécurité. Je voulais que nous soyons tous heureux. Jamais j'ai pensé que ça se passerait de cette façon. Jamais j'ai pensé que Glen te blesserait comme ça.

Maman a fermé les yeux et tourné la tête. On aurait dit qu'elle ne supportait plus de me regarder en face. Sa bouche s'est ouverte et refermée plusieurs fois. J'ai vu des larmes au coin de ses yeux.

— Et puis, je l'aimais. Tu le sais. Je l'aimais, alors j'arrivais pas à le voir comme ça. J'pouvais pas y croire. J'pouvais pas imaginer...

Elle a dégluti à plusieurs reprises, puis a ouvert les yeux et m'a regardée en face.

Je lui ai rendu son regard, j'ai vu ses traits pâles et tirés, ses yeux rougis, ses lèvres tremblantes. Je voulais lui mentir, lui dire que je n'avais jamais douté d'elle, que rien ne pouvait changer mon amour pour elle, mais j'en étais incapable. J'avais perdu ma maman. C'était une étrangère et j'étais tellement vieille que mes entrailles s'étaient transformées en poussière et en pierre. Chaque fois que je fermais les yeux, je revoyais le sang à la racine des cheveux de Glen, son visage pressé contre le ventre de maman, je sentais ce noir désespoir dont seule la mort me délivrerait. J'avais prié pour mourir. Ce n'était peut-être pas la faute de maman. C'était peut-être la mienne. Ou alors, ce n'était la faute de personne. C'était peut-être comme ça que tournait le monde, comme disait Raylene, c'était peut-être comme ça que les cœurs se brisaient tout le temps.

— Tu sais pas à quel point je t'aime, a-t-elle dit, le visage aussi rigide qu'une assiette blanche craquelée. À quel point je t'ai toujours aimée.

Mon cœur a recommencé à se briser complètement. Je voulais retrouver ma vie, ma maman, mais je savais que je ne pourrais jamais les ravoir. L'enfant que j'étais avait disparu avec l'enfant qu'elle avait été. Nous n'étions plus les mêmes et nous ne nous connaissions plus. J'ai secoué désespérément la tête.

— Maman ! ai-je lâché, ne voulant toujours pas parler mais incapable d'empêcher ce cri de sortir.

J'ai frémi et ce mot a sonné comme un cri d'oiseau, aigu et perçant. Les sanglots qui ont suivi étaient rauques et affreux. De mon bras valide, j'ai agrippé le devant de sa robe et ignoré la douleur que je sentais à l'épaule en me précipitant dans son étreinte. Elle m'a prise dans ses bras, pressé le visage contre sa gorge et murmuré à l'oreille :

— C'est ça, mon bébé. Pleure. Vas-y, pleure.

Ses mains m'ont effleurée délicatement, se sont levées et sont retombées sur moi. On aurait dit qu'elle avait peur de me faire mal mais ne pouvait s'empêcher de me toucher.

— Tu es ma toute petite fille. J'vais pas te laisser.

Par-dessus l'épaule de maman, j'ai vu Raylene, sur le seuil, le visage rouge comme une tomate. Les mains de maman me repoussaient les cheveux de la figure, m'entouraient la tête, m'apportaient la sécurité. Je me suis enfoncée dans son cou et j'ai tout laissé refluer. Le chagrin. La colère. La culpabilité et la honte. Ça reviendrait plus tard. Ça reviendrait toujours. Nous avions tous voulu quelque chose d'extrêmement simple, aimer, être aimés, nous sentir en sécurité ensemble, mais nous avions perdu tout cela et je ne savais pas comment le récupérer.

La musique s'est arrêtée et le bruit de la rivière a empli la nuit. Mes pleurs se sont apaisés, puis ont pris fin. Maman a reposé les talons par terre. Un geai a plongé du linteau de la terrasse et s'est envolé comme une flèche vers le ciel crépusculaire. Le chien a bondi pour flairer sa trace dans l'herbe poussiéreuse. Raylene a prononcé doucement le nom de maman, puis le mien, sa voix aussi écorchée et pénétrante que des accords sur une guitare métallique, aussi familière que Kitty Wells ou un chœur de gospel. Maman s'est retournée pour la regarder et a secoué la tête. Elle s'est redressée et a tapoté ma main posée sur le bras du fauteuil. Son odeur, cette odeur familière de sel et de beurre a failli me faire de nouveau pleurer, mais je me sentais vidée. Je me suis contentée de la regarder.

Raylene avait raison. Je ne comprenais rien. Mais je ne voulais pas comprendre. Voir maman me faisait presque aussi mal que ne pas la voir.

Il y avait une enveloppe sur mes genoux. Maman l'avait déposée là. Elle s'est penchée en avant et m'a embrassé la joue, juste sous l'endroit où Nevil m'avait embrassée. Le souvenir des yeux brûlants de Nevil m'a fait sursauter. Il n'oublierait pas. Il était sur les routes, en chasse. J'ai failli crier. Le doigt de maman a effleuré mes lèvres. Ses yeux brûlaient en moi.

— Je t'aime, Bone, m'a-t-elle dit. N'oublie jamais ça. Tu es ma petite fille et je t'aime.

Ses joues ravagées luisaient à la lumière de la maison,

ses yeux étincelaient. Elle s'est penchée, m'a embrassé les doigts et s'est relevée. Tante Raylene est sortie sur le seuil, mais maman s'est empressée de reculer en secouant de nouveau la tête. Nous l'avons observée tandis qu'elle traversait la pelouse, nous avons entendu la Pontiac démarrer dans l'obscurité, après le tournant de la route.

— Nom de nom! a juré Raylene.

Son poing s'est écrasé sur le chambranle de la porte.

— Nom de nom! a-t-elle répété.

Elle a laissé retomber la main. On aurait dit qu'elle ne savait pas quoi dire, quoi faire. J'ai pris l'enveloppe et j'ai regardé les épaules de Raylene. Elles tremblaient, mais Raylene ne faisait pas de bruit.

— Tu sais où elle s'en va? ai-je demandé.

— Non, m'a-t-elle dit dans un souffle.

Elle a levé légèrement les mains, les a laissées retomber. Elle ne s'est pas tournée vers moi. Je savais qu'elle ne voulait pas que je voie son visage.

— En Californie, ai-je dit. Ou peut-être en Floride. Il disait toujours qu'il nous y emmènerait un jour, quelque part où on fait pousser des oranges et où un homme peut trouver un bon boulot.

Ma voix avait une sonorité tellement bourrue et hargneuse que je l'ai à peine reconnue. Je me sentais vieille et j'avais froid, même si je savais que la nuit était tiède. J'ai baissé les yeux sur mon bras bandé, puis sur l'enveloppe. Elle était énorme, jaune, officielle et n'était pas cachetée. Je l'ai ouverte.

Plié en trois, il y avait un acte de naissance. RUTH ANNE BOATWRIGHT. Père : INCONNU. J'ai failli éclater de rire en lisant ce qui figurait sur cette feuille. Hôpital de Greenville, et le cachet en relief du comté. Une légende familiale sur une imitation de parchemin. Je n'avais encore jamais vu ce document, mais j'en connaissais toute l'histoire. J'ai déplié le bas.

Il était vierge, sans mention, sans tampon.

J'ai regardé au loin, dans la nuit sombre, par-delà la hanche de Raylene et la balustrade de la véranda. Qu'est-ce que maman avait fait? J'ai secoué la tête et dégluti. Je ne savais rien, je ne comprenais rien. Je n'y parviendrais peut-être jamais. Qui avait été maman, qu'avait-elle voulu être ou faire avant ma naissance? Une fois que j'étais née, ses espoirs avaient tourné court et j'avais poussé sur sa vie comme une fleur qui veut atteindre le soleil. À quatorze ans, elle était terrifiée, à quinze ans, mère, à tout juste vingt et un ans, elle avait épousé Glen. Sa vie s'était imbriquée dans la mienne. Comment serais-je moi-même à quinze, vingt, trente ans? Est-ce que je serais aussi forte qu'elle l'avait été, aussi affamée d'amour, aussi désespérée, déterminée, honteuse?

Mes yeux étaient secs, la nuit m'enveloppait comme une couverture. Je n'étais pas vieille. J'allais avoir treize ans dans quelques semaines. J'étais déjà celle que je serais plus tard. J'ai fourré l'enveloppe dans ma poche. Quand Raylene s'est approchée de moi, je l'ai laissée me toucher l'épaule, j'ai penché la tête pour m'appuyer contre elle, faisant confiance à son bras et à son amour. J'étais déjà celle que j'allais devenir, quelqu'un comme elle, comme maman, une Boatwright. J'ai mêlé mes doigts à ceux de Raylene et j'ai regardé la nuit tomber autour de nous.

Cet ouvrage a été réalisé par la
SOCIÉTÉ NOUVELLE FIRMIN-DIDOT
Mesnil-sur-l'Estrée
pour le compte des Éditions 10/18
en avril 1999

Imprimé en France
Dépôt légal : janvier 1999
N° d'édition : 2980 - N° d'impression : 46898
Nouveau tirage : avril 1999